MATS STRANDBERG

DAS ENDE

Aus dem Schwedischen
von Antje Rieck-Blankenburg

Arctis

Die Originalausgabe erschien 2018 unter dem Titel
Slutet im Verlag Rabén & Sjögren, Stockholm.

Der Verlag dankt dem *Swedish Arts Council* für die Förderung der Übersetzung.

MIX
Papier aus verantwortungsvollen Quellen
FSC® C014496

Deutsche Erstausgabe
1. Auflage

Übersetzung: Antje Rieck-Blankenburg
Umschlaggestaltung: Anders Timrén
Umschlagüberarbeitung: Suse Kopp, Hamburg
Satz: Greiner & Reichel, Köln
Druck und Bindung: GGP Media GmbH, Pößneck
Printed in Germany 2019
ISBN 978-3-03880-029-3

www.arctis-verlag.de
www.facebook.com/ArctisVerlag
www.instagram.com/arctis_verlag/

PROLOG

DER ANFANG VOM ENDE (27. Mai)

Meine Beine fühlen sich wie Pudding an, als ich dem Strom meiner Mitschüler in den Korridor hinausfolge. Überall sind Leute, andauernd klingeln irgendwelche Handys, alle sprechen immer lauter, um sich Gehör zu verschaffen, und manche weinen. Ich selbst spüre rein gar nichts. Ich erlebe alles wie aus der Ferne, als ob es mich nichts angeht. Ich denke, dass es sich um einen Abwehrmechanismus handeln muss, für den ich dankbar sein sollte.

Als ich Tilda anrufe, meldet sie sich gleich beim ersten Klingeln.

»Bist du noch in der Schule?«, frage ich.

»Nee«, antwortet sie. »Ich habe es erfahren, als ich gerade aus der Schwimmhalle kam. Bin gleich zu Hause.«

»Ich komme.«

»Beeil dich.«

Ich verspreche es. Kurz bevor ich Tilda wegdrücke, höre ich sie aufschluchzen.

Am Ende des Korridors schreit jemand auf. Ich versuche ins Internet zu gelangen, doch es ist völlig überlastet. Hampus sagt irgendwas zu mir, aber ich bekomme es nicht mit. Als ich an einem Fenster vorbeigehe, spüre ich die Wärme durch mein dünnes Shirt. Draußen scheint die Sonne und die Bäume sind fast unwirklich grün. Es ist noch früh am Morgen.

Die erste Stunde hatte gerade erst begonnen, als der Rektor einen Blick in den Klassenraum warf und unserem Mathelehrer Rolf ein

Zeichen machte, zu ihm hinauszukommen. Dann standen sie draußen im Korridor und flüsterten miteinander. Als ich mich über meinen Tisch beugte, konnte ich sie sehen. Kurz darauf wurde mit einem Mal die Tür des Klassenraums neben uns geöffnet, und ich hörte Schritte und gedämpfte Stimmen. Ich starrte hinunter auf den Test, den Rolf gerade ausgeteilt hatte, den letzten in diesem Schuljahr. Plötzlich klingelten mehrere Handys auf einmal. Meine Gedanken schossen in alle möglichen Richtungen – *ein Terroranschlag? Krieg?* –, aber ich wäre nie auf das gekommen, was Rolf uns kurz darauf mitteilte. Während er seine Brille putzte, um Zeit zu gewinnen, zitterten seine Hände.

Ich gelange irgendwie nach unten in die Eingangshalle. Halte nach Johannes Ausschau, kann ihn aber nirgends entdecken. Stattdessen erblicke ich noch mehr Schüler, die laut und hemmungslos weinen. Ihr Anblick verstärkt mein eigenes unwirkliches Gefühl. Aber es gibt noch andere, die so emotionslos wirken wie ich. Als ich ihren Blicken begegne, kommt es mir vor, als würden wir uns in einem Traum befinden.

Plötzlich rempelt mich jemand an. Ein Mädchen mit Kappe. Ihr fällt alles aus den Händen. Ein zugeklappter Laptop landet mit einem lauten Knall auf dem Fußboden und ich höre, wie darin etwas kaputtgeht. Ein Stapel Papiere breitet sich aus und mehrere Stifte rollen weg.

»Shit, tut mir leid«, sage ich und beuge mich hinunter, um ihr beim Einsammeln der Sachen zu helfen.

Aber sie ist schon weitergerannt. Zurück bleibt nur ein Hauch ihres süßlichen Parfüms. Ich richte mich wieder auf und betrachte den Laptop. Spüre Panik in mir aufsteigen. Der hohe Geräuschpegel bringt die Luft fast zum Bersten, das Stimmengewirr presst meine Trommelfelle zusammen und nimmt mir die Luft zum Atmen. Noch nie ist mir die Aula so klein vorgekommen.

Ich zwänge mich hinaus auf den Pausenhof. Dort ist es auch laut, aber man bekommt wenigstens besser Luft. Kein einziges Wölkchen am Himmel. Über mir nur eine knallblaue Leere.

Irgendwo da draußen muss er sein.

Es gelingt mir nicht, den Gedanken beiseitezuschieben. Und ich weiß schon jetzt, dass ich den Himmel nie wieder ohne diesen Gedanken betrachten kann.

Plötzlich vibriert das Handy in meiner Hand. Auf dem Display erscheint das Gesicht von Judette, meiner Mutter.

Ihre neue Wohnung liegt nur ein paar Häuserblocks von der Schule entfernt. Ich laufe los und bahne mir im Zickzack einen Weg an den Grüppchen meiner Mitschüler vorbei. Die Vögel zwitschern lautstark und die Luft ist angefüllt mit Gerüchen, die typisch für die Wochen vor den Sommerferien sind. Flieder, feuchtes Gras, Straßenstaub im morgendlichen Schatten. Ein Auto steht nachlässig geparkt am Straßenrand, mit einem Hinterrad auf dem Gehweg. Aus dem Radio dringt eine Nachrichtensendung. Ich erkenne die Stimme der Ministerpräsidentin wieder, kann aber nicht hören, was sie sagt.

Ich laufe weiter. Begegne einem Vater, der zusammen mit seiner Tochter unterwegs zum Spielplatz ist. Sie plappert irgendwas von einem Roboter, der sich in eine Katze verwandeln kann, und er hört aufmerksam zu. Ich betrachte den Vater und frage mich, ob er wohl schon weiß, was passieren wird. Ich hoffe, nicht. Hoffe, dass er noch für ein paar Minuten von der Neuigkeit verschont bleibt. Die beiden verschwinden aus meinem Blickfeld, als ich um die Ecke biege und kurz darauf das dreigeschossige Wohnhaus mit der altrosafarbenen Ziegelfassade erblicke. Ich überquere den Parkplatz, auf dem der gebrauchte Toyota steht, den sich Judette vor ein paar Wochen zugelegt hat.

Im Treppenhaus schlägt mir ein ungewohnter Geruch entgegen. Ich nehme zwei Stufen auf einmal, bis ich im obersten Stockwerk angekommen bin. Schließe die Wohnungstür auf. Betrete den Flur, der noch immer voller Umzugskartons steht, und höre Stimmen aus dem Fernseher, der im Wohnzimmer läuft.

»Simon!«, begrüßt mich Judette und steht vom Sofa auf, als ich hereinkomme.

Sie trägt noch ihren Morgenmantel. Ich werfe einen Blick auf den Bildschirm. Eine Pressekonferenz in Rosenbad, aufblitzende Kameras und eine Ministerpräsidentin, die aussieht, als hätte sie die Nacht durchgemacht.

»Hast du es schon gehört?«, fragt sie vorsichtig.

»Ja.«

Sie umarmt mich. Das schützende Gefühl der Unwirklichkeit droht sich aufzulösen. Am liebsten würde ich hier in ihren Armen stehen bleiben und wieder klein sein. Sie soll mir versprechen, dass alles wieder gut wird, auch wenn es die reinste Lüge wäre.

Im Augenblick gibt es nur eine Sache, die ich lieber will.

»Stina ist schon unterwegs«, sagt Judette.

»Ich muss unbedingt zu Tilda«, entgegne ich und entziehe mich ihrer Umarmung. »Wo sind deine Autoschlüssel?«

»Du darfst doch noch gar nicht allein fahren.«

»Ich glaub kaum, dass die Polizei ausgerechnet heute Führerscheinkontrollen macht.«

Während ich die Worte ausspreche, beginne ich das Ausmaß dessen, was gerade geschieht, langsam zu begreifen. Es ist, als würde sich plötzlich ein Abgrund unter mir auftun und mich mit Haut und Haaren verschlingen.

Judette legt mir ihre kühle Hand auf die Wange.

»Mein Lieber, ich verstehe dich ja. Aber wir sollten jetzt zusammenbleiben und darüber reden.«

»Ich komm bald zurück. Versprochen.«

Sie öffnet den Mund, wie um zu protestieren, aber ich stürze schon in den Flur hinaus, wo ich mir aus einer Schale auf der Kommode die Autoschlüssel angele. Judette ruft mir etwas hinterher, doch mein Name wird, als die Wohnungstür ins Schloss fällt, in der Mitte abgeschnitten.

Die Schlüssel klimpern in meiner Hand, während ich die Treppen hinunterspringe und erneut den Parkplatz überquere. Vom Balkon aus ruft Judette erneut nach mir, doch ich reagiere nicht. Stattdessen steige ich in den Toyota, lege den Sicherheitsgurt an, starte den Motor und biege in die Straße ein.

Mein Herz hämmert wie wild und ich spüre ein Kribbeln in den Fingern und im Gesicht. Heute fahre ich zum ersten Mal allein Auto. Eigentlich dürfte ich überhaupt nicht fahren.

Als mein Handy vibriert, werfe ich es auf den Beifahrersitz, wo es weiterbrummt wie ein wütendes kleines Tier. Natürlich Judette. Ich erreiche die Bahngleise und passiere schließlich den Bahnhof. Draußen auf dem Vorplatz hat sich eine große Menschentraube gebildet. Alle schauen gen Himmel. Ein paar junge Frauen kreischen hysterisch.

Plötzlich nehme ich eine Gestalt im Augenwinkel wahr und gehe voll in die Eisen. Die Bremsen quietschen. Ein alter Mann auf dem Zebrastreifen starrt mich erbost an.

Mein Handy vibriert erneut. Diesmal taucht Stinas Name auf dem Display auf. Ich lege den ersten Gang ein, lasse langsam die Kupplung kommen und gebe Gas. Das Auto macht einen Hüpfer und ich wünsche mir sehnsüchtig, dass ich Stinas Automatikwagen hätte nehmen können.

Ich zwinge mich dazu, konzentriert zu bleiben. Am Rande der Innenstadt muss ich an einer roten Ampel anhalten. Auf der gegenüberliegenden Seite der Kreuzung sehe ich eine Frau, die sich in ihrem Wagen übers Steuer gebeugt hat. Sie scheint zu weinen. Im Wagen daneben sitzt ein Mann im Anzug und starrt ins Leere. Als die Ampel auf Grün springt, scheint er es nicht mal zu bemerken. Die Autos hinter ihm hupen aufgebracht. Ich fahre weiter, komme schließlich am ehemaligen Industriegebiet Norra Porten vorbei und folge der Bundesstraße, bis ich in das Wohngebiet abbiege, in dem Tilda gemeinsam mit ihren Eltern wohnt.

In den Gärten blüht alles. Überall sind Trampoline und bunte Kinderschaukeln aufgestellt. Auf den Gehweg hat jemand mit Kreide ein Hüpfspiel gemalt.

Die Kinder, die hier wohnen, werden nie erwachsen werden.

Beim Gedanken daran schnürt es mir die Kehle zu.

Emma wird nie ...

Ich schiebe den Gedanken an meine Schwester beiseite. Jetzt erblicke ich endlich das weiße Holzhaus, an dem im Lauf der Jahre so oft angebaut wurde, dass es inzwischen eines der größten im ganzen Viertel ist. Der rote Kleintransporter mit dem Schriftzug *FIRST KLAS BYGG AB* steht auf der Auffahrt. Normalerweise ist Klas um diese Zeit schon seit mehreren Stunden bei der Arbeit. Das Auto von Tildas Mutter hingegen ist nirgends zu sehen. Ich parke auf der Straße. Stina ruft erneut an und ich lasse mein Handy einfach auf dem Beifahrersitz zurück.

Klas öffnet die Haustür, noch bevor ich klingele. Er trägt seine stets verfleckte Arbeitshose mit den Reflektoren an beiden Beinen. Seine Arme, die fleischig und zugleich muskulös sind, quellen aus den Ärmeln des engen T-Shirts hervor, auf dem dasselbe Firmenlogo prangt wie auf dem Transporter. Der darauf abgebildete Mann hält eine tropfende Maurerkelle in der Hand und lächelt breit unter einer schief sitzenden Kappe. Doch der echte Klas lächelt nicht. Die Haut unter seinem Bartansatz ist bleich und seine Augen sind aus den Höhlen hervorgetreten, als wäre der Druck im Inneren seines Schädels zu stark geworden.

»Hallo mein Junge«, begrüßt er mich und umarmt mich wie immer etwas ungelenk, wobei er mir fest auf den Rücken klopft. »Schöne Scheiße, was?«

»Ja«, antworte ich. »Schöne Scheiße.«

»Noch dreieinhalb Monate, sagen sie.«

»Ja.«

Wir bleiben stehen. Ich spüre, wie die Sekunden wegticken, eine nach der anderen. Wie viele Sekunden haben dreieinhalb Monate?

»Sie ist in ihrem Zimmer«, sagt Klas schließlich.

Ich streife mir im Hausflur die Schuhe ab und laufe die Treppe hinauf. Erreiche den Flur im Obergeschoss. Tildas Zimmertür ist angelehnt.

Sie steht am Fenster. Die Sonne lässt ihr dunkles Haar in verschiedenen Kupfertönen schimmern. Als ich zu ihr hereinkomme, dreht sie sich um und schaut mich mit ihren hellen Augen an, die sich scheinbar der Farbe ihrer Umgebung anpassen können, genau wie Wasser.

»Es sieht alles aus wie immer«, sagt sie mit belegter Stimme.

»Ich weiß«, erwidere ich.

»Und bald ist alles weg.«

Ich weiß nicht, was ich darauf erwidern soll. Ihr Laptop liegt aufgeklappt auf dem Bett. Darauf läuft gerade eine Nachrichtensendung. Allerdings ohne Ton. Der amerikanische Präsident steht vor einem blauen Banner. *WHITE HOUSE CONFIRMS*. Mir fällt ein, dass es dort noch tiefe Nacht ist. Auf dem Bildschirm werden Sequenzen von Pressekonferenzen in Russland, Großbritannien und dem Iran eingeblendet. Kurz darauf zeigen sie ein Interview mit dem UN-Generalsekretär. Ich frage mich, wie die Situation wohl auf Dominica ist und ob Judettes Familie gerade dieselben Bilder sieht.

»Du zitterst ja«, sagt Tilda leise.

Sie streicht mir über den frisch rasierten Schädel und ich erwache wie aus einer Trance. Ich umarme sie. Endlich. Sie lehnt ihre Stirn an meinen Brustkorb. Ihre Haare sind noch feucht und ich sauge den Geruch nach Chlor und Shampoo ein. Tildas eigener Duft.

»Noch ist es nicht sicher, dass es tatsächlich passiert«, sagt sie. »Vielleicht werden wir ja verschont. Eine minimale Chance gibt es jedenfalls.«

Ich will ihr lieber nicht sagen, was ich denke. Nämlich, dass man mit diesen Informationen nie an die Öffentlichkeit gegangen wäre, wenn sie nicht als gesichert gelten.

»Oder sie finden irgendeine Lösung«, fährt sie fort. »Vielleicht können sie ja ein riesiges Trampolin aufbauen oder so was.«

Ich lache auf. Aber es klingt eher wie ein Schluchzen. Was es womöglich auch ist.

»Ich hab so große Angst«, gesteht sie.

»Ich auch.«

Tilda schaut zu mir auf. Sie ist so hübsch, dass es geradezu wehtut.

Sie darf nicht sterben.

Wir küssen uns. Die Welt um uns herum verschwindet, schrumpft, bis nur noch unsere Münder und unsere Körper da sind. Tilda schließt leise die Zimmertür, damit Klas es unten nicht hört. Ich stelle mich hinter sie und öffne den Reißverschluss ihres Hoodies. Dann küsse ich ihre Schultern und atme dabei den Duft nach Chlor ein, der nie ganz von ihrer Haut weicht. Ich streichle ihr über den Bauch und ziehe ihr das weiße Shirt aus. Öffne ihren BH. Irgendwie erscheint es mir wichtiger denn je, dass wir uns all unserer Kleider entledigen. Ich will ihre Haut an meiner spüren, jeden einzelnen Quadratmillimeter.

Sie breitet ihre Bettdecke auf dem Fußboden aus, wie wir es immer tun, wenn wir nicht allein im Haus sind. Denn Tildas Bett quietscht viel zu laut.

»Ich hab aber keine Kondome dabei«, gestehe ich nur ungern, während ich mich ausziehe.

»Spielt das denn jetzt noch 'ne Rolle?«, fragt Tilda.

Wir schauen einander an und die Welt dort draußen ist wieder präsent. Ich setze alles daran, sie auszublenden. Also bedecke ich Tildas gesamten Körper mit Küssen und erforsche ihn, als wäre es das allererste Mal.

Schließlich wird sie ungeduldig und zieht mich zu sich heran. Schließt ihre Oberschenkel um meine Taille und weist mir den Weg.

Immer wenn einer von uns beiden zu laut wird, bringen wir uns mit weiteren Küssen gegenseitig zum Schweigen.

Anschließend liegt Tilda schwer atmend mit dem Rücken zu mir auf meinem Oberarm. Es klingt, als wäre sie eingeschlafen. Mein Blick gleitet über die Regale mit den Pokalen und die an die Wand gepinnten Medaillen mit den bunten Bändern. Und bleibt schließlich an einem Ausschnitt aus der Lokalzeitung mit einer Bildunterschrift hängen, die sie als »vielversprechendes Talent« beschreibt. Auf dem Foto trägt Tilda noch ihre Badekappe und lacht.

Tilda nennt diese Wand ihre Inspirationswand. Dort hängen noch mehr Fotos von landesweiten Wettbewerben sowie von Trainingslagern in Dänemark, Italien und den Niederlanden. Auf den meisten der älteren Bilder ist auch eine frühere Freundin zu sehen, Lucinda. Mein Blick bleibt an einem Foto von der Lucia-Prozession im vergangenen Winter hängen. Die gesamte Schwimmhalle einschließlich des Beckens ist abgedunkelt und Tilda trägt eine Lichterkrone auf dem Kopf. Die Flammen der Kerzen spiegeln sich auf der Wasseroberfläche wider. Sie strahlt in die Kamera, um sich nicht anmerken zu lassen, wie schwer das Gewand ist, das im Wasser um ihren Körper wogt. Sie lässt sich niemals anmerken, wie viel sie für dieses Leben opfert und wie viel Fleiß dahintersteckt. Ich kenne niemanden, der so zielstrebig ist wie Tilda. Sie kennt ihren Weg genau. Ich hingegen habe in der Schule zwar gute Noten, weiß aber noch immer nicht, was ich mal werden will. Die Fülle an Möglichkeiten lähmt mich geradezu. Wie soll ich denn schon jetzt wissen, was ich in zehn, zwanzig oder fünfzig Jahren machen will?

Doch nun muss ich mich nicht mehr entscheiden.

Meine Haut fängt wieder an zu kribbeln.

Denk nicht dran.

Ich drehe mich auf die Seite und schlinge meinen freien Arm um Tildas Körper. Hebe leicht den Kopf, um sie auf die Wange zu küssen. Jetzt merke ich, dass sie nicht schläft. Sie schaut zum Laptop auf ihrem Bett hoch. In einer Ecke des Bildschirms poppen immer neue Nachrichten auf. Alle wollen wissen, wo sie gerade ist. Und ob sie es schon gehört hat. Im Fernsehen werden gerade Bilder aus einem ländlichen Gebiet in Indien gezeigt, auf denen weinende Frauen ihre Arme gen Himmel recken.

Ich schließe die Augen.

»Ich liebe dich«, sage ich.

»Ich dich auch«, entgegnet Tilda, ohne sich umzudrehen.

DAS ENDE

NOCH VIER WOCHEN UND FÜNF TAGE

NAME: LUCINDA
TellUs# 0 392 811 002
POST 0001

Ich weiß nichts über dich, der du diesen Post liest. Und damit meine ich, wirklich rein *gar nichts*.

Vielleicht bist du ein ähnliches Lebewesen wie ich. Aber vielleicht auch irgendein ganz anderes Geschöpf, das ich mir nicht mal vorstellen kann.

In Filmen und Fernsehserien tragen Außerirdische fast immer menschliche Züge. Als würden sie von uns abstammen und sich kaum von uns unterscheiden. Sie haben kleine Körper mit großen Köpfen darauf, eine Echsenhaut oder auch ein zusätzliches Augenpaar auf der Stirn. Erkennst du dich irgendwie wieder? Und kann man euch überhaupt noch »Außerirdische« nennen, wenn die Erde gar nicht mehr existiert?

Am wahrscheinlichsten ist es natürlich, dass es dich gar nicht gibt. Und falls doch, wie solltest du mich dann verstehen? Die TellUs-App verfügt über einen Sprachschlüssel, eine Art digitalen Rosettastein mit mehreren Hundert menschlichen Sprachen darauf. Damit kannst du hoffentlich lesen, was wir schreiben, da er alle Sprachdateien in Texte umwandelt, bevor sie ins All gesendet werden. Aber wirst du auch die Bedeutung hinter den Worten verstehen?

Während ich dies schreibe, läuft in einem anderen Fenster auf meinem Bildschirm gerade eine Livesendung. Der amerikanische Präsident hält eine Rede. (Ich bringe nicht mal seinen Namen über die Lippen, so sehr hasse ich ihn. Aber du wirst von anderen noch genug über ihn erfahren.) Er sitzt mit gefalteten Händen an seinem Schreibtisch im Oval Office des Weißen Hauses und ist etwas zu stark geschminkt. Im Hintergrund sieht man die amerikanische Flagge. Seine Eröffnungsreplik lautete »My fellow Americans«. Ich kann dir das zwar alles berichten, aber was *sagt* es dir? Wie soll ich erklären, dass ich selbst noch immer kaum glauben kann, was gerade passiert? Bislang habe ich dieses Szenario immer nur mit Tausenden Filmen und Fernsehserien in Verbindung gebracht. Auch wenn darin die Präsidenten mehr Stil haben und eher würdevoll und beschwichtigend auftreten. All das, was der echte Präsident nicht tut. (Die Filmszenen handeln häufig von Außerirdischen, die gekommen sind, um Manhattan in die Luft zu sprengen, und dann besiegt werden. Tut mir leid, aber wir sind immer davon ausgegangen, dass ihr uns kolonisieren, versklaven oder gar ausrotten wollt. Höchstwahrscheinlich, weil einige Teile der Menschheit genau das mit anderen Menschen gemacht haben. Ich weiß nicht, ob ihr euch mit Psychologie befasst, aber bei uns nennt man das »Projektion«.)

Der Präsident erklärt in seiner Rede alles, was jeder, der einigermaßen gescheit ist, längst begriffen hat. Die letzten Berechnungen sind abgeschlossen. Jetzt herrscht kein Zweifel mehr. In gut einem Monat ist es tatsächlich vorbei. Man hat uns sogar schon eine Uhrzeit genannt. Am sechzehnten September morgens um vier Uhr zwölf mitteleuropäischer Zeit tritt der Komet Foxworth in die Erdatmosphäre ein. Dabei erwärmt sich die Luft zehnmal stärker als die Oberfläche der Sonne. Alles, was sich in der Bahn des Kometen befindet, wird bereits vernichtet sein, noch bevor er vor der Nordwestküste Afrikas in der Nähe der Kanarischen Inseln einschlägt. Die Atmosphäre wird brennen und der Himmel von einem grellen Licht erleuchtet sein, das stärker ist, als wir es je gesehen haben. Die Schockwelle erreicht uns lautlos, da sie sich schneller als mit Schallgeschwindigkeit bewegt. Nur wenige Minuten nach dem Einschlag werden die Meere verdampft und die Gebirge verglüht sein. Vier Milliarden Jahre Evolution sind auf einen Schlag dahin. Und wir können nichts dagegen tun.

So formuliert es der Präsident natürlich nicht. Er nennt keine Details zu der Frage, wie wir sterben werden, und bestätigt auch nicht die Annahme, dass sich die Erdkruste so stark wölben wird, dass wir bis ins All hinausgeschleudert werden. Stattdessen empfiehlt er »stay at home, be with your loved ones«, und ich frage mich, wie es sich wohl für all diejenigen anfühlt, die keine Angehörigen haben.

Wir wissen seit gut zwei Monaten, dass der Komet auf uns zugerast kommt. Genauer gesagt, seit dem siebenundzwanzigsten Mai. Seitdem ist die Welt aus den Fugen geraten. Alles, was wir bislang immer als gegeben hinnahmen, ist innerhalb weniger Tage wie ein Kartenhaus in sich zusammengefallen. Die Berufstätigen gingen plötzlich nicht mehr zur Arbeit. Alle Schulen schlossen. Die Börse kollabierte. Nach nur wenigen Tagen kam es zum Handelsstopp und das Geld wurde wertlos. Die Leute, die gerade im Ausland unterwegs waren, prügelten sich um die freien Sitzplätze in den letzten Fliegern nach Hause. Und die Straßen wurden vom erlahmenden Verkehr verstopft.

In der ersten Zeit war das Chaos am größten. Neue Kriege brachen wie aus dem Nichts aus, während alte schwelende Konflikte über Nacht von selbst abkühlten. Keiner wusste mehr, was zählte. Am allerschlimmsten aber war es in den Gebieten, in denen am wenigsten Gleichberechtigung herrscht. Die unterdrückten Massen hatten nichts mehr zu verlieren und gingen auf die Barrikaden. Sie besetzten die Paläste der Reichen und plünderten die Luxusgeschäfte. In anderen Ländern fiel es den Einwohnern hingegen leichter, zusammenzuhalten.

Hier in Schweden haben wir inzwischen zu einer gewissen Normalität zurückgefunden. Auch wenn natürlich nichts mehr wie zuvor ist, funktioniert bei uns noch erstaunlich viel.

Natürlich glauben nicht alle daran, dass Foxworth die Erde treffen wird. Einer von diesen Kometenleugnern wird gerade in der Nachrichtensendung interviewt. Er legt dasselbe impulsiv-sarkastische Gehabe an den Tag, das sie sich alle zu eigen gemacht haben. Eine voreilige *Hab-ich-doch-gesagt*-Haltung. Und in gewisser Weise verstehe ich ihn. Auch für mich ist es unfassbar, dass wir einen derart großen Kometen nicht schon vor mehreren Jahren entdeckt haben. Schließlich ist er riesig, Hunderte Kilometer im Durchmesser. Aber er ist auch ziemlich dunkel und seine Oberfläche mit Schlacke bedeckt. Außerdem hat er sich in einer extrem langen Umlaufbahn bewegt, weshalb ihn auch niemand wahrgenommen hatte, als er sich zum letzten Mal in der Nähe der Erde befand. Wie sich also zeigte, besaßen wir trotz all unserer Messgeräte und des technischen Fortschritts keinen besonders guten Überblick über das uns umgebende Weltall. In diesem Sommer wurde viel darüber spekuliert. Wie konnte es so weit kommen? Warum hat man nicht mehr Gelder in die Forschung gesteckt? *Wer hat es verbockt?* Als würde das jetzt noch irgendeine Rolle spielen.

Das Risiko, dass ein Komet allem ein Ende bereiten würde, war so unfassbar gering, dass keiner es ernst nahm. Und dennoch: Die Chance, dass sich ausgerechnet auf diesem Planeten Leben entwickeln würde und ausgerechnet wir über ihn regieren würden, war noch geringer. In einem unendlichen Universum mit unendlich vielen Möglichkeiten ist letztlich absolut *alles*, was geschieht, unwahrscheinlich.

Wenn Foxworth schon vor einigen Jahren entdeckt worden wäre, hätten wir von der Erde aus einen Laserstrahl auf ihn richten können. Das hätte ausgereicht, um die Richtung des Kometen zu ändern. (Frag mich nicht, wie, aber offenbar hat es in irgendeiner Form mit den Gasen in seinem Inneren zu tun.) Doch jetzt ist es zu spät. Irgendjemand hat den Vergleich mit einem fahrenden Auto auf einer weiten Fläche gezogen. Wenn dir dort in einer Entfernung von fünfhundert Metern ein anderes Auto entgegenkommt, brauchst du nur ein wenig am Lenkrad zu drehen, um einen Zusammenstoß zu vermeiden. Aber wenn du das entgegenkommende Auto erst unmittelbar vor dir erblickst, bleibt dir keine Möglichkeit mehr.

Es ist ebenfalls zu spät, um noch von der Erde zu fliehen. Wenn in den Katastrophenfilmen irgendwann nichts mehr geht, enden sie immer damit, dass eine Art Arche ins All geschickt wird, ein riesiges Raumschiff mit Tausenden auserwählten Menschen, die unsere Art weiterführen sollen. Aber in der Wirklichkeit läuft es ganz und gar nicht so. Ein bekannter Multimillionär hat beispielsweise versucht, eine Marsexpedition zu organisieren, obwohl auch sein Vermögen wertlos geworden war. Doch selbst wenn es ihm gelungen wäre, hätten höchstens zehn Personen an Bord gehen können, nur um auf unserem unwirtlichen Nachbarplaneten letztlich langsam zu verenden. Außerdem hatten sich zu wenige Freiwillige gemeldet.

Die Kometenleugner werden höchstwahrscheinlich bis zum Schluss alles tun, um uns andere für zu leichtgläubig zu halten. Sie hingegen wissen die Wahrheit. Es handelt sich um einen PR-Coup, damit die Amerikaner uns in letzter Sekunde »retten können«. Oder auch um *Fake News* aus Russland, mit denen die Welt abgelenkt werden soll, während die Russen eine Invasion vorbereiten. Oder um ein kommunistisches Komplott, mit dem das kapitalistische System zu Fall gebracht werden soll. Die Leute glauben doch letztlich nur, was sie glauben wollen. Es ist schließlich nicht das erste Mal. Du hättest sehen sollen, wie leicht es uns fiel, die Augen vorm Klimawandel zu verschließen, um nur ein Beispiel zu nennen. Die Welt war nämlich längst dem Untergang geweiht.

Zunächst bestand der Name des Kometen aus einer Kombination aus Zahlen und Buchstaben, was jedoch viel zu unpersönlich für etwas erschien, das unser Ende besiegeln sollte. Jetzt nennen sie ihn Foxworth, nach der Mitarbeiterin der NASA, die ihn entdeckt hat. Ich frage mich, wie es sich wohl anfühlt, wenn der eigene Name damit in Verbindung gebracht wird. Jedenfalls wäre die Frau bestimmt in die Geschichte eingegangen, zumindest wenn später noch jemand da gewesen wäre, der Geschichte hätte schreiben können.

Aber das übernehme ich ja jetzt. Jedenfalls theoretisch betrachtet. TellUs ist ein Versuch, die Geschichte der Erde und des Lebens darauf an andere Existenzformen weiterzugeben. Ich frage mich zwar, wie viele TellUs-User wirklich daran glauben, dass irgendwer das hier liest, aber so habe ich zumindest eine Beschäftigung. Eine sinnvolle. Schließlich müssen wir den Glauben daran aufrechterhalten, dass irgendwer da draußen von unserer Existenz erfährt.

Das, was ich hier schreibe, wird an mehrere Satelliten gesendet, die all unsere Posts speichern und sie dann ins All weiterleiten. Wenn wir nicht mehr da sind, senden die Satelliten trotzdem in Endlosschleife weiter. Zumindest bis sie irgendwann kaputtgehen, vom Weltraumschrott getroffen werden oder so. Also besteht zumindest die Möglichkeit, dass dich meine Nachrichten erreichen. Das heißt, falls es dich gibt und du die richtige Ausrüstung besitzt. Und falls du tatsächlich verstehen solltest, was ich hier schreibe, oder überhaupt Interesse daran hast.

Dieselben Satelliten werden auch wissenschaftliche Fakten über unseren Planeten und die Koordinaten der Orte senden, an denen wir versucht haben, unsere berühmtesten Kunstwerke, Bücher und Musikstücke zu verwahren sowie DNA-Sequenzen von Tieren und Menschen, Samenbanken, die zuvor auf Spitzbergen gelagert waren (in einem einst für die Apokalypse errichteten Bunker, der diesen Weltuntergang aber auch nicht überstehen wird). Alles wird gut geschützt verpackt und dann in Bergwerksgruben versenkt, die sich weit entfernt vom Einschlagsort befinden. Zwar weiß niemand, ob es tatsächlich funktioniert, aber es erscheint uns zumindest als die bestmögliche Option.

Eines Tages kannst du den Menschen ja vielleicht in einem Alien-Labor wiedererschaffen. Oder dort zumindest ein paar Geranien pflanzen. Dieser Plan dient lediglich dazu, unseren Tod etwas weniger sinnlos erscheinen zu lassen.

Neulich habe ich ein Interview mit mehreren Personen gesehen, die beschlossen hatten, in die Erzgrube von Kiruna umzusiedeln. Sie liegt mehr als einen Kilometer unter der Erde. Doch dort unten werden sie ebenfalls verdampfen und noch dazu unter einer kilometerdicken Schicht aus geschmolzenen Steinen begraben werden. Ein schlimmeres Ende kann ich mir kaum vorstellen.

Weißt du vielleicht, wann du sterben wirst?

Alle Menschen wissen, dass sie eines Tages sterben müssen. Aber keiner hat je gewusst, wann genau das sein wird. Jetzt wissen wir es zum ersten Mal, fast auf die Sekunde genau.

Vielleicht fragst du dich deshalb, warum ich nicht panischer wirke. Ja, ich habe Angst. Mehr, als ich mir anmerken lasse. Aber ich habe wohl dennoch weniger Angst als viele andere. Und das Schlimmste an allem ist, dass ich sogar ein wenig erleichtert bin, was ich aber niemandem außer dir verraten kann. Na ja, vielleicht nicht gerade erleichtert. Das ist wohl das falsche Wort. Aber so falsch nun auch wieder nicht.

SIMON

Es ist heiß, viel zu heiß, und es stinkt nach Chlor und Zigarettenrauch, nach Alkohol und Schweiß. Lautes Gekreische und Lachen hallt von den gefliesten Wänden, den Fensterscheiben und der hohen Decke wider und übertönt die Musik aus den Lautsprechern. Mir fällt auf, dass sie eine von Tildas Playlists spielen. Es war ihre Idee, die Party hier zu feiern. Sie hat noch immer die Hallenschlüssel.

Eigentlich hätte heute die Schule wieder begonnen. Deshalb die Party. Wir tun so, als wäre dies ein Grund zum Feiern. Wäre alles wie immer, würde ich jetzt in die Elfte gehen.

Ich werfe einen Blick auf die große Uhr über der Schmalseite des Beckens und bemerke, dass ich über eine Stunde besoffen auf der Toilette gehockt und einen Großteil der uns noch verbleibenden Zeit sinnlos habe verstreichen lassen. Der Sekundenzeiger rast unerbittlich übers Zifferblatt.

Noch vier Wochen und fünf Tage.

Unsere Tage sind gezählt. Heute ist auch das letzte Fünkchen Hoffnung verpufft. Bye-bye, grausame Welt.

Ich nehme einen Schluck selbst gebrannten Fusel. Das Zeug schmeckt ekelhaft, egal womit man es mischt, aber es ist fast der einzige Alkohol, den man jetzt noch bekommen kann.

Ich suche die Oberfläche des türkisfarbenen Wassers mit all den auf und ab hüpfenden Köpfen nach Tilda ab. Das hier ist ihre Welt. Ihr Lieblingsort, an dem all ihre Freunde versammelt sind. Ich dagegen weiß nicht mehr recht, zu wem ich noch gehöre. Ich weiß nur, dass ich nicht länger hierbleiben will, aber ich kann auch nicht einfach nach Hause gehen.

Überall um mich herum rutschen die Leute auf dem nassen Boden aus. Hampus springt gerade mit einem Salto ins Wasser, wobei sein Nacken haarscharf am Beckenrand vorbeischrammt. Als ich selbst vorhin getaucht bin, kam ich kaum wieder an die Wasseroberfläche. Das Becken ist voller Jugendlicher. Ein Gewimmel aus Armen und Beinen. Bestimmt wird irgendwann ein Unfall passieren. Es liegt geradezu in der Luft.

Ich leere die Plastikflasche, als mir jemand freundschaftlich auf den Rücken klopft. Ali. Er lacht und sagt etwas, das ich nicht verstehe.

»Was?«

»Ich hab gefragt, wo du warst.«

»Hast du Tilda gesehen?«

Ich höre selbst, dass ich lalle. Haschutillagsehn?

»Ach, scheiß doch einfach auf sie«, ruft Ali und flitzt zum Beckenrand, wo er im Sprung die Beine zum Bauch heranzieht, um eine Arschbombe zu machen.

Ich torkele weiter und komme an der Tribüne vorbei, auf der ich bei ihren Wettkämpfen schon oft gesessen habe. Auf den Rängen hängen massenweise Leute in Grüppchen herum, einige von ihnen sind schon weggedämmert, allein oder eng umschlungen, andere haben gerade Sex. Eines der Mädels in der untersten Reihe hat sich ein Badetuch übergeworfen und reitet gerade einen Typen. Als ich an ihnen vorbeitorkele, stoße ich aus Versehen gegen sein Knie.

Auf Höhe der Schmalseite des Beckens kommt mir Johannes entgegen. Seine lockigen Haare sind tropfnass und er hat die Schultern hochgezogen, als würde er frieren. Er grüßt im Vorbeigehen jemanden, lässt mich dabei aber nicht aus den Augen. Mein bester Freund. Ich merke, dass er sich Sorgen um mich macht. Seine Freundin Amanda sitzt gemeinsam mit ein paar anderen Typen vor der niedrigen gefliesten Trennwand. Elin sagt gerade etwas und alle lachen auf, doch Amanda schaut zu mir rüber, während sie ihre Haare zusammenrafft und auswringt.

Johannes legt mir seine kalten Hände auf die Schultern. Seine Fingerkuppen sind schon ganz verschrumpelt.

»Alles in Ordnung?«

»Hast du Tilda gesehen?«

Diesmal gelingt es mir, nicht zu lallen. Johannes ringt sich ein Lächeln ab.

»Ich glaub, sie ist schon gegangen.«

»Johannes«, entgegne ich. »Ich hab dich echt lieb, aber du bist 'n verdammt schlechter Lügner.«

Er streicht sich die an der Stirn klebenden Haare aus dem Gesicht.

»Komm«, fordert er mich auf. »Du bist schon viel zu breit. Lass uns irgendwo hingehen und reden.«

Das wäre besser gewesen, das weiß ich. Doch plötzlich höre ich Tildas Lachen. Hinter der Trennwand liegt das Kinderbecken mit der roten Kunststoffrutsche. Johannes folgt meinem Blick dorthin.

»Simon«, meint er. »Komm jetzt lieber. Wenn du willst, können wir abhauen.«

Doch ich antworte nicht. Es ist zu spät. Ich will es unbedingt wissen.

Als ich an der Trennwand bin, ruft Johannes mir noch einmal hinterher. Dahinter befinden sich nicht ganz so viele Leute und ich entdecke Tilda sofort. Sie liegt mitten im Becken bäuchlings auf einer Luftmatratze. Selbst aus der Entfernung sehe ich, dass sie high ist. Ihre Pupillen sind groß und dunkel. Sie trägt einen der Badeanzüge, die sie auch bei Wettkämpfen benutzt. Mit dem Logo des Schwimmvereins auf der Brust und ihrem Namen in Schreibschrift auf dem Hintern.

Sait kniet neben ihr. Ihm reicht das Wasser nur bis zur Mitte seines Sixpacks. Als er Tilda von der Luftmatratze herunterzieht, kreischt sie auf. Im Schein der Unterwasserbeleuchtung strahlen ihre Zähne ganz weiß.

Ich liebe dich noch immer, hatte Tilda Anfang Juni zu mir gesagt. Nur wenige Tage nach der Nachricht vom Kometen.

Sie liebt mich zwar, aber das reicht nicht aus.

Die verbleibende Zeit meines Lebens will ich in vollen Zügen genießen.

Auch das hat sie gesagt.

Genau das will ich auch. Aber ich will es gemeinsam mit ihr, denn für mich *ist* Tilda das Leben. Und mit ihr möchte ich auch zusammen sein, wenn der Himmel weiß wird.

Sait zieht sie im Wasser zu sich heran. Ich kenne ihn kaum, da er ein paar Jahre älter ist als wir. Jetzt hat er seine Hand unter Tildas Badeanzug geschoben und seine Fingerknöchel zeichnen sich unter dem dünnen Stoff ab. Als er sie seitlich auf den Hals küsst, schließt sie die Augen.

Ich sollte besser gehen und bleibe stattdessen wie versteinert stehen.

Eigentlich will ich nicht noch mehr sehen, doch ich kann einfach nicht wegschauen.

Plötzlich schreit hinter mir jemand auf und Tilda schaut hoch. Dabei begegnen sich unsere Blicke. Sait wischt sich ein paar Wassertropfen aus den Augen und sieht mich ebenfalls.

Endlich gelingt es mir, meinen Blick von den beiden loszureißen. Ich bewege mich, so schnell es der nasse Boden zulässt, fort von ihnen, vorbei am geschlossenen Café und hinein in die Umkleide, wobei mir vage bewusst wird, dass mich mehrere Mädels vom Beckenrand aus beobachten. Als die Tür hinter mir zugleitet, ebben die Musik und das Stimmengewirr ab und ich kann meine eigenen keuchenden Atemzüge hören.

Hier drinnen stinkt's. Irgendwer hat versucht, in einer der Duschkabinen Erbrochenes wegzuspülen. Doch ein Teil der halb verdauten Essensreste ist am Abflussgitter hängen geblieben. Mir geht es beschissen und ich taumele zwischen den Spindreihen hindurch, kann mich aber kaum noch auf den Beinen halten. Es ist, als hätte mich schlagartig jegliche Kraft verlassen. Unter meiner Haut kribbelt es und mir brummt der Schädel. Schließlich lasse ich mich auf eine der

Bänke sinken und denke, dass ich besser Johannes hätte folgen sollen. Jetzt will ich nur noch weg.

Plötzlich wird die Tür vom Bad zur Umkleide geöffnet und ich höre, wie jemand über die Kunststoffmatten herantapst. Als ich aufschaue, steht Tilda vor mir, die Arme um den Oberkörper geschlungen. Sie hat ihre dunklen Haare aus dem Gesicht gestrichen. Wasser tropft von ihnen herab und landet neben ihren Fersen. Ihre Augen sind glasig wie die einer Puppe. Wenn mir vor ein paar Monaten jemand gesagt hätte, dass Tilda Drogen nimmt, hätte ich ihn ausgelacht. Doch seither hat sich viel verändert.

»Ich wollte eigentlich nicht, dass du es mitkriegst«, sagt sie. »Ich dachte, du wärst schon weg.«

»Können wir nicht zusammen weggehen?«, frage ich. »Einfach abhauen? Ich vermisse dich so wahnsinnig.«

Tilda schüttelt den Kopf, wobei mehrere Haarsträhnen an ihrer Schulter kleben bleiben. Ich hätte besser den Mund halten sollen. Aber was habe ich jetzt noch zu verlieren?

»Ich will nicht allein sein«, sage ich und höre selbst, dass ich schon wieder lalle.

»Das ist kein guter Grund, um zusammen zu sein.«

»Es ist nicht nur deswegen.«

Ich ziehe am Gummiband an meinem Handgelenk, sodass der Spindschlüssel gegen das Nummernmärkchen flutscht. Als ich das Gummi loslasse, schnellt es gegen die Haut zurück. Ich wiederhole die Bewegung ein ums andere Mal, um wieder klar im Kopf zu werden. Doch ich spüre es kaum.

»Ich liebe dich«, sage ich. »Warum liebst du mich nicht mehr?«

»Ich will in den letzten Wochen mit niemandem mehr zusammen sein. Und das weißt du auch. Ich will tun und lassen, was ich will.«

»Wir können doch ein offenes Verhältnis haben.«

Tilda lächelt schief. Sie glaubt mir nicht. Ich glaube mir ja selbst nicht mal.

»Wir könnten es ausprobieren«, versuche ich es weiter.

Tilda setzt sich neben mich. Sie wirkt irgendwie traurig, ohne dass ich es verstehen könnte. Vielleicht vermisst sie mich ja auch. Oder vielleicht tue ich ihr auch nur leid.

»Nein«, entgegnet sie. »Wir beide werden nie mehr ein Paar sein. Diejenige, mit der du zusammen warst ... gibt es nicht mehr. Vielleicht gab es sie überhaupt nie.«

»Was soll das denn bedeuten?«

»Dass du aufgeben musst.«

Jetzt bin ich mir sicher, in ihrem Blick Mitleid zu erkennen. Der Raum beginnt sich vor meinen Augen zu drehen und der Schnapsgeschmack steigt mir wieder in die Kehle.

»Du musst endlich loslassen«, sagt Tilda. »Oder willst du etwa die ganze restliche Zeit so weitermachen?«

Auf einmal will ich nur noch, dass sie geht. Es tut zu sehr weh, wenn sie mir so nah ist und zugleich so weit weg.

»Du wirst es noch bereuen, wenn es so weit ist«, entgegne ich. »Und weißt du, was? Dann kannst du es nicht mehr zurücknehmen, denn es wird kein Danach mehr geben.«

Sie blinzelt mit ihren Puppenaugen.

Dann ruft jemand unvermittelt ihren Namen und wir schauen beide auf. Vor uns stehen Elin und Amanda. Ich weiß nicht, wie lange sie schon dastehen und wie viel sie mitgehört haben.

»Wir müssen hier weg«, kreischt Amanda.

Plötzlich wird die Tür zur Umkleide erneut aufgerissen und vom Duschraum her sind Stimmen zu hören. Jemand schreit angeekelt auf. Kurz darauf nähern sich Stiefelschritte und zwei Polizisten tauchen zwischen den Spinden auf. Ein Mann mit Bart und eine Frau mit Kurzhaarfrisur, die mir irgendwie bekannt vorkommt.

»So, ihr Lieben«, sagt der Bärtige. »Zeit, die Party zu beenden.«

Ich springe etwas zu rasch auf und rutsche aus. Doch Tilda fängt mich auf.

»Wir haben die Ehre, euch heimzufahren«, ergänzt die Polizistin und ich versuche zu protestieren.

»Du schaffst es doch gar nicht allein bis nach Hause«, wendet Tilda ein.

»Doch, doch, geht schon.«

Die beiden Polizisten haken mich unter. Ich versuche mich loszureißen, doch ihre Griffe werden fester.

»Simon, wo sind deine Klamotten?«, fragt die Frau.

»Woher kennen Sie meinen Namen?«

»Dazu kommen wir später.«

Sie wirft einen Blick auf das Nummernmärkchen an meinem Handgelenk und schleift mich zu meinem Spind.

Als immer mehr Leute in die Umkleide strömen, um nach ihren Spinden zu suchen, verliere ich Tilda aus den Augen. Ein weiterer Polizist schiebt alle anderen vor sich her und fordert sie auf, sich zu beeilen. Doch im Gegensatz zu früher folgt keiner seiner Anweisung.

Das alles wird keinerlei Konsequenzen haben. Denn dafür bleibt keine Zeit mehr. Schon bald geht die Welt unter. Die Polizisten können allein dafür sorgen, dass wir uns nicht schon vorher das Leben nehmen.

NOCH VIER WOCHEN UND VIER TAGE

SIMON

Ich wache von schnaufenden Atemzügen an meinem Ohr auf und eine feuchte Nase presst sich an meine Wange.

»Geh weg, ich will schlafen«, sage ich und versuche, mit meiner Hand die Wand aus warmem Fell wegzuschieben.

Bumbum leckt sich die Schnauze. Ich öffne widerwillig die Augen und schaue direkt in zwei große braune Hundeaugen. Sein Kopf füllt fast mein gesamtes Blickfeld aus. Dann fährt er mit seiner rauen Zunge über mein Handgelenk.

Noch vier Wochen und vier Tage.

Das Gedankenkarussell setzt sich langsam wieder in Gang und die Panik kommt schleichend.

Jetzt bin ich hellwach. Ich muss aufstehen und mich bewegen. Das einzige Mittel, um nicht durchzudrehen.

Als ich mich aufsetze, kommt es mir vor, als würde mein Schädel explodieren. Als wäre der Komet schon in meinen Kopf gerauscht. Bumbum kläfft aufgeregt und dreht sich wild um die eigene Achse. Dabei fegt sein Schwanz das Trinkglas von meinem Nachttisch herunter. Ich kann gerade noch mein Handy aufheben, bevor es nass wird.

»Ganz ruhig«, sage ich und entsperre das Handy, um zu lesen, was ich Tilda heute Nacht nach dem Heimkommen geschrieben habe.

Ich entschuldigte mich für mein jämmerliches Benehmen, was mich natürlich noch jämmerlicher machte. *Schon okay*, lautete ihre Antwort. Doch im Augenblick fühlt es sich keineswegs okay an und ich kann nicht anders, als mich zu fragen, ob sie die Nachricht womöglich von Saits Bett aus geschickt hat. Ich presse die Handflächen so fest auf meine Augen, bis ich Sterne sehe.

»Judette und ich würden gern mit dir reden.«

Ich lasse meine Hände sinken. Stina steht in Arbeitskleidung im Türrahmen. Die rotblonden Haare sind hochgesteckt, das Beffchen über dem Talar ist akkurat gebunden.

»Beeil dich«, fordert sie mich auf und geht wieder.

Als ich die Bettdecke zur Seite schiebe, schlägt mir der Geruch meiner Jeans nach abgestandenem Rauch und Chlor entgegen. Ich habe in meinen Klamotten geschlafen. Als ich aus dem Bett krieche und dabei Bumbum mit einem Knie zur Seite wegstupse, sehe ich noch immer Sterne.

Meine Mütter sitzen auf einem der beiden Sofas im Wohnzimmer und warten. Ich sehe Stina an, wie sehr sie diesen Moment herbeigesehnt hat. Jetzt wird es also ernst. Judette betrachtet mich kühl. Sie kann mit einem einzigen Blick mehr sagen als Stina mit ihren ellenlangen Monologen.

Eigentlich wollten wir gestern Abend per Video bei Judettes Freunden auf Dominica anrufen. Ich verstehe ja, dass sie enttäuscht sind. Aber dass ich immer nur unterwegs sein und Party machen will, stimmt nicht. So simpel ist es nicht. Ich will nur nicht andauernd hier herumhocken und an den Weltuntergang und den Tod denken müssen. Am liebsten will ich überhaupt nicht denken.

»Wie geht's dir?«, fragt Stina.

»Beschissen«, antworte ich.

»Was anderes hast du auch nicht verdient«, entgegnet sie und heischt bei Judette nach Zustimmung.

Judette schlägt ein Bein übers andere.

»Begreifst du eigentlich, wie peinlich es für mich war, dass ausgerechnet Maria dich im Streifenwagen heimfahren musste?«, fragt sie.

Stina wirkt enttäuscht.

»Das war ganz sicher nicht das Schlimmste an allem.«

Obwohl mein Gehirn noch ziemlich träge ist, fügen sich die Puzzleteile allmählich zusammen. Die Polizistin mit den kurzen Haaren. Deshalb kam sie mir bekannt vor. Ich bin ihr schon ein paarmal begegnet, als sie in Judettes Floorball-Mannschaft mitgespielt hat.

»Ich hab etwas zu viel getrunken«, gestehe ich. »Sorry.«

Stina schnaubt laut auf und macht eine resignierte Geste in Richtung Judette. Aber ich sehe ihr an, wie froh sie über die Gelegenheit ist, gemeinsame Front gegen mich machen zu können. Ich erweise ihr sogar einen Dienst, anstrengend wie ich bin.

Die beiden sind seit einem halben Jahr geschieden. Stina hat im Frühjahr endlich ihren Ehering abgenommen, aber ich weiß, dass sie ihn noch immer im Portemonnaie bei sich trägt. Sie hat mir zwar geraten, Tilda endlich ziehen zu lassen, aber im Grunde ist sie genauso armselig dran wie ich.

»Du kannst nicht einfach jede Nacht unterwegs sein«, sagt Judette.

»Aber was spielt das denn noch für 'ne Rolle?«

»Es spielt eine verdammt große Rolle!«, brüllt Stina und schlägt aufgebracht mit der Handfläche auf die Sofalehne, sodass der Staub aus dem Polster aufwirbelt und im Sonnenlicht, das durchs Fenster kommt, zu glitzern beginnt.

»Und warum?«, frage ich. »Es ist ja nicht grad so, dass ich mir meine Zukunft verbauen könnte.«

»Du weißt genau, was in der Stadt neuerdings alles passiert«, kontert Judette.

»Ich bin ja vorsichtig.«

Stina wird puterrot vor Wut.

»Vielleicht versetzt du dich mal in unsere Lage«, schnaubt sie. »Du weißt ganz genau, dass wir nicht wieder zusammengezogen sind, weil eine von uns jetzt die Ersatzmutter spielen wollte. Aber jetzt sehen wir dich immer seltener.«

»Ich hab euch nie gebeten, meinetwegen wieder zusammenzuziehen.«

Sobald ich die Worte ausgesprochen habe, bereue ich sie auch schon. Denn ich kann die beiden verstehen. Aber sie mich offenbar nicht.

Sie kapieren nicht, dass ich sie eigentlich vermisse und wirklich gern mit ihnen reden würde. Aber ich halte es in dieser künstlichen Stimmung, die sie zu Hause geschaffen haben, einfach nicht aus. Wir können überhaupt nicht mehr normal miteinander reden, weil alles immer gleich so innig sein muss. Wir müssen jede Erinnerung von allen Seiten ausleuchten, einander tiefgründige Fragen stellen und noch lauter wichtige Dinge von uns geben, bevor wir sterben werden. Jedes Wort wird auf die Goldwaage gelegt. Sie verlangen Übermenschliches von mir.

»Jedenfalls wird damit jetzt Schluss sein«, sagt Stina mit unerwartet ruhiger Stimme. »Emma kommt nämlich bereits in ein paar Tagen zu uns.«

Emma. Meine Schwester, die seit der Sache mit dem Kometen nicht mehr zurechnungsfähig ist.

»Micke besucht derweil seine Eltern in Överkalix«, fährt Stina fort. »Sie benötigt jetzt jede Hilfe, die sie kriegen kann. Und außerdem braucht sie Ruhe.«

Ich nicke und schaue weg. Dabei bleibt mein Blick an der dunkelgrauen Wand in der Küche hängen, die ich mit angestrichen habe. Einige Tage, nachdem wir vom Kometen erfahren hatten. Damals saß ich genau hier und schaute auf die Wand. Sie roch noch nach frischer Malerfarbe und ich dachte, *wie unnötig, sie zu streichen, wo wir doch schon bald nicht mehr da sind.* In dem Augenblick hatte ich es zum ersten Mal wirklich begriffen. Damals bin ich in Tränen ausgebrochen und jetzt auch wieder.

»Alles wird gut werden«, sagt Stina sanft.

»Und bitte wie?«, frage ich und wische die Tränen weg.

Sie wirkt enttäuscht. Irgendwie enttäusche ich derzeit offenbar alle.

»Ich meine, dass es gut ist, wenn Emma für eine Weile nach Hause kommt. Wir sollten diese Zeit sinnvoll nutzen.«

»Also denk bitte daran«, sagt Judette.

NAME: LUCINDA
TellUs# 0 392 811 002
POST 0002

In Göteborg ist es heute Nacht zu einem Aufruhr gekommen. Es begann mit einer spontanen Demonstration, bei der mehrere Tausend Menschen auf die Straße gingen, um gegen das System der Rationierung zu protestieren, nach dem gebürtige Schweden mehr bekommen sollen als »die anderen«. Auch die Ministerpräsidentin hat sich geäußert und erneut versucht uns daran zu erinnern, dass wir hier in Schweden noch Glück haben. Es ist Sommer, sodass genügend Obst und Gemüse vorhanden ist, und es gibt zudem so viel Schlachtvieh, dass das Fleisch für mehrere Jahre reichen würde. »Aber es ist trotzdem ungerecht«, meint eine Demonstrantin, die im Fernsehstudio sitzt. »Ich habe mein ganzes Leben lang Steuern gezahlt und müsste allein schon deshalb mehr kriegen als die anderen.« Damit meint sie alle Menschen, die nicht hier geboren sind. Am liebsten würde ich ihr zurufen, dass unsere Gesellschaft nur dank »der anderen« noch so gut funktioniert. Diese Leute stellen nämlich den Großteil all jener, die noch freiwillig arbeiten, obwohl keine Löhne mehr bezahlt werden. Sie sind diejenigen, die die Menschen in den Zügen und die Lebensmittel in den Lkws befördern und die dafür sorgen, dass wir frisches Wasser aus dem Wasserhahn und Strom aus den Leitungen haben. Und zwar nicht, weil sie Heilige wären, sondern weil ihre Angehörigen nicht in Schweden leben. Zum Glück versuchen sie, ihrem Leben noch einen Sinn zu geben, anstatt allein zu Hause herumzusitzen und auf das Ende zu warten.

Wenn du dir unseren Planeten angeschaut hättest, wie er jetzt aussieht, hättest du keine voneinander abgegrenzten Länder erkennen können. Die Grenzen sind nie real gewesen, sondern existieren nur auf den Landkarten als von Menschen eingezeichnete Linien. Doch manche haben ihr Selbstverständnis von der Tatsache abgeleitet, auf welcher Seite der Linie sie gelandet sind. Eigentlich hatte ich angenommen, dass dies jetzt nicht mehr so wichtig wäre. Doch für viele wurde es umso wichtiger und die schreien es am lautesten heraus. (Dazu sind sie noch Idioten. Was oftmals miteinander einhergeht.)

Dies ist vielleicht eine gute Gelegenheit, um darauf hinzuweisen, dass es auch ganz fantastische Menschen gibt. Bestimmt werde ich es immer mal wieder vergessen zu erwähnen. Aber ich sollte zumindest mich selbst öfter daran erinnern. Denn Katastrophen haben schon immer entweder unsere besten oder schlechtesten Eigenschaften zutage gefördert. Und die allermeisten Menschen versuchen einfach, ihr Leben so gut wie möglich zu leben.

Was ist also aus meinem Leben geworden, seit ich das letzte Mal von mir hören ließ? Was habe ich getan, um mich als Mensch weiterzuentwickeln, und was, um anderen zu helfen? Eigentlich habe ich fast nur geschlafen und mir auf dem Handy Fotos von alten Freunden angeschaut.

Heute Nacht haben sie in der Schwimmhalle gefeiert. Sie wirken mit ihren verschwitzten, sonnengebräunten Gesichtern alle so viel jünger, als ich mich fühle, und ihre Augen leuchten regelrecht. Auf der Wasseroberfläche schwimmen überall Plastikflaschen und Zigarettenkippen herum. Leute, von denen ich nie gedacht hätte, dass sie rauchen würden, posieren plötzlich mit Glimmstängeln im Mundwinkel. Aber warum auch nicht? Schließlich besteht keine Gefahr mehr, dass sie noch an Krebs sterben könnten.

Tilda ist auf fast allen Fotos zu sehen. Sie hat noch immer dieselben breiten Schultern und kräftigen Arme. Ihre Rückenmuskeln zeichnen sich deutlich ab. Ich kann kaum glauben, dass mein Körper einmal genauso durchtrainiert war wie ihrer. Ansonsten hat sie sich ziemlich verändert. Die Tilda, die ich kannte, hätte kaum je Alkohol getrunken und definitiv keine Zigaretten geraucht. Wir sind auch nie auf Partys gegangen, weil wir selbst an den Wochenenden früh aufstehen und zum Schwimmtraining mussten. Mein Vater hat mir erzählt, dass sich ihre Eltern im vergangenen Sommer getrennt haben. Mich hat es nicht weiter gewundert, weil sie schon lange Probleme hatten, aber ich weiß nicht, wie es für Tilda ist. Außer was auf den Fotos zu sehen ist, weiß ich eigentlich gar nichts mehr über ihr Leben.

Sie war meine beste Freundin. Meine wichtigsten Erinnerungen haben alle mit ihr zu tun und ich kann nicht erklären, wer ich bin, ohne von Tilda zu erzählen.

Wir haben uns so oft in diesem Becken aufgehalten, dass ich jeden einzelnen kleinen Riss im Fliesenboden und jedes Astloch oben an der Holzdecke beschreiben kann. Ich weiß noch genau, wie das Chlor mir in den Augen brannte, meine Haut aufweichte und unsere Badeanzüge ausleierte. Es fraß sich in alles hinein. Wir absolvierten sieben, acht oder gar neun Trainingseinheiten pro Woche plus mindestens einen Wettkampf. Oft hatte ich es als stinklangweilig und monoton empfunden. Und es zugleich geliebt. Ich lebte für die kleinen Momente der Euphorie. Wie den Adrenalinkick kurz vorm Start eines Wettkampfes oder die wenigen Augenblicke im Training, in denen die Bewegungen des Körpers perfekt mit der Atmung harmonierten. Ich fühlte mich im Wasser wohler als an Land. Eingehüllt. Leicht. Frei. Es war geradezu magisch.

Die Schwimmhalle war unser gemeinsamer Lieblingsort. Ohne sie hätte ich nie angefangen zu schwimmen oder gar ein Sportgymnasium besucht. Sie war es auch, die mich besser machte. Unser Trainer Tommy hatte immer gesagt, dass wir beim Schwimmen ausschließlich gegen uns selbst antreten, aber ich schwamm gegen Tilda. Dass ich nie annähernd so gut wurde wie sie, hatte mir nichts ausgemacht. Niemand konnte ihr das Wasser reichen, aber Elin, Amanda und ich kämpften um einen würdigen zweiten Platz. Tilda besaß das, was Tommy »ein Sieger-Gen« nannte. Sie verfolgte einen Plan; erst zu den schwedischen Jugendmeisterschaften, dann in die Nationalmannschaft und schließlich zu den Olympischen Spielen. Ihr Plan war nicht gerade realistisch und die Chancen ziemlich gering. Und die Aussicht auf genügend Sponsorenverträge, um davon leben zu können, noch kleiner. Dennoch habe ich nie daran gezweifelt, dass sie es schaffen würde.

Aber warum erzähle ich dir das alles? Weißt du überhaupt, was ein Wettkampf ist? Eine Schwimmhalle? Ich nehme an, dass du zumindest Wasser kennst.

Von meinem Fenster aus kann ich das Dach von Tildas Haus sehen. Als wir klein waren und uns zum Spielen verabredet hatten, nahmen wir immer die Abkürzung durch die Gärten.

Zuletzt habe ich sie vor einer Woche gesehen. Ich hatte frühmorgens beschlossen, zum ersten Mal seit Langem wieder in die Innenstadt zu gehen. Ich dachte, dass um diese Uhrzeit kein Risiko bestünde, irgendjemandem zu begegnen, doch als ich mich dem Marktplatz näherte, hörte ich auf einmal laute Bässe und Gegröle. Eine Gruppe torkelnder Mädels bog Arm in Arm um die Ecke. Sie johlten zu einem alten Song aus ihrem Smartphone mit, der plötzlich wieder zum Hit geworden war, *Save The World*. Dann entdeckte ich Tilda, die gerade mit einem Typen, den ich noch nie gesehen hatte, an einem offenen Fenster herumknutschte. Ihr Haar, um das ich sie schon beneidet hatte, als ich selbst noch welches hatte, schimmerte in der Morgensonne fast rötlich. Sie war perfekt geschminkt und ich fragte mich, wo sie es gelernt hatte. Wir hatten uns fast nie geschminkt.

Auch Elin und Amanda waren dort. Ich zog mich rasch zurück, bevor mich jemand von ihnen entdecken konnte.

Seitdem bin ich nicht mehr in der Stadt gewesen.

Was bedeutet es eigentlich für dich, wenn man siebzehn ist? Ist das jung oder eher alt? Kannst du dir vorstellen, wie es ist, noch jung zu sein, aber sich schon alt zu fühlen? Also ich meine, verbraucht? Verstehst du, was ich meine, wenn ich sage, dass ich jetzt schon so lange zurückgezogen lebe, dass ich keine Ahnung mehr habe, wie ich es anstellen soll, mich wieder zu zeigen?

SIMON

Der Film beginnt damit, dass ein Asteroid auf der Erde einschlägt und alle Dinosaurier tötet. Auf dem gesamten Planeten breitet sich ein Flammenmeer aus. Ein Kommentator erklärt, dass es jederzeit wieder passieren kann und es nur eine Frage der Zeit ist.

Keiner sagt etwas. Außer der schwülstigen Musik ist nur das laute Knuspern von Salzgebäck zu hören. Hampus liegt vorm Fernseher und zerkaut Chips mit offenem Mund. Sein T-Shirt ist vorn etwas hochgerutscht und entblößt seinen Bauch, der im Sommer etwas rundlicher geworden ist. Früher gingen er und Sait jeden Tag gemeinsam ins Fitnessstudio und die beiden redeten fast ausschließlich über Proteinpulver und Muskeldefinition.

Sait, der noch immer sein Sixpack hat. Sait, der Tilda auf den Hals geküsst hat.

Sait, der zum Glück nicht hier ist. Aber Tilda ist auch nicht hier. Vielleicht sind die beiden ja gerade zusammen.

Wir sind bei Hampus zu Hause und schauen uns *Armageddon* an, einen jener Filme, die sie versucht haben aus dem Netz zu nehmen. Allerdings ohne Erfolg.

Jetzt, fünfundsechzig Millionen Jahre später, fährt die Kamera über die Skyline von New York. Die ersten Felsbrocken fallen wie

Bomben vom Himmel und legen die Wolkenkratzer in Schutt und Asche. Hampus meint, das sei erst das Vorspiel. Keiner von uns lacht. Ich mache genau das, was ich immer gemacht habe, als ich klein war und meine Schwester Emma mich zwang, mit ihr Gruselfilme zu gucken, wenn sie abends auf mich aufpassen musste. Ich starre wie blind auf den Bildschirm, bis ich keine Bilder mehr erkenne, sondern nur noch wechselnde Farben und Formen sehe. Die Geräusche sind am schlimmsten, denn gegen die kann man sich nicht so leicht wehren, ohne dass es jemand merkt.

Doch dann beginnt der eigentliche Film und als der Hauptdarsteller auf einer Bohrinsel inmitten aller möglichen explosiven Stoffe auf den Verlobten seiner Tochter schießt, müssen wir laut lachen.

»Was'n Wichser«, meint Johannes.

»Echt wahr, was geht den Alten denn ihr Sexleben an?«, stimmt Amanda zu. »Fuck, sie ist doch erwachsen.«

Jetzt bekomme ich wieder etwas besser Luft. Man darf die Handlung einfach nicht ernst nehmen. Ich sinke tiefer in meinen Sessel.

Wie sich zeigt, werden mehrere Ölbohrarbeiter in Rekordzeit zu Astronauten ausgebildet, um ins All zu fliegen. Dort sollen sie schließlich ein tiefes Loch in den Asteroiden bohren, um ihn zu sprengen. Für diese Aktion bleibt ihnen allerdings nur ein einziger Versuch.

»Wäre es nicht viel leichter, wenn man richtige Astronauten beauftragt, um das Loch zu bohren?«, frage ich.

Die anderen lachen. Kann es sein, dass sie genauso erleichtert klingen wie ich? Ich glaube schon.

Ich kapiere einfach nicht, dass man diesem Film zu Beginn des Sommers eine Art Vorbildfunktion beigemessen hat. Damals meinten sie noch, wir sollten auch Atomwaffen hochschicken. Doch Foxworth ist zu groß dafür und außerdem war er schon zu nah an der Erde. Nicht mal wenn wir alle mit Atomwaffen bestückten Raketen weltweit aufgeboten hätten, hätte es funktioniert.

»Hat er der Tussi etwa gerade 'nen Cracker in den Slip geschoben?«, fragt Amanda.

»Glaub schon«, antwortet Johannes, lacht und zieht sie auf dem Sofa näher zu sich heran.

Ich verspüre einen Anflug von Neid. Johannes hat wenigstens noch eine Freundin. Er gehört noch immer wie selbstverständlich dazu. Wir beide haben die anderen nämlich erst über Tilda und Amanda kennengelernt. Und jedes Mal, wenn ich ihnen in nüchternem Zustand begegne, frage ich mich unwillkürlich, ob sie mich wirklich noch dabeihaben wollen, jetzt da mit Tilda Schluss ist. Ich treffe mich nicht mal mehr allein mit Johannes, obwohl er mein bester Freund ist. Manchmal habe ich den Eindruck, dass er mir bewusst aus dem Weg geht.

Vielleicht bin ich ja so anstrengend, dass keiner mehr Lust auf mich hat.

»Haben die etwa alle schon wieder vergessen, dass New York total zerstört wurde?«, merkt Ali an, und ich bin dankbar für die Ablenkung.

»Wirklich ziemlich sinnig, sich am Tag, bevor sie die Welt retten sollen, in 'nem Stripklub volllaufen zu lassen«, spottet Elin. »Eins-a-Prio. Danke, ihr Superhelden.«

»Warum nehmen sie eigentlich Schusswaffen mit ins All?«, fragt Johannes.

Ab jetzt kommentieren wir alles und müssen schließlich laut lachen, als der widerliche Alte noch eine sentimentale Abschiedsrede für seine Tochter hält, bevor er sich opfert. Doch als der Asteroid unschädlich gemacht ist und die Bevölkerung weltweit jubelt, verstummen wir.

Dieses Happy End wird uns leider nicht zuteilwerden.

»Zum Glück heiratet sie, dann hat sie jemanden, der sich um sie kümmern kann«, frotzelt Amanda, als im Abspann eine Collage mit Hochzeitsfotos gezeigt wird.

»Wirklich nice, dass alle nicht Weißen solche Vollpfosten waren«, meint Elin und schaut mich an.

Doch ich sage nichts. Ich habe wirklich keine Lust, mich für ihre Toleranz zu bedanken oder über den rassistischen Mist eines Films zu ärgern, der älter ist als ich. Ich empfinde die Realität als weitaus schlimmer.

»Hat heute schon jemand von euch mit Tilda gesprochen?«, fragt Elin.

Ich linse zu den anderen rüber.

»Sie wollte heute Abend eigentlich gemeinsam mit ihrem Vater und Onkel essen«, antwortet Amanda. »Es mal ruhig angehen lassen.«

»Das wär ja das erste Mal«, feixt Hampus und leckt sich mit der Zunge das Fett von den Fingern.

Amanda beginnt ihre Haare zu einem Zopf zu flechten und als sie dabei über die Schulter nach hinten schaut, schielt sie leicht.

»Ich kapier nicht, was plötzlich in sie gefahren ist.«

»Woher kriegt sie das Zeug überhaupt?«, will Ali wissen.

»Keine Ahnung.«

»Ich frag mich, wie sie ihren Dealer wohl bezahlt«, meint Hampus mit einem Grinsen, das ich ihm am liebsten mit einem Fußtritt aus der Visage gekickt hätte.

Im Raum wird es abrupt still. Ali starrt ausdauernd aufs Display seines Handys und Hampus widmet sich erneut mit Hingabe seiner Chips-Mampferei. Nur Johannes schaut mich kopfschüttelnd an.

Zum ersten Mal kommt mir der Gedanke, dass sie womöglich ganz anders über Tilda reden, wenn ich nicht dabei bin.

»Die Frage ist nur, wie ruhig es bei Klas und seinem Bruder wird«, meint Elin.

Sie wirft Amanda einen vielsagenden Blick zu und dann folgt eine Stille zwischen den beiden, die ich nicht deuten kann. Johannes bemerkt es ebenfalls.

»Hä?«, fragt er nach und ich bin froh, dass er mir zuvorkommt.

»Tilda wollte nicht, dass wir was sagen«, erklärt Amanda.

Sie wechselt erneut einen Blick mit Elin. Offensichtlich wollen beide etwas loswerden.

»Nun spuckt es schon aus!«, fordert Hampus sie auf.

Elin seufzt. Dann setzt sie sich in den Schneidersitz und befingert unsicher das goldene vierblättrige Kleeblatt an ihrem Ohrläppchen.

»Klas ist der Wahrhaftigen Kirche beigetreten«, sagt sie schließlich.

»Und deshalb hat Caroline ihn rausgeschmissen«, fügt Amanda rasch hinzu, als würde sie befürchten, nichts Eigenes beisteuern zu können.

»Aber … wie ist er denn da gelandet?« Es ist das Einzige, was ich herausbringe. Ich versuche mir Klas als Mitglied der Schwedischen Wahrhaftigen Kirche vorzustellen, doch es gelingt mir nicht. Das Religiöseste, was ich bislang an ihm erlebt habe, war seine Besessenheit von *Game of Thrones*.

»Sein Bruder hat ihn mitgenommen«, erklärt Elin.

Ich bekomme es noch immer nicht zusammen. Tildas Onkel ist im Sommer mit seiner Familie aus Örebro hergezogen, aber ich bin ihnen nur ein paarmal begegnet, als ich noch mit Tilda zusammen war. Klas' Bruder scheint zwar ein Idiot zu sein, aber keiner, der ausgerechnet der Wahrhaftigen Kirche beitreten würde.

Aber wer weiß schon, wie der Typ wirklich tickt?

Diese Abspaltung von der Schwedischen Kirche hatte sich nach der Verbreitung der Nachricht über den Kometen so rasch formiert, dass Stina vermutete, es müsse schon lange einen Nährboden dafür gegeben haben. Es fing damit an, dass ein bekannter Pastor aus Skåne wieder das Christentum des Alten Testaments predigte, in dem Gott allen Menschen barbarische Prüfungen auferlegt und sie bestraft. Ein Gott, der nicht viel übrighat für das liberale »Political-Correctness-Geschwafel« der Schwedischen Kirche. Dieser Pastor wurde gefeuert und von seinen Anhängern zum lokalen Märtyrer und Helden stilisiert, die sich daraufhin zunächst zu einer kleinen Gemeinschaft in den sozialen Medien formierten und schließlich zu einem Netzwerk aus Gemeinden im ganzen Land ausweiteten.

Vor einiger Zeit hatten ein paar Anhänger der Wahrhaftigen Kirche einmal den Fehler begangen, bei uns zu Hause zu klingeln. Doch sie werden bestimmt nicht wiederkommen. Denn sie hatten nicht damit gerechnet, von einer lesbischen Pastorin der Schwedischen Kirche zum Kaffee hereingebeten zu werden, die in Diskussionen niemals klein beigibt.

Ist Klas im Sommer etwa auch missionarisch aktiv gewesen?

Plötzlich wird mir bewusst, wie weit Tilda und ich uns schon voneinander entfernt haben müssen, dass ich von dieser Sache nichts wusste.

»Also ich finde die Anhänger der Wahrhaftigen Kirche ziemlich gruselig«, sagt Amanda. »Die machen immer so einen auf ...«

Sie fuchtelt mit den Händen in der Luft herum, während sie nach dem passenden Wort sucht.

»*Erlöst*?«, schlägt Johannes vor.

»Genau!«

»Stellt euch nur vor, die sind so drauf wie diese amerikanische Sekte, die wahllos Menschen tötet, um *Menschenopfer* bringen zu können«, wirft Hampus ein.

»Es war gar keine Sekte, das waren doch nur einzelne Spinner«, entgegnet Amanda.

»Das sagen sie immer, wenn es um Christen geht«, meint Elin und schaut Ali an. »Aber wenn es Muslime gewesen wären ...«

Ali wirft mir einen müden Blick zu.

»Kein Wunder, wenn die Leute glauben, dass Gott Menschenopfer fordert«, sagt Johannes. »Genau das will er doch letztlich, oder? Schließlich hat er seinen eigenen Sohn für unsere Sünden am Kreuz sterben lassen.«

»Mann, bist du schlau«, sagt Amanda und schaut zu ihm auf.

»Ich bin ja auch von Simons Mutter konfirmiert worden.« Johannes grinst mich an. »Aber mal im Ernst, ich glaub schon, dass es Sekten gibt, die total grausame Rituale praktizieren, aber nichts davon an die Öffentlichkeit dringen lassen.«

»Habt ihr schon von der Braut aus der Wahrhaftigen Kirche in Karlshamn gehört?«, fragt Hampus. »In der Bibel steht angeblich, dass man keine Tattoos haben darf. Also hat sie sich die mit 'nem Teppichmesser rausgeschnitten.«

»Igitt, hör auf damit«, kreischt Amanda.

»Sie hat sich fast am ganzen Arm die Haut abgezogen«, fährt Hampus fort.

Amanda sieht aus, als müsse sie sich jeden Moment übergeben.

»Jetzt mach aber mal 'nen Punkt«, sagt Elin. »Das war bestimmt nur 'n Bluff.«

»Erinnert ihr euch noch an die Germanischen Neuheiden in Dalarna?«, fragt Ali. »Die hatten am Mittsommerabend immer 'ne Sonnenwendfeier mit allen möglichen Tieren und ...«

»Können wir nicht über was anderes reden?«, unterbricht ihn Amanda.

»Ich hab letztens von 'ner japanischen Sekte gelesen«, sagt Hampus und setzt sich auf, »die all ihre Kinder geopfert hat. Und zwar mit Messern, die mindestens *sooo* lang waren. Sie haben ihre Körper aufgeschlitzt, von hier bis ...«

»Hör jetzt auf!«, zetert Amanda.

Hampus muss abrupt losprusten und die Chipskrümel fallen aus seinem Mund über den Pulli.

»Ich wollte ja nur sagen, dass die Leute lauter abartige Dinge tun, aber niemand so verrückt ist wie die Religiösen. *No offense*, Simon.«

Ich zucke mit den Achseln.

»Die Christen sind die Allerschlimmsten«, meint Elin. »Seht euch doch nur diese Abgeordneten im amerikanischen Kongress an. Die sind genauso wie die Anhänger der Wahrhaftigen Kirche. Die glauben ernsthaft, dass der Komet die Strafe für Abtreibungen und Homosexualität ist.«

»Mir erscheint es ehrlich gesagt *etwas* übertrieben, dass Gott uns alle ausrotten will, nur weil 'n paar Jungs Lust haben, Schwänze zu lutschen«, wendet Hampus ein.

»Denkt doch nur an den Film von eben«, meint Elin. »Der Vater und all seine Kollegen mit ihrem Ehrenkodex … pah, von wegen!«

Hampus stöhnt laut auf und Amanda wirft mit einem Kissen nach ihm.

Elin beugt sich ungerührt zu Ali vor.

»Was sagt eigentlich der Islam dazu, was bei uns gerade abgeht?«

»Was weiß denn ich?«, entgegnet er und schaut erneut zu mir rüber. »Aber übrigens, meine Eltern sind morgen Abend unterwegs. Vorglühen bei mir, vorm Fußball?«

Wir sagen, ohne zu zögern, zu.

NOCH VIER WOCHEN UND DREI TAGE

NAME: LUCINDA
TellUs# 0 392 811 002
POST 0003

Wenn man den Nachrichten aus der letzten Sendung glauben darf, interessieren sich die Schweden im Augenblick hauptsächlich für folgende zwei Themen: Fußball und Essen.

Vom Fußball waren sie den ganzen Sommer lang geradezu besessen. Doch da die Spiele der ersten Liga nicht abgeschlossen werden können, soll der schwedische Meister stattdessen in K.-o.-Runden ermittelt werden. Heute Abend findet das Halbfinale statt. Natürlich wollen alle Fans, dass ihre Lieblingsmannschaft der allerletzte Meister in der Geschichte der Menschheit wird. Deshalb haben viele Städte landesweit beschlossen, das Spiel auf Großbildleinwänden zu übertragen. In den Nachrichten haben sie ein »Volksfest« angekündigt.

Mein Vater hat Notdienst im Krankenhaus. Dort rechnen sie mit chaotischen Zuständen, die an Gemälde von Hieronymus Bosch erinnern, wenn sich Tausende Menschen auf dem Marktplatz versammeln, die alle ein Ventil für ihre Ängste, Sorgen und nicht zuletzt ihre Wut suchen.

Ich habe ihm gut zugeredet und versichert, dass es für mich in Ordnung ist. Ich habe ihn schon oft genug von seiner Arbeit abgehalten.

Aber zurück zu den Nachrichten. Die Schweden sind angeblich sauer, weil das Essen so eintönig geworden ist, seit wir nichts mehr importieren können. Ein gut gelaunter Food-Blogger hat daraufhin

»inspirierende Tipps« gegeben, zum Beispiel, wie man ein Hühnercurry mit schwedischer Zitronenmelisse aromatisieren kann, damit es einen »Touch von Thaiküche« erhält. Anschließend wurde ein dreißig Sekunden langer Beitrag über Flüchtlinge gebracht, die derzeit zu Millionen in Auffanglagern festsitzen, wo sie entweder verhungern oder an Durchfallerkrankungen sterben.

Aber wie sollen wir nur ohne unser Zitronengras überleben?

Ich darf mir die Nachrichten einfach nicht mehr so oft anschauen. Das Weltgeschehen so aus der Entfernung zu verfolgen, ergibt letztlich keinen Sinn, denn man verliert dabei die Realität aus den Augen. Doch jetzt, wo unsere Tage gezählt sind, erscheint es wichtiger denn je zu wissen, was passiert. Dem Ende entgegensehen und wenigstens einen Versuch unternehmen, es zu verstehen.

SIMON

Ich werde im Gedränge in Alis kleiner Küche hin und her geschoben. Die Musik aus dem Flur ist so laut, dass der Fußboden unter meinen Füßen vibriert. Ich befürchte, dass er jeden Moment nachgibt und wir in die darunterliegende leer stehende Wohnung stürzen. In diesem Stadtteil stehen seit einer Weile viele Wohnungen leer.

Moa vom naturwissenschaftlichen Gymnasium tanzt auf dem Tisch. Sie hat irgendwo den Schmuck von Alis Oma aufgetan und sich mehrere Lagen Ketten um den Hals gehängt. Auch an ihren Handgelenken klimpert Schmuck und ihr Gesicht ist zur Hälfte von einer mit Strass besetzten, schwarzen Sonnenbrille verdeckt. Plötzlich stößt Hampus mich an und hält mir sein Handy unter die Nase. Ich sehe, dass er die TellUs-App aktiviert hat.

»Sag was zu den Außerirdischen!«, fordert er mich laut auf.

Ich schiebe das Handy weg. Schließe die Augen, konzentriere mich wieder auf die Musik und wiege mich mit den anderen im Takt.

Alle sind hier, außer Tilda. Mein einziger Trost besteht darin, dass Sait drüben im Wohnzimmer hockt und deshalb auch nicht mit ihr zusammen ist. Eigentlich sollte es mir egal sein, denn schließlich sind Tilda und ich kein Paar mehr. Und dennoch tut es mir gut.

Ich nehme einen großen Schluck Schnaps, den wir mit Heidelbeersaft vermischt haben, weil nirgends mehr Limo zu bekommen ist. Als ich wieder meine Augen öffne, erblicke ich Oscar auf der anderen Seite des Tisches. Er taucht gerade einen Löffel in seinen Pappbecher und fischt einen Eiswürfel heraus, den er sich in den Mund schiebt. Dann schaut er sich grinsend um.

Das Eiswürfelspiel. Ich weiß nicht mehr genau, wann wir damit angefangen haben, aber seit einiger Zeit spielen wir es auf jeder Party. Oscar dreht sich gerade zu einem Mädel mit hell blondierter Kurzhaarfrisur um, das ich noch nie gesehen habe. Sie küssen einander, wobei sie den Eiswürfel entgegennimmt und zwischen den Zähnen festhält, während sie zu Moa aufschaut und kurz an ihrer Hand zieht. Daraufhin kniet sich Moa auf die Tischplatte. Auch im Dröhnen der Musik höre ich das Rasseln und Klirren ihrer Ketten. Die beiden ziehen ihre Show ab und lachen auf, als die Meute jubelt. Als sich ihre Münder wieder voneinander lösen, dreht sich Moa zu mir um und robbt auf Knien auf meine Seite des Tisches. Ihre Lippen formen sich um den schmelzenden Eiswürfel herum zu einem O. Dann legt sie einen Arm um meinen Nacken. Ihre Lippen sind kalt. Unsere Zungen spielen von beiden Seiten aus mit dem Eiswürfel und höhlen ihn leicht aus, sodass sich Speichel darin sammelt. Kurz darauf legt mir jemand eine Hand auf die Schulter und als ich mich umdrehe, steht Johannes vor mir.

Jetzt ist mein Mund der kältere und Johannes' Lippen fühlen sich auf meinen ganz heiß an. Er schnappt sich den Eiswürfel und wir hören nicht auf, einander zu küssen, bis ich versuche, ihm den Würfel abzuluchsen. Er lacht und saugt noch einen Moment an meiner Zunge, bevor er seine wieder zurückzieht. Dann zerkaut er schmunzelnd den Eiswürfel.

Im Flur startet jemand eine neue Playlist und dreht die Lautstärke noch weiter auf. Johannes' verschwitzte Wange streift meine, während er mir etwas zuflüstert, was ich nicht hören kann. Als ich gerade nachfragen will, gibt mir sein Blick zu verstehen, dass ich es besser bleiben lassen sollte.

Er wirkt irgendwie nervös, so als wolle er mir etwas sagen. Doch dann wird mir klar, dass ich damit, egal was es ist, in diesem Augenblick vermutlich überhaupt nicht umgehen kann.

Auf einmal taucht Amanda wie aus dem Nichts auf und versucht, Johannes mit sich aus der Küche zu ziehen.

»Ey, was ist dein Problem?«, frage ich.

»*Du* bist das Problem«, antwortet Amanda. »Kommst du jetzt, Johannes?«

Dann stürmt sie allein hinaus, ohne eine Antwort abzuwarten.

»Was hast du denn?«, rufe ich ihr nach.

»Ich rede mit ihr«, sagt Johannes. »Sie ist wohl eher sauer auf *mich.*«

Ich kapiere rein gar nichts mehr und versuche es auch gar nicht erst.

Plötzlich vibriert das Handy in meiner Hosentasche. Eine Nachricht von Stina.

Du musst mir versprechen, nicht zum Public Viewing in die City zu gehen. Dort herrscht absolutes Chaos.

Ich verspreche es ihr.

Als ich wieder aufschaue, ist Johannes verschwunden.

Ich genehmige mir noch ein paar Schlucke Schnaps, der zumindest besser schmeckt als das Gesöff in der Schwimmhalle. Hin und wieder kommen weitere Eiswürfel durch meinen Mund. Als aus dem Wohnzimmer unerwartet *Save The World* erklingt, jubeln alle.

Boah, ist mir heiß. Mann, bin ich besoffen. Auf einmal spüre ich, dass mich jemand anschaut. Die Blondierte. Sie sitzt auf der Arbeitsplatte und füllt gerade ein Trinkglas mit Wasser aus dem Hahn. Dann winkt sie mich zu sich heran und ich zwänge mich zu ihr hin. Unterwegs stolpere ich fast über ein Pärchen, das mitten auf dem Fußboden Sex hat. Die Blondierte streckt mir das Wasserglas hin und ich trinke in großen Schlucken. Als mir das Wasser übers Kinn hinunterrinnt, muss sie lachen. Ich reiche ihr das Glas zurück und sie sagt etwas. Ich nehme an, ihren Namen. Sie riecht nach Parfüm und frischem Schweiß. Ich stütze eine Hand direkt neben ihrer Hüfte ab und brülle ihr meinen Namen ins Ohr.

»Ich weiß«, entgegnet sie und lächelt.

Das Vibrieren der Bässe spüre ich von meinen Beinen aufwärts und mein Körper beginnt im Takt der Musik zu dröhnen.

Am liebsten würde ich jetzt mit Tilda zusammen sein. Und ich hoffe, dass sie es sich auch wünscht.

Doch Tilda ist nicht hier. Aber ich sehne mich nach Berührung. Ich sehne mich so stark danach, dass es körperlich wehtut.

Ich sollte sie endlich gehen lassen, wie alle anderen Jungs es mit ihrer Ex auch tun.

Schließlich berühren meine Lippen die der unbekannten Blondine. Sie sind etwas schmaler als Tildas und fühlen sich völlig anders an. Sie verlagert das Gewicht und ihr weicher Busen streift meinen Arm. Eines ihrer Beine landet wie zufällig zwischen meinen und es erregt mich sofort.

Dann nimmt sie meine Hand. Wir zwängen uns in den Flur hinaus und schlüpfen unbemerkt durch die Wohnungstür ins Treppenhaus, ohne das Licht anzumachen. Auf dem Treppenabsatz vor Alis Wohnung küsst sie mich erneut. An der Wand starrt uns der rot leuchtende Lichtschalter wie ein Auge an. Ich schiebe mit zittrigen

Händen ihren Rock über die Hüften hoch und berühre sie, wie ich Tilda immer berührt habe. Sie stöhnt mir ins Ohr.

In der Dunkelheit ist es fast so, als wäre Tilda bei mir. Und als wäre sie diejenige, in die ich gerade eindringe. Die Musik aus Alis Wohnung dröhnt durchs gesamte Treppenhaus und dämpft die Geräusche unserer Körper, die sich aneinander reiben. Eigentlich wäre ein Quickie angebracht, bevor irgendwer kommt, aber ich will nicht, dass es schon aufhört, denn dann würde mich die Wirklichkeit schlagartig wieder einholen. Jetzt atmet sie schneller.

Plötzlich wird Alis Wohnungstür unsanft von innen aufgerissen und die Musik ist deutlich lauter. Kurz darauf wird ein Schalter gedrückt und plötzlich baden wir im Licht. Der Zauber ist gebrochen. Sie kichert betreten und wir rücken unsere Klamotten eilig wieder zurecht.

Aus dem Wohnungsflur dringen laute Stimmen und Gelächter. Dann folgt ein Poltern. Offenbar sind einige bei der Suche nach ihren Jacken gestürzt.

»Seid ihr so weit?«, fragt Ali grinsend vom Türrahmen her. »Das Spiel fängt gleich an.«

NAME: LUCINDA
TellUs# 0 392 811 002
POST 0004

Meine kleine Schwester Miranda schläft heute Nacht in meinem Bett. Sie ist zwar schon elf, aber in diesem Sommer hat sie wieder angefangen, am Daumen zu lutschen. Außerdem redet sie etwas kindlicher als sonst und hat Angst im Dunkeln. Aber jetzt schnarcht sie endlich eingekuschelt in einem Nest, das sie aus meiner Bettdecke geformt hat. Ich hingegen kann nicht schlafen. Ich kriege kaum noch Luft und drohe im freien Fall in ein schwarzes bodenloses Loch zu stürzen.

Ich versuche mir klarzumachen, dass die Angst bald wieder vorübergeht. Schließlich kann dieser Zustand nicht endlos andauern. Eigentlich weiß ich es ja.

Das Fußballspiel hat begonnen und das Gejohle aus der Stadtmitte ist bis hier zu hören. Die Anfeuerungsrufe werden in Wellen zwischen den Häusern hin und her getragen und hallen in meinem Kopf wider, wo sie meine Panik noch verstärken. Am liebsten würde ich bei meinem Vater in der Notaufnahme anrufen und ihn bitten, sofort heimzukommen. Heute Abend möchte nicht nur Miranda getröstet werden.

Vorhin haben wir uns gemeinsam eine Doku über den Regenwald angeschaut. (Es war Mirandas Vorschlag, denn sie liebt alles, was mit Tieren zu tun hat.) Als die Kamera eine blau glänzende, giftige Kröte verfolgte, starrte ich fassungslos auf den Bildschirm, weil mir plötzlich klar wurde, dass sie ebenfalls verschwinden wird. Es betrifft nicht nur uns Menschen, sondern auch alle Tiere. Nicht einmal Bakterien werden am Leben bleiben. Die Forscher gehen davon aus, dass unser Planet regelrecht »sterilisiert« wird.

Der Himmel draußen vorm Fenster ist stockdunkel. Mond und Sterne sind hinter einer dichten Wolkendecke verborgen. Doch irgendwo dort oben kreist Foxworth. Er ist zwar noch unvorstellbar weit entfernt, aber schon unterwegs zu uns und nähert sich mit jeder Sekunde, die vergeht.

Miranda hat mich heute Abend fast Löcher in den Bauch gefragt und mir ist schmerzlich klar geworden, wie sehr sie das alles beschäftigt. Unter anderem wollte sie wissen, was nach dem Kometen kommt, worauf ich ziemlich feige und ausweichend geantwortet habe, dass wir uns dann im Himmel wiedersehen. Daraufhin fragte sie, wie wir einander denn dort finden sollen, weil der Himmel doch bestimmt ziemlich groß ist, wenn dort alle Platz finden sollen. Meine süße kleine Schwester, die im gesamten vergangenen Jahr viel zu wenig Aufmerksamkeit bekommen hat, weil es immer nur um mich ging. Wie lange grübelt sie wohl schon über all diese Dinge nach?

Sie wollte nicht allein in ihrem Zimmer schlafen und ehrlich gesagt wollte ich es auch nicht. Als sie dann dicht an mich geschmiegt im Bett lag, pochte ihr Herz ganz laut an meinem Arm, und in dem Moment musste ich unversehens daran denken, dass ihr Herz, und meines, schon bald abrupt aufhören werden zu schlagen. Genauso wie die Herzen von fast acht Milliarden weiteren Menschen.

Jetzt hämmert es so laut, dass es wehtut. Es ist, als würde es versuchen, alle künftig ausbleibenden Herzschläge vorwegzunehmen.

SIMON

Ich kann kaum erkennen, was auf den Großbildleinwänden zu sehen ist, aber ich gröle einfach im Chor der anderen mit. Ich brülle so laut wie nie zuvor und lasse all das Dunkle in mir heraus.

Auf dem Marktplatz haben sich bestimmt einige Tausend Menschen versammelt. Unsere Stimmen verschmelzen miteinander und unsere Körper formen sich zu einem einzigen. Irgendwie kommt es mir so vor, als würde ich mich selbst auflösen, und es gefällt mir. Ich fühle mich stark. Unbesiegbar.

Doch plötzlich ist alles vorbei. Der FK Östersund hat sein Heimspiel gewonnen und die Bilder auf den Leinwänden verschwinden. Die Menge löst sich allmählich auf. Alle streben gleichzeitig in unterschiedliche Richtungen und wir werden alle wieder zu Individuen. Ich lande in meinem eigenen Körper. Erst jetzt wird mir bewusst, dass aus dem dunklen Himmel ein kalter Nieselregen fällt. Die Tropfen sind so winzig, dass sie im Licht der Scheinwerfer wie ein wabernder Nebel wirken. Auf der anderen Seite des Platzes hängt noch der Rauch von bengalischen Feuern in der Luft, deren Gestank bis hierher dringt. Ich versuche mich dicht bei Ali und Hampus zu halten, aber andauernd schieben sich andere Leute zwischen uns. Dann schreit jemand jäh auf – *aus Wut oder vor Schmerzen?* – und in der Menge macht sich Panik breit. Mir läuft ein eiskalter Schauer über den Rücken und ich erstarre innerlich. Ich fühle mich gefangen.

Auf einmal werde ich angerempelt und von meiner rechten Augenbraue rinnt plötzlich Blut herab. Obwohl mir jemand gerade eine Kopfnuss verpasst hat, spüre ich es kaum. Ali ruft nach mir, doch ich kann ihn nirgends erblicken. Ich wische das Blut weg, so gut es geht, und sehe dann, wie mitten auf dem Platz neben dem Brunnen eine Schlägerei beginnt. Die Hooligans prügeln mit hochroten Gesichtern und hasserfüllten Blicken aufeinander ein. Alle um mich herum versuchen panisch, den Schlägertypen auszuweichen, und stoßen jeden zur Seite, der im Weg steht. Ein paar Sekunden später hat die Wellenbewegung auch mich erfasst. Ich stolpere rückwärts, ramme dabei aus Versehen jemandem meinen Ellenbogen in den Brustkorb, kann mich aber auf den Beinen halten. Wenn ich jetzt zu Boden gehe, habe ich keine Chance mehr hochzukommen.

Ich entdecke ein H&M-Logo unweit an einer Häuserfassade und peile es als Ziel an, schaffe es jedoch nicht, geradewegs dort hinzugelangen, von allen Seiten schieben die Leute. Auf meinem Weg muss ich an diversen Pärchen vorbei, die sich krampfhaft an den Händen halten, muss glühenden Zigarettenstummeln ausweichen und mich ducken, um nicht von einem Regenschirm aufgespießt zu werden, den irgendein Idiot mitten in diesem Chaos aufgespannt hat. Jetzt tobt die Menge vor Aufregung und auch mich hat die Panik erfasst. Ich habe keine Ahnung, wie lange ich mich noch beherrschen kann, um nicht wie ein wild gewordener Stier loszupreschen und rücksichtslos alle zu Boden zu reißen, egal ob ich dabei selbst zu Boden gehe.

»Simon!«

Tildas Stimme. Jetzt kann ich sie ein paar Meter entfernt von mir sehen. Sie schaut sich verwirrt um. Sie ist schon wieder high.

»Tilda!«, rufe ich und versuche zu ihr zu gelangen. »Nimm meine Hand!«

Sie streckt ihren Arm nach mir aus und wir berühren einander kurz, bevor sie von jemandem angerempelt wird. Aber sie fällt nicht. Sie streckt sich erneut nach mir aus und ich verschränke meine Finger mit ihren und halte ihre Hand fest.

»Du blutest ja«, stellt sie fest und betrachtet mich fasziniert mit ihrem glasigen Blick. »Tut's weh?«

Ich lege einen Arm um sie und sehe, dass auch meine Jacke Blutspritzer abbekommen hat. Wir bleiben eng beisammen und kämpfen uns weiter durch die Menge. Doch Tildas Schnürsenkel haben sich gelöst und andauernd tritt irgendwer drauf. Schließlich erreichen wir den Rand des Platzes.

Tilda geht vor einem Schaufenster in die Hocke und bindet sich unbeholfen die Schuhe, während ich aufpasse, dass niemand über sie stolpert. Ihre Schnürsenkel sind jetzt schwarz vor Dreck und ihre Finger verschmiert. Der Boden ist mit Zigarettenkippen übersät.

Durch eine Schaufensterscheibe starren nackte Schaufensterpuppen hinaus auf den Marktplatz, wo das Chaos stetig zunimmt. Das heftige Pochen in meiner Augenbraue macht mir bewusst, wie rasch mein Herz schlägt. Vorsichtig berühre ich die Wunde mit den Fingerspitzen, während sich das Blut mit Regenwasser vermischt.

Tilda erhebt sich schwankend und stützt sich am Schaufenster ab.

»Ich habe Amanda und Elin getroffen«, sagt sie. »Aber ich weiß nicht, wo sie jetzt sind.«

»Und ich war eigentlich mit Ali und Hampus hier. Johannes hab ich schon am Anfang aus den Augen verloren.«

Meine Stimme ist rau und heiser vom Gegröle. In diesem Augenblick biegt ein Polizeibus mit Blaulicht auf den Marktplatz ein. Einige

Hooligans schlagen von außen mit den Fäusten gegen die Scheiben und beschimpfen wütend die Polizisten darin. Ich zücke mein Handy und sehe mit Erleichterung, dass Johannes mir eine Nachricht geschickt hat.

Bin früher weg. Hatte keine Lust auf Amandas Besäufnisse.
Wir reden morgen.

Er ist also okay. Ich schaue wieder zu Tilda auf. Sie hat den Kopf schräg gelegt und beobachtet gerade den Trupp Polizisten, die aus dem Bus steigen und die Schlägerei zu unterbinden versuchen.

»Heute Abend wird hundertpro irgendwas Schlimmes passieren«, sagt sie in leicht singendem Tonfall.

Mir wird mulmig. Ich betrachte die Bullen. In Anbetracht der Anzahl von Fans, die jegliche Hemmungen verloren haben, sind es viel zu wenige.

Tilda hat recht.

Plötzlich fühle ich mich wieder absolut nüchtern.

»Wir müssen von hier weg«, sage ich.

Als ich erneut ihre Hand nehme, protestiert sie nicht, sondern grinst nur. Dabei lässt sie ihren Kopf merkwürdig hängen.

»Tilda, was hast du heute Abend genommen?«

Sie kichert und es klingt unheimlich. Wie das Echo eines Aliens. Sie steht zwar hier neben mir, aber irgendwie auch wieder nicht.

»Was ist denn daran so verdammt lustig?«, frage ich.

Abrupt verstummt sie.

»Ach, weiß auch nicht.«

Ich gebe auf und umschließe ihre Hand etwas fester.

»Halt mich, damit wir uns nicht verlieren.«

Sie protestiert zumindest nicht. Wir schieben uns dicht an den Fassaden der Geschäfte entlang, bis wir endlich die Storgata erreichen. Von dort folgen wir einfach dem Menschenstrom. Unter unseren Schuhen knirschen Glassplitter von zerbrochenen Flaschen, und wir stolpern über kaputte Regenschirme und am Boden liegende Plastiktüten.

In einiger Entfernung schreit ein Kind und ich drehe mich um. Ich kann es zwar nirgends entdecken, sehe aber, dass auf dem Marktplatz eine weitere Schlägerei ausgebrochen ist. Ich gehe schneller und schleife Tilda fast hinter mir her. Kurz darauf kommen wir am Blumenladen vorbei, in dem Judette früher gearbeitet hat. Und dann an dem Café, in dem Tilda und ich unser erstes Date hatten. Doch das gehört alles einer anderen Zeit und einer anderen Welt an, in der alles Unheil unendlich weit weg war.

Damals war Tilda noch ein anderer Mensch. Und ich auch.

Diejenige, mit der du zusammen warst … gibt es nicht mehr. Vielleicht gab es sie überhaupt nie.

»Wie geht es dir eigentlich?«, frage ich.

Tilda grinst matt und gerät hinter mir ins Stolpern.

»Hundert Prozent.«

»Hundert Prozent was?«

Sie legt den Kopf in den Nacken und schaut mich durch halb geschlossene Augenlider an.

»Hundert Prozent *fucked up*.«

Dann lacht sie auf und reißt sich von mir los.

»Ich komm allein zurecht. Du kannst jetzt gehen«, sagt sie.

Ein Teil von mir wünschte, ich könnte es. Aber es tut zu sehr weh, sie so zu sehen.

»Geh«, fordert sie mich auf. »Ich ertrage es nicht … wenn du mich mit diesem … *Hundeblick* anstierst.«

Ich packe sie so fest am Arm, dass sie fast stürzt.

»Ey, was soll das?«

Mein Griff um ihren Arm wird noch fester. Am liebsten würde ich sie so lange schütteln, bis das Glasige aus ihrem Blick verschwunden ist.

»Ich will dich aber nicht allein lassen. Du kannst dich ja kaum auf den Beinen halten.«

»Lass mich los!«

Plötzlich höre ich, wie sich hinter uns jemand im Laufschritt nähert. Ich schaue mich um und erblicke eine Gruppe von Männern um die dreißig. Sie sind sorgfältig frisiert und wirken nüchtern. Alle tragen die gleichen Windjacken.

»Alles in Ordnung hier?«, fragt der eine, an Tilda gewandt.

Mich packt die pure Angst.

»Ja«, antwortet Tilda. »Wir reden nur.«

»Sicher? Wir können dich nach Hause bringen, wenn du möchtest.«

Die anderen kommen näher und mustern mich hasserfüllt. Ich weiß genau, was sie denken. Ein dunkelhäutiger, kahl rasierter Typ mit einer Platzwunde am Auge und ein Mädel, das versucht, ihn abzuschütteln.

»Nee, alles gut«, antwortet Tilda.

»Du kannst es uns ruhig sagen. Wir beschützen dich.«

»Ich pfeif auf euren Schutz. Lasst uns in Ruhe, ihr verfluchten Idioten!«

Die Männer bleiben stehen. Ein Stück weiter unten auf der Straße schlägt gerade jemand ein Schaufenster ein, doch sie gucken nicht mal hin. Der Kerl, der uns angesprochen hat, wirkt frustriert, denn er würde nur allzu gern etwas Gutes tun und sich als Tildas Retter aufspielen. Doch dafür müsste er sie auch vor irgendetwas oder irgendwem retten, ob sie nun will oder nicht.

Er macht einen Schritt auf mich zu und das Pochen in meiner Augenbraue wird rascher. Ich habe mich schon seit meiner Kindheit nicht mehr geprügelt. Und außerdem sind sie zu dritt und ich bin allein.

»Komm«, fordert Tilda mich auf.

Jetzt ist sie diejenige, die mich die Straße entlangzieht. Ich starre stumm vor mich hin. Erst als ich mir sicher bin, dass die Typen uns nicht mehr folgen, lässt die Angst allmählich nach. Kurz darauf empfinde ich Scham.

»Danke«, sage ich.

Doch Tilda entgegnet nichts. Ich bin mir nicht mal sicher, ob sie mich gehört hat.

Als wir an dem eingeschlagenen Schaufenster vorbeikommen, knirscht es unter unseren Sohlen. Es ist das Geschäft, in dem meine Mütter und ich samstags immer Süßigkeiten gekauft haben, als ich klein war. Jetzt sind alle Regale umgestoßen und die leeren Kunststoffbehälter wahllos über den Fußboden verstreut.

Dann vernehme ich wieder schnelle Schritte hinter uns und drehe mich um, in der Gewissheit, es seien wieder die Männer in den schwarzen Jacken, doch stattdessen erblicke ich einen Kerl mit bloßem Oberkörper, der ein zusammengeknülltes Poloshirt gegen seine blutende Nase presst. Er erwidert flüchtig meinen Blick, bevor er weiterrennt.

Ich zerre Tilda schnell in eine Seitenstraße, wo weniger Leute unterwegs sind und es einigermaßen ruhig ist. Die anderen wirken genauso schockiert wie ich.

»Puh, ich muss unbedingt eine rauchen«, sagt Tilda plötzlich und bleibt abrupt stehen.

Sie lehnt sich gegen einen Stromkasten und zieht eine Zigarettenschachtel mit russischen Warnhinweisen aus der Tasche. Ihre schmutzigen Hände zittern und ich muss ihr dabei helfen, die Zigarette anzuzünden. Es dauert etwas und Regentropfen hinterlassen schon winzige feuchte Punkte darauf. Dann nimmt sie einen tiefen Zug, bis die Glut knistert, und saugt den Rauch tief in die Lunge ein. Ausgerechnet Tilda, die immer wie besessen war von ihrem VO2max-Wert.

Alle, die an uns vorbeigehen, beäugen uns misstrauisch. Doch Tilda scheint sie nicht mal wahrzunehmen. Sie wankt leicht.

»Was hast du heute Abend genommen?«, frage ich noch einmal.

»Ach scheiß drauf.«

»Du musst damit aufhören.«

»Halt die Klappe, Simon. Du bist ja auch nicht grad der Enthaltsamste.«

»Das ist doch nicht dasselbe.« Ich warte, aber sie entgegnet nichts. »Weißt du überhaupt, was du da nimmst?«

Tilda grinst mich höhnisch an.

»Machst du dir etwa Sorgen um mich, Simon?«

»Na klar!«

»Alle machen sich andauernd Sorgen um mich. Alle wollen mir sagen, was ich zu tun hab. *Die kleine Tilda, die so waaahnsinnig vernünftig sein kann, wenn sie nur will.*« Sie mustert mich abschätzig. »Alle voll die Heuchler.«

»Aber wir wollen dir nur helfen.«

»Na klar.«

Sie gerät ins Schwanken und stützt sich an einem Stromkasten ab. Dann nimmt sie einen weiteren Zug und betrachtet blinzelnd den Rauch.

»Ich hau jetzt ab«, sagt sie.

»Und wohin?«

»Das geht dich gar nichts an.«

»Zu Sait?«

»Ach hör doch auf. Sait ist 'ne *Niete.*«

»Tilda … Falls du vorhast, dir noch mehr von diesem Zeug zu besorgen … tu es nicht. Bitte.«

Sie wirft den Glimmstängel auf den feuchten Gehweg, wo er zischend verglüht. Doch sie bleibt stehen. Schaut gen Himmel und blinzelt in den Regen. In ihren Haaren glitzern lauter kleine Tröpfchen.

»Weißt du, was mir klar geworden ist?«, fragt sie. »Alle sagen immer, dass sie nur mein Bestes wollen … und glauben, dass sie so verdammt viel besser sind als ich ... und dabei sind sie die Schlimmsten von allen. Aber das lasse ich mir verdammt noch mal nicht länger gefallen.«

»Tilda«, entgegne ich. »Ich glaub nicht, dass ich besser bin als du.«

Sie schüttelt den Kopf und bricht plötzlich in Tränen aus. Ich versuche einen Arm um sie zu legen, doch sie entzieht sich.

»Du kapierst es nicht«, sagt sie. »Es gibt nur eine Person, die es verstehen würde, aber die ...«

Tilda verstummt und wischt sich erbost die Tränen aus dem Gesicht.

»Vielleicht würde ich es ja, wenn du nur mit mir redest«, sage ich. »Früher haben wir über alles geredet.«

Sie schüttelt den Kopf.

»Nein, haben wir nicht.«

Weiß sie überhaupt, was sie da sagt? Versucht sie mich absichtlich zu verletzen? Ich kann diese Tilda einfach nicht ergründen. Ich weiß kaum noch, wer sie ist.

»Du solltest jetzt nach Hause gehen«, sage ich. »Ich bring dich hin. Und ich verspreche dir auch, dass ich nicht versuche ...«

»Ich kann nicht nach Hause. Ich halt es dort nicht mehr aus.«

Sie wischt sich erneut die Tränen weg. Ich würde ihr gern sagen, dass ich das von Klas und der Wahrhaftigen Kirche weiß. Und dass ich es auch nicht mehr zu Hause aushalte. Dass ich mich nirgends mehr zu Hause fühle, seit sie mich verlassen hat.

Doch Tilda hat plötzlich irgendwo hinter mir offenbar mehrere Bekannte erblickt. Ihr Gesichtsausdruck verändert sich so abrupt, als hätte sie eine Maske aufgesetzt. Sie strahlt übers ganze Gesicht, was irgendwie künstlich wirkt. Wie eine misslungene Imitation ihres alten Ichs. Ich drehe mich genau in dem Moment um, als Amanda und Elin sich uns auch schon um den Hals werfen. Hampus und Ali kommen hinter ihnen hergetorkelt.

»Shit, megacool, dich zu sehen. Dieses Gedränge war unheimlich«, ruft Amanda und drückt Tilda ein Küsschen auf die Wange, bevor sie mein Gesicht inspiziert.

»Was ist denn mit deiner Augenbraue passiert?«, fragt Elin.

Ich führe meinen Zeigefinger an die Wunde und berühre sie leicht.

»Irgendwer hat mir 'ne Kopfnuss verpasst.«

»*Naaachglüüüühn*«, trällert Hampus und versucht sich an einer Pirouette, bei der er über die Bürgersteigkante stolpert. »Los jetzt, wir stürmen Alis Bude.«

»Wir kommen gleich«, entgegne ich.

»*Simon* kommt gleich«, verbessert mich Tilda. »Ich muss noch mal los und mit wem reden.«

Elin und Amanda wechseln Blicke.

»Ach, komm doch lieber mit uns«, sagt Amanda.

Doch Tilda schüttelt den Kopf.

Hampus wird zunehmend ungeduldig, bis Elin und Amanda schließlich aufgeben. Tilda und ich schauen ihnen nach, bis sie auf der anderen Seite der Bahnstrecke verschwinden. Tilda zieht eine weitere Zigarette aus der Schachtel. Diesmal zündet sie sie selbst an. Ihre Hände haben aufgehört zu zittern.

»Ich begleite dich, egal, wo du hingehst«, sage ich. »In diesem Zustand kannst du nicht allein unterwegs sein ...«

»Lass mich in Ruhe, Simon. Ich hab jetzt ein eigenes Leben und zwar eins ohne dich.«

Sie geht los und ich folge ihr. Dann dreht sie sich um.

»Wenn du mich nicht sofort in Ruhe lässt, schreie ich.«

Ich werfe einen Blick hinauf in Richtung Storgata und frage mich, ob die Männer in den Windjacken wohl noch immer dort oben stehen und begierig darauf warten, sich endlich als Retter aufspielen zu können.

Als Tilda weitergeht, bleibe ich stehen.

Ich sage nichts mehr und lasse sie ziehen.

NOCH VIER WOCHEN UND ZWEI TAGE

SIMON

Sobald ich den Schlüssel ins Schloss der Wohnungstür stecke, fängt Bumbum an zu bellen. Und als ich sie öffne, hallt es durch das gesamte Treppenhaus. Ich ziehe die Tür rasch hinter mir zu und beruhige den Hund, bis er still ist. Doch knapp siebzig Kilo Hund, die in einem engen Flur wild im Kreis herumspringen, machen auch ohne zu bellen jede Menge Lärm.

»Ruhig jetzt, alter Junge«, krächze ich und verliere das Gleichgewicht, als ich versuche, mir die Schuhe auszuziehen.

Noch bevor ich wieder auf die Beine komme, fährt mir eine feuchte Zunge übers Gesicht. Ich stolpere ins Bad. Das Pflaster auf meiner Augenbraue, das mir Ali beim Nachglühen verpasst hat, hat sich auf dem Nachhauseweg wieder gelöst und ich entdecke Blutflecken auf meiner Wange. Außerdem ist die Augenbraue geschwollen und tut weh. Ich putze mir überm Waschbecken die Zähne. Als ich mit der Zahnbürste abrutsche und sie mir aus Versehen in den Gaumen ramme, muss ich mich fast übergeben. Ich spüle mir den Mund direkt unterm Wasserhahn aus.

Bei Ali zu Hause herrschte eine merkwürdige Stimmung. Ich glaube, dass wir alle von den kriegsähnlichen Szenen in der Innenstadt total schockiert waren. Ich hatte gehofft, dass Tilda wiederauftauchen würde, und währenddessen viel zu viel getrunken.

Deine Ex ist 'ne verfluchte Hure!

Das hatte die Blondierte mir zugerufen. Ich weiß noch immer nicht, wie sie heißt. Beim Nachglühen hatten wir wieder rumgeknutscht, doch ich war viel zu betrunken und konnte vor ihr nicht verheimlichen, dass ich zwischendurch eine Nachricht an Tilda schrieb. Ich versuchte ihr zu erklären, dass ich mir Sorgen um sie machte und wissen wollte, ob sie dort heil angekommen war, wo sie hinwollte. Daraufhin hatte mir die Blondierte ihren Schnaps ins Gesicht gekippt und alle starrten sie an. Doch Tilda hatte noch immer nicht auf meine Nachricht geantwortet.

Ich bin so wahnsinnig müde. Müder als je zuvor. Wenn ich jetzt das Licht löschen und mich auf den Badezimmervorleger legen würde, würde ich vermutlich durchschlafen, bis der Komet einschlägt und alles vorbei wäre. Doch stattdessen schaffe ich es, mich wieder aufzurichten und mir den Mund abzutrocknen.

Als ich aus dem Bad komme, steht Judette mit rot geränderten Augen im Dunkeln vor mir. Sie trägt ihren Morgenmantel.

»Sorry, wenn ich dich geweckt hab«, sage ich.

»Glaubst du etwa, dass ich schlafen konnte? Du hast versprochen, früh nach Hause zu kommen.«

Sie schiebt mich unsanft in die Küche, wo ich mich schwer auf einen Stuhl fallen lasse. Durch das gekippte Fenster dringt lautes Vogelgezwitscher herein. Inzwischen hat es aufgehört zu regnen und der Himmel ist heller geworden.

»Was ist denn mit deinem Auge passiert?«, fragt Judette, während sie ein Glas Wasser vor mir auf den Tisch stellt. »Warst du etwa doch in der Stadt?«

»Wir hatten es eigentlich überhaupt nicht vor. Es hat sich einfach so ergeben.«

Ihre Augen glühen vor Wut. Ich schaue weg und betrachte stattdessen die Orchideen auf der Fensterbank. Lilafarbener Venusschuh und rosa-gelblich gefärbte Pinocchio. Hübsch und ziemlich teuer. Judette hat sie aus dem Blumenladen in der Storgata, bevor der dichtmachte. Als ich klein war, kannte ich die Namen aller Blumen, die es dort gab. Doch jetzt ist nur noch ein leeres Ladenlokal mit eingeworfenen Scheiben übrig.

»Tut mir leid«, sage ich.

»Hast du dich geprügelt?«

»Nein, mich hat jemand angerempelt, aus Versehen. Es war ein Unfall.«

»Und danach?«

»Wie danach?«

»Was habt ihr nach dem Spiel gemacht?«

»Wir haben zu Hause bei Ali gesessen und uns unterhalten.«

Judette betrachtet mich schweigend und ich weiß, dass es ein Trick ist. Sie wartet, bis ich anfange zu reden, und lässt mich dann mein eigenes Grab schaufeln. Und dennoch kann ich nicht anders, als den Spaten in die Hand zu nehmen und zu graben.

»Ich hab gedacht, ihr seid sowieso schon zu Bett gegangen und es wäre egal, wann ...«

»Unsinn«, unterbricht sie mich. »Du hast keinen Augenblick an uns gedacht.«

Das stimmt nicht. Ich hatte tatsächlich an sie gedacht. Aber in dem Moment waren sie mir eher egal.

Allmählich machen sich die Kopfschmerzen bemerkbar und ich spüre ein heiß glühendes Pochen hinterm Stirnbein.

»Kapierst du überhaupt, wie große Sorgen ich mir gemacht habe?«, fragt Judette. »Glaubst du etwa, ich hab nicht gehört, was in der Stadt los war?«

»Ich wollte doch nur mit meinen Freunden zusammen sein. Die sind mir auch wichtig.«

»Simon«, entgegnet Judette seufzend. »Das Ganze ist einfach so destruktiv.«

»Na und? Was spielt es denn noch für 'ne Rolle? Ist doch sowieso bald alles vorbei.«

»Ich verstehe ja, dass du es so empfindest, aber hast du denn wenigstens Spaß dabei? Für mich sieht es nicht danach aus.«

Jetzt spüre ich die Kopfschmerzen direkt hinter den Augen. Ich nippe leicht am Wasser, das Judette mir hingestellt hat. Es hat kaum meinen Magen erreicht, als es auch schon wieder hochzukommen droht.

»Ich hab jede Menge Spaß«, antworte ich. »Es ist *die Zeit meines Lebens.*«

»Und wie geht es dir morgen früh?«, fragt sie und lässt mich gar nicht erst antworten. »Jetzt sag mir nicht, dass es keine Rolle spielt.«

Ich schweige.

»Wir müssen versuchen, das Beste aus der Zeit zu machen, die uns noch bleibt«, sagt Judette.

Ich schaue in ihre dunklen Augen und betrachte die Haut ihres Gesichts, die im Licht der Deckenlampe glänzt. Ich vermisse sie so schrecklich. Und ich vermisse mein altes Leben. Plötzlich drohen mich all die Gedanken einzuholen, die ich zu verdrängen versucht habe.

»Ich weiß aber nicht, wie«, entgegne ich leise.

Sie nickt und beugt sich über den Tisch vor.

»Keiner von uns weiß das genau. Aber so wirst du es bestimmt nicht herausfinden.«

Judettes Stimme klingt sanft, so sanft, dass sie all meine Gefühle an die Oberfläche lockt. Aber ich will nicht schon wieder losheulen. Ich bin es so leid, es andauernd zu tun.

Ich räuspere mich, um den Kloß in meinem Hals hinunterzuschlucken.

»Wo ist eigentlich Stina?«

»Sie macht einen Hausbesuch.«

Ich erkenne am Tonfall, was Judette damit meint. Schon wieder ein Selbstmord. Stina kümmert sich um die Angehörigen derjenigen, die das Warten auf den Kometen nicht mehr aushalten. Manche nehmen es lieber selbst in die Hand und bringen es hinter sich. Am Anfang konnte ich es überhaupt nicht nachvollziehen, weil es mir so widersprüchlich erschien, sich das Leben zu nehmen, um der Angst vorm Sterben zu entgehen. Doch inzwischen glaube ich, es nur allzu gut zu verstehen. Allerdings nur manchmal, und ich kann mir nicht vorstellen, mir selbst etwas anzutun.

Dessen bin ich mir ziemlich sicher.

»Und wann ist sie losgefahren?«

»Gegen halb elf. Ich habe ihr nicht gesagt, dass du noch nicht zu Hause warst, falls du das wissen willst.«

»Danke.«

»Aber ehrlich gesagt eher ihr zuliebe, nicht deinetwegen. Ich wollte nicht, dass sie sich Sorgen macht. Aber morgen werde ich es ihr sagen.«

»Na super.«

Judettes Augen verengen sich zu schmalen Schlitzen.

»Aber ich werde mich bessern«, sage ich rasch. »Versprochen.«

Judette entgegnet nichts, sodass meine Worte in der Luft hängen bleiben und wie leere Worthülsen klingen.

»Ich springe kurz unter die Dusche, bevor ich zur Arbeit fahre«, sagt Judette und reibt sich die müden Augen.

»Warum duschst du eigentlich vorher?«

Judette hat den Beruf der Floristin freiwillig gegen den einer Müllfrau ausgetauscht. Der Komet hat sie sozusagen auf die entgegengesetzte Seite der Duftskala katapultiert.

»Um irgendwie wach zu werden«, antwortet sie. »Mein Gott, lass es bitte bald Montag sein, damit wir endlich eine neue Ration Kaffee bekommen.«

Sie streckt ihren Rücken durch und steht vom Stuhl auf. Bumbum hebt erwartungsvoll den Kopf, doch sie tätschelt ihm nur zerstreut das Fell und verlässt dann die Küche.

»Stell dir den Wecker«, ruft sie. »Du musst früh mit ihm Gassi gehen.«

NAME: LUCINDA
TELLUS# 0 392 811 002
POST 0005

Gegen zehn Uhr bin ich vom Müllwagen geweckt worden. Mirandas Knie hatten sich in meinen Rücken gebohrt und sie schnarchte um einiges lauter, als es bei ihrem zierlichen Körper rein physisch möglich sein dürfte. Als mein Vater kurz darauf nach Hause kam, gab ich den Versuch auf, wieder einzuschlafen, und ich stand auf, um gemeinsam mit ihm zu frühstücken.

Er war so übermüdet, dass ich erahnen konnte, wie er als alter Mann einmal aussehen würde. Und er ähnelte meinem Opa mehr denn je.

Er fragte mich, wie es mir ginge, und ich antwortete: »Ganz okay, ich hab ja nur 'n bisschen Krebs«, woraufhin er entgegnete: »Du tust aber auch wirklich alles, um nach Aufmerksamkeit zu heischen.« Früher haben wir nicht so miteinander geredet, aber seit meiner Diagnose haben wir es uns angewöhnt. Nur so gelingt es uns, damit umzugehen.

Ich erzählte meinem Vater von Mirandas Fragen zum Kometen, verschwieg dabei aber meine eigenen Ängste. Jetzt war nicht der richtige Zeitpunkt dafür. Was sollte er auch dagegen tun? Er hätte sich nur wieder Sorgen um mich gemacht, was er sowieso schon zur Genüge tat. Ich hatte uns Haferbrei gekocht und gemerkt, wie er sich darüber freute, als ich mir noch etwas nachnahm.

Danach schauten wir gemeinsam die Morgennachrichten. Auf allen Marktplätzen landesweit und in den Stadtparks, in denen das Fußballspiel übertragen worden war, hatte Chaos geherrscht, und mein Vater berichtete mir von seiner Nacht in der Notaufnahme. Er hatte diverse Wunden nähen, mehrere Schädelknochen röntgen und unzählige Mägen auspumpen müssen.

Schlägereien. Vergewaltigungen. Überdosen Kokain. Fahrlässige Tötungen. Vandalismus. Es war fast genauso schlimm wie an dem Tag, als wir vom Kometen erfahren hatten und die Leute regelrecht ausgerastet waren. Wenn es mir schon schwerfällt, mich an das Gute in der Welt zu erinnern, muss es meinem Vater noch weitaus schwerer fallen. Als Arzt bekommt er unweigerlich die Folgen instinktiven und impulsiven menschlichen Fehlverhaltens zu sehen. (Andererseits denke ich, dass mein Vater ein besserer Mensch ist als ich, denn er glaubt an das Gute im Menschen, solange sie ihm nicht das Gegenteil beweisen. Manchmal denke ich, dass es bei mir genau andersherum ist.)

Alle haben jetzt die letzte Gelegenheit, ihre heimlichen Neigungen auszuleben. Nach dem Motto *Nutze den Tag*. Das Risiko, verhaftet oder zur Rechenschaft gezogen zu werden, ist minimal. Dafür stehen nicht mehr genügend Polizeibeamte zur Verfügung. Außerdem bleibt keine Zeit mehr für Ermittlungen oder Gerichtsprozesse, ganz zu schweigen von Gefängnisstrafen.

Auch im Krankenhaus arbeitet nicht mehr genügend Personal, sodass es keine Langzeitbehandlungen mehr gibt. Mein Vater geht dennoch hin. Er hält es für nötig, weil so viele Ärzte gebraucht werden. Aber ich glaube, dass er es auch für sich tut. Es ist seine Art von Flucht, um bei sich selbst zu sein, obwohl die Welt um ihn herum eine andere geworden ist. Wenn ich gekonnt hätte, hätte ich dasselbe getan.

Ich habe das dringende Bedürfnis, das Haus zu verlassen. Vielleicht sollte ich einen Spaziergang hinunter zum See machen. Wenn ich die Abkürzung durch den Wald nehme, werde ich schon niemandem begegnen.

Ich schreibe später weiter.

SIMON

Die Luft ist warm und feucht und es ist absolut windstill, als ich über die sanften Hügel am hinteren Ufer des Sees jogge. An mir rinnt der Schweiß nur so herab und Bumbum schenkt mir ein breites Hundelächeln, offensichtlich glücklich darüber, ausnahmsweise mal nicht angeleint zu sein. Ab und an bleibt er stehen und schnuppert an einem Busch oder einem interessanten Fleckchen Gras. Dabei ragt seine weiße Rute wie ein Wimpel steil in die Luft.

Dort, wo der Wald zu beiden Seiten des Wegs wieder dichter wird, ziehe ich mein Handy aus der Tasche. Noch immer keine Antwort von Tilda. Ich nehme mir fest vor, erst wieder nachzuschauen, wenn ich zu Hause bin.

Aber ich habe es nicht besonders eilig, zurückzukehren. Stina war so sauer auf mich, dass sie anfing zu weinen.

Ich laufe schneller, obwohl der Kater in meinem Körper wütet und es sich anfühlt, als würde mein Herz jeden Moment zerreißen. Die Musik dröhnt aus meinen Kopfhörern. Ich bewege meine Arme dicht am Oberkörper vor und zurück, während ich auf den Untergrund aus Holzspänen und Rindenhäcksel schaue.

Bald ist alles weg, hatte Tilda am Morgen gesagt, als wir von dem Kometen erfahren hatten.

Der Waldboden unter meinen Füßen. Der See. Die Birken am Ufer. Und Bumbum.

Auf einmal überkommt mich ein Schwindel, der mich völlig aus dem Rhythmus bringt, doch ich zwinge mich weiterzulaufen. Jetzt erblicke ich die alte Wasserrutsche zwischen den Bäumen, die früher einmal türkis war. Inzwischen ist sie ausgeblichen und farblos. Das Schwimmbecken ist abgedeckt. Der Kiosk verrammelt. Und auch die Minigolfanlage wurde schon lange nicht mehr benutzt. Auf dem letzten Stück beschleunige ich noch einmal und kurz darauf erreiche ich den Strand, wo ich heftig keuchend und mit Blutgeschmack im Mund die Hände auf die Knie stütze. Sogar auf meinen Handrücken haben sich Schweißperlen gebildet.

Bumbum planscht am Ufer herum und schnappt nach einer an der Oberfläche treibenden alten Plastiktüte aus dem Systembolag.

»Pfui!«, rufe ich und ziehe die Stöpsel aus meinen Ohren.

Er schaut zu mir hoch und schlabbert ein wenig Wasser. Dann schnaubt er auf und springt schwerfällig zurück zum Ufer. Am Strand angekommen, schüttelt er sich ausgiebig.

Auf dem nahe gelegenen Steg entdecke ich plötzlich eine Person mit einer schwarzen Mütze auf dem Kopf. Als ich genauer hinschaue, dreht sie den Kopf weg, aber ich weiß sofort, dass es Lucinda ist.

Lucinda, Tildas frühere beste Freundin. Die auf den Fotos an Tildas Zimmerwand zu sehen ist. Neben ihr in einem Bus sitzend und schlafend, einander am Beckenrand umarmend, oder auch umringt von anderen aus dem Schwimmverein, und doch scheinen die beiden wie in eine unsichtbare Blase aus Zweisamkeit gehüllt.

Ich selbst bin Lucinda nur ein paarmal begegnet. Damals im Krankenhaus. Zu diesem Zeitpunkt hatte sie schon angefangen sich zurückzuziehen. Sogar von Tilda. Wie oft musste ich Tilda nach einer weiteren unbeantworteten Nachricht oder einem unerwiderten Anruf trösten?

Ich schaue ebenfalls weg und bin froh, dass Lucinda ganz offensichtlich nicht in Kontakt zu mir treten will, denn ich habe keine Ahnung, worüber ich mit ihr reden sollte.

Ich dehne die Rückseiten meiner Oberschenkel, wobei Schweiß von meinem Gesicht in den Sand tropft.

Als Tilda und ich im vergangenen Herbst ein Paar wurden, redeten alle über Lucinda. Sie hatte gerade ihre Diagnose erhalten und der gesamte Schwimmverein stattete ihr einen Besuch im Krankenhaus ab. Amanda und Elin posteten Fotos von sich auf ihrer Bettkante sitzend und bewunderten ihre Stärke und ihren Mut. Tilda hingegen hasste all das Gehabe und fand, dass sie Lucinda zu einer Figur stilisierten, zu einer Nebenrolle in ihrem eigenen Leben. Die wunderbare Freundin mit dem tragischen Schicksal. Lucinda, deren Mutter an Krebs gestorben war. Lucinda, deren Vater Arzt ist und dem es trotzdem nicht gelungen ist, seine Frau oder seine Tochter zu retten. Die Monate vergingen und die Prognosen zu Lucindas Krankheit waren unsicher und widersprüchlich. Alles war furchtbar kompliziert. Nicht annähernd so wie in irgendwelchen Krankenhausserien.

Inzwischen hat schon lange keiner mehr von Lucinda gesprochen. Von dem Mädchen, das Krebs hat.

Ich richte mich langsam auf und schüttele die Milchsäure aus den Beinen. Auf einmal höre ich Bumbum kläffen. Als ich ihn erblicke, läuft er geradewegs über den Steg.

»Bumbum! Hierher!«

Er tut so, als würde er mich nicht hören, und bohrt dann schwanzwedelnd seinen riesigen Kopf in Lucindas Armbeuge. Plötzlich fällt mir ein, dass wir während unseres Krankenbesuchs bei Lucinda einen Mundschutz tragen mussten, und mich befällt Panik. Schon die harmloseste Erkältung oder der kleinste Infekt könnten sie umbringen.

Ich laufe zum Steg und rufe noch einmal nach Bumbum. Der Hund schaut freudig auf, bevor er Lucinda die Wange leckt. Sie versucht ihn wegzuschieben. Eigentlich dachte ich immer, dass Hunde eine Art sechsten Sinn dafür hätten, wie sich Kranke fühlen, doch das gilt offenbar nicht für Bumbum.

Der Steg schwankt unter mir. Bei Lucinda angekommen, ziehe ich ihn sofort von ihr weg, woraufhin er spielerisch nach meiner Hand schnappt.

»Ab mit dir!«, fordere ich ihn mit strenger Stimme auf.

Lucinda wischt sich mit dem Ärmel über die Wange und schaut widerwillig zu mir hin.

Irgendetwas in ihrem Gesicht hat sich verändert. Es dauert einen Moment, bis ich kapiere, dass ihre Augenbrauen fehlen. Ihre Wangen wirken im harten hellen Tageslicht eingefallen. Und dennoch sieht sie irgendwie gesünder aus. Lebendiger.

»Sorry«, sage ich. »Ich hab nicht mitgekriegt, dass er abgehauen ist.«

»Schon okay.«

Unter ihrem Kapuzenpulli zeichnet sich deutlich ihr Schulterblatt ab, und jetzt sehe ich auch, dass die Haare unter ihrer dünnen Mütze nur einen kurzen Flaum bilden.

Ich zögere. Es wäre leichter, einfach wieder zu gehen. Und ich weiß, dass auch sie das denkt. Dennoch setze ich mich neben sie. Ich muss sie fragen, was Bumbum angestellt hat.

Der Hund springt noch immer aufgeregt im Kreis herum. Ich drehe mich zu ihm um und befehle ihm, Platz zu machen. Erstaunlicherweise gehorcht er, wirft mir aber einen beleidigten Blick zu. Dann beginnt er so heftig zu hecheln, dass der Steg vibriert. Ich beuge mich übers Wasser vor und schöpfe mir ein paar Hände voll ins Gesicht und in den Nacken, um mich abzukühlen.

»Sicher, dass alles okay ist?«, frage ich.

»Bei 'nem Menschen wäre es schlimmer gewesen.«

»Dann werde ich versuchen mich zurückzuhalten«, entgegne ich.

Sie lächelt leicht über meinen halbherzigen Versuch, einen Scherz zu machen.

»Wie geht's dir?«, frage ich und zögere erneut. »Du siehst frischer aus.«

»Ich hab mit der Chemo aufgehört.«

»Aha. Was ist da eigentlich drin?«

»Zellgifte.«

Ich zucke unweigerlich vor dem Wort zurück und kann nur hoffen, dass sie es nicht merkt.

»Aber so nennt man sie heute nicht mehr«, fügt sie hinzu.

»Dann bist du also wieder gesund?«

Sie betrachtet mich von der Seite.

»Nein. Aber der Komet wird mich wahrscheinlich töten, bevor der Krebs es tut. Deshalb konnte ich die Behandlung auch ebenso gut abbrechen. Also … hurra!«

»Oh, das tut mir leid«, sage ich und komme mir wie ein Idiot vor. »Ich hätte es wissen müssen.«

»Nein«, entgegnet sie rasch und schaut aufs Wasser hinaus. »*Ich* muss mich entschuldigen. Ich hab anscheinend jegliche Umgangsformen vergessen.«

Ich frage mich, wie ernst sie es meint und wie einsam sie sein muss. Vielleicht weiß sie noch nicht mal, dass zwischen Tilda und mir Schluss ist.

Tilda, die mich verlassen hat. Tilda, die von Lucinda verlassen wurde.

Tilda ist die einzige Person, die uns verbindet, aber ich glaube kaum, dass Lucinda über sie reden möchte.

Über dem See fliegt ein Vogel so dicht über die Oberfläche, dass seine Flügel fast das Wasser berühren.

»Und du?«, fragt sie. »Wie geht's dir? Was ist mit deiner Augenbraue passiert?«

»Ich bin gestern beim Public Viewing gewesen.«

»Dann hattest du ja noch Glück. Mein Vater hat heute Nacht in der Notaufnahme Dienst geschoben und …«

Sie verstummt, als das Handy in meiner Tasche vibriert. Ich ziehe es heraus und sehe, dass Tilda endlich geantwortet hat. Ich wische mir die Finger an meinen Shorts trocken, damit ich meine PIN eingeben kann.

Alles okay. Du brauchst dir keine Sorgen um mich zu machen.

Ich überlege, was ich antworten soll, weiß aber nicht, ob es nach gestern Abend überhaupt angebracht ist, etwas zu schreiben. Schließlich schicke ich ein Koala-Emoji.

So haben wir es immer gemacht, wenn wir aneinander dachten. Es fing damit an, dass Tilda meinte, ich würde mich nachts im Schlaf wie ein Koala an sie klammern. Doch irgendwann erfuhren wir, dass sich Koalas oft mit Geschlechtskrankheiten anstecken. Schade für sie, aber wir fanden es danach noch lustiger.

Ich schiebe mein Handy zurück in die Tasche. Lucinda hat diskret weggeschaut. Ich überlege, was ich noch sagen könnte, bevor ich aufbreche. Etwas, um die Situation aufzulockern.

»Und wie läuft's so mit deinen beiden Müttern?«, fragt Lucinda plötzlich. »Wie heißen sie noch mal?«

»Stina und Judette«, antworte ich erstaunt. »Kennst du sie etwa?«

»Erinnerst du dich nicht mehr? Wir waren doch im ersten Schuljahr in derselben Klasse. Nur für ein paar Monate, bevor wir in einen anderen Stadtteil gezogen sind.«

Ich denke nach und schließlich fällt mir ein, dass eine meiner Mitschülerinnen irgendwann nicht mehr kam. Ich sehe ein Mädchen mit langen blonden Haaren und wachsamem Blick vor mir.

»Wir sind einmal bei euch zu Hause gewesen, um etwas über Dominica zu erfahren«, erklärt Lucinda.

Ich stöhne auf, weil ich mich noch gut an diesen Tag erinnere.

Natürlich war es Stina, die auf die Idee gekommen war, die gesamte Klasse zu uns einzuladen. Sie sollten sehen, dass wir eine ganz normale Familie waren, auch wenn es rein äußerlich betrachtet anders erschien. Judette hatte verschiedene landestypische Gerichte des Inselstaates zubereitet. Yams und Maniok, diverse Currys und selbst gebackenes Brot. Aber ich wollte nicht dabei sein. Damals war ich eher scheu und wusste nicht, worüber ich mit den anderen Kindern reden sollte. Jedenfalls war ich total dagegen gewesen, dass sie in unsere Wohnung einfallen würden.

Letztendlich wurde es noch schlimmer, als ich befürchtet hatte.

Lucinda hat offenbar meine Gedanken gelesen, denn sie muss kichern.

»Ach komm«, sagt sie. »Das war doch voll super.«

»Für mich aber nicht. Mir war es total peinlich, als alle fragten, wie zwei Mütter zusammen ein Kind kriegen können. Und Stina hatte wieder mal viel zu viel geplappert. Die Kids konnten das doch noch gar nicht kapieren.«

»Ich hab jedenfalls hinterher zu meinem Vater gesagt, dass ich auch lesbisch werden will«, sagt Lucinda. »Bei euch kam es mir viel lustiger vor.«

»Aber jetzt würdest du es bestimmt nicht mehr so lustig finden. Sie haben sich nämlich scheiden lassen. Allerdings wohnen sie wieder zusammen.«

»Aha. Und wie läuft's?«

»Erstaunlich gut. In den meisten Dingen sind sie sich ziemlich einig. Zum Beispiel darin, dass ich öfter zu Hause sein sollte.«

»Und warum bist du es nicht?« Sie hält inne. »Sorry, das geht mich nichts an.«

»Nein, schon okay. Ich weiß nur nicht genau, wie ich es erklären soll.«

Unter der Wasseroberfläche erkenne ich schemenhaft einige Fische, die sich ruckartig und nervös vorwärtsbewegen.

»Ich würde mir wünschen, sie wären nicht mir zuliebe wieder zusammengezogen«, sage ich. »Wir hatten uns gerade an den neuen Alltag mit zwei Wohnungen gewöhnt und ich fühlte mich bei beiden wohl. Doch jetzt bin ich derjenige, der ihrem Zusammenleben einen Sinn geben soll, und ... und das wäre ja auch okay, wenn nicht ... Ach, mir kommt es so vor, als müsste alles, was wir tun, plötzlich eine besondere Bedeutung erhalten. Weißt du, was ich meine? Dadurch wirkt alles so künstlich.«

»Genauso war es mit meinem Vater, als ich krank wurde. Wie eine

Never-ending-*Nutze-den-Tag*-Story, bei der man nicht mal zum Luftholen kommt.«

Als sie die Augen verdreht, muss ich lachen.

»Ja genau«, stimme ich ihr zu. »Aber vielleicht wird es ja bald besser. Meine Schwester Emma kommt für eine Weile zu uns und dann können sie sich auf die stürzen.«

Bumbum brummt und betrachtet uns, den Kopf auf den Vorderpfoten abgelegt. Ich werfe einen Blick auf die Wasserrutsche. Als ich klein war, erzählte Emma mir eines Tages, dass sie gesperrt worden war, weil irgendwer die Rutschfläche mit Rasierklingen präpariert hatte, sodass alle aufgeschlitzt wurden, die hinunterrutschten.

Die Eltern standen am Beckenrand und warteten auf ihre Kinder … erst kam das Blut … und dann kamen ihre Überreste.

Das Bild vom rot gefärbten Wasser, das die Rutsche hinunterrann, war in meiner Fantasie so real geworden, dass es mir jetzt wie eine wahre Erinnerung vorkommt. Ich hatte nur lange nicht mehr daran gedacht. Ich frage mich, ob es ein Gerücht war oder Emmas freie Erfindung. Sie liebte es nämlich geradezu, mir Angst einzujagen. Und erstaunlicherweise gefiel es mir auch. Meine Schwester stand schon immer für alles Spannende. Zum Beispiel hatte sie heimlich auf dem Balkon geraucht, wenn die Mütter nicht zu Hause waren. Oder sich die Augen tiefschwarz geschminkt. Oder auch nachts heimlich telefoniert und sich ständig über irgendwelche Dinge kaputtgelacht, die ich noch nicht begriff.

Ich will Lucinda fragen, ob sie auch von der Sache mit den Rasierklingen gehört hat, doch stattdessen höre ich mich sagen:

»Emma ist schwanger.«

»Und in welchem Monat?«

»Im sechsten«, antworte ich und breche unvermittelt in Tränen aus.

Lucinda wird neben mir stocksteif, aber ich kann einfach nicht aufhören zu weinen.

»Sorry«, sage ich. »Es ist nur ...«

»Nein, nein, schon okay. Ist doch verständlich.«

Aber ich merke, dass es sie ebenfalls ziemlich mitnimmt. Zum Glück kommt Bumbum angetapst, um mich zu trösten. Er winselt unruhig und legt mir eine Pfote auf die Schulter, was meine düsteren Gedanken ein wenig vertreibt.

»Welche Rasse ist das eigentlich?«, fragt Lucinda, während ich ihn kraule.

»Landseer. Die sind mit den Neufundländern verwandt.«

»Sicher, dass er nicht doch ein Pony ist?«

Ich muss lachen.

»Und warum heißt er Bumbum?«

Ich ziehe die Nase so diskret hoch, wie ich nur kann, und antworte, dass ich ihn so genannt habe, als ich noch klein war und wir ihn gerade erst vom Züchter geholt hatten. Damals hat er lauter Stühle umgekippt, ist gegen jeden Türrahmen gelaufen und andauernd über seine eigenen großen Pfoten gestolpert.

Damit bringe ich Lucinda zum Lachen und endlich löst sich etwas die Anspannung zwischen uns. Sie erzählt nach einer Weile von der TellUs-App, in der sie angefangen hat zu schreiben.

»Ich glaub zwar kaum, dass irgendwer da draußen sie lesen wird«, sagt sie mit einem Nicken in Richtung Himmel, »aber für mich ist es wie eine Therapie.«

Ich frage mich, ob sie mir damit sagen will, es auch mal auszuprobieren. Offenbar scheine ich es nötig zu haben.

»Ich versuche irgendwie auszublenden, was gerade passiert«, entgegne ich. »Aber es funktioniert nur bedingt.«

Sie lächelt und plötzlich sehe ich sie vor mir als Kind mit mehreren Zahnlücken im Mund und in einem rosafarbenen Pulli. Sie steht im Klassenraum vor der Wandtafel.

»Jetzt weiß ich wieder«, sage ich. »Du warst doch diejenige, die immer davon geredet hat, Schriftstellerin zu werden.«

»Hab ich das?«

»Dieser scheißende Riese hat einen bleibenden Eindruck bei mir hinterlassen.«

Lucinda lacht auf.

»Welcher scheißende Riese?«

»Du hattest damals ein Märchen geschrieben, das du uns in der Spielstunde vorgelesen hast. Der Riese hat den Menschen im Ort erst alles Essbare weggefressen und danach in den Fluss geschissen, sodass sie das Wasser nicht mehr trinken konnten.«

Lucindas Wangen röten sich.

»Du warst sehr zufrieden, weil es ja eigentlich um Umweltverschmutzung ging«, fahre ich fort. »Und du hast uns nebenher beigebracht, was eine Metapher ist.«

Jetzt müssen wir beide lachen.

»Ich bin bestimmt unausstehlich gewesen«, sagt sie und steht abrupt auf. »Ich muss jetzt leider gehen. War nett, dich getroffen zu haben.«

Ich empfinde es genauso, dennoch bleibe ich sitzen und biete ihr nicht an, sie zu begleiten. Ich will nicht riskieren, dass es wieder zu förmlich zwischen uns wird oder das Gespräch ins Stocken gerät.

»Ja, man sieht sich«, sage ich.

Früher war es ganz normal, sich so zu verabschieden, aber jetzt ist es das nicht mehr. Denn woher soll man wissen, ob man sich je wiedersieht?

»Vielleicht«, sagt sie, als würde sie dasselbe denken.

NAME: LUCINDA
TELLUS# 0 392 811 002
POST 0006

Der Spaziergang zum See war anstrengender, als ich gedacht hatte. Schon auf halber Strecke war ich völlig platt und zitterte am ganzen Körper. Ich versuchte mir einzureden, dass ich nur wegen der Schwüle so heftig schwitzte, aber eigentlich wusste ich es besser. Wenn ich vernünftiger gewesen wäre, hätte ich kehrtgemacht und den Rückweg angetreten. Aber ich bin weitergegangen.

Ich habe mich auf den Steg gesetzt und versucht, wieder zu Kräften zu kommen, insgeheim aber schon überlegt, meinen Vater anzurufen, damit er mich abholen kommt. Und dann hat sich auch noch meine schlimmste Befürchtung bewahrheitet: Ich habe jemanden aus meinem alten Leben getroffen. Natürlich nicht irgendwen, sondern Simon, Tildas Ex.

Er kam gerade vom Laufen und roch leicht nach Schweiß und frischer Luft. Er duftete so gesund, dass ich mich unweigerlich fragte, wonach ich selbst wohl roch. Ich hatte in dem T-Shirt geschlafen, das ich unterm Kapuzenpulli trug, und manchmal denke ich, dass mein Körper nach Chemie riecht, aber vielleicht bilde ich mir das auch nur ein. Ich hoffte jedenfalls, dass er gleich wieder gehen würde. Auch weil ich merkte, wie er sich bemühte, mich nicht anzustarren. Und ich versuchte, witzig zu sein, doch irgendwie gelang es mir nicht, denn ich musste die ganze Zeit daran denken, was Tilda ihm wohl über mich erzählt hatte. Sie musste mich bestimmt hassen. Ich an ihrer Stelle würde es jedenfalls tun.

Ich hatte Simon alles Mögliche gefragt, nur um nicht über mich reden zu müssen. Sogar, wie es mit seinen Müttern läuft. Als ich klein war, hatten sie einmal die ganze Klasse zu sich nach Hause eingeladen. Ich weiß noch genau, wie neidisch ich auf ihn war, weil er zwei

Mütter hatte und ich keine. Stina hatte uns von Judettes Schwangerschaft erzählt und dass sie sich für einen hellhäutigen Samenspender entschieden hatten, weil Simon beiden ähnlich sehen sollte. Mich beeindruckte es wahnsinnig, dass sie es so bestimmen konnten, und außerdem schienen sie einander wirklich zu mögen. Ich selbst spielte zu der Zeit auch lieber mit Mädchen als mit Jungen und beschloss daraufhin, lesbisch zu werden, wenn ich einmal groß wäre. Daraus ist jedoch nichts geworden. Es ist eben nicht ganz so einfach.

Simon war damals ein schüchterner, zurückgezogener kleiner Junge, der gerne malte. Als Tilda und ich aufs Sportgymnasium kamen und ihn eines Tages im Flur sahen, hatte ich ihn schon total vergessen. Alle Mädels redeten davon, wie toll er aussieht mit seinen markanten Wangenknochen, den dichten Augenbrauen, der kleinen Lücke zwischen den Schneidezähnen und seinem Kussmund. Und wir fragten uns, ob ihm selbst überhaupt bewusst war, wie gut er aussah. Amanda formulierte es irgendwann so: »Seine Lippen erinnern an den Geschmack von Regentropfen«, woraufhin Tilda losprusten musste. Doch in diesem Moment fiel mir etwas in ihrem Blick auf, das ich noch nie zuvor gesehen hatte. Als sie herausbekam, dass Simon und ich in der Grundschule für ein paar Monate in dieselbe Klasse gegangen waren, wollten sie alles über ihn wissen. Sie fanden es *voll süß*, dass er als kleiner Junge eher schüchtern gewesen war. Und Elin fand es *cool*, dass er zwei Mütter hatte. Ein Mädchen aus seiner Klasse meinte, dass er noch immer ziemlich schüchtern sei, weil er oft schwieg und nachdenklich wirkte, was sie wiederum *superanziehend* fand. Es ist nämlich so: Wenn ein Typ gut aussieht, findet man plötzlich alles an ihm genial, rätselhaft und spannend.

Zurück zum Steg. Ich brachte Simon zum Weinen, als er mir erzählte, dass seine Schwester schwanger ist, und ich fragte, in welchem Monat. Zu meiner Verteidigung muss ich allerdings sagen, dass man diese Frage ganz automatisch stellt. Aber ich hätte mich trotzdem zurückhalten sollen, denn derzeit stimmen einen alle denkbaren Antworten traurig. Wer will denn jetzt noch ein Kind in diese Welt setzen? Und welche Frau will wie Simons Schwester schwanger sein, aber ihr Kind nicht mehr zur Welt bringen können?

Ich sah, wie sehr Simon um seine Fassung rang, aber ich glaube nicht, dass er bemerkt hatte, wie auch ich mit den Tränen kämpfte. Ich fand es verdammt traurig, obwohl es mich eigentlich gar nicht betrifft. Doch da ich selbst nur zu gut weiß, wie es sich anfühlt, traurig zu sein oder Angst zu haben und zugleich gezwungen zu sein, auf die Gefühle anderer einzugehen, wollte ich es Simon nicht zumuten. Stattdessen hätte ich das Gespräch auf etwas anderes lenken sollen. Ach, ich bin darin so verdammt mies und denke viel zu lange darüber nach, was ich tun soll, und plötzlich ist es zu spät.

Hinterher war ich jedenfalls völlig groggy. Mein Vater hatte sich Sorgen gemacht, weil ich so lange fort gewesen war, aber nicht nur deshalb war ich so müde. Vielmehr lag es daran, dass ich zum ersten Mal seit meinem Krankenhausaufenthalt mit einem anderen Menschen als meinem Vater oder Miranda gesprochen hatte. Irgendwann hatte ich das Gefühl, als wäre jegliche Energie aus meinem Körper gewichen, und ich musste das Gespräch so abrupt beenden, dass es Simon bestimmt wie eine Flucht vorkam. Als ich wieder zu Hause in meinem Bett lag, schlief ich auf der Stelle ein.

PS: Ich hatte Simon gegenüber erwähnt, dass ich nicht daran glaube, dass irgendwer mein Geschwafel lesen wird. Doch das stimmt nicht ganz. Mittlerweile stelle ich mir dich zunehmend als reales Wesen vor. So, als gäbe es dich wirklich. Denn du bist der einzige Ansprechpartner, zu dem ich ganz ehrlich sein kann.

Vielleicht tue ich es, weil ich an dich glauben möchte. Auch wenn ich mir etwas vormache und letztlich all die anderen auch, die in der TellUs-App etwas posten. Und wenn schon. Es gibt schließlich Leute, die ihr Leben auf einem Glauben an weitaus merkwürdigere Dinge aufbauen.

NOCH VIER WOCHEN UND EIN TAG

NAME: LUCINDA
TELLUS# 0 392 811 002
POST 0007

Die große Neuigkeit des Tages ist, dass die Besatzung der Raumstation ISS zur Erde zurückkehren wird. Nicht einmal die vierhundert Kilometer von uns entfernt liegende Umlaufbahn, in der sich die sechs Astronauten gerade aufhalten, befindet sich in sicherem Abstand. Sie wollen lieber zu Hause sterben.

Cut.

Interview mit einer Frau aus Linköping, die während der Ausschreitungen nach dem Fußballspiel zusammengeschlagen wurde. Sie saß mit einem zugeschwollenen Auge bei sich zu Hause am Küchentisch und sagte, dass sie sich nun nicht mehr trauen würde, ihre Wohnung zu verlassen. »Vermutlich werde ich bis zum Sankt-Nimmerleins-Tag hier drinnen bleiben.« In den meisten Städten (inklusive unserer eigenen) wurden alle Public Viewings abgesagt und die Fans müssen sich die beiden letzten Spiele zu Hause anschauen. Im Fernsehstudio diskutierten sogar mehrere Experten darüber, ob man die Spiele ganz abblasen sollte, doch dann würde es höchstwahrscheinlich noch viel heftigere Aufstände geben.

Cut.

Demnächst findet eine internationale Wohltätigkeitsgala statt, bei der jede Menge Popstars auftreten und die live aus Buenos Aires, Johannesburg, New York, Paris, Tel Aviv und Tokio übertragen wird. Vom Erlös organisiert das Rote Kreuz eine große Lebensmittelsammlung und stellt alles Notwendige für Bedürftige bereit. Doch die Zynikerin in mir kann nicht anders, als sich zu fragen, ob die Künstler nicht hauptsächlich daran teilnehmen, um noch ein letztes Mal im Rampenlicht zu stehen. Die Aufzeichnungen von der Gala werden ebenfalls archiviert. Vielleicht kommst du ja in ein paar Millionen Jahren hierher und gräbst sie wieder aus. Ich bin gespannt, wie das Ganze in deinen Ohren (hast du überhaupt welche?) klingen wird.

Cut.

Und nun zu mir. Ich bin nach gestern immer noch müde, was mir ehrlich gesagt höllische Angst einjagt, weil es sich genauso anfühlt wie damals, als ich von meiner Krankheit erfuhr. Ansonsten ist alles okay. Muss ja.

SIMON

Ich wache von lauter Musik in der Wohnung auf. Es klingt nach einem von Stinas Songs und schwedischer Rockmusik aus den Achtzigern.

Als ich nach meinem Handy auf dem Fußboden greife, sehe ich, dass es schon fast elf Uhr ist.

Morgen sind es noch genau vier Wochen.

Ich setze mich im Bett auf und versuche mich daran zu erinnern, was ich geträumt habe. Doch meine Erinnerungen sind dünn wie Spinnweben und lassen sich nicht einfangen, ohne dabei zu zerreißen. In einem meiner Träume tauchte Johannes auf. Wir haben das Eiswürfelspiel gespielt, aber er hatte den Mund voller Glassplitter, was aus irgendeinem Grund meine Schuld war.

Ich stehe auf und stoße im Flur fast mit Stina zusammen, die mir mit einem Haufen Kleidungsstücke entgegenkommt.

»Hej mein Lieber«, begrüßt sie mich. »Hast du mich erschreckt.«

»Was hast du denn vor?«

»Ich räume Judettes Sachen weg, damit Emma morgen ihr Zimmer beziehen kann.«

»Und Judette schläft dann bei dir?«

Stina wird feuerrot im Gesicht.

»Ja«, antwortet sie. »Wird schon gehen.«

Ich schaue ihr hinterher, bis sie im Schlafzimmer verschwindet.

Als Judette einmal einen über den Durst getrunken hatte, sagte sie, dass Stina und sie sowohl die schönsten als auch die schrecklichsten Erfahrungen miteinander teilten. Das Jahr vor der Scheidung zählte definitiv zu den schrecklichsten. Stinas selbstzerstörerische Hoffnung trug dazu bei, dass sie noch fordernder wurde, was ihr selbst jedoch kaum bewusst war. Für alle anderen hingegen war es nur allzu offensichtlich. Und Judette entfernte sich von ihr. Stina bettelte und klammerte sich an sie und sie versuchte, die Beziehung irgendwie zu kitten. Doch Judette zog sich immer weiter zurück. Und so setzte sich die Spirale fort.

Doch sie erlebten auch schöne Zeiten miteinander. Gestern musste ich noch lange an Lucindas Worte denken. Dass sie es bei uns zu Hause lustig gefunden hatte.

Ich gehe in Emmas Zimmer. Schraube eine der goldenen Zierkugeln vom Bettgestell ab und linse in den kleinen Hohlraum darunter. Er ist leer. Meine Schwester hatte damals immer Zigaretten und Kondome darin versteckt, woraufhin ich ihr drohte, sie zu verpetzen, wenn sie mir keine Süßigkeiten kaufen würde.

Auf dem Nachttisch steht eine abgegriffene Jungfrau Maria aus Gips, die früher vielleicht mal farbenfroh bemalt war. Ich nehme sie in die Hand und betrachte ihr sanftes Lächeln. Von ihrem Kopf gehen fächerförmig goldene Strahlen ab, die wie Fühler aussehen, und vor ihrer Brust schwebt ein mit Blumen umranktes Herz. Auf Judettes Nachttisch standen bislang noch nie irgendwelche katholischen Reliquien, und ich frage mich, ob sie diese kleine Statuette wohl aus Dominica mitgebracht hat. Und wenn ja, wo sie sie zuvor aufbewahrt hat.

Meine Mütter haben im Lauf der Zeit ihre ganz persönliche Beziehung zu Gott gefunden. Und zwar gemeinsam. Sie glauben an einen Gott, der alle Menschen liebt und ihnen wohlgesinnt ist. Er mischt sich nicht in ihr Leben ein, aber er ist immer da, wenn man ihn braucht. Er verzeiht alles und verurteilt niemanden. Er ist ein perfekter Elternersatz.

Aber sie mussten auch lange nach ihm suchen, denn ihre eigenen Eltern glaubten an einen ganz anderen Gott. Stinas Vater war ein Pastor der alten Schule. Er war gegen Homosexualität, gegen weibliche Pastoren und auch gegen Stina. Wenn er heute noch leben würde, hätte er höchstwahrscheinlich die Wahrhaftige Kirche unterstützt und eine eigene Gemeinde gegründet. Dennoch hat Stina sich immer bemüht, seiner Auffassung in gewisser Weise zu entsprechen. Erst als sie und Judette sich scheiden ließen, hat die Schadenfreude meines Großvaters Stina dazu veranlasst, den Kontakt zu ihm abzubrechen. Inzwischen ist er tot, Judettes Vater und Bruder hingegen leben noch auf Dominica. Ich bin ihnen zwar nie begegnet, aber ich weiß, dass ihr Gott Judette bestimmt kurzerhand von unserer vernichteten Erde geradewegs in die Flammen der Hölle schicken wird, nur weil sie eine Frau geheiratet hat.

Ich hingegen bin froh, dass meine Mütter ihren Gott gefunden haben und ich mit ihm aufwachsen durfte. Ich habe ihren Geschichten aus der Bibel gern gelauscht und vorm Einschlafen gemeinsam mit ihnen gebetet. Als ich klein war, glaubte ich genauso selbstverständlich an Gott wie an den Weihnachtsmann. Doch jetzt bin ich mir nicht mehr so sicher. Immer wenn ich versuche zu beten, habe ich den Eindruck, dass mir niemand zuhört.

Ich muss an Tildas Vater denken und frage mich, ob Klas wohl auch einer dieser Heuchler ist, von denen sie letztens redete.

Stina stellt die Musik im Wohnzimmer leiser und ich überlege, ob ich zu ihr gehen und sie fragen soll, was sie von der Wahrhaftigen Kirche hält. Und wie es sein kann, dass sich einer wie Klas ihr anschließt. Aber mir fehlt die Kraft dazu, denn ich weiß, dass Stina eine Riesensache daraus machen würde. Sie würde sich wahnsinnig darüber freuen, dass ich endlich über etwas Großes und Wichtiges mit ihr reden möchte. Doch ihre Freude würde mir nur wieder ein schlechtes Gewissen machen, weil ich ihr diesen Wunsch viel zu selten erfülle.

Stattdessen gehe ich zum Bücherregal. Beim Lesen der Titel, die mich an früher erinnern, spüre ich einen leichten Schauer über meinen Rücken laufen. *Friedhof der Kuscheltiere. Das Schweigen der Lämmer. American Psycho. Tote Richter reden nicht. Ewige Nacht. Uzumaki. Locke & Key.* Allein schon die Lektüre des Klappentextes verursachte mir als Kind im Dunkeln Angst. Doch jetzt bleibt mein Blick am Regal mit den Kinderbüchern hängen. Eines davon heißt *Komet im Mumintal.*

Ich ziehe es heraus und sehe, dass es ein Buch von Tove Jansson ist. Es ist schon so alt, dass es entweder Stina oder Emmas Vater gehört haben muss. Auf dem Umschlag bewegen sich mehrere Figuren auf hohen Stelzen voran in einer Landschaft mit spitzen Bergen, während hinter ihnen ein Feuerball über den Himmel rast.

Als ich anfange darin zu blättern, schlägt mir der Geruch von altem verstaubten Papier entgegen.

»Ich glaube nicht, dass wir besonders mutig sind«, sagte Mumin nachdenklich. »Wir haben uns ganz einfach an den Kometen gewöhnt. Sind fast mit ihm bekannt. Wir haben als Erste gewusst, dass es ihn gibt, und wir haben beobachtet, wie er gewachsen und immer größer geworden ist. Er muss bestimmt sehr einsam sein.«

»Ja«, sagte der Schnupferich. »Man ist bestimmt sehr einsam, wenn alle vor einem Angst haben.«

Ich schlage das Buch wieder zu und stelle es zurück ins Regal.

»*Wenn wir jetzt nicht tanzen, wann dann?*«, höre ich Stina vom Türrahmen her sagen.

Ich drehe mich um und schaue sie fragend an.

»Das sagt das Snorkfräulein. Im Buch. Du solltest es lesen.«

»Aber es ist doch ein Kinderbuch.«

»Es ist auch für Erwachsene voller Weisheiten«, sagt Stina und setzt sich aufs Bett. »Ein Komet rast aufs Mumintal zu und alle haben natürlich wahnsinnige Angst. Aber trotzdem nutzen sie die ihnen verbleibende Zeit für all das, worauf sie Lust haben.«

Sie schaut mich erwartungsvoll an und in ihrem Blick liegt eine große Sehnsucht. Auf einmal habe ich das Gefühl, dass die Wände auf mich zukommen. Ich halte es nicht länger aus.

»Ich hab jedenfalls vor, heute Abend auf 'ne Party zu gehen«, sage ich. »Falls es okay ist.«

»Eigentlich möchte ich lieber, dass du zu Hause bleibst«, entgegnet Stina.

»Aber darauf hab ich keine Lust.«

Warum bin ich nur so fies zu ihr? Sie presst die Lippen zu einem schmalen Strich zusammen. Ich wische mir etwas Staub von den Fingern und murmele etwas von duschen gehen.

Rasch verlasse ich das Zimmer, schließe die Badezimmertür hinter mir ab und versuche meine Panik mit heißem Wasser wegzuspülen. Ich drehe den Warmwasserhahn noch weiter auf, bis ich die Hitze kaum noch aushalte, nur um meinen Körper wieder von Kopf bis Fuß zu spüren.

Als ich in mein Zimmer komme, schaue ich mir das letzte Foto an, das Tilda ins Netz gestellt hat. Es ist während des Fußballspiels entstanden und mit einem Schwarz-Weiß-Filter bearbeitet. Tilda und Elin stehen inmitten der Menge. Tilda lacht in die Kamera. Sie wirkt glücklich.

Hundert Prozent fucked up.

Ich schaue nach, auf welchen Fotos Tilda noch zu sehen ist. Insgesamt vier. Alle vom Fußballspiel. Kein Foto aus den Stunden davor. Und keines danach.

NAME: LUCINDA
TELLUS# 0 392 811 002
POST 0008

Ich habe geschrieben, dass du der Einzige bist, zu dem ich ehrlich sein kann, doch das stimmt nicht ganz. Es gibt jede Menge Dinge, über die ich nicht schreibe, weil sie mir so bedeutungslos und lächerlich vorkommen. Zum Beispiel, dass ich mich immer noch nicht damit abfinden kann, kaum mehr Haare auf dem Kopf zu haben. Was tut das denn noch zur Sache, wo wir doch bald alle innerhalb eines Augenblicks in Flammen aufgehen?

Die Algorithmen, die meine Chats steuern, empfehlen mir, einer Gruppe namens *Wir, die nicht jungfräulich sterben wollen* beizutreten. Das trifft mich hart. Klar, das erste und einzige Mal, als ich Sex hatte, zählt kaum. Es war mit einem todlangweiligen Deutschen in einem Trainingslager in Rimini. Es hat zwar nicht wehgetan, aber es war unangenehm. Eigentlich habe ich es nur getan, um es hinter mich zu bringen. (Und um danach vor Tilda damit angeben zu können. Er hatte übrigens eine kleine spitze Zunge, mit der er in meinem Mund herumstocherte, und währenddessen dachte ich darüber nach, wie ich es Tilda schildern würde, und dann musste ich laut loslachen. Er war natürlich stinksauer. Was ihn allerdings nicht daran hinderte, mir noch ein halbes Jahr lang Playlists zu schicken, damit ich ihn für seinen guten Musikgeschmack und seine geniale Textauswahl und überhaupt als Supertypen bewundern sollte.)

Eine andere Gruppe nennt sich *Unschuld ist nur ein soziales Kon-*

strukt. Eine Auffassung, die ich eigentlich teile, die jedoch nichts daran ändert, dass ich Sex haben will. Ich will Sex haben und ihn genießen. Ich möchte gern wissen, wie es sich anfühlt. Zugegebenermaßen ist es mir verdammt peinlich, dass mich von allem, was mich traurig macht, ausgerechnet diese Sache am traurigsten stimmt. Schließlich gibt es Menschen auf diesem Planeten, die sich in ihrem Leben noch kein einziges Mal richtig haben satt essen können, während ich hier sitze und mich in Selbstmitleid ergehe.

Heute Abend bin ich wieder der Babysitter für Miranda. Ich habe ihr fast alles erlaubt. Es ist gar nicht so leicht, seine kleine Schwester dazu zu bringen, sich die Zähne zu putzen, wenn sie sowieso keine Löcher mehr bekommen kann. Jetzt ist sie endlich eingeschlafen, während ich ununterbrochen an diese Sache mit der Ehrlichkeit denken muss. Ich habe noch mal meine alten Tagebücher gelesen.

Darin geht es fast ausschließlich ums Schwimmen. Offenbar war mir gar nicht klar gewesen, wie viel Tilda und ich dafür geopfert haben. Wir sind fast nie in den Urlaub gefahren, weil in den Ferien immer irgendwelche Trainingslager stattfanden, bei denen wir auf Luftmatratzen in Turnhallen übernachteten. In Rimini mussten wir vier Stunden täglich in einem eiskalten Becken schwimmen und sind nicht ein einziges Mal am Strand gewesen.

Eigentlich haben wir ständig gefroren. Wir mussten im Februar morgens schon um halb sechs aufstehen und auf dem ganzen Weg zur Schwimmhalle war uns kalt. Und auch noch, als wir ins Wasser stiegen. Wir mussten sogar zu Wettkämpfen mitfahren, an denen wir selbst gar nicht teilnahmen. Damit hatten wir so gut wie keine Gelegenheit, außerhalb des Vereins jemanden kennenzulernen.

Im Tagebuch steht auch viel über meinen Körper. Ich habe trainiert und ihn ständig eingecremt, weil meine Haut furchtbar trocken war, und ihm wie besessen gesunde Nahrung zugeführt. Ich dachte immer nur ans Essen. Wir haben so viele Kalorien verbrannt, dass wir andauernd Hunger hatten. Während sich die anderen aus dem

Verein am Kiosk in der Schwimmhalle Fast Food und Süßigkeiten kauften, habe ich Tilda nachgeeifert. Wir hatten immer eine Tasche voller Bananen, Proteinriegel und Energy Balls dabei, um gar nicht erst in Versuchung zu geraten. Mir war viel an meinem Aussehen gelegen. Ich liebte es zwar, im Wasser zu sein, aber ebenso sehr hasste ich es, im Badeanzug, unter dem sich alles abzeichnete, am Beckenrand zu stehen und mir Tommys ellenlange Anweisungen anzuhören. Und obwohl ich meinen Körper in eine perfekte Maschine verwandelt hatte, war ich unzufrieden mit ihm.

Nur ich kann es in meinem Tagebuch gewissermaßen zwischen den Zeilen lesen.

Aber ich habe die Ereignisse einfach geändert. Dabei log ich zwar nicht direkt, aber ich stellte mich etwas mutiger und selbstbewusster dar. Ich hatte schon immer einen Hang dazu, mich mit mir selbst zu beschäftigen, und konnte nicht so leicht loslassen, wie andere es offenbar tun. In meinem Tagebuch habe ich immer versucht, alles zu beschönigen oder herunterzuspielen, und ich glaube, ich habe es selbst nicht mal gemerkt.

Noch nicht mal, als ich krank wurde, wollte ich es mir eingestehen.

Wenn ich hier etwas schreibe, muss ich es ernsthaft angehen, sonst macht das Ganze keinen Sinn. Ich werde also versuchen, ganz ehrlich zu sein und nur die Wahrheit zu schreiben. Ich weiß auch schon, womit ich anfange. Mehr dazu beim nächsten Mal.

PS: Simon hat gesagt, ich hätte früher als Kind allen erzählt, dass ich Schriftstellerin werden will. Doch in meinem Tagebuch, das ich ein paar Jahre später anfing zu schreiben, habe ich es nicht zugegeben. Darin erwähne ich meine Schreibversuche nur flüchtig. Zum Beispiel die Kurzgeschichten, die ich angefangen hatte zu verfassen, oder die Fan-Fiction, die ich anonym ins Netz gestellt hatte. Nicht einmal Tilda habe ich es anvertraut. Gesetzt den Fall, ich hätte jetzt noch ein ganzes Leben vor mir, würde ich dann versuchen, ein Buch zu schreiben? Würde ich das Risiko in Kauf nehmen, daran zu scheitern? Ich weiß es nicht. Vermutlich käme es für mich einer Niederlage gleich, die größer wäre, als bei irgendeinem wichtigen Schwimmwettkampf Letzte zu werden.

NOCH VIER WOCHEN

NAME: LUCINDA
TELLUS# 0 392 811 002
POST 0009

Es fing mit ein paar blauen Flecken an, über die ich nicht weiter nachdachte.

Dann kamen weitere Symptome hinzu. Ich war müder als sonst und wurde kurzatmiger. Manchmal wachte ich nachts sogar schweißgebadet auf. Irgendwann bekam ich unvermittelt hohes Fieber, das einfach nicht wieder herunterging, doch ich schob es auf eine Erkältung, die offenbar nie richtig ausbrechen wollte. Aber ich sagte nichts, weil ich es nicht so schlimm fand. Außerdem wollte ich auf keinen Fall eine Trainingseinheit verpassen.

Erst als ich irgendwann Rückenschmerzen bekam, erzählte ich meinem Vater davon. Er nahm an, dass ich mich beim Schwimmen überanstrengt hätte, was mir logisch erschien. Höchstwahrscheinlich hatte ich zu hart trainiert. Also ging ich zur Massage. Doch die Schmerzen wurden schlimmer, sodass ich mir Termine bei einer Physiotherapeutin geben ließ. Ihr fielen schließlich die blauen Flecken auf. Als mein Vater davon erfuhr, wurde mir zum ersten Mal bewusst, dass er sich ernsthafte Sorgen machte.

Doch er versuchte es vor mir zu verbergen, was mir höllische Angst einjagte.

Es folgten die Ergebnisse der Blut- und Knochenmarksproben. Anschließend die Diagnose.

Und dann war Eile geboten.

Ich hatte eine Niete in der genetischen Lotterie gezogen. AML.

Akute myeloische Leukämie. Blutkrebs. Dieselbe Art Krebs, an der auch meine Mutter starb, als Miranda kaum ein Jahr alt war.

Mir wurde umgehend ein Venenkatheter in den Hals implantiert. Und dann pumpten sie mich mit Zellgiften voll. Sie informierten mich darüber, dass ich nach der Behandlung vermutlich keine Kinder mehr bekommen könnte, und fragten, ob ich meine Eizellen vielleicht für spätere Zwecke konservieren lassen wollte. Höchstwahrscheinlich liegen sie noch immer in irgendeiner Gefriertruhe im Krankenhaus. Ich bekam jede Menge Bluttransfusionen, bis mein gesamtes Blut mehrfach ausgetauscht worden war, und verlor meine Haare – die Augenbrauen, Wimpern und auch all meine sonstige Körperbehaarung, die ich zuvor wegen des Schwimmens immer penibel wegrasiert oder mit Wachs entfernt hatte. Stattdessen verteilten sich die Haare jetzt auf meinem Kopfkissen, in meinen Kleidern und im Abfluss der Dusche. Und irgendwann waren überhaupt keine mehr da. Alles war weg. Mein Immunsystem kollabierte vollständig. Ich ging nicht mehr in die Schule, um mich nirgends anzustecken, und schluckte Antibiotika in rauen Mengen, und trotzdem flammten überall in meinem Körper Infektionen und Entzündungen auf. Einmal bekam ich eine Blutvergiftung und wäre fast daran krepiert. Daraufhin wurde alles, was je mit meinem Körper in Berührung gekommen war, in den Sondermüll geworfen. Nach jeder Chemotherapie musste ich mich so heftig übergeben, dass ich das Gefühl hatte, das Innere meines Körpers würde sich nach außen stülpen. Ich fühlte mich so elend, dass ich nur noch sterben wollte. Doch auch in den Erholungsphasen konnte ich kaum essen, weil mir der Gaumen so furchtbar wehtat, und sie mussten mich an den Tropf hängen.

Doch das Allerschlimmste war die ständige Ungewissheit. Immer neue Untersuchungen und danach das bange Warten auf die Ergebnisse. Und schließlich das Warten auf einen Stammzellspender. Kein Arzt wollte mir sagen, was passieren würde, wenn sie nicht rechtzeitig jemanden fänden. Keiner wollte mich darüber aufklären, wie ich sterben würde – ob es schmerzhaft werden und wie lange es dauern würde. Ich war zu verunsichert, um es selbst anzusprechen. Obwohl ich ständig Angst hatte, konnte ich mich niemandem anvertrauen. Am allerwenigsten meinem Vater, weil ich wusste, dass er es nicht verkraften würde. Schließlich hatte er schon meine Mutter sterben sehen. Er war derjenige, der das Krankenhauspersonal mit allen möglichen Fragen konfrontierte, alle Untersuchungsergebnisse kontrollierte und Diagramme einsah. Für ihn wurde ich sozusagen zu einem medizinischen Projekt, wenn auch eines, das zum Scheitern verurteilt war.

Seit meiner Diagnose habe ich nicht ein einziges Mal vor meinem Vater geweint, was allerdings weder auf Tapferkeit noch auf Großmut beruht. Ich kann es einfach nicht, weil ich mich schuldig an seiner Trauer und Hilflosigkeit fühle. Na ja, vielleicht nicht gerade schuldig, aber zumindest verantwortlich. Erinnerst du dich noch an den Post mit dem gemeinsamen Frühstück? Ich habe mir extra vom Haferbrei nachgenommen, obwohl ich keinen Hunger mehr hatte, nur um ihn glücklich zu stimmen. So mache ich es andauernd, es ist wie eine Art Buße.

Tja, und Miranda, meine liebe kleine Schwester. Im Krankenhaus hat sie fast ununterbrochen auf ihr iPad gestarrt. Sie war in meiner Gegenwart ungewohnt schüchtern, als hätte ich mich in eine Fremde verwandelt. Einen Fremdkörper. Ich konnte sehen, wie sich in ihrem Kopf Fragen anhäuften, von denen sie nicht wusste, wie sie sie stellen sollte, und auf die auch ich keine Antwort gewusst hätte.

Am Ende ist von mir nicht viel übrig geblieben. Ich bestand nur noch aus Krebszellen und meine Welt schrumpfte und schrumpfte. Ich ließ es geschehen und wollte lediglich verschwinden. Wenn meine Freunde zu Besuch kamen, tat ich so, als würde ich schlafen. Ich schloss einfach die Augen, lauschte ihrem nervösen Flüstern und war erleichtert, als sie wieder gingen. Sie brachten mir Blumen mit, die ich nicht ins Zimmer stellen, und Schokolade, die ich nicht essen durfte. Sie machten Selfies mit mir, als ich mich nicht mal mehr selbst im Spiegel sehen wollte.

Ich behauptete zwar, dass sich in meiner Gegenwart alle genauso verhalten sollten wie immer, doch eigentlich hielt ich es nicht aus, wenn sie über irgendwelche Partys oder Zukunftspläne plauderten. Ich wollte nicht hören, dass ihre Frisuren schlecht saßen, als ich selbst keine Haare auf dem Kopf hatte. Ich wollte in Wahrheit nicht, dass sie sich genauso verhielten wie immer, sondern dass *ich* wieder so sein würde wie immer. Die Wochen auf der Isolierstation empfand ich fast als Erleichterung. Und als ich wieder auf die normale Station verlegt wurde, erfand ich Ausreden, um keinen Besuch mehr empfangen zu müssen. Ich wusste genau, dass meine Freunde nur mein Bestes wollten. Ich wusste auch, dass sie versuchten zu verstehen, was ich gerade durchmachte, aber mir wurde klar, dass sie es nicht verstehen konnten. Ich wollte nicht hören, wie »tapfer« und »mutig« sie mich fanden, denn das war ich gar nicht. Mir blieb nur keine andere Wahl. Wenn sie gewusst hätten, wie viel Angst ich hatte, wie verbittert ich war und wie ungerecht ich meine Krankheit fand. Ich habe mich zwar nie gefragt »Warum ausgerechnet ich?«, weil ich damit indirekt behauptet hätte, dass sonst jemand sie verdient hätte. Aber wenn sich mir die Möglichkeit geboten hätte, meinen Krebs jemand anderem zu überlassen, hätte ich es, ohne zu zögern, getan. Das ist die Wahrheit.

Unser Trainer Tommy hat sich bei seinen wenigen Besuchen im Krankenhaus nie zu mir ans Bett gesetzt. Stattdessen blieb er daneben stehen, beugte sich zu mir hinunter und gab Phrasen von sich wie »Betrachte es wie einen Wettkampf« oder »Immer den Fokus aufs Ziel richten«. In meiner Welt hatte ich ihn jahrelang wie einen Halbgott verehrt. Wir brauchten einen Trainer wie Tommy, um uns jeden Morgen im Becken zu schinden und viele andere Dinge opfern zu können, weil er uns den Glauben daran vermittelte, dass Schwimmen das Allerwichtigste und es letztlich all die Schufterei wert sei.

Er hat uns immer dazu gebracht, noch länger durchzuhalten, noch mehr Einsatz zu zeigen und einen Tick härter zu kämpfen. Während des Hypoxie-Trainings mussten wir uns reihenweise übergeben und dabei ständig gegen die übersäuerten Muskeln ankämpfen, die unsere Körper in Stahl verwandelten, während er unsere Zeiten bis auf die Zehntelsekunde genau stoppte und somit unsere persönliche Leistung (unseren Wert) nahm. Doch in den kurzen Augenblicken, in denen wir vollgepumpt mit Adrenalin und Endorphinen das Nirwana erreichten, kam es uns vor, als wäre es ebenso sehr Tommys Verdienst gewesen wie unser eigenes. Im Nachhinein frage ich mich, ob wir all das womöglich nur taten, um ihm zu gefallen. Jedenfalls kamen wir uns beim Schwimmen unsterblich vor, oder zumindest unbezwingbar. Außerhalb der Schwimmhalle war Tommy jedoch ein völlig anderer Mensch. Im Krankenhaus wirkte er plötzlich so gewöhnlich wie ein beliebiger Mann mittleren Alters im Trainingsanzug. Und noch dazu absolut unbeholfen.

Ich verließ das Haus nicht mehr, weil ich den Blicken meiner Mitmenschen entgehen und dem Verstummen ihrer Gespräche entgehen wollte. Die Leute glauben immer, sich diskret zu verhalten, doch das ist nicht der Fall. Irgendwann habe ich mich sogar aus den sozialen Medien verabschiedet, weil alle Fotos von mir, die gelikt wurden, im Krankenhaus aufgenommen worden waren. Ich brachte es nicht über mich, all die aufmunternden Umarmungen, die weinenden Emojis, die Versprechen, für mich zu beten, die aufheiternden Hashtags und die Sprüche über den »Kampf« gegen den Krebs zu verfolgen. (Schließlich war nicht ich diejenige, die den Krebs bekämpfte, sondern die Chemo. Ich war nur das Schlachtfeld und konnte selbst keinen Deut dazu beitragen.) Zudem schaffte ich es nicht, mir Fotos aus dem Leben der anderen anzusehen, das auf mich so problemfrei wirkte, und ich wollte nicht an alles erinnert werden, was ich verpasste. Erst in der letzten Zeit schaue ich hin und wieder rein, hinterlasse dabei aber keinerlei Spuren.

Tilda war die Letzte, die aus meinem Leben verschwand.

Als ich krank wurde, waren wir gerade aufs Sportgymnasium gekommen, wo wir uns richtig wohlfühlten. Der Stundenplan war genau auf unser Training zugeschnitten, während zuvor kein Mensch auf den Schwimmverein Rücksicht genommen hatte. Schwimmen galt sogar ein wenig als Loser-Sport. Doch in der neuen Schule erhielten wir plötzlich einen gewissen Status und zum ersten Mal in unserem Sportlerleben so etwas wie Anerkennung. Amanda verliebte sich in einen Jungen namens Johannes. Als ich ins Krankenhaus kam, lernte Tilda Johannes' besten Freund Simon kennen. Sie war glücklich und verliebt. Sie hatte ein Ziel vor Augen. Tilda hatte beschlossen, nach ihrer Schwimmkarriere Sportärztin zu werden, und mein Vater liebte es geradezu, ihre vielen Fragen zu beantworten. Immer wenn sie zu mir ins Krankenhaus kam, hatte sie ihre Schwimmtasche mit den nassen Handtüchern und ihrem Badeanzug dabei, und alles an ihr roch nach Chlor. Ich war so verdammt neidisch. Normalerweise definiert man Verbitterung immer als ein Gefühl, aber für mich war es mehr eine Art Gift, das immer tiefer in meinen Körper drang, bis ich es irgendwann nicht mehr von all den anderen Giften unterscheiden konnte, die darin wüteten. Das Einzige, was sich für mich noch schlimmer anfühlte, war Tildas schlechtes Gewissen, denn ihr Leben verlief nach Plan, während meines geradewegs in eine Sackgasse führte.

Also habe ich auch sie aus meinem Leben verbannt. Ich war froh, als sie irgendwann aufgab. Ich kam mir zwar unendlich mies vor, redete mir aber ein, ihr einen Dienst zu erweisen.

Ich vermisse sie. Jetzt, wo wir sowieso alle sterben müssen, wäre es vielleicht einfacher, Tilda wiederzutreffen. Ich spiele mit dem Gedanken, mich wieder bei ihr zu melden, aber ich traue mich nicht, denn ich weiß nicht, ob sie mir verzeihen kann.

Inzwischen habe ich die Chemo abgebrochen und keiner weiß, wie rasch der Krebs zurückkehren wird. Meine größte Angst besteht allerdings nicht darin, zu sterben, bevor der Komet einschlägt, sondern in den verbleibenden Wochen wieder ins Krankenhaus eingewiesen zu werden. Doch ich habe beschlossen, das Risiko einzugehen.

Es war nicht ganz leicht, meinen Vater zu überreden, doch ich wusste, dass er mich letztlich versteht. Schließlich hatte er aus nächster Nähe miterleben müssen, wie sehr die Behandlungen mir zusetzten. Und außerdem weiß er genau, was momentan im Gesundheitswesen alles schiefläuft. Seit der Entdeckung von Foxworth ist das Krankenhaus sowohl überlastet als auch unterbesetzt.

Bislang ist jedoch alles gut gegangen. Gestern und vorgestern war ich zwar ziemlich müde, aber allmählich fange ich an, mich selbst wiederzuerkennen.

Deshalb litt ich letzte Nacht auch unter Panikattacken.

Denn jetzt habe ich wieder etwas zu verlieren.

SIMON

Oberflächlich betrachtet sieht meine Schwester genauso aus wie immer, außer dass ihr Gesicht etwas voller geworden ist. Sie lacht noch immer viel, hat dasselbe rote Haar und dieselben rot geschminkten Lippen. Ich versuche, mit meinem Blick nicht an ihrem Bauch hängen zu bleiben, der sich deutlich unter ihrem schwarzen Samtshirt abzeichnet. Ich frage mich, wie der Fötus wohl aussieht, ob er schon Haare und Fingernägel bekommen hat. Und ob er in ihrem Bauch je die Augen öffnen wird.

Wir stehen in der Küche und ein Knall lässt mich plötzlich zusammenzucken. Als ich hinschaue, sehe ich, dass Judette eine Champagnerflasche entkorkt hat.

»Ich hab sie schon eine Weile hier liegen«, erklärt sie und stellt vier Gläser auf den Tisch.

Beim Einschenken gluckert und sprudelt es. Doch Emma lehnt dankend ab und füllt ihr Glas stattdessen mit alkoholfreiem Cidre. Ich linse zu ihr rüber, schaue jedoch rasch wieder weg, als sie meinen Blick erwidert. Ich empfinde leichte Schuldgefühle.

»Ich weiß nicht, ob es so gut ist, ihn auch noch dazu zu ermuntern …«, sagt Stina, als Judette mir Champagner einschenkt.

»Ihr glaubt doch wohl nicht ernsthaft, dass Simon keinen Alkohol trinkt, oder?«, fragt Emma grinsend und wendet sich mir zu. »Du warst völlig verkatert, als ich ankam.«

Stina lächelt zurück. Judette stellt sich hinter sie, legt eine Hand auf ihre Schulter und erhebt ihr Glas.

»Ich würde gern einen Toast ausbringen. Ich freue mich riesig, dass du hier bist, Emma.«

»Ich mich auch. Und ich soll euch natürlich auch schön von Micke grüßen.«

Stina tätschelt Judettes Hand und blickt zu ihr auf. Dann schaut sie Emma und mich an. Ich weiß genau, wie viel ihr daran gelegen ist, dass dieses Bild der Wirklichkeit entspricht und wir wieder eine richtige Familie sind.

Die Champagnergläser klirren aneinander.

»Und jetzt essen wir!«, sagt Stina, nachdem jeder einen Schluck getrunken hat.

Wir greifen nach unserem Besteck und blasen vorsichtig auf den ersten heißen Bissen auf unseren Gabeln. Das Kartoffelgratin brennt am Gaumen. Ich zerkaue eine Gurkenscheibe, das kühlt. Judette lobt das gute Essen und Stina mutmaßt, ob nicht vielleicht doch ein wenig Salz fehlt.

»Aber besser nachsalzen, wenn man es würziger haben möchte«, sagt sie, genau wie ich es vorhergesehen habe. »Wenn man es von vornherein versalzt, dann ist es nämlich nicht mehr zu ändern.«

»Da hast du natürlich recht«, sagt Emma.

Wir wechseln Blicke. Als ich klein war, war sie eine Meisterin darin, Stina nachzuahmen, und ich musste mich immer vor Lachen ausschütten.

Stina, die bald Großmutter geworden wäre. Die vor Freude geweint hatte, als Emma anrief und ihr erzählte, dass sie schwanger ist. Die schon gleich am nächsten Tag losfuhr, um Babykleidung und Spielsachen zu kaufen. *Ich konnte einfach nicht daran vorbeigehen. Schau doch mal, diese winzigen Schühchen. Die sind doch so süß!*

»Ich könnte mir vorstellen, demnächst mal wieder einen Elchbraten zu essen«, sagt Stina. »In der Gemeinde gibt es einen Jäger, der seine Fleischrationen gern gegen Fisch tauschen würde. Wäre so ein richtiger Sonntagsbraten nicht was Leckeres?«

Ich leere mein Glas und schenke mir nach. Stina schaut mich an, sagt jedoch nichts. Die anderen unterhalten sich über Judettes Arbeit bei der Müllabfuhr. Dann erzählt Emma von Mickes Eltern, die den Pflegedienst in Överkalix ehrenamtlich unterstützen, seitdem beide arbeitslos sind.

»Jetzt machen sie einen viel fitteren Eindruck als in den letzten Jahren. Ich glaub, das erleichtert es Micke, von ihnen wegzufahren.«

Ich stelle mir Micke auf einem Bahnsteig stehend vor, wo er sich endgültig von seinen Eltern verabschieden muss. Was sagt man in einer solchen Situation? Ich selbst kenne ihn kaum und weiß nicht mal, ob ich ihn noch näher kennenlernen werde. Mit seiner Sonnenbankbräune und den schicken blauen Oberhemden, dem oberflächlichen Gequatsche über Arbeit und Sport. Er kommt mir immer so geleckt vor und ich habe nie kapiert, was meine Schwester an ihm findet. Doch jetzt spüre ich plötzlich einen Kloß im Hals. Ich trinke noch einen Schluck Champagner. Stina schaut mich schräg an.

»Und wann kommt er zurück?«, fragt sie.

»Nächste Woche, wenn die Züge aus Luleå dann noch fahren.«

»Sie werden den Zugverkehr bestimmt nicht ohne Vorwarnung einstellen«, sagt Judette.

Emma befingert den Fuß ihres Glases.

»Nein«, pflichtet sie ihr bei, »da hast du wohl recht.«

»Du weißt ja, dass ihr gern hier einziehen könnt, du und Micke«, sagt Stina.

»Ja, ich weiß. Wir warten mal ab, was Micke sagt, wenn er zurückkommt.«

»Ja, natürlich nur, wenn er es möchte«, fügt Stina rasch hinzu. »Aber es wäre wirklich wunderschön, euch hierzuhaben.«

Mama, hör auf damit. Du vertreibst sie doch nur. Merkst du das nicht?

»Und wie geht's dir sonst so?«, fragt Judette.

»Heute hab ich mich kein einziges Mal übergeben müssen«, antwortet Emma und macht das Victory-Zeichen.

»Als ich mit dir schwanger war, ging es mir genauso«, sagt Stina. »Es war nicht die morgendliche Übelkeit, mir war nämlich den ganzen Tag speiübel.«

Emma lacht.

»Na ja, so verdammt super fühle ich mich nun auch wieder nicht.«

»Ist dir eigentlich auch übel gewesen, als du mit mir schwanger warst?«, frage ich Judette, die grinsen muss.

»Nicht ein einziges Mal.«

»Das war fast wie eine Provokation«, sagt Stina.

Der Champagner hat ihre Wangen rosig gefärbt.

»Aber als du dann kamst, wurde uns allen schon übel«, sagt Emma zu mir.

Wir lachen und alles ist wieder fast so wie immer.

»Ich glaub, der Kleine tritt gerade um sich«, sagt Emma. »Aber vielleicht sind es auch nur Blähungen.«

Stina legt eine Hand auf Emmas Bauch und sofort schießen ihr Tränen in die Augen.

»Ja, er tritt tatsächlich«, sagt sie und lächelt.

»Mein Gott, wie sehr ich mich danach sehne, ihn endlich im

Arm zu halten«, sagt Emma. »Oder sie. Aber ich glaube, es wird ein Junge.«

Ich schlucke den Bissen Kartoffelgratin in meinem Mund hinunter. Judette wirft mir einen warnenden Blick zu. *Widersprich ihr bloß nicht.*

»Micke wollte eigentlich, dass wir das Geschlecht ermitteln lassen«, fährt Emma fort. »Ihr wisst ja, dass er eher praktisch veranlagt ist. Er will nämlich unbedingt wissen, in welcher Farbe wir die Babykleidung kaufen müssen. Ich dagegen möchte lieber, dass es eine Überraschung wird. Und außerdem muss ja nicht immer alles rosa oder hellblau sein.«

»Nein, das stimmt«, sagt Stina und wischt sich rasch mit der Hand über die Wangen.

»Micke ist so altmodisch, was das angeht. Wir wissen doch gar nicht, was für ein Kind es mal werden wird, ganz unabhängig vom Geschlecht. Ich meine, wenn man es schon im Voraus weiß, schürt man doch nur jede Menge Klischees.«

Ich kann mir ihr Gefasel nicht länger anhören und stehe auf, um das Geschirr abzuräumen. Dann drehe ich den Hahn auf, spüle die Teller vor und stelle sie geräuschvoll in die Spülmaschine. Schließlich setze ich Kaffeewasser auf, während der Puls in meinen Ohren dröhnt und dumpf in der Wunde an meiner Augenbraue pocht.

Als ich fertig bin, redet Stina gerade über ihre Arbeit in der Kirche und ich setze mich zu ihnen. Ihre Stimme klingt jetzt etwas fester und zuversichtlicher. Gefasster. Wie die der Pastorin. Ich frage mich, ob ihre Stimme vielleicht widerspiegelt, wie sie sich fühlt. Wenn das der Fall ist, kann ich gut verstehen, warum sie so viel arbeitet.

»Eigentlich besteht kein so großer Unterschied zu meinen Gesprächen mit Todkranken oder jenen, die einen Angehörigen verloren haben«, sagt sie. »Letztlich geht es um dieselben Fragen und Gefühle. *Was ist der Sinn dahinter? Wer will ich sein in der Zeit, die mir noch bleibt? Und was geschieht danach?*«

Sie betrachtet die Bläschen, die in ihrem Glas aufsteigen.

»Aber es gibt dennoch einen wichtigen Unterschied. Jetzt muss es nicht einer allein durchmachen, sondern wir sind alle betroffen. Und ich denke, darin liegt ein gewisser Trost, auch wenn viele es nicht wahrhaben wollen.«

Ich sehe Lucinda vor mir mit ihrem spärlichen Haarflaum unter der Mütze und ich frage mich, wie es wohl sein muss, erst das Mädchen mit dem Krebs zu sein und dann plötzlich nur noch eine von vielen, weil alle dasselbe Todesurteil bekommen haben.

Hat sie noch Angst vorm Tod oder hat sie sich schon an den Gedanken gewöhnt? Kann man sich überhaupt daran gewöhnen?

»Es ist immer leichter, den eigenen Hunger zu unterdrücken, wenn man anderen nicht dabei zusehen muss, wie sie sich den Bauch vollschlagen«, fährt Stina fort. »Das hier ist zumindest … gerecht.«

Dann redet sie über ihre allerletzte Amtshandlung. Stina wird den Mitternachtsgottesdienst am sechzehnten September halten, bevor der Komet gegen vier Uhr morgens auf die Erde trifft. Sie muss versuchen, die richtigen Worte zu finden, um den Menschen Trost zu spenden, während die letzten Minuten gnadenlos heruntergezählt werden.

»Du hast bestimmt schon ordentlich Lampenfieber, oder?«, sagt Emma.

Ich frage mich, was im Hirn meiner Schwester eigentlich vorgeht. Wie sie einerseits darüber redet, dass wir alle sterben werden, und sie andererseits von ihrem ungeborenen Kind spricht, als würde es noch zur Welt kommen.

Ich strecke mich nach meinem Handy, das auf der Fensterbank liegt, und betrachte das neue Foto, das Tilda heute ins Netz gestellt hat. Eine Nahaufnahme von ihrem Gesicht. Sie lächelt müde in die Kamera.

Hallo ihr Lieben. Ich tauche für 'ne Weile ab. Also macht euch keine

Sorgen, wenn ich nichts von mir hören lasse. Muss nachdenken. Wir sehen uns.

»Simon«, mahnt Judette. »Leg es zur Seite.«

»Okay.«

Und doch schaue ich mir das Foto noch eine Weile an, und in meinem Inneren flammt neue Hoffnung auf. Tilda war gestern nicht auf der Party. Johannes auch nicht. Und Amanda hat kaum ein Wort mit mir gesprochen. Ich weiß nicht, was los ist. Aber vielleicht spielt es ja auch keine Rolle.

Vielleicht muss Tilda ja über uns beide nachdenken. Vielleicht wird ihr ja bewusst, dass sie mich vermisst.

NAME: LUCINDA
TELLUS# 0 392 811 002
POST 0010

Wenn ich ehrlich sein soll, gibt es da noch eine Sache. In meinem ersten Post hatte ich geschrieben, dass ich erleichtert war über Foxworth, oder zumindest so etwas in der Art. In dem Moment meinte ich es auch so, aber jetzt hasse ich mich dafür. Ich würde es gern zurücknehmen, aber es ist bereits im TellUs-System und ins All geschickt worden. Ich hoffe nur, dass du mich dafür nicht zu hart verurteilst.

Das Schlimmste an meiner Krankheit war für mich nicht die Angst vorm Sterben, sondern vielmehr zu wissen, was ich alles verpassen würde. Die Erde würde sich einfach weiterdrehen und die Jahreszeiten würden einander ablösen. Nur eben ohne mich. Ich würde nie erfahren, wie Miranda erwachsen wird, und auch nicht dabei sein, wenn sie und mein Vater gemeinsam etwas unternehmen. Ich würde mich nie verlieben können, mir nicht mehr die neusten Songs anhören und nie erfahren, wie meine Lieblingsserien im Fernsehen ausgehen. Doch dann dachte ein kleiner bösartiger Teil in meinem Hirn, dass »ich jetzt nichts mehr vermissen, sondern nur noch erleben werde, wie alles endet«.

Na ja, ich empfand so etwas wie Erleichterung.

Und wenn ich schon mal dabei bin, kann ich auch gleich noch etwas anderes zugeben: Ich habe keine Ahnung, was ich jetzt tun soll. Als ich krank war, drehte sich alles nur ums pure Überleben. Doch jetzt muss ich auf einmal entscheiden, was ich mit der noch verbleibenden Zeit anfangen will. Aber ich weiß es ehrlich gesagt nicht.

Die Leute sagen immer »Nutze den Tag«. Welch ein blödsinniger Anspruch. Nichts jagt mir mehr Todesangst ein als diese Floskel. Als ich krank wurde, habe ich weder irgendwelche Abenteuer vermisst noch Reisen oder dergleichen. Das Schwimmen hingegen schon, oder auch einfach mal einen ganzen Tag lang nur zu faulenzen und Filme zu gucken. Ich habe sogar die Langeweile vermisst. Und es muss einem schon ziemlich gut gehen, um überhaupt Langeweile empfinden zu können. Und dazu muss man glauben, noch viele weitere Tage vor sich zu haben, an denen einem auch langweilig sein wird.

Dieses ganze »Nutze den Tag«-Geschwafel ist in diesem Sommer förmlich explodiert. Es gibt eine App mit einer sogenannten *Bucket List*, die man sich hochladen kann. Zwar kann man mittlerweile keine Fernreisen mehr buchen, ausgiebig shoppen oder irgendwelche Kurse besuchen – eben alles, was die Leute früher auf ihrer Liste stehen hatten. Aber mein Feed ist voll mit Statusmeldungen wie: *Elin Bergmark hat heute zwei Dinge auf ihrer Bucket List abgehakt. Sie hat ein Gedicht über eine Person geschrieben, die sie mag, und es ihr vorgelesen! Und einem Mann eine Liebeserklärung gemacht!* Die Menschen tanzen plötzlich nackt im Regen, beantworten einen Tag lang alle Fragen ausschließlich mit Ja oder bitten jemanden, ihnen eine

Ohrfeige zu verpassen, nur um spüren zu können, wie es sich anfühlt.

Es gibt aber auch eine sogenannte *Fuckit List*, die allerdings nicht in den Netzwerken auftaucht, sodass ich zum Glück nicht erfahren werde, wenn Verwandte oder frühere Lehrer ihre erste Swinger-Party besuchen.

NOCH DREI WOCHEN UND SECHS TAGE

NAME: LUCINDA
TELLUS# 0 392 811 002
POST 0011

Ich habe mich gerade mit meinem Vater gestritten und bin noch immer so wütend, dass ich innerlich zittere. Dabei hat alles mit ein paar lächerlichen *Blumenzwiebeln* angefangen.

Heute Morgen kam unsere Nachbarin Gill in Arbeitskleidung und mit einem Hut auf dem Kopf vorbei und fragte, ob wir vielleicht ein paar Blumenzwiebeln aus ihrem Garten haben wollten. Sie erzählte uns davon, was sie gerade pflanzte, und meinte, wie herrlich die Beete im kommenden Frühjahr aussehen würden.

Gill hat sich oft um Miranda und mich gekümmert, nachdem meine Mutter gestorben war und mein Vater wieder anfing zu arbeiten. Sie war nett, aber so unberechenbar, dass ich mich in ihrer Nähe nie richtig wohlfühlen konnte. Erst verwöhnte sie uns mit Süßigkeiten und unternahm einen Ausflug mit uns, nur um dann beim Kaffee an einer Raststätte plötzlich in Tränen auszubrechen und sich laut zu fragen, wie wir ohne unsere Mutter nur zurechtkommen sollen. Und jetzt ist Gill eine der Kometenleugnerinnen. Immer wenn die Sprache auf Foxworth kommt, lächelt sie nachsichtig und sagt: »Tja, wir werden ja sehen, was ihr sagt, wenn am sechzehnten September die Sonne aufgeht, als wäre nichts geschehen.«

Mein Vater hat die Blumenzwiebeln dankend angenommen und sich Gills Pflanztipps geduldig angehört. Und als sie schließlich wieder gegangen war, meinte er, dass er sie beneidet.

Er sagte, dass er selbst auch gern die Augen vor der Wirklichkeit verschließen würde, und verglich die Kometenleugner mit harmlosen kleinen Straußenvögeln, die seelenruhig ihren Kopf in den Sand stecken. Aber ich bin diese Leugner so leid. Für mich sind sie lediglich Idioten, denen in den Medien viel zu viel Aufmerksamkeit geschenkt wird, nur weil man immer »beide Seiten anhören« muss. Doch was den Kometen betrifft, gibt es nun mal keine zwei Seiten. Wir werden alle sterben. Punkt, aus. Die Leugner vergiften die Netzwerke mit ihrer Besserwisserei, ihrer Verachtung und ihrer Wut darüber, wie chaotisch die Welt geworden sei, seit wir auf diesen »Bluff« reingefallen sind. Vorhin habe ich sogar gesehen, dass einige von ihnen die TellUs-App stoppen wollen, weil die Posts darin angeblich feindlich gesinnte Außerirdische anlocken könnten.

Und jetzt haben sie auch noch dafür gesorgt, dass mein Vater und ich uns streiten. Sein Argument: Es ist doch nichts falsch daran, wenn man die Hoffnung nicht aufgibt. Doch ich empfinde die Leugner keineswegs als hoffnungsfroh. Sie sind einfach nur mega-anstrengend und arrogant und sie lassen sich nicht ignorieren. Und harmlos sind sie schon gar nicht, denn all jene, die sich jetzt selbst belügen und glauben, dass alles gut wird, werden natürlich keinen Finger krumm machen.

Ich muss unweigerlich an den Frühsommer zurückdenken. Damals wurden viele Menschen von einem Tag auf den nächsten hilfsbedürftig. Allein in unserer Stadt lebten massenweise Bettler, die nicht zu ihren Familien zurückkehren konnten. Es waren weitaus mehr als in anderen Städten. Wenn mein Vater gleich in den ersten Tagen gehandelt hätte, als man noch mit Geld bezahlen konnte, hätten wir unseren Teil beitragen können. Doch er meinte: »Am Anfang wussten wir ja noch nicht genau, ob wir tatsächlich getroffen werden. Was hätten wir denn ohne Geld tun sollen, wenn der Komet uns verfehlt hätte?« In dem Augenblick verlor ich endgültig die Fassung. Ich verlangte ja gar nicht, dass wir unser ganzes Vermögen einfach herschenken sollten, und das wusste er auch. Irgendwann fiel mir auf, dass ich eigentlich schon den ganzen Sommer lang sauer auf ihn gewesen war, es aber nur nicht hatte zugeben wollen.

Seit ich krank wurde, hatten wir jegliche Streitereien vermieden. Doch heute schien plötzlich alles auf einmal aus mir herauszubrechen. Mein gesamter Frust über tausend größere und kleinere Dinge. Bis ich das Schlimmste überhaupt sagte: »Was glaubst du eigentlich, was Mama dazu gesagt hätte, wie egoistisch du bist?«

Das war verdammt manipulativ von mir, denn eigentlich habe ich überhaupt keine Ahnung, was meine Mutter gesagt hätte. Ich war ja noch ziemlich klein, als sie starb.

Mein Vater verließ wutentbrannt das Haus und ich empfand eine noch nie da gewesene Genugtuung, als die Haustür hinter ihm ins Schloss fiel.

Doch dieses Gefühl hielt ganze fünf Sekunden an. Dann merkte ich, wie stark meine Hände zitterten, und ich hörte Miranda in ihrem Zimmer weinen. Ich habe noch immer ein schlechtes Gewissen. Ihretwegen, nicht wegen meines Vaters.

SIMON

Heute Morgen schickte Tilda mir ein Koala-Emoji zurück. Ich versuche zwar, meine Hoffnung etwas zu zügeln, denn womöglich bedeutet ihr der Koala rein gar nichts mehr. Aber ich konnte es einfach nicht bleiben lassen, Johannes anzuschreiben, ob sie vielleicht irgendetwas gegenüber Amanda geäußert hatte. Er antwortete nur, dass er es nicht weiß. An seiner kurzen Nachricht merkte ich, wie genervt er von mir ist. Aber ich kann ihn verstehen. Ich bin ja selbst genervt von mir.

Ich stütze meine Unterarme auf den Handgriff des Einkaufswagens und schiebe ihn über den rissigen Fliesenboden des Coop-

Supermarkts. Lasse meinen Blick dabei über die schwedischen Äpfel und Möhren, die Selleriebündel und Zwiebeln, die Pflaumen und den Spinat gleiten. Ich habe mich noch immer nicht daran gewöhnt, dass keine Preise mehr auf den Schildern stehen.

Unserem Planeten geht es besser denn je. Wir schicken keine Rohstoffe, Lebensmittel oder anderen Waren mehr kreuz und quer über den Erdball. Und unsere Fabriken, die jede Menge Energie verschlangen und so viel Abgase ausstießen wie Hunderttausende scheißender Riesen aus Lucindas Märchen, haben dichtgemacht. Wir fliegen nicht mehr, fahren nur selten Auto und nutzen somit nur noch einen Bruchteil der Energie, die wir vorher benötigten.

Wenn wir schon früher so gelebt hätten, hätten wir unsere Umwelt womöglich retten können.

Offenbar musste erst ein Komet kommen.

Tilda hat immer gemeint, dass ich zu viel über Dinge nachdenke, an denen ich sowieso nichts ändern kann. Jeden Morgen hatte ich gleich nach dem Aufwachen die neuesten Nachrichten auf meinem Handy gecheckt. Und jeden Morgen hasste ich mich dafür. Es war, wie zu ertrinken. Alles schien irgendwie miteinander zusammenzuhängen. Eine schlechte Nachricht führte zur nächsten. Eine Art Untergang in Zeitlupe.

Judette kommt mit je einem Glas Salzgurken und Preiselbeermarmelade und stellt beides in den Einkaufswagen. Mein Blick bleibt an einem der Deckel hängen, auf den ein Verfallsdatum geprägt ist, das niemals kommen wird.

»Die Tomaten sind schon fast ausverkauft«, sage ich.

»Wir brauchen aber nur noch Kartoffeln. Stina plant, am Sonntag einen Braten zu machen.«

»Du meinst, 'nen richtigen Sonntagsbraten?«

Judette zieht fragend eine Augenbraue hoch.

»Ja, was soll denn daran so falsch sein?«

»Daran ist nichts falsch, aber aus ihrem Mund klang es letztens so … ich weiß auch nicht. Wir haben so etwas doch noch nie gemacht, oder?«

Judette seufzt. Plötzlich fällt mir auf, wie erschöpft sie ist. In der Nacht hatte ich sie im Bad weinen hören.

»Du könntest wirklich etwas netter zu ihr sein«, sagt sie. »Sie gibt sich redlich Mühe.«

»Ich weiß.«

Ich beuge mich wieder über den Einkaufswagen und rolle weiter. Warum bin ich nicht einfach netter zu Stina? Warum gehen mir ihre ewigen Bemühungen so auf die Nerven? Die Antwort liegt wohl auf der Hand. Man sagt schließlich, dass wir uns bei anderen am meisten an den Verhaltensweisen stören, die wir auch von uns kennen.

Ich warte, bis mich Judette mit einem Beutel Kartoffeln, den sie wie ein Kleinkind im Arm trägt, eingeholt hat. Wir kommen an der Fleischtheke vorbei, wo man keinen Unterschied zu früher erkennen kann. Ich frage mich, wer in den letzten Wochen seines Lebens noch freiwillig in einer Metzgerei arbeiten will. Die Kühlregale mit den Milchprodukten sind auch noch gut gefüllt, auch wenn die Verpackungen inzwischen anders aussehen und es nicht mehr so viele Sorten gibt.

Wir nehmen Mehl und Öl aus den Regalen. Hier sehe ich kaum noch bekannte Marken. Die staatlichen Verpackungen sind ausschließlich mit den Inhaltsstoffen gekennzeichnet. Dunkelgrüner Text auf weißem Untergrund. Keine Fotos von wogenden Rapsfeldern, keine Ähren, die sich gen Himmel recken.

»Was ist eigentlich mit Emma los?«, frage ich und rolle mit dem Einkaufswagen ein Stück weiter. »Ich hab eigentlich gedacht, dass es irgendwann vorbeigehen würde.«

Judette greift nach dem Wagen.

»Jetzt schiebe ich weiter.«

»Mal im Ernst, sie scheint ja immer noch zu glauben, dass das Kind tatsächlich zur Welt kommen wird.«

»Und?«, meint Judette und zieht den Einkaufswagen näher zu sich heran.

»Sie ist doch total gaga.«

»Oder vielleicht vernünftiger als wir alle zusammen.«

»Aber sie macht sich doch was vor! Wie hält Micke das bloß aus? Es wäre ja schließlich auch sein Kind gewesen.«

Wir bleiben vor den Regalen mit den Konserven stehen. Judette dreht sich mit nachdenklicher Miene zu mir um.

»Vielleicht gar nicht«, sagt sie schließlich.

»Hä?«

»Aushalten. Wie es scheint, bleibt er nämlich in Överkalix.«

Judette scheint mir anzusehen, wie schockiert ich bin, dann entspannen sich ihre Gesichtszüge leicht.

»Und woher weißt du das?«, frage ich.

»Wir haben heute Morgen mit ihm telefoniert. Emma weiß nichts davon.«

»Aber ... Vielleicht würde er ja zurückkommen, wenn sie sich nicht so ... dämlich verhalten würde.«

Judette legt mir eine Hand auf die Schulter.

»Wir glauben, dass es im Augenblick das Beste für Emma ist, wenn sie ihre Fantasien behält. Kriegst du das hin? Was meinst du?«

Ich nicke stumm. Wenn Micke keinesfalls mehr zurückkommt, muss Emma zwangsläufig bis zum Ende bei uns bleiben, um nicht allein zu sein.

Wir steuern schweigend auf die Kassen zu und stellen uns in die Selbstbedienungsschlange. Als wir an die Reihe kommen, scanne ich die Strichcodes und packe den Einkauf in Tüten, während Judette mit ihrer Rationierungs-App bezahlt.

»Ich hab übrigens deine Jungfrau Maria gesehen«, sage ich, als wir den Supermarkt verlassen. »Hast du sie aus Dominica?«

Judette sieht mich mit erstauntem Blick an.

»Ja. Ich habe sie neulich durch Zufall in einem Umzugskarton gefunden. Ich weiß auch nicht, aber als sie plötzlich auftauchte, kam es mir wie ein Zeichen vor.«

Sie öffnet den Kofferraum ihres Toyota und ich stelle die Tüten hinein. Ich muss unvermittelt an die Wohnung zurückdenken, in der sie nur ein paar Monate gewohnt hatte, bevor sie wieder zu Stina und mir zurückzog. Sie war zwar ganz schön, aber unpersönlich. Das meiste hatte Judette in der Eile bei Ikea gekauft. Die Möbel und der Fernseher, in dem ich auch die Pressekonferenz über den Kometen gesehen hatte, bei der die Stimme der Ministerpräsidentin kaum gegen das Klicken der vielen Kameras ankam, stehen noch immer dort.

Damals blieben uns noch dreieinhalb Monate. Jetzt sind es weniger als vier Wochen.

Ich schaue Judette an und traue mich zum ersten Mal, sie geradeheraus zu fragen.

»Hast du eigentlich Angst?«

»Es wird zumindest schnell gehen«, antwortet sie und schließt die Kofferraumklappe mit einem Knall.

»Na super.«

Judette lächelt traurig und umarmt mich flüchtig, wobei sie mir einen Kuss auf die Wange drückt.

»Willst du darüber reden?«, fragt sie.

»Nee.«

»Ich auch nicht.«

Wir steigen ins Auto und ich stelle fest, dass der Satz *Es wird zumindest schnell gehen* inzwischen zu einem Mantra geworden ist, an dem sich die Leute festklammern. Auf einmal fingen alle an, diverse Links mit alten Artikeln über den Asteroiden AJ 129 zu teilen, der zwar größer als ein Wolkenkratzer, aber immer noch bedeutend kleiner war als Foxworth. Aus kosmischer Sicht rauschte er im Februar 2018 ziemlich dicht an der Erde vorbei. In den Zeitungen wurde es zwar kaum erwähnt, doch in diesem Sommer waren alle für ein paar

Tage wie besessen davon. Wenn er die Erde getroffen hätte, wären mehrere Milliarden Menschen auf der Stelle vernichtet worden und die Übrigen eher langsam und qualvoll zugrunde gegangen. Dystopisch. Eine Ascheschicht hätte den gesamten Planeten bedeckt und die Sonne verdunkelt. In dieser Hinsicht ist es bei Foxworth besser. *Es wird zumindest schnell gehen.*

Unsere Sicherheitsgurte geben beim Anschnallen ein leises Fiepen von sich. Judette blinzelt im Gegenlicht und klappt die Sonnenblende herunter.

Als wir den Parkplatz verlassen, schaltet sie das uralte Autoradio ein. Sie ist auf der Suche nach einer Nachrichtensendung. Ich schaue durch die Seitenscheibe hinaus. Seit dem Fußballspiel ist es in der Innenstadt ruhig geworden, doch auf den Straßen liegt noch immer jede Menge Müll herum. Aus den Lautsprechern dringen vereinzelt schnarrende Stimmen und verschwinden im Rauschen. Als wir die Bundesstraße erreichen, gibt Judette auf und schaltet es wieder aus. Aus dem Augenwinkel heraus sehe ich, wie sie mich anschaut.

»Ach übrigens, Tildas Mutter macht sich Sorgen um ihre Tochter«, sagt sie. »Du weißt nicht zufällig, wo sie sich rumtreibt?«

»Hast du Caroline getroffen?«, frage ich zurück und drehe mich zu ihr um.

»Nein, Maria hat es mir erzählt.«

»Welche Maria?«

»Die Polizistin, die dich von der Schwimmhalle heimgefahren hat«, antwortet Judette, ohne eine Miene zu verziehen.

Ich schaue wieder hinaus auf die Straße.

»Aha.«

»Sie hat mich gebeten, dich zu fragen. Tilda ist nämlich seit dem Fußballspiel nicht mehr zu Hause gewesen.«

»Caroline braucht sich keine Sorgen zu machen«, sage ich. »Tilda hat regelmäßig Nachrichten verschickt.«

»Aber du weißt nicht, wo sie ist?«

Ich versuche mich an Tildas Worte zu erinnern und schüttele den Kopf.

»Nee, keine Ahnung.«

»Versprich mir, es zu sagen, wenn du etwas hörst«, sagt Judette. »Ich weiß ja, dass du loyal zu Tilda sein willst, aber ich denke eher an ihre Eltern. Ich würde mir jedenfalls große Sorgen machen, wenn du plötzlich weg wärest.«

»Aber das bin ich ja nicht«, entgegne ich.

»Nein, zum Glück.«

Judette beginnt eine Melodie zu summen und trommelt dabei mit den Fingern aufs Lenkrad. Ich zücke mein Handy und werfe erneut einen Blick auf Tildas Selfie. Versuche das Gefühl abzuschütteln, dass irgendetwas nicht stimmt, doch es gelingt mir nicht. Das Selfie ist noch immer ihr letztes gepostetes Foto. Das Licht fällt auf ihre rechte Gesichtshälfte und der Hintergrund ist kaum zu erkennen, man sieht nur ein paar verschwommene Flecken. Ich zoome ihn näher heran, doch dadurch werden sie nur noch undeutlicher. Dennoch. Es könnte das Tapetenmuster in ihrem Zimmer sein. Auch der Lichteinfall durchs Fenster könnte stimmen. Aber wenn sie zu Hause gewesen wäre, hätte Caroline es doch wohl gewusst, oder etwa nicht?

Hör jetzt auf, ermahne ich mich. *Alles im grünen Bereich. Sie hat nur 'n altes Foto von sich gepostet.*

Ich überfliege die Kommentare und stoße auf einen von Caroline: Geh doch bitte endlich mal ans Handy, mein Herz! Klas hat auch geschrieben: Melde dich bei mir oder bei Mama. Wir machen uns Sorgen. Ich lese weiter und entdecke einen von Amanda: Wo bist du?

Dann rufe ich bei Tilda an, doch der Anrufbeantworter springt an, noch bevor das Freizeichen ertönt.

»Du weißt, wen du angerufen hast und was zu tun ist.«

Ich hinterlasse keine Nachricht.

»Und, stimmt was nicht?«, fragt Judette, als wir in unsere Straße einbiegen.

»Ich denk gerade nach.«

Wenn du mich nicht sofort in Ruhe lässt, schreie ich.

Ich hätte sie nicht gehen lassen sollen.

Du kapierst es nicht. Es gibt nur eine Person, die es verstehen würde.

Auf einmal fällt mir ein, wen Tilda gemeint haben könnte. Wollte sie vielleicht dorthin?

NAME: LUCINDA
TELLUS# 0 392 811 002
POST 0012

Gerade hat Simon bei mir angerufen und gefragt, ob ich etwas von Tilda gehört habe.

Ich habe ihren Post gesehen, in dem sie angekündigt hat, eine Auszeit zu nehmen, aber keiner weiß, wo sie ist. Keine Ahnung, warum er sich ausgerechnet an mich gewendet hat.

Simon sagte, dass er sie zuletzt nach dem Fußballspiel gesehen habe und sie danach mit irgendwem habe reden wollen. Sie habe behauptet, dass es nur eine Person gäbe, die sie verstehen würde.

Simon glaubte, dass ich diese Person sei. Und er erzählte mir auch, dass Tilda mich die ganze Zeit vermisst habe, seit die beiden ein Paar waren.

Das hat mich unglaublich gefreut.

Jetzt habe ich ihr eine Nachricht geschrieben. Die erste, seit ich den Kontakt zu ihr abgebrochen habe. Da uns jetzt nur noch knappe vier Wochen bleiben, kann ich einfach nicht länger darüber nachdenken, ob sie mir verzeihen wird. Ich muss es schlicht und einfach selbst herausfinden.

Ich brauchte fast eine Stunde, um zwei kurze Sätze zu formulieren. In diesem Zeitraum schreibe ich sonst einen ganzen Post an einen mir unbekannten Außerirdischen. Doch bei meiner besten Freundin fiel es mir weitaus schwerer, die richtigen Worte zu finden. Du fragst dich, wie das überwältigende Ergebnis lautet? Natürlich sollst du es erfahren.

Ich vermisse dich. Können wir uns treffen?

Und jetzt sitze ich hier und starre auf mein Handy.

PS: Mein Vater und ich sind uns noch immer nicht wieder grün.

NOCH DREI WOCHEN UND FÜNF TAGE

SIMON

Hinter mir prasselt der Regen schwer gegen die Fensterscheibe. Wir sitzen in der Küche und schauen uns ein altes Fotoalbum an, das Emma mitgebracht hat. Stina ist überglücklich. Genau davon hat sie den ganzen Sommer lang geträumt. Ich selbst bin dankbar für die Ablenkung von der Tatsache, dass offenbar nicht nur Tilda spurlos verschwunden ist, sondern auch keiner meiner Freunde auf meine Nachrichten geantwortet hat.

Als Emma umblättert, knarzt der Spiraleinband des Albums. Die meisten Fotos darin habe ich noch nie gesehen. Sie sind aus Stinas früherem Leben, als sie noch mit Emmas Vater verheiratet war. Judette lebte damals noch nicht in Schweden und meine Geburt lag noch in weiter Ferne. Stina hat langes fluffiges Haar, trägt biedere Blusen und Blazer und dazu weinroten Lippenstift. Man erkennt sie kaum wieder.

»Wie kann es nur sein, dass du vor fünfundzwanzig Jahren älter aussahst als jetzt?«, frage ich sie und muss über ein Foto von Emmas Taufe lachen.

»So hat man sich damals eben zurechtgemacht«, antwortet Stina schmunzelnd.

»Wie 'ne alte Schachtel?«

»Wart's ab, bis du irgendwann mal alte Fotos von dir anguckst. Eines Tages wirst du …«

Sie bricht mitten im Satz ab und flackert nervös mit dem Blick. Ich lächele, um ihr zu sagen, dass es schon okay ist.

Dann betrachten wir Fotos von einem laut schreienden, hochroten Geschöpf in Stinas Armen. Das Taufkleid reicht fast bis zum Boden. Emmas Vater trägt einen Anzug, der aussieht, als wäre er einige Nummern zu groß. Ich bin ihm nie begegnet, denn schon wenige Jahre nach der Taufe hatte er bereits eine neue Familie gegründet und war in eine andere Stadt gezogen. Abgetaucht. Doch Emma meinte immer, dass es ihr egal sei. Ich weiß nicht, ob ich ihr glauben soll. Ich weiß nur, dass ich meine Kinder nie im Stich gelassen hätte, wenn ich je welche hätte zeugen können.

Emma blättert weiter. Die Fotos kleben auf schwarzem Papier. Unter manche davon hat Stina mit einem Silberstift witzige kleine Sprüche geschrieben und sie mit Ausrufezeichen versehen.

EIN HURRA AUF DEN TÄUFLING!

BLUMENKOHLPÜREE MIT DURCHSCHLAGENDEM ERFOLG!

»Ich war wirklich hässlich«, merkt Emma an.

»Es gibt keine hässlichen Kinder«, erwidert Stina.

Wir schauen sie an und sie deutet grinsend auf ein Foto, das Emma bäuchlings auf dem Wickeltisch zeigt. Darauf sieht sie wie ein kleiner schielender Bastard aus.

»In den ersten Wochen habe ich mir schon etwas Sorgen gemacht«, gibt Stina zu. »Aber dann wurdest du richtig hübsch. Und du hattest Charakter.«

Emma verdreht die Augen.

»Genau das, was man immer über hässliche Kinder sagt.«

Wir blättern weiter. Schließlich entdecken wir ein Foto, das Emma auf dem Arm ihres Großvaters zeigt. Er wirkt gutmütig. Stämmig, mit einem breiten Lächeln und einem vollen Rauschebart, der seine Zähne wie kleine gelblich weiße Eier in einem Vogelnest aussehen lässt. Aber er war nicht gutmütig. Ich habe ihn dafür gehasst, wie er mit meinen Müttern umgesprungen ist.

OPA IST DER BESTE. DAS STEHT FEST!

»Dieser Strampler ist ja süß«, sagt Emma. »Hast du den möglicherweise aufgehoben?«

»Keine Ahnung. Vielleicht liegt er irgendwo auf dem Dachboden.«

»Wir können ja mal zusammen meine alte Kinderkleidung durchgucken und nachschauen, was noch da ist, oder? Wenn ich schon mal hier bin. Leider kann man ja nichts Neues mehr kaufen.«

Ich schaue zu Stina auf. Einen Moment lang ist es so still im Raum, dass ich Bumbums leises Schnarchen im Wohnzimmer hören kann.

»Klar«, antwortet Stina. »Wär doch schön, wenn sie Verwendung findet.«

Plötzlich hallt die Türklingel durch die Wohnung. Ich höre, wie Bumbums Pfoten übers glatte Parkett rutschen, als er vom Boden aufspringt. Dann stürmt er kläffend in den Flur, wie er es immer tut, wenn er aufgeregt ist.

»Erwartet jemand Besuch?«, fragt Stina und steht auf.

Emma und ich verneinen. Als Stina die Küche verlässt, um zu öffnen, bleiben wir sitzen und horchen. Ich höre eine Frauenstimme, die ich nicht einordnen kann. Bumbums lautes Gebell und Stinas Schimpfen auf den Hund verhindern allerdings, dass man irgendetwas versteht.

»Glaubst du, dass es jemand von der Kirche ist?«, flüstert Emma. »Ich hoffe nur, dass sie dankend ablehnt, wenn die jetzt auch noch zu uns kommen.«

Dann hören wir, wie ein Kleidungsstück auf einen Bügel an der Garderobe gehängt wird. Als Stina in die Küche zurückkehrt, vertiefe ich mich wieder ins Album.

WELCH EINE SCHMIEREREI VOR DEN TELETUBBIES!

»Simon?«

Stinas Tonfall ist steif und klingt irgendwie merkwürdig. Es dauert einen Augenblick, bis ich die Frau wiedererkenne, die Stina in die Küche gefolgt ist. Heute Abend trägt sie keine Uniform, sondern Jeans und T-Shirt mit einer dünnen Jacke darüber.

Maria, die Floorball spielende Polizistin.

»Hallo Simon«, begrüßt sie mich. »Alles in Ordnung?«

»Ja, zumindest besser als neulich.«

Maria lächelt, doch ihr Lächeln wirkt gekünstelt.

»Sie ist gekommen, um dir ein paar Fragen zu Tilda zu stellen«, erklärt Stina. »Vielleicht könnt ihr euch ja ins Wohnzimmer setzen, ich mache derweil Kaffee.«

»Okay«, sage ich und stehe auf.

Ich versuche mein Herzklopfen zu ignorieren. Schließlich hat Caroline Maria bereits darüber informiert, dass sie sich um Tilda sorgt. Und deshalb ist Maria gekommen. Nichts, was mich weiter beunruhigen müsste. Ich weiß ja, dass es Tilda gut geht.

Oder etwa nicht?

Emma folgt uns ins Wohnzimmer, doch Stina bittet sie, stattdessen in ihr Zimmer zu gehen.

In meinen Fingerspitzen beginnt es zu kribbeln, als wären sie taub geworden.

Maria und ich setzen uns einander gegenüber auf die beiden Sofas, und sie schaut sich im Raum um.

»Judette ist gerade bei einer Freundin«, sage ich.

Maria nickt.

»Wie schön ihr es habt«, meint sie.

»Danke.«

»Früher war hier das Arbeiterviertel. Aber jetzt ist es eine der schönsten Gegenden in der Stadt. Kaum zu glauben.«

In ihrem Unterton liegt eine gewisse Schärfe. Ist sie etwa neidisch? Verurteilt sie uns?

»Stina hat die Wohnung schon ziemlich lange«, erkläre ich.

Draußen in der Küche beginnt die Kaffeemaschine zu blubbern.

»Ganz normaler Filterkaffee?«, ruft Stina.

»Ja, ein anständiger Bullenkaffee ist immer gut«, ruft Maria zurück.

Stina lacht pflichtschuldig. Ich reibe meine Finger aneinander, um ihnen wieder Leben einzuhauchen.

Vor meinem inneren Auge sehe ich plötzlich Tilda von hinten. Bevor sie weggeht, dreht sie sich noch einmal um.

»Vielleicht könnt ihr auf mich warten?«, meint Stina.

»Na klar!«

Maria schaut mich erneut an, stützt die Unterarme auf die Knie und faltet die Hände. Ihre Fingernägel sind kurz geschnitten und wirken gepflegt. Während sie mich eingehend mustert, kommt es mir vor, als würde die Zeit stillstehen. Sie versucht meinen Gesichtsausdruck zu ergründen und ich kann weder richtig wegschauen noch ihren Blick erwidern. Plötzlich erscheint es mir wichtig, das Richtige zu tun.

Doch was ist richtig? Sie ist die Überlegene, denn nur sie weiß, worum es geht.

Endlich höre ich, wie in der Küche Schranktüren geöffnet werden und Geschirr klappert.

»Hast du dich an der Augenbraue verletzt?«, fragt Maria.

Ich führe automatisch eine Hand zum Gesicht und befingere den Schorf auf der Wunde.

»Ich wurde während des Fußballabends angerempelt.«

Maria verzieht keine Miene.

»Also aus Versehen«, füge ich hinzu.

»Ich verstehe. An dem Abend ging es ja ziemlich wild zu.«

Sie zieht einen kleinen Notizblock und einen Kugelschreiber aus der Innentasche ihrer Jacke und blättert zu einer leeren Seite vor.

»Waren Sie auch dort?«

»Ja, wir haben dort ein paar Rowdys in den Einsatzwagen verfrachtet.«

Maria notiert etwas auf ihrem Block, während ich an die Situation zurückdenken muss, als die Polizisten aus dem Bus sprangen, um die Schlägerei zu stoppen.

Bumbum kommt ins Wohnzimmer getrottet und bleibt vor Maria stehen. Sie beugt sich vor und krault ihm den Rücken bis hin zum

Schwanzansatz. Als sie aufhört, dreht er den Kopf und betrachtet sie auffordernd. Er will mehr.

»Genauso mag er es«, erkläre ich. »Sie haben offenbar ein Händchen für Hunde.«

»Ich bin geradezu verrückt nach ihnen.«

Diesmal wirkt Marias Lächeln echt. Bumbum gibt auf und legt sich mit einem Seufzer zu ihren Füßen.

Dann kommt Stina mit einem Tablett herein und stellt es auf den Tisch. Sie verteilt die Becher und schenkt Kaffee ein, bevor sie sich neben mir aufs Sofa setzt.

»Mhm, der Kaffee ist gut«, lobt Maria, nachdem sie kurz daran genippt hat.

»Danke«, sagt Stina und wirft einen Blick auf Bumbum, der träge mit dem Schwanz wedelt. »Es geht also um Tilda?«

»Ja, genau«, antwortet Maria und wendet sich mir zu, wobei sie mit ihrem Stift gegen den Block tippt. »Wann hast du Tilda zuletzt gesehen?«

»Nach dem Spiel. In der Stadt.«

»Habt ihr danach noch mal voneinander gehört?«

Ich nicke. Maria nimmt einen Schluck Kaffee. Stina und ich haben unseren noch nicht angerührt.

»Wie lief das ab?«, fragt Maria.

Ich verstehe die Frage nicht richtig, denn mein Gehirn scheint plötzlich auszusetzen.

»Wie meinen Sie das?«

»Na ja, habt ihr zum Beispiel miteinander telefoniert? Oder euch SMS oder dergleichen geschickt?«

»Ach so. Nein, telefoniert haben wir nicht.«

Marias Stift bewegt sich über den Block. Als sie eine neue Seite aufblättert, raschelt das Papier.

»Dürfte ich mir eure Nachrichten mal ansehen?«, fragt sie, ohne aufzuschauen. Stina ändert ihre Sitzposition neben mir.

»Ist das wirklich nötig?«, fragt sie. »Du würdest doch bestimmt auch nicht gern zeigen, was du deinem Ex geschrieben hast.«

Ihre Stimme ist ruhig und freundlich. Die Pastorenstimme.

»Nein, das stimmt«, entgegnet Maria lächelnd. »Aber es wäre uns eine große Hilfe.«

Ich schaue zu Stina rüber, die mir kurz zunickt. Daraufhin lehne ich mich zurück, um mein Handy aus der Jeanstasche zu ziehen. Beim Entsperren fühlt es sich in meiner Hand ganz warm an.

»Hier bitte«, sage ich und werfe rasch einen Blick auf die beiden Koalas, bevor ich ihr das Handy über den Tisch reiche.

Ihr Zeigefinger bewegt sich rasch übers Display und ich stelle fest, dass sie die Nachrichten weit zurückverfolgt und somit auch mein lächerliches Geschwafel im Suff, samt meiner Bettelei, liest.

»Könnte ich mir dein Handy für eine Weile ausleihen?«, fragt sie, ohne aufzuschauen.

»Ungern.«

»Verstehe«, sagt Maria und lächelt erneut. »Ich würde auch nicht ohne mein Handy klarkommen. Als Stina und ich jung waren, nannte man sie übrigens noch ›Yuppie-Teddys‹, wusstest du das?«

»Was willst du mit seinem Handy?«, fragt Stina.

»Ich kann ja stattdessen Screenshots machen. Ist das in Ordnung?«

Es klingt gar nicht erst nach einer Frage und ich nicke widerwillig. Falls ich mich weigere, wird sie es mir höchstwahrscheinlich sowieso abnehmen.

»Ich verstehe nur nicht, warum«, sage ich.

Ein Klicken von ihrer Handykamera. Zwei Klicks, drei, vier. Kurz darauf höre ich, wie eine Nachricht an mein Telefon gesendet wird. Dann gibt Maria es mir wieder zurück.

»Danke«, sagt sie. »Jetzt hast du auch meine Nummer, falls irgendwas sein sollte.«

Sie tippt erneut mit dem Stift gegen ihren Notizblock und wirkt nachdenklich. Ich werde den Eindruck nicht los, dass sie genau weiß, was sie als Nächstes fragen will.

»Simon, weißt du, wo Tilda jetzt ist?«, fragt sie schließlich.

»Nein.«

»Sicher?«

»Maria«, sagt Stina und klingt fast amüsiert. »Wenn du mit ihm reden willst, musst du dich auf das verlassen, was er sagt.«

Maria setzt eine entschuldigende Miene auf.

»Ich möchte nur klarstellen, dass es um eine ernste Sache geht. Wenn du irgendwas weißt, musst du es uns sagen.«

»Ich weiß aber nicht, wo sie ist«, erkläre ich und versuche dabei ruhig zu klingen. »Wenn es jemand weiß, dann Amanda oder Elin.«

Maria betrachtet mich schweigend. Sie notiert sich die Namen nicht.

Weiß sie, wer die beiden sind? Hat sie schon mit ihnen gesprochen?

»Du hast Tilda also zuletzt nach dem Spiel gesehen, ja?«, fragt Maria. »Und wie hast du sie da erlebt?«

Als ich nach den richtigen Worten suche, bin ich plötzlich wie blockiert.

»Sie war ziemlich wütend und traurig ... Sie hatte einiges intus«, antworte ich schließlich. »Aber das hatten wir wohl alle.«

»Habt ihr euch das Spiel zusammen angeschaut?«

»Nein, wir haben uns zufällig dort getroffen, ich meine, in der City. Ich weiß nicht, wo sie vorher war.«

»Ihr habt euch also während des Spiels getroffen, oder ...?«

»Es war gerade zu Ende.«

»Ist das schon vorher passiert?«, fragt Maria und deutet mit ihrem Kugelschreiber auf meine Augenbraue.

»Ja.«

»Und wer hat dich angerempelt, sagtest du?«

»Ich hab nichts gesagt. Ich meine, das weiß ich nicht. Ich hab ja nicht mal gesehen, wer es war. Es ist mitten im Gewühl passiert.«

Maria nickt zustimmend, während ihr Stift geräuschvoll über den Block schabt.

»Und was geschah dann?«

»Wir haben zusammen versucht, dem Gedränge auf dem Marktplatz zu entkommen.«

»Du sagtest, dass Tilda wütend und traurig war. Ist vorher irgendwas vorgefallen?«

»Das weiß ich nicht so genau. Sie hat sich über irgendwelche Heuchler beschwert.«

Maria schaut von ihrem Block auf.

»Was könnte sie damit gemeint haben?«

Ich schaue zu Stina.

»Tilda war ... sie hatte sich ziemlich die Kante gegeben ... und es kursierten ein paar Gerüchte.«

»Worüber?«, fragt Maria. »Drogen? Sex?«

Ich zucke mit den Achseln.

»Und war an den Gerüchten etwas dran?«

Ich sehe Tildas glasigen Blick vor mir.

Hundert Prozent fucked up.

Ich will nicht, dass sie in Schwierigkeiten gerät, wenn sie wiederauftaucht. Aber sollte ich nicht besser ehrlich sagen, wie es ist? Vielleicht kann ihr dann jemand helfen.

»Simon?«, hakt Maria nach.

Tilda würde es mir nie verzeihen.

»Ich weiß nicht«, antworte ich erneut.

»Hat sie dich auch als Heuchler bezeichnet?«

Hat sie das? Bin ich ein Heuchler?

Halt die Klappe, Simon. Du bist ja auch nicht grad der Enthaltsamste.

»Ich weiß es nicht«, sage ich zum vierten Mal.

»Warum fragst du danach?«, meint Stina. »Das ist doch eher eine Sache zwischen den beiden, oder?«

»Wir haben gehört, dass sich Simon und Tilda in der Stadt gestritten haben. Es gab da ein paar Männer, die sich anboten, einzugreifen.«

Stina dreht sich auf dem Sofa zu mir um und zum ersten Mal sehe ich, dass sie sich ernsthaft Sorgen macht.

Das Kribbeln in meinen Fingern setzt sich jetzt bis in die Arme fort.

»Da kamen mehrere Typen auf uns zu«, erkläre ich.

Alles in Ordnung hier?

Du kannst es uns ruhig sagen. Wir beschützen dich.

»Ich weiß nicht, wer die waren«, fahre ich fort. »Aber sie trugen alle die gleichen schwarzen Windjacken.«

Als Stina sich erneut an Maria wendet, blitzt Wut in ihren Augen auf.

»Du weißt genauso gut wie ich, was diese lächerliche Bürgerwehr im Schilde führt.«

»Ja«, sagt Maria rasch. »Ich bin auch kein großer Fan von ihnen. Aber ich habe die Pflicht, ihren Aussagen nachzugehen.«

Sie schaut mich an und schnipst ein paar Hundehaare von ihrer Jacke.

»Sie behaupten, dass du Tilda am Arm gezogen hast.«

»Ich wollte nicht, dass sie allein nach Hause geht. In der Stadt ging's drunter und drüber, und sie war ... sie war ziemlich high.«

»Ich verstehe«, sagt Maria. »Und was ist dann passiert?«

»Wir kamen in eine Seitenstraße, wie heißt sie noch mal ... die zum Bahnhof führt?«

»Gamla Kvarngatan?«

»Ja genau. Dort haben wir dann unsere Freunde wiedergetroffen. Elin und Amanda, die ich eben schon erwähnt habe. Und Ali und Hampus. Sie wollten uns überreden, zum Nachglühen bei Ali mitzukommen.«

»Und, seid ihr mitgegangen?«

»Ich bin allein nachgekommen.«

»Nachdem du dich von Tilda getrennt hast?«

Ich nicke.

»Und wohin wollte sie?«

»Keine Ahnung. Sie wollte mit jemandem reden, aber sie hat mir nicht gesagt, mit wem.«

»Und du hast keine Vermutung?«

»Nein.«

Maria beobachtet mich und auf einmal merke ich, dass sie mir nicht glaubt. Sie weiß offenbar etwas, das ich nicht weiß.

Jetzt bekomme ich es ernsthaft mit der Angst zu tun.

»Wann bist du dort angekommen?«

»Ich weiß nicht genau, wie spät es war. Ich bin vorher noch 'n bisschen rumgelaufen und hab nachgedacht.«

»Hast du unterwegs jemanden getroffen?«

Ich schüttele den Kopf.

Ich muss Tilda unbedingt so schnell wie möglich erreichen. Ich will wissen, dass sie okay ist und dass sie es war, als sich unsere Wege trennten.

»Worüber habt ihr euch auf der Party in der Schwimmhalle gestritten?«, fragt Maria.

»Gestritten?«

»Ja. Du hast zu ihr gesagt, dass sie es noch bereuen wird. Als ihr in der Umkleide wart. Erinnerst du dich daran?«

»Ja. Aber so hab ich das nicht gemeint. Also nicht, dass ich mich an ihr rächen wollte, sondern eher ... ich meinte, dass sie ...«

Ich verliere den Faden.

Als mir bewusst wird, dass Maria und ihr Kollege zu diesem Zeitpunkt noch gar nicht in der Umkleide waren, läuft mir ein eiskalter Schauer über den Rücken.

Aber Elin und Amanda waren dabei.

Haben sie schon mit Maria gesprochen?

Hat deshalb heute keine von ihnen auf meine Nachrichten geantwortet?

Mir schwirrt der Kopf.

Stina legt einen Arm um mich, doch mir kommt es vor, als würde sie mich erdrücken, und mir bleibt die Luft weg. Ich entziehe mich.

»Ich habe vom Kometen gesprochen«, bringe ich mühsam hervor. »Ich meinte, dass sie es bereuen wird, wenn sie uns beiden keine Chance mehr gibt, bevor ... bevor es zu spät ist. Am Ende will doch keiner allein sein, oder?«

Ich habe den Eindruck, alles nur noch schlimmer zu machen. Plötzlich ist es im Raum unerträglich heiß. Meine Handflächen sind ganz klebrig vom Schweiß und ich habe das dringende Bedürfnis, sie zu waschen.

»Ich war betrunken«, gebe ich zu. »Ich weiß nicht mehr genau, was ich alles von mir gegeben habe.«

»Warst du vielleicht sauer auf sie, weil sie dich verlassen hat?«

»Nein. Ich war traurig. Ich habe sie vermisst.«

»Du hast sie vermisst? Und jetzt tust du es nicht mehr?«

Die Gedanken in meinem Kopf drehen sich immer schneller.

»Simon spricht davon, wie er es in dem Augenblick empfunden hat«, erklärt Stina kühl. »Danach hattest du ihn doch gefragt.«

»Sie hat sich mit anderen Jungs getroffen«, fährt Maria fort, ohne mich aus den Augen zu lassen. »Hat dich das nicht wütend gemacht?«

Ich schüttele automatisch den Kopf.

»Nicht mal, als du gesehen hast, wie sie in der Schwimmhalle mit einem anderen Jungen flirtete?«

»Woher wissen Sie das?«, frage ich, ohne nachzudenken.

Maria erwidert nichts. Doch jetzt weiß ich sicher, dass sie mit unseren Freunden gesprochen hat. Aber mit wem? Und was haben sie ihr erzählt?

Was glauben sie?

Was glauben die Leute von mir?

»Wenn ich es richtig verstanden habe, fiel es dir schwer zu akzeptieren, dass es aus war«, sagt Maria.

»Das ist ja wohl nicht weiter ungewöhnlich«, wirft Stina ein. »Wir waren doch alle schon mal unglücklich verliebt, oder etwa nicht?«

»Klar.«

»Ich glaube, es ist am besten, wenn du jetzt gehst«, sagt Stina und steht auf. »Du solltest dich lieber auf die Suche nach Tilda konzentrieren.«

Marias höfliches Lächeln wirkt angestrengt. Ich sehe, wie sie einen Entschluss fasst.

Und plötzlich weiß ich es. Aber es ist unmöglich. Das passt doch alles nicht zusammen.

Ich würde am liebsten weglaufen, bevor sie es ausspricht, denn solange ich die Worte nicht gehört habe, könnte ich noch so tun, als wäre nichts geschehen.

Danach wird es zu spät sein.

Maria öffnet den Mund. Mein ganzer Körper spannt sich an und ich bin bereit zu fliehen. Doch ich bleibe sitzen.

NAME: LUCINDA
TELLUS# 0 392 811 002
POST 0013

Mein Vater ist aus dem Krankenhaus zurückgekehrt und hat es mir erzählt.

Sie ist tot.

Tilda ist tot.

Jetzt starre ich auf die Worte und verstehe es einfach nicht.

SIMON

Wir haben heute Morgen Tildas Leiche gefunden«, sagt Maria.

»Oh, mein Gott«, ruft Stina aus und sinkt zurück. »Großer Gott.«

Ich sage nichts. Ich bin wie gelähmt. Selbst mein Brustkorb ist ganz starr geworden. Die Sekunden vergehen. Mein Atemreflex hat ausgesetzt.

»Und wo habt ihr sie gefunden?«, fragt Stina.

Ich versuche, Luft in meine Lunge zu saugen. Einzuatmen und wieder auszuatmen. Muss mich fest auf jeden Atemzug konzentrieren, um nicht zu ersticken.

»Tilda wurde hinter der alten Glasfabrik in Norra gefunden«, antwortet Maria. »Aber wir wissen nicht, ob sie auch dort gestorben ist.«

Norra Porten. Das ehemalige Industriegebiet auf der anderen Seite der Bundesstraße. Die Glasfabrik ist ein unförmiger türkisfarbener Wellblechkasten, umgeben von Fliesenherstellern, Autohändlern, einer Druckerei und einer Tankstelle, die aber schon seit Langem nicht mehr in Betrieb ist. Keine Wohnhäuser. Eine Gegend, in der keiner mehr einfach so hinkommt. Also der perfekte Ort, um eine Leiche zu entsorgen.

Ich höre Stina fragen, warum Maria es nicht gleich gesagt hat. Und ich höre Maria antworten, dass sie erst erfahren wollte, was ich zu sagen habe. Ihre Stimmen dringen wie aus weiter Ferne zu mir, weil meine Gedanken sie übertönen.

Tilda wurde hinter der alten Glasfabrik in Norra gefunden.

Jemand hat sie dort abgelegt.

Waren ihre Augen offen oder geschlossen?

Denk jetzt nicht daran. Hör auf nachzudenken.

»Möchtest du noch irgendwas sagen, Simon?«

»Nein«, bringe ich leise flüsternd hervor.

Stina nimmt meine Hand und drückt sie fest.

»Wie ihr euch sicher denken könnt, ist es im Augenblick schwierig, einen Rechtsmediziner zu bekommen«, erklärt Maria. »Aber ein Allgemeinarzt hat sie sich angeschaut und soweit er es beurteilen kann, ist sie schon seit der Nacht nach dem Fußballspiel tot. Sie trug auch dieselbe Kleidung wie an dem Abend.«

Plötzlich macht sich Erleichterung in mir breit und meine Starre löst sich ein wenig.

»Dann kann es nicht Tilda sein«, wende ich ein.

»Wie meinst du das?«, fragt Maria und ich will sie fast auslachen.

»Sie haben es doch selbst gesehen. Sie hat mir erst gestern Abend geschrieben.«

Die Koalas. Unsere Koalas.

»Unsere Nachrichten«, fahre ich übereifrig fort. »Und bei den anderen hat sie sich auch gemeldet. Sie kann also gar nicht tot sein.«

Wie blöd muss ein Bulle eigentlich sein, um das nicht zu kapieren? Warum muss ich ihr alles erklären? Wieso konfrontiert sie uns völlig unnötig damit, wenn ...

»Wir wissen, dass es Tilda ist«, sagt Maria langsam und deutlich. »Sie hatte ihr Handy nicht bei sich. Also muss irgendjemand anderes es benutzt haben, um die Nachrichten an dich und eure Freunde zu verschicken.«

»Aber das mit dem Koala ist garantiert von ihr. Das Emoji, das war unser Ding«, entgegne ich und höre selbst, wie armselig und lächerlich es klingt.

Woher soll Maria auch wissen, wie viele private Geschichten dahinterstecken?

»Ich verstehe ja, dass es nur schwer zu begreifen ist«, sagt sie. »Aber es ist ein Leichtes, die alten Nachrichten durchzugehen und zu gucken, wie und was sie geschrieben hat.«

Ich schüttele den Kopf. Beginne zu verzweifeln.

»Tilda aktiviert immer die Bildschirmsperre ihres Handys«, sage ich. »Sie achtet genau darauf.«

»Und sie hat es immer mit ihrem Daumenabdruck entsperrt, oder?«

»Ja.«

Maria wartet. Langsam dämmert es mir.

Jemand hat Tildas tote Hand genommen, ihren Daumen auf die Starttaste gedrückt, um es zu aktivieren, und dann den Code geändert. Ganz einfach.

In meinem Kopf dreht sich das Gedankenkarussell und nimmt schließlich volle Fahrt auf. Mein Hirn ist wie elektrisiert.

Schließlich bringt mich das Bild von Tildas toter Hand dazu, es zu begreifen.

Sie ist tot.

Das Rauschen in meinen Ohren nimmt wellenförmig zu und wieder ab.

Mein Puls rast. Ich bin noch am Leben. Tilda nicht.

»Jetzt weißt du zumindest, dass Simon es nicht war«, sagt Stina. »Er hat ja die Nachrichten von Tildas Handy bekommen.«

Maria betrachtet mich. Sie scheint abzuwarten, ob ich begreife, warum das rein gar nichts beweist. Und ich tue es.

»Wenn ich der Mörder wäre, hätte ich die Nachrichten natürlich bewusst an mich selbst geschickt, nur um sie zeigen zu können. Habe ich recht?«

Maria verzieht keine Miene.

»Siehst du das auch so?«, fragt Stina nach.

»Wir können noch nicht sicher sagen, ob es sich um einen Mord handelt. Tilda ist nach einem Schlag auf den Hinterkopf gestorben.«

Hinterkopf.

Ich sehe Tildas Nacken vor mir. Ihr dickes Haar. Es muss blutverschmiert gewesen sein.

Mir dreht sich der Magen um und in meinem Mund sammelt sich kalter, metallisch schmeckender Speichel. Ich schlucke heftig.

»Es kann ebenso gut ein Unfall gewesen sein«, fährt Maria fort. »Oder Totschlag. Bislang deutet allerdings nichts auf eine vorsätzliche Tat hin.«

Sie betrachtet mich abwartend. Mir wird klar, dass sie mir Gelegenheit für ein Geständnis geben will.

Ob Mord oder Totschlag, ist das nicht vollkommen egal? Und selbst, wenn es ein Unfall war, muss irgendjemand Tilda dort hingebracht haben. Jemand, der nicht wollte, dass sie gefunden wird.

»Ich hätte sie nicht gehen lassen dürfen.«

Mir versagt die Stimme, als wäre ich wieder im Stimmbruch.

»Ist das hier eigentlich ein Verhör?«, fragt Stina.

»Nein, jedenfalls kein offizielles«, sagt Maria.

»Und was ist es dann?«

Ich schaue Stina an. In einer amerikanischen Fernsehserie wäre jetzt der Zeitpunkt gekommen, um einen Anwalt anzufordern. Doch das hier ist die Wirklichkeit. Und in der kann man leider nicht mal eben einen Anwalt anrufen.

Maria seufzt.

»Ihr wisst ja, wie es ist. Wir werden in diesem Fall kaum vernünftig ermitteln können. Ich hatte nur gehofft, etwas mehr herauszufinden. Tildas Familie zuliebe. Simon ist schließlich derjenige, mit dem Tilda zuletzt lebend gesehen wurde.«

Stina schaut mich von der Seite an. Liegt in ihrem Blick nicht doch ein Hauch von Zweifel?

Mama. Du darfst nicht glauben, dass ich es war. Ich war es nicht.

»Simon«, fragt Maria, »könnte ich mal kurz dein Zimmer ansehen?«

Ich nicke matt. Will einfach nur, dass es vorbei ist.

»Nein, Maria«, wirft Stina ein. »Das führt zu weit. Ich möchte, dass du jetzt gehst.«

»Mama, ist schon okay.«

»Nein, ist es nicht«, entgegnet sie entschieden.

Maria steht vom Sofa auf. Bumbum hebt den Kopf und schaut sie an.

»Es tut mir wirklich leid.«

Ihre Worte scheinen eher an Stina als an mich gerichtet zu sein. Doch Stina entgegnet nichts. Stattdessen legt sie erneut einen Arm um mich und diesmal lasse ich es geschehen.

Bumbum erhebt sich mühsam und trottet hinter Maria in den Flur.

Ich höre, wie etwas vom Bügel genommen und kurz darauf die Wohnungstür geöffnet und wieder geschlossen wird. Dann vernehme ich Schritte im Treppenhaus. Bumbum bleibt hechelnd im Flur.

Plötzlich höre ich Tilda in ihrem unheimlichen, leicht singenden Tonfall sagen *Heute Abend wird hundertpro irgendwas Schlimmes passieren*, und auf meinen Armen bildet sich eine Gänsehaut.

NOCH DREI WOCHEN UND VIER TAGE

NAME: LUCINDA
TELLUS# 0 392 811 002
POST 0014

Erst jetzt, wo es zu spät ist, wird mir bewusst, wie sehr ich sie vermisse. Ich vermisse sie schon die ganze Zeit, aber irgendwo tief in meinem Inneren habe ich immer geglaubt, dass wir wieder zueinanderfinden würden.

Heute Nacht habe ich von ihr geträumt. Sie wartete in der Schwimmhalle auf der Tribüne auf mich. Wir beide waren ganz allein dort. Alle Lichter, außer jenen im Becken, waren gelöscht und draußen vor den Fenstern herrschte tiefe Nacht. Tildas Schwimmbrille hatte Abdrücke um ihre Augen hinterlassen. Im Traum wusste ich zwar, dass sie tot war, doch es spielte keine Rolle. Ich war einfach nur froh, sie zu sehen.

Um uns herum war alles still. Nur das leise Plätschern des Wassers war zu hören. Selbst die Zeiger der Stoppuhr an der Wand standen still. Tilda umarmte mich fest und presste dabei ihren kalten feuchten Körper so stark an mich, dass mir die Luft wegblieb.

Wir atmeten gemeinsam aus und sie nickte mir zu. Dann ließen wir uns ins Wasser fallen. Unten am gefliesten Boden schlang sie ihre Beine um meine Taille und hielt mich umklammert. Aber ich hatte keine Angst. Erst als ich aufwachte, befiel mich Panik.

Der ganze Tag kam mir unwirklich vor. All meine Bewegungen sind so langsam, als wäre ich noch immer unter Wasser.

War sie womöglich auf dem Weg zu mir, als sie starb? Und was wollte sie?

Wenn wir noch miteinander befreundet gewesen wären, hätte sie in dieser Nacht womöglich gar keinen Grund gehabt, sich herumzutreiben, und wäre vielleicht noch am Leben. Ich muss immerzu daran denken.

Mein Vater ist heute nicht zur Arbeit gegangen. Aber er kennt den Arzt, der Tildas Leiche untersucht hat. Seiner Aussage zufolge starb sie an einer Verletzung im Halswirbelbereich. Sie ist aber nicht vergewaltigt worden. Zum Glück musste sie das nicht auch noch durchmachen.

Ich wollte noch mehr wissen, aber mein Vater bat mich, nicht weiter zu fragen. Erst da bemerkte ich, dass er weinte.

Ich selbst habe noch nicht weinen können. Ich hab ja noch nicht mal richtig kapiert, dass Tilda schon längst tot war, als ich ihr meine Nachricht schickte.

SIMON

Ich liege reglos im Bett. Bin nur einmal aufgestanden, um zur Toilette zu gehen. Ich verspüre keinerlei Hunger oder Durst mehr. Dämmere einfach nur vor mich hin.

Ich will nicht in einer Welt ohne Tilda leben. Will am liebsten in diesem Dämmerzustand bleiben, der immer unwirklicher wird.

Hin und wieder schaue ich auf mein Handy und lese, was über Tilda geschrieben wird.

Ich denk an dich und deine Familie.

Jetzt hat der Himmel seinen schönsten Engel wieder.

Wir sehen uns bald, Liebes.

Gedichte und Songtexte. Emojis mit gebrochenem Herzen. Und Fotos. Massenweise Fotos. Am Nachmittag tauchen allerdings auch andere Kommentare auf.

Wirklich traurig, aber wohl nicht ganz unerwartet.
Tilda ging's beschissen, sie war schon länger ziemlich neben der Spur.

Als wäre Tilda selbst schuld, dass sie tot ist. Die Leute verurteilen sie, versuchen es aber mit Fürsorglichkeit zu kaschieren.

Ich schreibe unseren Freunden. Johannes antwortet als Einziger und verspricht, morgen vorbeizukommen. Sonst lässt keiner von sich hören, obwohl ich sehe, dass alle online sind und meine Nachrichten gesehen haben müssen.

Ich dämmere wieder weg und wache erst auf, als Judette mit einem belegten Brot und einem Becher Tee hereinkommt und beides auf meinen Nachttisch stellt. Sie tätschelt meine Wange mit ihrer kühlen Hand.

»Fühlt sich an, als hättest du Fieber«, sagt sie.

Das nächste Mal werde ich von lauten Stimmen geweckt. Im Zimmer ist es dunkel. Draußen auch. Meine Finger tasten sich suchend am Kabel der Nachttischlampe entlang, bis ich den Schalter finde. Wieder lautes Gejohle, ein Chor aus der Hölle, und plötzlich fällt es mir wieder ein: Heute Abend findet ein weiteres Fußballspiel statt. Das zweite Halbfinale. Die Stimmen kommen aus der Wohnung unter uns. Ich lösche das Licht wieder. Dann stecke ich mir die Stöpsel in die Ohren, spiele die Playlist auf meinem Handy ab und drehe die Lautstärke auf, bis es mir in den Ohren wehtut. Doch es hilft nicht. Ich höre die Stimmen trotzdem, die realen und die in meinem Kopf.

Während ich die neuen Kommentare zu Tildas letztem Selfie lese, blendet mich das Licht vom Display.

Bestimmt war es ihr Ex, der war ja total besessen von ihr.

Mir wird eiskalt. Ich klicke den unbekannten Account an, doch der ist gesperrt. Ich gehe zurück zum Foto und zu den Kommentaren.

Ich fand ihn schon immer leicht schräg.

Das kam von einer Mitschülerin, die jetzt im Normalfall in die Neunte gekommen wäre. Sie war ebenfalls im Schwimmverein.

Simon würde so was nie tun.

Johannes verteidigt mich. Daraufhin antwortet der Verfasser des Originalkommentars:

Du als sein bester Freund kannst natürlich nichts anderes behaupten.

Mein Herz beginnt so heftig zu rasen, dass ich mir sicher bin, nicht wieder einschlafen zu können. Doch plötzlich wache ich auf, als die Musik verstummt. Ich werfe einen Blick auf mein Handy. Akku leer. Die Lampe auf der Fensterbank leuchtet und mir ist furchtbar heiß. Ich ziehe die Stöpsel aus den Ohren und drehe mich um. Als ich unvermittelt Stina neben mir erblicke, zucke ich zusammen.

Sie liegt auf der Bettdecke und schläft tief und fest, ihre Wange aufs Kissen gepresst. Die Brille ist verrutscht.

Die Hitze verursacht mir Platzangst. Ich reiße mir die Decke vom Leib, wovon Stina aufwacht. Sie schaut sich verwirrt im Zimmer um.

»Oh, ich muss wohl eingeschlafen sein«, sagt sie und reibt sich die Augen.

»Gehst du heute Abend nicht zur Arbeit?«

»Ich habe mir freigenommen. Ich hatte eigentlich gehofft, mit dir darüber reden zu können, was passiert ist.«

Sie rückt ihre Brille zurecht.

Was hätte ich bloß getan, wenn sie nicht zu Hause gewesen wäre, als Maria kam?

Auf einmal verspüre ich den dringenden Wunsch, mit ihr zu reden.

»Glaubt ihr etwa, dass ich es war?«, höre ich mich selbst sagen.

Stina blinzelt und stützt sich auf einen Unterarm.

»Natürlich *nicht*«, sagt sie mit Nachdruck, und ich bin erleichtert über die Entschiedenheit in ihrer Stimme. »In der Nacht herrschte doch überall absolutes Chaos. Vielleicht war Tilda einfach nur zur falschen Zeit am falschen Ort.«

»Ja, vielleicht«, pflichte ich ihr bei.

Aber ich weiß auch, dass sie irgendwohin wollte. Sie wollte mit irgendwem reden.

Doch mit wem? Ich habe keinen blassen Schimmer. Ich weiß einfach zu wenig darüber, was Tilda im Sommer gemacht und mit welchen Leuten sie sich getroffen hat. Und als ich zu Ali kam, waren all unsere gemeinsamen Freunde schon dort.

»Simon, du weißt doch, dass du mit uns über alles reden kannst, oder?«

»Klar.«

Stina setzt sich auf die Bettkante und nimmt meine Hand. Ich sehe ihr an, dass sie etwas sagen will, doch sie zögert.

Sag jetzt nichts, denke ich. Ich will ja über Tilda reden, aber ich weiß nicht, wie ich beginnen soll. Gib mir einfach ein bisschen Zeit. Bitte.

Stina räuspert sich und ich weiß, dass es zu spät ist.

»Du weißt, dass wir dich bedingungslos lieben«, sagt sie. »Selbst, wenn du es getan hättest. Dann hätten wir gemeinsam eine Lösung gefunden.«

Ich ziehe meine Hand zurück.

»Ich meine damit nicht, dass ich es *glaube*«, fügt sie rasch hinzu. »Ich möchte nur, dass du weißt, dass wir, *wenn* es so wäre ...«

»Geh jetzt«, sage ich und drehe mich zur Wand.

fand ihn schon immer leicht schräg

war total besessen von ihr

»Geh!«

»Aber wir müssen doch darüber reden können«, sagt Stina.

»Tilda ist tot. Sie wird nicht zurückkommen, egal wie viel wir reden.«

Jetzt sind nur noch unsere Atemzüge im Zimmer zu hören.

»Ich bin es so verdammt leid«, sagt Stina schließlich. »Die halbe Stadt kommt zu mir in die Kirche gerannt und bittet mich um Hilfe, aber mein eigener Sohn will nicht mal ...«

Ihr versagt die Stimme und sie fängt an zu weinen. Mein schlechtes Gewissen bereitet mir physische Schmerzen. Dennoch hasse ich sie dafür, dass sie hier auf meiner Bettkante sitzt und in Selbstmitleid versinkt. Schließlich geht es im Augenblick gar nicht um sie. Doch in diesem Moment fehlt mir die Kraft für eine Szene. Ich will einfach nur hier liegen, bis alles vorbei ist. Und damit meine ich, wirklich *alles.*

Soll der Scheißkomet doch kommen.

»Mama«, sage ich. »Kannst du jetzt bitte gehen?«

Sie steht schluchzend vom Bett auf, bleibt aber davor stehen.

Geh. Geh. Geh.

Dann höre ich, wie sich ihre Schritte entfernen, die Tür geöffnet und leise wieder geschlossen wird. Endlich bin ich allein.

NOCH DREI WOCHEN UND DREI TAGE

NAME: LUCINDA
TELLUS# 0 392 811 002
POST 0015

Ich lese die Kommentare und Posts, aber ich erkenne die Tilda nicht wieder, die darin beschrieben wird. *Ziemlich neben der Spur, hat die Kontrolle verloren, ist total lost.* Dass sie Drogen genommen hat, scheint allgemein bekannt zu sein, auch wenn es nur zwischen den Zeilen steht.

Wie kann das bloß sein? Ich weiß, dass die Leute alles Mögliche tun, um Foxworth zu verdrängen. Aber Tilda?

Ich lese noch einmal ihren Chatverlauf und schaue mir die Fotos vom Sommer an. Bilde ich es mir nur ein oder sieht man es ihr da schon an? Ich checke ihre Bekannten und frage mich, ob einer von ihnen sie womöglich getötet hat.

Jetzt tauchen immer neue Kommentare über Simon auf. Er war angeblich »besessen von ihr«. Einige haben gesehen, wie er sich nach dem Fußballspiel und auf der Party in der Schwimmhalle mit ihr gestritten hat. Daraufhin schaue ich mir die betreffenden Fotos erneut an, finde aber keine Antworten.

Ich betrachte ihr Profilbild ein ums andere Mal. Es ist genau in dem Moment aufgenommen worden, als sie sich der Kamera zuwendet. Auch wenn eine Gesichtshälfte von Haaren verdeckt ist, sieht man, dass sie lacht.

Tildas Tod entspricht genau den Szenarien, die die Boulevardblätter früher liebend gern ausschlachteten. Junges hübsches Mädel. Gute Noten. Zielstrebige Sportlerin. Bei allen beliebt. Aber vor allem jung und attraktiv. Langes Haar. Gesund und gepflegt, aus gutem Hause. Tot aufgefunden, in einem verlassenen heruntergekommenen Industriegebiet.

Die Klatschpresse hätte all ihre Geheimnisse ans Licht gebracht. Die Drogen. Die Partys. Sie hätte all ihre Schwächen zutage gefördert und sie noch als Lebende zum Opfer stilisiert. Die Leute hätten es geliebt. Denn wir lieben hübsche tote Mädels. Wir ergötzen uns an den Details. Wir drehen Filme und Fernsehserien darüber und schreiben Bücher und Zeitungsartikel. Wir wollen sehen, wie sie brutal vergewaltigt und ermordet werden. Wir sorgen dafür, dass sie nackt aufgefunden werden, möglichst akkurat drapiert wie in einer Parfümwerbung. Dann der Cut zu einem Rechtsmediziner, der unbekümmert eine Stulle mampft, während er sich über die Leiche beugt, die jetzt nur noch ein kaltes Stück Fleisch in einem sterilen Sezierraum ist. Danach eine Flashbackszene, in der wir sie lebend sehen, sexy und nicht ahnend, dass sie schon bald sterben wird.

Doch inzwischen erregt ein Fall wie Tildas außerhalb der sozialen Medien keine Aufmerksamkeit mehr. Deshalb müssen wir uns dort umso mehr daran ergötzen. Man versucht Tilda entweder als Unschuldsengel oder als Schlampe hinzustellen, die zu einem frühen Tod verurteilt war.

Ich kann nur hoffen, dass Simon unschuldig ist. Ich will einfach nicht glauben, dass Tilda in den letzten Augenblicken ihres Lebens gewusst hatte, dass sie von jemandem getötet wurde, den sie liebte, oder zumindest einmal geliebt hatte.

Wenn ich daran denke, wie er sich am See oder zuvor bei seinem Besuch im Krankenhaus verhalten hat, kann ich mir nur schwer vorstellen, dass er es war. Er hat sie geliebt. Das weiß ich. Obwohl das natürlich nichts heißen muss. Schließlich kenne ich die Statistik. Der Täter ist nur selten ein Fremder, der hinter einem Busch hervorspringt, auch wenn wir das gern glauben würden. Um nicht darüber nachdenken zu müssen, dass unser Zuhause der unsicherste

Ort überhaupt ist. Allerdings fand ausgerechnet in der Nacht, als Tilda starb, das Fußballspiel statt, und die Straßen waren voller Menschen, die jegliche Hemmungen verloren und auch sonst nichts zu verlieren hatten. Vielleicht ist sie ja nur zufällig zum Opfer geworden. Gesetzt den Fall, dass Simon sie ermordet hat, hätte er mich dann neulich angerufen und nach ihr gefragt?

Plötzlich fällt mir ein, dass er eine Platzwunde an der Augenbraue hatte, als wir uns zufällig auf dem Steg trafen.

Hatte Tilda etwa versucht, sich gegen ihn zu wehren?

Ich habe keine Ahnung. Und vielleicht werde ich es auch nie erfahren, und wie ich das aushalten soll, ist mir ein Rätsel.

SIMON

Den ganzen Sommer lang habe ich versucht, die Gedanken an den Tod zu verdrängen. Doch jetzt gelingt es mir nicht mehr. Nicht mal mehr der Schlaf ist noch eine neutrale Zone, denn ich träume andauernd von Tilda, von ihrem toten Körper und ihren Augen, von denen ich nicht weiß, ob sie offen oder geschlossen waren. Ich träume von einem Himmel, der ganz in Feuer getaucht ist. Als ich aufwache, hämmert mein Herz so heftig gegen die Matratze, dass ich nicht mehr auf dem Bauch liegen kann.

Immer mehr Leute stellen Fotos von Tilda ins Netz. Immer neue Kommentare über mich. Elin hat geschrieben, dass in neun von zehn Fällen der Partner der Täter ist. Moa schreibt *hmm, dass er als Letzter zum Nachglühen kam*, gefolgt von einem Emoji, das sich am Kinn kratzt. Amanda hat beide gelikt.

Meine Mütter bringen mir etwas zu essen, das ich nicht anrühre.

Emma steht mit ihrem Laptop im Türrahmen und fragt, ob ich Lust hätte, einen Film zu gucken. Ich lehne ab. Ich will niemanden außer Johannes sehen. Er hat vor, gegen sieben zu kommen. Nur noch ein paar Stunden bis dahin.

Bumbum zwängt sich an Emma vorbei und kommt schwanzwedelnd zu mir ans Bett gelaufen. Er winselt leise.

»Soll ich ihn wieder mitnehmen?«, fragt sie.

»Nee, schon okay. Kannst du die Tür hinter dir zumachen?«

Ich rutsche näher zur Wand und fordere Bumbum auf, zu mir ins Bett zu kommen. Er legt den Kopf schräg. Fragt sich womöglich, ob es nur ein Trick ist. Eigentlich ist das Bett für ihn tabu. Ich klopfe auf die Matratze.

»Komm her. Nun mach schon.«

Bumbum setzt zum Sprung an und klettert eher hoch, als dass er springt. Er ist noch immer ziemlich fit, doch manchmal merkt man ihm an, dass er alt geworden ist. Er dreht sich auf der Matratze ein paarmal um sich selbst, wobei er mir mit seinen großen Pfoten auf den Bauch patscht und mit seinem Schwanz im Gesicht herumwedelt und schließlich seine Schnauze in die Bettdecke bohrt.

Auf einmal höre ich unten von der Straße her Schreie und verfalle in Panik. Doch dann gehen die Schreie in Lachen über und Glas zersplittert auf dem Asphalt. Ich frage mich unweigerlich, ob Tilda kurz vor ihrem Tod noch versucht hat, um Hilfe zu rufen.

Bumbum scheint es nicht im Geringsten zu interessieren, was in der Welt außerhalb unserer Wohnung passiert. Schon bald vibriert mein Körper von seinem Schnarchen. Als ich ein Kind war, kroch ich morgens immer früh aus dem Bett, nur um dicht an Bumbum gekuschelt auf dem Fußboden weiterzuschlafen. Jetzt versuche ich wieder im selben Rhythmus zu atmen wie er.

Irgendwann wache ich von einem kühlen Luftzug im Zimmer auf. Bumbum liegt nicht mehr im Bett und das Fenster steht weit offen. Vorm schwachen Licht der Straßenlaternen zeichnet sich eine Silhouette ab und mein verwirrtes Hirn fragt sich, ob womöglich jemand durchs Fenster hereingeklettert ist.

»Wie geht's?«, fragt die Silhouette.

Johannes.

»Wie spät ist es?«, frage ich.

Mein Mund ist so trocken, dass meine Zunge am Gaumen klebt.

»Gleich Mitternacht. Sorry, dass ich zu spät bin.«

Er setzt sich ans Fußende des Bettes. Meine Finger tasten sich am Kabel der Nachttischlampe entlang.

»Lass sie aus«, sagt er.

»Okay.«

Ich setze mich auf und die kalte Luft streicht über meine Arme. Es ist Ende August und ich weiß nicht mehr genau, wie viele Tage uns noch bleiben.

»Kannst du das Fenster schließen?«, frage ich.

»Ich glaub, ein wenig frische Luft hier drinnen ist nicht verkehrt.«

Ich kann hören, dass er lächelt. Er tastet mit den Fingern auf der Bettdecke nach meinem Handy und berührt dabei flüchtig meine Hand.

»Du solltest da nicht mehr reinschauen. Das ist doch Masochismus.«

»Aber nicht zu wissen, was sie schreiben, ist noch schlimmer.«

Johannes reicht mir das Glas vom Nachttisch. Das Wasser darin ist erstaunlich kalt und meine Gedanken werden mit jedem Schluck klarer.

»Ich weiß nicht, was ich sagen soll. Es tut mir so verflucht leid. Dass sie weg ist, fühlt sich echt krass an«, sagt Johannes, nachdem ich das leere Glas abgestellt habe.

Weg.

Jetzt, wo Johannes hier ist, kommt es mir irgendwie realer vor. Er ist das Bindeglied zu allem Schönen in meinem Leben. Tilda und ich, Johannes und Amanda. Wir haben fast alles gemeinsam gemacht. Und ich, der früher nirgends dazugehörte, war plötzlich angekommen.

Ich hatte mich nicht nur in Tilda verliebt, sondern auch in mein neues Leben. Hatte gar nicht richtig kapiert, was sie an mir fand. Konnte mein Glück kaum fassen.

»Glauben etwa alle, dass ich es war?«, frage ich.

»Nee. *Ich* glaub es nicht.«

Johannes legt eine Hand auf mein Knie und ich spüre seine Wärme durch die Decke. Aus irgendeinem Grund lässt mich die Berührung in Tränen ausbrechen.

»Ich hätte sie nicht allein gehen lassen sollen«, sage ich schluchzend.

»Es war nicht deine Schuld.«

»Ich konnte nicht ... sie wollte nicht bei mir bleiben«, fahre ich fort und weiß selbst nicht mehr, ob ich den besagten Abend meine oder den ganzen Sommer. »Wenn ich sie nicht so dämlich bedrängt hätte, wär sie vielleicht ...«

»Ist doch logisch, dass du's gemacht hast«, unterbricht er mich. »Du hast sie geliebt. Und außerdem geht die Welt bald unter. Klar, dass du da nicht den dicken Mann markierst.«

Ich lache auf und habe Rotz an der Nase hängen. Zum Glück ist es dunkel im Zimmer.

»Aber wie zum Teufel können sie glauben, dass ich Tilda ermordet habe?«

Johannes schweigt eine Weile.

»Es hat nichts mit dir zu tun«, sagt er dann. »Zu glauben, dass du es warst, ist bloß einfacher.«

»Wieso einfacher?«

»Sie kommen leichter drüber hinweg, wenn es keine Fragezeichen gibt.«

Hinwegkommen? Übler Scherz.

Ich hasse sie alle. Und nichtsdestotrotz weiß ich, dass ich genauso reagiert hätte. Keine Ahnung zu haben, was Tilda zugestoßen ist, macht mich schier wahnsinnig. Ich wäre heilfroh, mir nicht den Kopf darüber zerbrechen zu müssen. Auch wenn es bedeuten würde, dass jemand aus meinem Bekanntenkreis ein Mörder ist.

Ihr wisst ja, wie es ist, hat Maria gesagt. *Wir werden in diesem Fall kaum vernünftig ermitteln können.*

»Kannst du nicht mit Amanda reden?«, frage ich. »Und es ihr klarmachen?«

»Hab ich schon versucht. Aber ich versuch's noch mal.«

Wir sitzen eine Weile schweigend im Dunkeln. Seine Hand liegt noch immer auf meinem Knie.

»Amanda und ich haben Schluss gemacht.«

»Was?«

Zu meinem Beschämen empfinde ich Erleichterung. Dann hat Johannes demnächst mehr Zeit für mich. Ich brauche ihn jetzt dringender denn je.

»Und wieso?«, frage ich.

Johannes zögert.

»Es war ihr gegenüber nicht fair, noch länger zusammenzubleiben. Ich liebe jemand anderen.« Er räuspert sich. »Schon 'ne ganze Weile.«

Meine Augen gewöhnen sich langsam an die Dunkelheit und jetzt sehe ich, dass er zur Decke hochschaut, als würde dort die Fortsetzung seiner Erklärung stehen.

»Jemand, den wir kennen?«, frage ich.

»Doch nicht etwa Elin?«

Er lacht auf.

»Nein, nicht Elin.«

Johannes ändert seine Sitzposition, bewegt seine Hand jedoch nicht von meinem Knie weg. Seine Finger beginnen sanft auf die Decke zu trommeln.

»Ich muss dir was sagen«, bringt er hervor.

Ich höre schon am Tonfall, dass es schlechte Neuigkeiten sind, was ich im Augenblick wirklich nicht verkraften kann.

»Ich hau morgen aus der Stadt ab«, sagt er. »In Stockholm gibt's so 'ne Kommune, in der ich wohnen kann.«

Ich sitze reglos da, während mir die Bedeutung seiner Worte aufgeht. Sie treffen mich wie ein Geschoss.

»Und was willst du da?«

»Ich muss 'n paar Sachen ausprobieren, bevor es zu spät ist.«

»Und was genau?«

»Sorry, ich weiß, dass es echt 'n Scheißtiming ist, aber ich muss es einfach tun.«

»Und warum?«

Seine Augen blitzen im Dunkeln auf, als er sich wieder mir zuwendet.

»Mensch, Simon«, sagt er. »Raffst du es wirklich nicht?«

Ich öffne den Mund, um Nein zu sagen, schließe ihn jedoch wieder. Jetzt dämmert es mir.

Unser Kuss neulich beim Eiswürfelspiel. Seine unausgesprochenen Worte. Amandas Ausraster. Sein Tonfall.

Doch, jetzt verstehe ich es.

Aber ich sage nichts, denn es wäre einfach zu egoistisch.

Fahr nicht. Bleib mir zuliebe.

»Und, kommst du wieder zurück?«, frage ich stattdessen.

»Weiß nicht. Ich glaub nicht.«

»Und was sagen deine Eltern? Und deine Brüder?«

»Die wissen es noch gar nicht. Ich hab ihnen 'nen Brief geschrieben.«

Im Dunkeln fällt es mir leicht, seine Hand zu nehmen. Sie fühlt sich viel größer an als die, die ich normalerweise berühre. Die meiner Mütter, Emmas, Tildas.

Johannes erstarrt, zieht seine Hand aber nicht weg.

»Du wirst nie so empfinden wie ich, stimmt's?«, fragt er leise. »Oder?«

Ich drücke seine Hand fester, bevor ich sie wieder loslasse.

Wenn ich mit *Doch* antworten würde, wäre alles so viel einfacher.

»Nein«, antworte ich.

»Schon klar. Ich wollte es nur hören.« Er lacht verlegen. »So viel zum Thema *Nicht den dicken Mann markieren.*«

»Wenn ich könnte …«

»Ich weiß.«

Mir fällt nichts weiter ein. Wie lange empfindet er schon so? Wieso habe ich es nicht mitbekommen?

»Ich muss jetzt gehen«, sagt Johannes.

Nein. Ich will, dass jemand bei mir ist, der mir glaubt. Ich brauche einen Freund. Verlass mich nicht auch noch. Dann werden wir uns nie wiedersehen. Du und Tilda, ihr wart die wichtigsten Menschen in meinem Leben, und wenn du jetzt fährst, seid ihr beide für immer weg.

»Pass auf dich auf«, sage ich.

»Du auch.«

»Melde dich, wenn du angekommen bist.«

Wir umarmen uns. Sein Körper fühlt sich warm an. Einen Augenblick lang denke ich: *Warum eigentlich nicht? Vielleicht ist es ja einfacher als gedacht.* Doch dann lösen wir uns voneinander. Als Johannes vom Bett aufsteht, streicht die Kälte vom offenen Fenster wieder über meinen Körper.

NAME: LUCINDA
TELLUS# 0 392 811 002
POST 0016

Miranda weiß jetzt auch, dass Tilda tot ist. Ich habe ihr wieder etwas vorgegaukelt von wegen Himmel und so.

Ich weiß nicht, ob ihr auch Religionen habt. Kurz gesagt geht es dabei um Menschen, die davon überzeugt sind, alles über Dinge zu wissen, von denen man unmöglich etwas wissen kann. In diesem Teil der Welt glauben viele an eine Art Fantasyroman, der vor Tausenden von Jahren geschrieben wurde und voller Lücken im Plot und Widersprüche ist. Der »Held«, Gott, benimmt sich darin häufig wie ein verwöhnter Dreijähriger, der Rache übt, wenn die Menschen nicht genau das tun, was er will, oder ihn nicht genügend lieben.

Habe ich schon erwähnt, dass Simons Mutter Pastorin ist? Das ist eine Person, die diesen Fantasyroman auslegt oder erklärt. Ich frage mich, was sie wohl über Foxworth zu sagen hat. Zuckt sie womöglich mit den Achseln und predigt »Die Wege des Herrn sind unergründlich«? Das sagen die Christen immer, wenn sich ihr Gott wie der letzte Arsch benimmt. Obwohl er sich ja jetzt gewissermaßen selbst übertroffen hat. (Christen behaupten übrigens auch, dass Gott einem nicht mehr aufbürdet, als man tragen kann. Aber diesen Satz habe ich schon immer gehasst, die Welt strotzt doch nur so vor Beweisen für das Gegenteil. Insbesondere jetzt.)

Und dennoch habe ich Miranda versprochen, dass wir Tilda im Himmel wiedersehen werden. In Gottes ewigem Paradies. Ich hab mich sogar selbst bei dem Wunsch ertappt, daran glauben zu können. Aber eigentlich gehe ich nicht davon aus, dass nach unserem Tod noch irgendwas kommt. Ich glaube eher, dass dann alles vorbei ist. Das macht mir zumindest weniger Angst als der Gedanke an die Ewigkeit.

Meine kleine Schwester hat Tilda geliebt, die sich immer mit einer Engelsgeduld ihre mehr oder weniger spannenden Geschichten über die Kabbeleien in der Schule anhörte. Die beiden haben gemalt, Fangen gespielt, kleine Filmchen mit Mirandas Handy aufgenommen und sich gemeinsam niedliche Tiere auf YouTube angeguckt. All das, wofür ich mir nie Zeit genommen habe.

»Aber warum hat jemand Tilda getötet, wenn sie eh sterben wird?«, fragte Miranda.

Was sollte ich darauf antworten? Ihre Frage lässt mich einfach nicht mehr los. Eigentlich hätte Tilda auch Gelegenheit bekommen müssen, das Beste aus der noch verbleibenden Zeit zu machen. Doch stattdessen hat jemand sie ihr genommen.

NOCH DREI WOCHEN UND ZWEI TAGE

NAME: LUCINDA
TELLUS# 0 392 811 002
POST 0017

In den Nachrichten läuft gerade ein Beitrag über amerikanische Gefängnisse. Die Hälfte der Amerikaner plädiert dafür, dass alle außer den Schwerverbrechern freigelassen werden. Die andere Hälfte will alle Häftlinge hinrichten lassen, damit sie nicht zusammen mit der Menschheit sterben und somit ihrer gesellschaftlichen Strafe entgehen. Gerade zeigen sie Bilder aus einem Gefängnis, die heimlich mit einem Handy gefilmt wurden. Darin sieht es aus wie in der Hölle auf Erden. Fast die Hälfte des Personals kommt nicht mehr zur Arbeit. Und Insassen verhungern in ihren Zellen.

Cut zu einer Studiodebatte.

Ein Promianwalt und ein hochrangiger Polizist diskutieren über eine schwedische Lösung. Fazit: Alle Insassen freilassen, die zu weniger als zwei Jahren Haft verurteilt wurden. Aber was sollen wir mit all jenen machen, die jetzt noch Verbrechen begehen? Wer soll sie festnehmen, wer soll sie verurteilen und wer bestrafen? Ich muss an Tilda denken. Zu welcher Strafe würde ihr Mörder verurteilt werden, wenn man wüsste, wer es war? Das Internet ist voller Fälle von Selbstjustiz, seitenweise Videoclips von Leuten, die von ihren Rächern oder einer Bürgerwehr verfolgt werden. Sie werden erschossen, erstochen, gesteinigt oder lebendig begraben. Die meisten Clips kommen aus Russland. Ich weigere mich, so etwas anzugucken.

Heute Morgen hat mir Amanda geschrieben. Und ich habe zum

ersten Mal seit Langem auf eine solche Kontaktaufnahme geantwortet. Dabei erfuhr ich Neuigkeiten über Tilda. Den Chat hab ich eingefügt (siehe unten).

Amanda

hallo lucinda! lange nichts mehr voneinander gehört. wünschte, die umstände wären erfreulicher, wollte nur wissen, ob du das mit tilda schon gehört hast.

keine ahnung, ob du noch chattest. hab deine nummer nicht mehr.

> **Lucinda**
>
> Hallo.
>
> Ich hab's gehört. Danke, dass du an mich denkst.

Amanda

hallo <3

so schrecklich. bin nur am flennen.

wir haben befürchtet, dass so was passieren könnte & trotzdem ist es total irreal.

> **Lucinda**
>
> Wie ging's Tilda eigentlich? Hab nur 'n paar Andeutungen gelesen, weiß aber nicht, was davon stimmt.

Amanda

okay. glaube, dass das meiste leider stimmt, va das mit den drogen. zuletzt war sie ziemlich übel drauf, wir wussten nicht, was wir machen sollten.

> **Lucinda**
>
> Drogen waren doch gar nicht ihr Ding, ich krieg das nicht zusammen.

Amanda

hab ich auch erst gedacht. aber jetzt denke ich, es passt

du weißt ja, wie sie im wasser war, nie aufgeben,
immer voll power. fucking tough
mit dem bad-girl-gehabe war's wohl ähnlich, immer vollgas & noch schneller
im sommer sind viele ausgetickt, tilda erst recht,
sie hatte ja immer nur ein ziel & plötzlich war es weg
die letzten wochen war sie voll weggetreten,
man konnte kaum mit ihr reden.

Lucinda

Sorry, dass ich erst jetzt antworte. Alles ziemlich heftig.

Amanda

na klar, der totale schock.

Lucinda

Was hat sie eigentlich genommen?

Amanda

meistens amphetamine, glaub ich & gras zum runterkommen.
weiß, dass sie auch Molly ausprobiert hat & magic mushrooms, alles, was sie kriegen konnte.
elin & ich wollten es ihren eltern stecken, waren aber zu feige. scheiße auch, aber hätte vielleicht eh nichts geholfen
wie's scheint, war's simon & der hat nichts genommen

Lucinda

Hab eure Kommentare gesehen. Glaubst du das echt?

Amanda

keine ahnung, aber als ich sie zuletzt gesehen hab, lagen sie & simon im clinch. am abend vor ihrem tod

Lucinda

War er nicht beim Nachglühen? Hab Fotos gesehen.

Amanda

kam später. hätte es also tun können

Lucinda

Hatte sie Angst vor ihm?

Amanda

nee, glaub nicht, aber er hat an ihr geklebt wie 'n pflaster. sie hatte voll die panik.
frag mich, wie's caroline geht.

Lucinda

Daran habe ich auch gedacht.

Amanda

klas hat jetzt 'nen jesus-tick

Lucinda

Hä? Kapier ich nicht.

Amanda

er ist der wahrhaftigen kirche beigetreten!

Lucinda

Was?!?!?!

Amanda

so hab ich auch reagiert
klas' bruder hat damit angefangen. die sind zurück in der stadt.
die wahrhaftige kirche ist so fucking CREEPY
tilda tat mir voll leid. klas war sonst so bodenständig

Lucinda

Hä? Kapier ich nicht. Und Caroline?

Amanda

ok, sie ist vernünftig, aber wahnsinnig anstrengend. hab es immer gehasst, wenn sie beim training war
du nicht?

Lucinda

Nee.

Amanda

hat andauernd über tommys trainingspläne gemeckert & wollte immer, dass er mehr auf tilda eingeht
mich hat sie bei den wettkämpfen total gestresst
aber vielleicht lag's ja an mir
im verein haben sie dich vermisst

Lucinda

Danke.

Amanda

hab angefangen, für tellus zu schreiben & es ist so, als würde man sein leben zusammenfassen & wir waren ja nie eng befreundet, aber ich mochte dich & hoffe/glaube, du tust es auch. wir haben in den letzten jahren wirklich total viel zusammen erlebt.

Lucinda

Danke. Ich schreib auch für TellUs und weiß, was du meinst. Bin beinahe abhängig.

Amanda

und wie geht's dir jetzt?

Lucinda

Ich hab mit den Behandlungen aufgehört, seitdem geht's mir besser denn je. Und dir?

Amanda

ganz ehrlich?

Lucinda

Klar.

Amanda

zum kotzen

johannes hat schluss gemacht & mir kommt es vor, als hätte er mich die ganze zeit angelogen. wirklich supertiming, wenn man grad seine beste freundin verloren hat & die welt untergeht,

vielleicht sollte ich es wie tilda machen & kiffen

scherz. sorry, unpassend.

Lucinda

Ich bin inzwischen Expertin für unpassende Scherze.

Amanda

wir planen übrigens morgen 'ne kleine andacht für tilda bei ali. willst du kommen?

Lucinda

Ich glaub, ich kann leider nicht.

Amanda

kommst du zur beerdigung?

Lucinda

Vielleicht. Weiß nicht. Hab Schwierigkeiten mit vielen Leuten und wenn jemand erkältet ist. Vielleicht erinnerst du dich?

Amanda

ja natürlich, schon klar.

aber wir sehen uns irgendwann, oder? dann können wir über tilda reden oder über andere sachen

Lucinda

Gern.

Amanda

super, war schön, mit dir zu chatten

Lucinda

Finde ich auch.

Amanda

ok, wir hören voneinander. DICKE UMARMUNG

Lucinda

<3

Siehst du, wie einfach es ist, die Krebskarte auszuspielen? Niemand stellt es infrage, wenn ich meine Krankheit vorschiebe.

Außerdem ist es nur eine Notlüge, denn meine Immunabwehr ist wirklich im Keller. Aber das ist nicht der Grund, dass ich weder zur Beerdigung noch zur Andacht gehen will. Allein der Gedanke daran, all den Leuten zu begegnen, denen ich so lange ausgewichen bin, bereitet mir höllische Angst. Und außerdem weiß ich nicht mal, ob ich überhaupt zur Beerdigung kommen darf. Schließlich waren Tilda und ich zuletzt nicht mehr befreundet, und ihre Eltern haben mich nicht eingeladen.

Als Amanda schrieb, dass Tilda immer »voll Power« gegeben hat, bekam ich eine Gänsehaut. Ich sehe ihre verbissene Miene und ihren zielstrebigen Blick vor mir. Ihren Körper, der sich Bahn für Bahn schinden konnte.

Auf einmal kommt mir alles völlig logisch vor. Wenn Tilda sich für etwas entschieden hatte, setzte sie es knallhart um. Das war ihre größte Stärke, aber in diesem Sommer wurde es vielleicht zu ihrer größten Schwäche.

Einmal wurde Tilda beim Versuch, ihren eigenen Rekord unter Wasser zu brechen, ohnmächtig. Als ich sah, dass sie sank, zog ich sie wieder hoch. Ich bekam voll die Panik, aber sie hatte gar keine Angst. Sie war nur sauer, es nicht geschafft zu haben.

Tilda und ich, die wir uns in den Pausen des Intervalltrainings, während wir am Beckenrand hingen, gegenseitig Spanischvokabeln oder den Fall des Römischen Reichs abgehört haben. Ihr Gehirn war genauso flink wie ihr Körper, selbst da konnte ich sie nicht einholen.

Tilda, die sich für die schwedischen Jugendmeisterschaften qualifiziert hatte und mich mit den Worten »Nächstes Mal bist du dran« tröstete, als ich aus meinem Neid kein Geheimnis machte. Doch wir wussten beide, dass ich gegen sie nie gewinnen würde. Beim Schwimmen weiß man immer genau, wie weit man noch von seinem Traum entfernt ist und wie viel besser die anderen sind als man selbst. Schließlich ist es bis auf die Hundertstelsekunde genau messbar. Und das kann einen fertigmachen. Aber ich war schon damals nicht so ehrgeizig wie sie.

Amanda hat recht. Tilda bedeutete das Schwimmen mehr als alles andere. Sie war geradezu abhängig. Wettkämpfe waren ihr Leben. Und dann war auf einmal alles vorbei. Wofür sollte sie jetzt noch leben? Wohin mit ihrer ganzen Energie? Sie brauchte unweigerlich andere Kicks.

Foxworth bringt einen unversehens auf Gedanken, die man vor ein paar Monaten noch nicht mal geahnt hätte.

Ich bin schockiert, dass Tildas Vater Mitglied der Wahrhaftigen Kirche geworden ist. Gestern hatte ich dir ja schon einiges über Religion erzählt, aber die Wahrhaftige Kirche ist eine ziemlich extreme Variante. Einmal habe ich den Fehler begangen, zwei Mitglieder von ihnen hereinzulassen, als sie bei uns klingelten. Als sie erfuhren, dass ich krank bin, haben sie sich vor Aufregung fast in die Hose gemacht. Sie versicherten mir, dass Foxworth ein Zeichen für die Wiederkehr Jesu sei, und schwafelten etwas von Geburtswehen, die ich durchstehen müsste, weil mich anschließend eine neue, strahlende Welt erwarten würde. Mein Leiden wäre nicht vergebens, wenn ich nur eine von ihnen werden würde. Eine von den einzig wahren Gläubigen, die Gott bedingungslos liebt.

Ich hätte nie gedacht, dass sich Klas dafür interessieren würde. Neben seinem Bauunternehmen und dem Kauf irgendwelcher technischen Geräte schien er keine weiteren Interessen zu haben und überließ alles andere Caroline. Ich glaube, ich habe ihn nie eine eigene Meinung äußern hören. Klas war zufrieden, solange er auf dem Sofa liegen und im Fernsehen seine Serien gucken konnte, bis es Zeit war, schlafen zu gehen. Ich habe mich schon immer gefragt, wie Caroline das ausgehalten hat. Außerdem war es schwer zu begreifen, dass Tilda die Hälfte seiner Gene geerbt hatte. Doch sie liebte ihren Vater. Was hat sie wohl über seinen Beitritt zur Wahrhaftigen Kirche gedacht?

Dass Tildas Onkel beigetreten ist, hat mich weniger erstaunt. Ich fand es immer schrecklich, wenn Anders und seine Familie Tilda besuchen kamen. Als ich klein war, hat er mir jedes Mal Angst eingejagt, und als ich älter wurde, hat er mich wütend gemacht. Anders hat sich in meiner Gegenwart zwar selbst nie als Alphatier bezeichnet, aber er ist definitiv eines. (Sogenannte Alphatiere sind davon überzeugt, intelligenter und smarter zu sein als alle anderen, insbesondere als Frauen. Doch in Wirklichkeit sind sie eingebildete Dummschwätzer. Ich weiß nicht, wer ihnen eingeflüstert hat, dass sie Prachtexemplare der Menschheit wären. Du merkst vielleicht an meiner Beschreibung, dass ich sie hasse. Historisch betrachtet sind sie nämlich verantwortlich für die meisten der immensen Probleme hier auf der Erde.) Doch jemand wie Anders würde nie zugeben können, dass er Angst hat, nicht einmal vorm Weltuntergang. Klar, dass er an irgendwas glauben muss. Und klar, dass er sich eine Religion sucht, die einfache Antworten gibt, anstatt Raum für eigene Deutungen oder Hinterfragungen zu schaffen und die Dinge damit unnötig zu verkomplizieren. Anders ist verheiratet mit einer Frau namens Erika, die laut über seine schlechten Witze lacht. An Weihnachten macht sie immer einen auf Partnerlook mit ihrer Tochter Molly und stellt sie sich allen grundsätzlich als Anders' Ehefrau vor. Ich glaube, dass Erika nicht mal über die Beweggründe für ihren Beitritt zur Wahrhaftigen Kirche nachgedacht hat. Sie glaubt nämlich gar nicht an deren Gott, sondern an ihren persönlichen Gott Anders.

Ich habe mir die Profile der beiden in den sozialen Medien angeschaut. In der Nacht, als Tilda starb, waren sie beim Gottesdienst der Wahrhaftigen Kirche. Klas hatte ein frommes Lächeln im Gesicht, das ich vorher nicht an ihm kannte. Vielleicht kommt ihm die Wahrhaftige Kirche ja ganz gelegen. Dort muss er zumindest keine eigenen Entscheidungen treffen, sondern kann es anderen überlassen.

Was weiß denn ich? Vielleicht sind sie ja glücklich.

Nur Molly tut mir leid. Tildas Cousine ist genauso alt wie meine Schwester. Als sie klein waren, haben sie hin und wieder zusammen gespielt. Jetzt kann man es sich kaum mehr vorstellen. Miranda ist noch immer ein Kind. Ein kerzengerader, schlaksiger Mädchenkörper. Schmal und kälbergleich. Sie spielt immer noch heimlich mit Barbiepuppen. Übrigens schläft sie jetzt gar nicht mehr in ihrem eigenen Bett. Molly hingegen scheint sich in die entgegengesetzte Richtung entwickelt zu haben. Auf den Fotos sieht man, dass sie bereits in der Pubertät ist. Sie war schon immer etwas altklug und jetzt sieht sie aus wie eine Kopie ihrer Mutter, nur kleiner. Eine Erwachsene, zusammengeschrumpft auf Kindergröße. Langes, akkurat gebürstetes Haar, Kleider, die keine einzige Falte aufweisen, sorgfältig überschminkte Pickel an der Nase und auf der Stirn. Ihr Blick in die Kameralinse ist nervös und ihr Lächeln wirkt künstlich.

Wenn Amanda die Wahrhaftige Kirche »creepy« findet, wie muss es dann erst für Molly sein? Auch wenn sie frühreif wirkt, ist sie immer noch ein Kind. Gerade wurde ihre gesamte Welt auf den Kopf gestellt. Sie ist erst vor Kurzem hergezogen, in eine Stadt, die sie zwar schon oft besucht, in der sie aber nie gewohnt hat. Ihre Eltern und ihr Onkel haben sich von einem Tag auf den anderen radikal verändert. Ihre Cousine wurde tot aufgefunden. Und zu allem Übel wird demnächst die Welt untergehen. Sie weiß, dass auch sie bald sterben wird.

Ich kann nicht länger darüber nachdenken. Ich muss erst mal zu Miranda gehen und sie umarmen.

PS: Eigentlich müsste ich mich unbedingt bei Caroline melden. Aber ich habe keine Ahnung, was ich ihr sagen soll.

SIMON

Judette will mich zurück in die Wirklichkeit holen. Sie fordert Bumbum auf, zu mir ins Bett zu springen, und diesmal zögert er nicht. »Bumbum! Willst du Gassi gehen?«, ruft Judette enthusiastisch, was ihn besonders anspornt.

Er kläfft aufgeregt und springt im Bett umher, bis ich flüchten muss, um nicht von ihm platt gedrückt zu werden. Judette wirft mir die Leine zu und schlägt vor, erst mit ihm rauszugehen und anschließend Stina zur Arbeit zu fahren, weil Emma deren Auto am Nachmittag braucht.

Ich nehme den kurzen Weg mit Bumbum durch den Park. Mein Körper ist ganz steif vom langen Liegen. Als wir zurückkommen, dusche ich zum ersten Mal seit mehreren Tagen. Der warme Wasserstrahl lockert meine Schultern, doch es gelingt mir nicht, das irreale Gefühl wegzuspülen. Als ich mit Stina losfahre, kommt mir die Welt draußen vor der Windschutzscheibe wie eine Filmkulisse vor. Ich habe mir die Kappe tief ins Gesicht gezogen, um ja keinen Blickkontakt mit jemandem aufnehmen zu müssen. Doch einige der entgegenkommenden Autos scheinen langsamer zu werden. Erkennen die Leute mich? Tuscheln sie etwa über mich: *Das ist der Typ, der seine Ex ermordet hat*?

Wir kommen an der Abfahrt zu Norra Porten vorbei. Ich starre stur geradeaus, aber es ist schier unmöglich, die türkisfarbene Fassade der Glasfabrik im Augenwinkel zu ignorieren.

»Simon«, sagt Stina, »kannst du nicht mit mir reden?«

»Und worüber?«

»Du weißt genau, worüber.«

Sie richtet ihre Brille. Seit sie in meinem Bett eingeschlafen ist, sitzt sie noch immer leicht schief.

Ich nehme den Weg über die alte Eisenbahnbrücke und wir kommen an einem Villengebiet vorbei, hinter dem ein Wald liegt. Über den Baumwipfeln lugt der alte Kirchturm hervor.

»Willst du zur Kirche oder zum Lindgård?«, frage ich.

»Lindgård.«

Die Stille, die sich daraufhin ausbreitet, ist mit allem angefüllt, was Stina auf dem Herzen hat und worüber ich nicht reden will. Wir fahren an der Einfahrt zur kleinen Waldkapelle vorbei, in der Tildas Beerdigung stattfinden wird. Ich wurde nicht eingeladen. Weder Klas noch Caroline haben sich auf meine Nachricht hin gemeldet. Vielleicht glauben sie ja auch, dass ich Tilda getötet habe.

Es spielt keine Rolle mehr. Bald ist sowieso alles vorbei.

Ich umklammere das Lenkrad fester. Wenn ich jetzt anfange zu heulen, lässt mich Stina erst recht nicht mehr aus ihrer Umklammerung. Es kommt mir vor, als würde das Auto um uns herum schrumpfen. Als befänden wir uns in einer Konservendose.

Der Wald endet abrupt und ich erblicke die weiß getünchte Kirche, die schon seit dem neunzehnten Jahrhundert dort steht. Das Gras zwischen den Grabsteinen ist höher gewachsen, doch der Kiesweg, der bis an die Kirchentreppe hinaufführt, scheint frisch geharkt zu sein. Ich fahre weiter zum Lindgård. Wir sind jeden Moment dort. Anschließend kann ich wieder heimfahren und mich ins Bett legen.

Als wir uns dem eingeschossigen Ziegelgebäude nähern, in dem das Gemeindehaus untergebracht ist, ist die Straße von Autos gesäumt. Der Parkplatz ist erstaunlicherweise bis auf den letzten Platz belegt.

»So viele Leute hab ich hier noch nie gesehen«, sage ich und fahre langsamer.

»Ja, oder?«, sagt Stina und lächelt selbstironisch. »Genau davon habe ich während meines Theologiestudiums immer geträumt.«

Vor uns steigt ein Mann in Jeanshemd aus dem Auto und gestikuliert wild mit den Armen. Daraufhin beginnen auf dem Parkplatz mehrere Rentner laut lachend zu winken. Ich erkenne mehrere Familien mit Kindern und Frauen mittleren Alters, die sich besonders schick gemacht haben. Auch der Mathelehrer Rolf, der uns die Botschaft vom Kometen überbracht hat, steht rauchend vorm Eingang.

»Glauben die alle an Gott?«, frage ich.

»Viele von ihnen wollen sich jetzt taufen lassen, um auf der sicheren Seite zu sein«, antwortet Stina und lächelt erneut. »Aber sie müssen nicht unbedingt gläubig sein, um herkommen zu dürfen. Die Kirche steht für alle offen.«

»Doch wenn sie nicht gläubig sind, was machen sie dann hier?«

»Die Menschen brauchen Gemeinschaft und Zusammengehörigkeit. Ich denke, die Gesprächsgruppen helfen ihnen am meisten. Viele von ihnen kommen allein her, aber ich erlebe auch ganz wunderbare Begegnungen zwischen Fremden.«

»Klingt ja fast, als spiele dir der Komet in die Karten.«

»Nein. Natürlich nicht. Aber ... ich wünschte, wir alle hätten uns so was schon vorher getraut.«

Im Rückspiegel sehe ich, wie eine Gruppe von Frauen mit Kinderwagen die Straße überquert. Ich frage mich, ob sie einander schon kannten, bevor sie herkamen.

»Die Menschen sind jetzt viel offener als früher«, fährt Stina fort. »Und viele alte Streitereien werden beigelegt. Sie wollen einander verzeihen und hoffen, dass auch ihnen verziehen wird. Sie möchten ihr Gewissen erleichtern.«

Ich frage mich, ob Tildas Mörder das auch möchte.

Würde ich ihn oder sie dazu bringen können, den Mord zu gestehen, wenn ich wüsste, wer es war?

»Macht es dich nicht wahnsinnig, andauernd über den Tod zu reden?«, sage ich.

»Die Leute reden gar nicht so viel über den Tod, wie man meinen könnte. Wir sprechen mehr über das Leben und wie man die verbleibende Zeit sinnvoll nutzen kann.«

Plötzlich brennen mir Tränen hinter den Augenlidern und ich muss mehrfach heftig blinzeln.

»Und was sagst du ihnen? Was ist der Sinn des Lebens?«

Stina lächelt schwach.

»Ich höre ihnen hauptsächlich zu. Das ist ihnen im Augenblick wichtig.«

»Aber irgendwas musst du doch antworten. Das ist schließlich dein Job, oder?«

»Ich kann niemandem vorschreiben, was der Sinn seines Lebens ist. Aber ich kann versuchen, den Leuten dabei zu helfen, selbst darauf zu kommen. Und die Antwort lautet häufig, dass sie ... ihre Angehörigen brauchen. Denk nur an all die Menschen, die aus abstürzenden Flugzeugen noch versuchen, ihre Liebsten zu erreichen, oder an die unzähligen Telefonate aus den Zwillingstürmen in New York.«

Ich frage mich, ob sie womöglich über uns spricht. Unsere Familie. Und dass wir zusammenhalten müssen. Doch ich muss immerzu an Tilda denken. Unser gesamter Planet ist ein abstürzendes Flugzeug, doch Tilda hat mich nicht so dringend gebraucht wie ich sie.

»Okay, ruf mich an, wenn ich dich abholen soll«, sage ich.

Stina öffnet den Sicherheitsgurt und hängt sich die Riemen ihrer Handtasche über die Schulter. Doch sie bleibt sitzen und streckt ihre Hand nach mir aus. Ganz vorsichtig, als hätte sie Angst, dass ich mich ihr entziehen würde.

Sie streicht mir flüchtig über die Wange.

»Ich vermisse Tilda auch. Ich habe sie sehr gemocht. Und sie hat dich geliebt.«

»Aber nicht genug«, sage ich. »Sonst hätte sie nicht Schluss gemacht.«

»Du warst ihr wichtig. Das weiß ich.«

»Ach hör doch auf. Du weißt nichts über Tildas Gefühle. Du weißt nicht, wie sie geworden ist.«

Stina wendet den Blick ab und rückt ihre Brille erneut zurecht.

»Nein, da hast du natürlich recht.« Sie öffnet die Beifahrertür. »Vielleicht solltest du mal versuchen, mit ihr zu reden. Vielleicht hört sie dich ja.«

Stina steigt aus und ich schüttele den Kopf. Tilda wollte nicht mit mir reden, als sie noch lebte. Warum sollte sie es jetzt wollen, selbst wenn sie es könnte?

»Du willst nicht mit reinkommen?«, fragt Stina und beugt sich in den Wagen.

Ich schüttele erneut den Kopf und sie seufzt, bevor sie die Tür zuschlägt. Aber als ich sie weggehen sehe, hat sie schon ihr Willkommenslächeln aufgesetzt und winkt jemandem zur Begrüßung fröhlich zu.

NOCH DREI WOCHEN UND EIN TAG

SIMON

Emma und ich liegen auf ihrem Bett und gucken einen Actionfilm, aber ich kann mich nur schwer auf den Helden konzentrieren, der gerade durch einen überfüllten Bahnhof gejagt wird. Ich muss immer nur daran denken, dass alle Schauspieler und jeder einzelne der Statisten im Hintergrund bald tot sein werden. Und auch der Bahnhof, die Wüstenlandschaften und die Straßen in den Großstädten, auf denen die Autos entlangrasen, sind bald weg.

Judette ist mit Stina zur Kirche gefahren. Nur Bumbum ist bei uns. Wir haben Popcorn gemacht und Emma hat ihre mit Butter, Pfeffer und geriebenem Parmesan bestreut. Ihre Hand bewegt sich im Takt der rasanten Filmmusik zwischen Schale und Mund hin und her.

»Mein Gott, wie stark der Kleine um sich tritt!«, sagt sie kauend. »Ich glaub, er liebt Popcorn.«

»Tut es weh?«

»Nein.« Sie lacht. »Stell dir vor, ich hab kleine Füße im Bauch. Wie krass ist das denn?«

»Sehr krass.«

»Willst du mal fühlen?«

Ich schüttele den Kopf. Sie wendet sich genau in dem Augenblick wieder dem Laptop zu, als eine weitere Filmexplosion das ganze Zimmer knallorange färbt.

»Ich wünschte nur, Micke wäre jetzt hier«, sagt sie.

Ich zögere.

»Wann hast du eigentlich zuletzt mit ihm gesprochen?«

»Heute. Du musst dir unbedingt die Fotos angucken, die er geschickt hat.«

Sie hält mir auf ihrem Handy ein Foto hin. Micke trägt darauf eine Art Anorak mit einem engmaschigen Moskitonetz, das auch sein Gesicht bedeckt; erst als ich es heranzoome, sehe ich, dass er lächelt.

»Sein Bruder wohnt in der heftigsten Mückengegend außerhalb von Överkalix.«

»Wie gemütlich. Verstehe, dass er sich da oben wohlfühlt.«

»Oder? Schau dir das an.«

Das nächste Foto ist im Haus aufgenommen worden. Micke und seine Familie sitzen in der Küche vorm Fenster. Im Gegenlicht sieht man ihre dunklen Silhouetten. Auf dem Rasen vorm Fenster kann man einen rauchenden Grill erahnen.

»Sie können nicht draußen sitzen wegen der Mücken«, erklärt Emma. »Also laufen sie immer nur kurz raus, um das Fleisch zu wenden.«

»Shit auch.«

Auf einmal denke ich, dass lauter kleine Tierchen an meinen Beinen entlang und über mein Gesicht krabbeln. Selbst in der Nase und in den Ohren kribbelt es.

»So wahnsinnig traurig bin ich nicht, dass ich nicht mitgefahren bin«, sagt Emma. »Aber ich mag seine Eltern, das schon. Sein Bruder hingegen ... *a world of eww*.«

Sie legt das Handy wieder ab und ich kann sehen, dass die Bilder heute geschickt wurden. Also lässt Micke zumindest noch von sich hören und sie bildet sich nicht auch das noch ein.

Ich kratze das Phantomkribbeln der Mücken von den Waden.

»Deine Popcorn stinken. Ich fass es nicht, wie du das Zeug runterkriegst.«

»Die sind ja auch nicht für mich, sondern für den Kleinen.«

»Ach so.«

Emma kratzt die letzten Reste aus der Schale und wirft sie sich in den Mund. Beim Kauen knirscht es zwischen ihren Zähnen.

»Ich hoffe nur, dass Micke bald heimkommt«, sagt sie. »Aber es gibt dort so viele, von denen er sich verabschieden will. Seine ganze Sippe wohnt da. Und du weißt ja, wie sehr er die Natur liebt.«

Das Feuer aus den Maschinengewehren wirft Lichtblitze durchs Zimmer. Emma wischt sich den Mund mit Haushaltspapier ab.

»Er darf nur nicht zu lange bleiben«, sagt sie und legt eine Hand auf ihren Bauch. »Wir haben ja noch nicht mal damit begonnen, die Wohnung kindersicher zu machen.«

Sie wendet sich wieder dem Laptop zu. Ich frag mich abermals, was in ihrem Kopf abgeht. Aber wahrscheinlich würde ich beim Versuch, es zu verstehen, selbst verrückt werden.

Und ich darf sie nicht fragen. Das habe ich Judette versprochen.

Ich nehme mein Handy und schaue nach, ob eine Nachricht von Johannes gekommen ist. Doch nichts.

»Wer war das noch mal?«, fragt Emma und deutet auf den Fernseher.

»Keine Ahnung.«

Ich starre auf ein Foto ganz oben im Newsfeed. Es ist aus Alis Wohnung. Hampus und Amanda sitzen im Wohnzimmer auf dem Sofa zwischen zwei Mädels, die ich noch nie gesehen habe. Kerzen auf dem Couchtisch. Rosa und violette Dahlien, höchstwahrscheinlich aus irgendeinem Garten. Jemand hat Tildas Profilbild ausgedruckt und es in einen schmalen Goldrahmen gesetzt.

Das Foto stammt von mir. Wir waren mit Bumbum im Wald spazieren gewesen. Sie ging auf dem breiten Weg ein Stück vor mir und genau in dem Moment, als ich sie rief und sie sich umdrehte, drückte ich ab.

Ich scrolle herunter. Noch mehr Fotos. Hampus hat es *Andacht* genannt. Als ich versuche, in Amandas und Elins Profile reinzukommen, stelle ich fest, dass sie mich geblockt haben.

Emma streckt sich nach meiner Popcornschale und hält mitten in der Bewegung inne. Aus dem Augenwinkel heraus sehe ich, dass sie ebenfalls einen Blick auf mein Handy wirft.

Ich stehe mechanisch vom Bett auf. Meine Beine bringen mich geradewegs in den Flur. Dort ziehe ich meine alten Adidas aus dem Schuhschrank, in die ich nur reinschlüpfen muss.

»Wohin willst du denn?«, fragt Emma und folgt mir.

»Ich muss nur kurz was erledigen.«

Bumbum kommt aus dem Wohnzimmer angelaufen und wedelt hoffnungsvoll mit dem Schwanz.

»Du bleibst hier«, sage ich.

Er gähnt und streckt seinen Rücken. Schaut mich an und wedelt weiterhin.

»Geh nicht hin«, sagt Emma.

Ich verzichte auf eine Antwort und nehme meine rote Trainingsjacke vom Haken.

»Simon. Es ist schon spät.«

»Ich bin zurück, bevor unsere Mütter wieder da sind.«

»Das meine ich nicht. Ich hab nur Angst, dass ...«

Sie verstummt.

»Was?«, frage ich.

»Die Leute brauchen jemanden, dem sie die Schuld in die Schuhe schieben können. Und dummerweise haben sie es ausgerechnet auf dich abgesehen. Ich ... ich mach mir nur Sorgen.«

Ich schüttele den Kopf.

»Ich bin es leid, mich zu verstecken«, sage ich.

NAME: LUCINDA
TELLUS# 0 392 811 002
POST 0018

Ich schaue mir die Fotos von dem Treffen an, zu dem mich Amanda eingeladen hat. Simon ist nicht darauf, aber ein paar Jungs aus seiner Klasse. Und mehrere aus dem Schwimmverein. Die meisten von ihnen habe ich noch nie gesehen.

Sie haben Clips ins Internet gestellt, in denen sie auf Tilda anstoßen, und Fotos voneinander gemacht, auf denen sie weinen und einander umarmen. Sie nennen Tilda die Liebste, die Beste. Dieselben aufgesetzten Worte wie damals bei mir. Ich sehe vor mir, wie sie sorgfältig darauf achten, sich den verlaufenen Mascara wegzuwischen, bevor sie ihre Fotos machen.

Sie haben ihre Tränen nicht verdient. Was sie höchstwahrscheinlich selbst nicht einmal wissen.

Viele Leute glaubten Tilda besser zu kennen, als sie es tatsächlich taten. Sie hat zwar viel von sich selbst preisgegeben, auch vermeintlich Persönliches, aber über ihre wahren Gefühle hat sie nie gesprochen. Ihre Äußerungen blieben eher oberflächlich und mich faszinierte es, wie wenigen es auffiel.

Es ist nicht so, dass Tilda falsch oder oberflächlich war, selbst wenn es so klingen mag. Sie hatte eher zu allem etwas zu sagen. Wenn man traurig war, tröstete sie dich. Wenn sich jemand über etwas ärgerte, schlug sie sich bedingungslos auf deine Seite. Und wenn du Aufmunterung nötig hattest, brachte sie dich zum Lachen. Sie machte alles, was man von ihr wollte, solange man nicht verlangte, dass sie ihre Schwächen zeigte.

Die zeigte sie in den meisten Fällen nicht mal mir. Ich kannte sie, seit ich sieben war, und trotzdem war sie für mich manchmal wie ein Mysterium. Ich vermisse sie so sehr.

SIMON

Simon«, sagt Ali, als er die Tür öffnet. »Shit.«

Er wirft einen Blick über die Schulter. In der Wohnung ist leise Musik zu hören. Weinen und Flüstern.

»Darf ich reinkommen?«

Meine Stimme hallt durchs Treppenhaus. Im Flur hinter Ali stehen jede Menge Schuhe.

»Oh Mann«, sagt er. »Eigentlich wollte ich dich ja einladen. Ich wusste nur nicht, ob es passend ist.«

Ich starre ihn an. Neben Johannes habe ich ihn immer am liebsten gemocht. Aber ich hatte keine Ahnung, dass er so feige ist.

»Du lässt mich also nicht rein?«

Elin wirft einen Blick zur Eingangstür und zieht sich rasch wieder zurück, als sie mich erblickt.

»Hej Elin!«, rufe ich. »Schön, dich zu sehen!«

»Wir haben das Ganze ziemlich kurzfristig anberaumt«, erklärt Ali kurz und bündig.

Als ich mich an ihm vorbei in die Wohnung zwänge, rutschen ein paar Jacken von den Haken.

Alle sitzen im Wohnzimmer. Alle, die ich im Lauf dieses Sommers meinen Müttern vorgezogen habe.

Ihre Augen sind vom Weinen gerötet. Ihre Wangen rot gefleckt. Ich kann ihre Tränen fast riechen und in der Luft liegt eine gewisse Anspannung.

In dem Moment fällt mir auf, wie sehr wir alle am Ende sind und welcher Druck auf uns lastet.

Vor Kurzem hatten wir noch das ganze Leben vor uns. Und jetzt sollen wir plötzlich alle sterben und für uns wird niemand eine Andacht halten. Hier geht es um viel mehr als nur um Tilda. Alle trauern um sich selbst und ihre verlorene Zukunft.

Elin beginnt laut zu schluchzen. Sait lacht nervös über irgendetwas, das Moa ihm ins Ohr flüstert. Sie schaut mich hasserfüllt an.

Keiner von ihnen will mich hierhaben. Johannes hatte recht. Für sie ist es leichter zu glauben, dass ich schuldig bin.

Die Balkontür steht offen. Amanda steht draußen mit dem Rücken zu uns und raucht.

»Hallo Mann«, lallt Hampus. »Fuck, du triefst ja vor Schweiß. Bist du etwa den ganzen Weg gerannt?«

Ich betrachte ihn. Seine schweren Augenlider. Seinen schlaffen Mund.

»Und was willst du hier?«, fragt Moa.

»Und was willst *du* hier?«, kontere ich blitzschnell. »Du kanntest Tilda doch kaum.«

Moas Augen verengen sich zu schmalen Schlitzen, aber sie sagt nichts. Sait legt eine Hand auf ihr Knie.

Im Raum ist es bis auf Elins Schluchzen mucksmäuschenstill. Nur im Hintergrund läuft kitschige Musik. Ich habe sie noch nie gehört und weiß nur, dass Tilda sie gehasst hätte.

Ich gehe zum Couchtisch und nehme das Foto von Tilda hoch.

Warum bist du verschwunden? Warum hast du mich alleingelassen und lässt alle glauben, dass ich dich ermordet hätte? Mit wem wolltest du bloß reden? Was war nur so verdammt wichtig?

Ich spüre die Blicke der anderen und plötzlich wird mir ganz heiß. Ich bekomme immer schlechter Luft und als ich schließlich aufschaue, tanzen lauter schwarze Punkte vor meinen Augen. Wie benimmt sich jemand, der kein Mörder ist, und wie imitiere ich diese Person am besten? Ich habe so große Angst davor, schuldig zu wirken, dass ich hundertpro schuldig aussehe.

»Es ist besser, wenn du jetzt gehst.«

Amanda ist vom Balkon reingekommen.

»Ich war es nicht«, sage ich.

»Können wir nicht einfach nur 'n bisschen chillen?«, sagt Hampus.

Amanda bringt ihn mit einem Blick zum Verstummen. Er schaut zu Boden.

»Wir haben euch gesehen«, sagt sie und kommt näher, und mit ihr kühle Nachtluft und der Geruch von Zigarettenrauch.

Erst jetzt sehe ich, dass sie mit den Tränen kämpft.

Kapierst du's nicht, Amanda? Wir vermissen sie beide. Und wir vermissen Johannes. Wir brauchen einander.

»Warum sollte ich es getan haben?«, frage ich.

»Weil sie dich nicht mehr haben wollte«, antwortet Elin vom Sofa aus. »Und du wolltest nicht, dass jemand anders sie bekommt.«

Ich versuche zu lachen, doch es hört sich eher wie ein Schnaufen an. Auf meinem Rücken rinnt ein Schweißtropfen herab bis in die Unterhose.

»Du hast wohl zu viele schlechte Soaps geguckt.«

»Du weißt ganz genau, dass so etwas wirklich passiert«, sagt Amanda. »Insbesondere jetzt.«

»Ich hab sie geliebt.«

»Vielleicht genau deshalb«, sagt Elin.

total besessen von ihr

Als ich Ali anschaue, kehrt die Wut in mir zurück und gibt mir neue Kraft. So leicht soll er nicht davonkommen.

»Und was ist mit dir? Glaubst du auch, dass ich es war?«

Sein Blick flackert.

»Ganz ehrlich, ich weiß es nicht.«

»Aber irgendwas musst du doch glauben.«

Ali linst zu Hampus, der noch immer zu Boden schaut.

Ich stelle das Foto zurück auf die Tischplatte und der Rahmen kippt nach vorn um.

Jetzt reicht es mir.

»Wenn ich sie getötet habe, dann haben wir es alle zusammen getan«, sage ich.

»Simon, geh jetzt«, zischt Amanda.

»Wir wussten alle, wie sie drauf war. Und ihr wusstet genau wie ich, dass sie Hilfe braucht. Aber wir waren zu feige, allesamt.«

Elin schüttelt den Kopf.

»Wir haben es immerhin versucht.«

»Aber das war nicht genug. Weder du noch ich noch irgendjemand anders hier drinnen.«

»Geh jetzt!«, ruft Moa.

»Ihr habt nur hinter ihrem Rücken getuschelt, anstatt was zu sagen. Ihr habt doch die ganzen Gerüchte verbreitet. Ihr verfluchten *Heuchler.*«

Das waren Tildas Worte. Ich sehe, dass sie Wirkung zeigen. Man kann es im ganzen Raum spüren. Und jetzt gibt es für mich kein Halten mehr. Die Wut tut mir so wahnsinnig gut.

»Wieso bist du dir eigentlich so sicher, dass ich es war?«, frage ich Amanda. »Oder ist es nur 'ne Art Rache für Johannes?«

Amanda starrt mich angewidert an.

»Hier geht es um *Tilda.* Und sie würde auch nicht wollen, dass du hier bist.«

Sie klickt eine Nachricht auf ihrem Handy an und hält sie mir hin.

»Schau, was sie über dich geschrieben hat«, fordert sie mich auf. »*So* hat sie es empfunden.«

Ich will es nicht sehen. Doch Tildas Nachricht leuchtet mir entgegen.

Würde auch gern chillen, hab aber keinen Bock auf Simon. Er macht mich panisch. Kapiert er nicht, dass Schluss ist? Fahre stattdessen zu Papa.

Die Nachricht stammt von dem Abend, als wir *Armageddon* geguckt haben.

Jeder Satz ist ein Schlag in die Magengrube. Ich frage mich, ob Tilda auch den anderen im Raum ähnliche Nachrichten geschickt hat. Manche von ihnen haben sie vielleicht sogar der Polizei gezeigt.

»Ist wohl das Beste, wenn du jetzt gehst«, sagt Ali.

»Ja«, erwidere ich. »Vielleicht ist es das.«

Ich werde es ihnen schon beweisen. Ich weiß zwar noch nicht, wie, doch ich werde rauskriegen, wer Tilda getötet hat.

NOCH DREI WOCHEN

NAME: LUCINDA
TELLUS# 0 392 811 002
POST 0019

Heute habe ich Tildas Mutter Caroline besucht. Ich hab den Weg durch die Straßen des Viertels genommen, anstatt die Abkürzung durch die Gärten. Früher hatte ich kaum angeklopft und war einfach ins Haus eingetreten, doch jetzt wusste ich nicht mal, ob ich überhaupt willkommen war.

Ich klingelte und hoffte, dass keiner öffnen würde. Denn dann hätte ich mir selbst (und auch dir) einreden können, es zumindest versucht zu haben. Doch ich hörte Schritte, rasche, leichte, die Tildas so ähnlich waren. Caroline öffnete die Haustür und ich weiß nicht, wer von uns erschrockener war.

Es war, als würde ich ein Gespenst sehen. Als hätte Tildas Mörder auch Caroline getötet.

Die Caroline, die ich kannte, war nicht mehr wiederzuerkennen. Caroline mit ihren klaren Augen und dem glänzenden Haar. Mit einem strahlend weißen Lächeln, das wie eine lebende Werbung für die Praxis war, in der sie als Dentalhygienikerin arbeitete. Mit einer Körperhaltung, die nach einer kurzen Karriere als Eiskunstläuferin im Jugendalter noch immer kerzengerade und geschmeidig war. Caroline, die eine Energie ausstrahlte wie sonst niemand, den ich kenne. Doch jetzt war ihr Blick leer und ihre Lippen spröde. Ich sah, wie eine hervortretende Ader an ihrer Schläfe so stark pochte, als würde sie gleich die Haut durchdringen.

Als ich den Flur betrat, meinte ich den Geruch nach Chlor und feuchten Handtüchern zu vernehmen. Der Geruch aus Tildas und meinem alten Leben. Alles war genau wie früher und doch war nichts mehr wie zuvor. Wie soll ich es dir erklären, wie schrecklich es sich anfühlte? Es war, als würde das ganze Haus Trauer tragen und kein Sonnenlicht mehr hineindringen. Es war wie tot. Wir setzten uns aufs Sofa im Wohnzimmer, auf dem Tilda und ich uns nach der Schule immer gelümmelt und Serien geguckt, wo wir uns gegenseitig Vokabeln abgehört und von der Zukunft geträumt hatten. Damals wurde das Haus noch von einer Familie bewohnt. Doch nun wohnt Caroline ganz alleine darin.

Sie fragte mich, wie es mir ginge, und ich fasste meinen Zustand so kurz wie möglich zusammen. Ich merkte, dass sie mich anschaute, als könnte sie nicht glauben, dass ich es war. Vielleicht glaubte sie ja ebenfalls, ein Gespenst zu sehen. Ich hatte meine Perücke aufgesetzt und versucht, mir die Augenbrauen mit einem Kajalstift nachzuziehen, den ich noch nie zuvor benutzt hatte. Aber ich weiß ziemlich genau, wie ich aussehe. Wie schlaff meine Kleider am Körper hängen. Und plötzlich wirkte Caroline beschämt. Ich glaube, dass sie so etwas wie *Du hättest eigentlich sterben sollen. Und nicht Tilda* dachte. Dass es ihr gewissermaßen aus dem Unterbewusstsein entschlüpft war, noch ehe sie es zurückhalten konnte.

Caroline fragte, ob auch ich Simon für den Schuldigen hielte, und ich antwortete, dass ich es nicht wüsste.

Sie erzählte mir, welche Gartenblumen sie für den Sargschmuck wollte, und wir schauten uns das Foto von Tilda an, das sie ausgewählt hatte. Es war jenes, das vor ein paar Jahren in der Lokalzeitung erschienen und in der Schwimmhalle aufgenommen worden war. Tilda trug noch immer ihre Badekappe. Sie hatte sich gerade für die Jugendmeisterschaften qualifiziert und mich hinterher trösten müssen.

»Ich war immer so stolz auf Tilda«, sagte Caroline. »Doch jetzt frag ich mich, ob ich sie nicht zu stark gefordert habe.«

Ich versicherte ihr, dass es nicht der Fall war. Dass niemand Tilda so stark gepusht hat wie sie sich selbst.

»Aber vielleicht war ich es, die sie dazu gebracht hat«, sagte Caroline. »Vielleicht fühlte sie sich gezwungen, mir zuliebe all diese Leistungen zu erbringen.«

Ich habe inzwischen oft darüber nachgedacht, was Amanda im Chat geschrieben hat. Woher kam eigentlich Tildas sogenanntes Sieger-Gen?

»Ich wollte nur ihr Bestes«, sagte Caroline.

Waren ihre Zweifel berechtigt? Sie war die Mutter gewesen, die am häufigsten zu Wettkämpfen und Trainingslagern mitkam. Sie schrie sich auf der Tribüne heiser, platzte unaufgefordert in die Umkleide herein und diskutierte Strategien. Und nicht zuletzt stellte sie Tommys Trainingspläne infrage mit Argumenten wie »Du weißt doch, dass Amanda dem Druck nicht standhält, auf der letzten Position zu schwimmen«. Einmal wurde Tilda disqualifiziert, weil sie eine Wende falsch ausgeführt hatte. Caroline beschimpfte daraufhin die Funktionäre, bis Tommy sie von ihnen wegzog. Selbst andere Eltern beklagten sich ein paarmal über sie.

Heute klingt es ziemlich heftig. Doch damals habe ich mir kaum Gedanken darüber gemacht. Es war einfach so. Caroline hat sich um Tilda *gekümmert*. Es hatte natürlich zwei Seiten. Sie feuerte Tilda an, half bei der Organisation mit, übernahm Fahrdienste, buchte Unterkünfte und sammelte Spenden ein. Manchmal war ich neidisch darauf, dass Tilda so viel Unterstützung von zu Hause erfuhr. Mein Vater begleitete mich auch zu den Wettkämpfen und tat auch sonst, was er konnte. Aber er engagierte sich nicht annähernd so wie Caroline.

Tilda fand ihre Mutter manchmal anstrengend. Aber vor allem war sie stolz auf sie und liebte sie.

Ich versuchte Caroline zu trösten, so gut es ging, doch eigentlich gibt es keine Worte, die wirklich weiterhelfen. Wenn uns mehr Zeit geblieben wäre, hätte sie vielleicht irgendwann gelernt, mit ihrer Trauer zu leben, aber jetzt sind es nur noch drei Wochen. Und Klas ist keine Hilfe. Im Gegenteil. Die beiden streiten sich über alles, was die Beerdigung betrifft. Er will, dass sie von einem Prediger der Wahrhaftigen Kirche durchgeführt wird, und ist gegen eine Einäscherung. Doch die Leichenhallen sind übervoll und es gibt keine Garantie dafür, dass alle Toten noch vorm sechzehnten September bestattet werden können.

»Ich weigere mich, sie in einem Kühlraum liegen und verwesen zu lassen«, sagte Caroline und sie hat ihren Willen bekommen. Die Leiche von Tilda, die ihren Körper so hart trainiert hatte, wird verbrannt werden.

Beim Hinausgehen griff Caroline nach meiner Hand. Sie sagte, dass sie zwar nicht wüsste, was zwischen Tilda und mir vorgefallen sei, es aber jetzt keine Rolle mehr spielte, weil unsere Freundschaft so besonders war.

Und dann fragte sie: »Du kommst doch zur Beerdigung?«

Und fügte hinzu: »Tilda hätte es gewollt.«

Ich konnte also schlecht Nein sagen.

Seit ich wieder zu Hause bin, geht mir eine Sache nicht mehr aus dem Kopf. Natürlich ist es möglich, dass Tilda von einem Fremden getötet wurde. Aber wenn es jemand war, der sie kannte, wird diese Person wahrscheinlich auch zur Beerdigung kommen.

Ich habe soeben Nachrichten geschaut. Erdbeben in Istanbul. Nahezu hundert Tote und Tausende Obdachlose. Kernschmelze in einem unterbesetzten Atomkraftwerk in Rajasthan. Erneute Kämpfe in Syrien, wo die Menschen schon lange in einer Art Apokalypse leben.

Die Erde wird sich nicht mehr lange weiterdrehen. Ich werde es nicht beeinflussen können. Ich kann ja nicht mal meinen eigenen Körper beeinflussen. Aber vielleicht kann ich denjenigen finden, der Tilda getötet hat.

Ich würde dir gern schreiben, dass ich etwas bewirkt habe. Dass ich in meinem Leben etwas Gutes, etwas Wichtiges getan habe, bevor alles vorbei ist.

Vielleicht fragst du dich, ob das wirklich von Bedeutung ist. Denn was spielt es schon für eine Rolle, wenn eine Siebzehnjährige ein paar Wochen vor dem Ende der Menschheit stirbt?

Für die Welt spielt es natürlich keine Rolle. Doch in *meiner* Welt schon.

Ich war nicht für sie da, als sie noch lebte. Deshalb will ich wenigstens jetzt für sie da sein.

Ich muss herausfinden, wer sie getötet hat.

SIMON

Eine schwarz gekleidete Frau mit weißen Stoffhandschuhen hüllt gerade die *Mona Lisa* in ein Seidentuch. Das berühmteste Gemälde der Welt, auch wenn ich nie begriffen habe, warum. Es ist viel kleiner, als ich gedacht habe. Die Frau schildert, wie es in eine Kapsel aus Edelstahl kommen und mittels einer besonderen Bestrahlung sowie Argon-Gas sterilisiert wird, damit sich darin keine Schimmelsporen bilden. Dann zeigt sie noch weitere Kunstwerke aus dem Louvre, die gesichert werden sollen. Dabei wirft sie einen liebevollen Blick auf die armlose Statue der Venus von Milo. Sie wurde aus einem Marmorblock herausgeschlagen, als hätte sie die ganze Zeit schon darin gehaust und erst der Künstler hätte ihr herausgeholfen. Das geschah vor mehr als zweitausend Jahren in Griechenland. Jetzt soll sie in einer Diamantenmine in Ostsibirien aufbewahrt werden. Ein Sprecher informiert über die erbärmlichen Anfänge des sibirischen Bergbaus in den Fünfzigerjahren des vergangenen Jahrhunderts. Damals war es dort im Winter so kalt, dass das Metall riss und selbst Öl zu Eis gefror.

»Was wir alles getan haben, um an Gold und Diamanten zu kommen«, sagt Judette. »Irgendwann haben wir beschlossen, dass sie einen gewissen Wert haben, und jetzt sind sie eh völlig wertlos.«

Sie lacht und leert ihr Glas. Sie hat schon einiges intus und lallt leicht. Aber sie hat recht. Ich habe nie darüber nachgedacht, dass Gold und Edelsteine von Natur aus eigentlich gar nicht wertvoll sind.

Im Fernsehen wird ein Abriss über die Geschichte der Menschheit gegeben. Fachbücher, Lyrik und unsere wichtigsten belletristischen Werke werden präsentiert. Musik von Bach und Beethoven bis hin zu den Beatles und Beyoncé. Auch zweihundertfünfzig Spielfilme sollen eingelagert werden. Ein Filmrezensent berichtet stolz, dass sich in der Sammlung ebenfalls zwei Filme von Bergman befinden.

»Ist dir aufgefallen, dass sie nur über europäische Kunst reden?«, fragt Judette.

»Mhm«, sage ich. »Aber sie sammeln doch Werke aus der ganzen ...«

»Ich weiß«, unterbricht sie mich. »Aber über die reden sie nicht.«

Sie steht auf und geht in die Küche. Während sie die Gießkanne füllt, summt sie vor sich hin.

Eine animierte Grafik zeigt, wie die Satelliten funktionieren, die unsere Koordinaten ins Weltall schicken. Dann folgt ein Interview mit einem Projektleiter. Er gibt sich so enthusiastisch, als würde alles wie ein wertvolles Weihnachtsgeschenk unter der Erdoberfläche versteckt werden, mit Adressanhänger und allem Drum und Dran. Judette schaut ab und an auf den Bildschirm und murmelt etwas vor sich hin, während sie die Blumen im Zimmer gießt.

Plötzlich beginnt es unter meiner Hüfte zu vibrieren und ich taste nach meinem Handy, das aus der Tasche meiner Shorts gerutscht ist. Ich entdecke das Telefon unter einem Kissen zwischen Brötchenkrümeln, Hundehaaren, angestaubten Läkerol-Pastillen und nicht weniger als drei Kugelschreibern.

Johannes hat geschrieben. Seine Nachricht ist lang.

Ich sage zu Judette, dass ich gleich wiederkomme, gehe in mein Zimmer und schließe die Tür hinter mir.

Sorry, dass ich mich nicht vorher gemeldet hab. Musste die 1. Nacht in Stockholm am Hauptbahnhof verbringen, weil ich die letzte U-Bahn verpasst hab. Heute ist der 2. Abend in der Kommune, wo ich mich wie zu Hause fühle. Hier wohnen mehrere 100 Leute, ist fast wie 'ne kleine Stadt.

Muss viel an den Sommer zurückdenken und an alles, was passiert ist. Hab zum Glück alle Fragen geklärt, bevor ich gefahren bin. Auch wenn du nicht dasselbe für mich empfindest wie ich für dich. Mit 'nem gewissen Abstand sehe ich jetzt alles etwas klarer. Hätte dir mehr vertrauen sollen. Du bist mein bester Freund, aber jetzt hab ich kapiert, dass es schwer ist, jemanden kennenzulernen, der einen großen Teil von sich selbst versucht zu verbergen. Offenbar musste erst ein reales Armageddon kommen, damit ich mich traue ehrlich zu sein, inkl. zu mir selbst. Ich weiß auch nicht, wovor ich so große Angst hatte. Eigentlich wusste ich ja, dass du und die anderen es o.k. finden würdet. (Außer vielleicht Hampus, aber wär das so 'n großer Verlust?) Wollte auch Amanda nicht verletzen, hab es zumindest vorgeschoben. (Glaub leider, dass es noch schlimmer geworden ist, weil ich so lange gewartet hab.) Kam mir leichter vor, es aufzuschieben. Auch wenn man jetzt nichts mehr aufschieben kann. Sollte mich beeilen bei der Selbstfindung oder whatever. Hab übrigens 'ne Gruppennachricht an alle geschickt, die wir kennen. Jetzt ist nichts mehr geheim. Ich werde alle Accounts schließen, aber meine Nummer behalten. Komm mich mal besuchen, wenn du Lust hast, aber daraus wird wohl nichts mehr, oder? Du bist der Einzige, den ich vermisse.

Hab gesehen, dass die Leute immer noch Scheiße über dich verbreiten. Pfeif auf sie. Du weißt ja, dass du's nicht warst, und das ist alles, was im Augenblick zählt, oder? Du bist 'n guter Typ, Simon. Und Tilda wusste das auch, unabhängig davon, wie sie am Schluss drauf war. Vergiss das nicht.

Ich muss mir während des Lesens mehrfach die Tränen wegwischen. Versuche mir Johannes beim Abschicken der Nachricht vorzustellen, habe aber kein Bild vor Augen, weil ich nicht weiß, wie es aussieht, wo er gerade ist.

Johannes wusste, wohin er wollte. Er hatte ein Ziel und hat es erreicht.

Ich freue mich für ihn. Aber zugleich fühle ich mich einsamer denn je.

Ich überlege, was ich antworten soll, als mein Handy vibriert. Eine neue Nachricht. Bedeutend kürzer.

Wir wissen, dass du es warst.

Ich stehe mit pochendem Herzen vom Bett auf und rufe die unbekannte Nummer zurück. Das Freizeichen ertönt und ich lasse es klingeln, doch niemand meldet sich. Ich schreibe eine WhatsApp und frage nach dem Absender. Gehe unruhig im Zimmer auf und ab. Doch das Handy bleibt still. Ich google die Nummer, erhalte aber keinen Treffer.

NAME: LUCINDA
TELLUS# 0 392 811 002
POST 0020

Bei Caroline ist noch etwas passiert. Und zwar, als wir über die Beerdigung sprachen. Ich hatte eigentlich nicht vor, darüber zu schreiben.

Plötzlich hörten wir direkt über uns einen Knall. Im Obergeschoss war offenbar irgendetwas zu Boden gefallen, vielleicht ein Buch.

Ich war so angespannt, als habe es sich um einen Pistolenschuss gehandelt. Ich sah, dass Caroline ebenfalls zusammenzuckte, dann aber so tat, als sei nichts gewesen.

Über dem Wohnzimmer liegen im Obergeschoss der Flur und Tildas Zimmer.

Ich glaube zwar nicht an Gespenster, aber das vergisst man jetzt, mitten in der Nacht, leicht.

Von meinem Fenster aus kann ich sehen, dass im Obergeschoss von Carolines Haus Licht brennt.

Spukt Tilda dort etwa herum? Hat sie versucht, uns etwas mitzuteilen?

PS: Noch mal, ich glaube eigentlich nicht an Gespenster. Aber wenn es sie doch gibt? Was passiert nach dem sechzehnten September? Jetzt muss ich immerzu daran denken, dass dann acht Milliarden Seelen auf einem toten Planeten gefangen sind, ohne noch irgendwelche lebendigen Wesen heimsuchen zu können.

NOCH ZWEI WOCHEN UND SECHS TAGE

NAME: LUCINDA
TELLUS# 0 392 811 002
POST 0021

Um es gleich zu sagen: Ich schäme mich ein wenig, wenn ich meinen letzten Post lese. Die Nacht bringt einen auf abstruse Gedanken. Vergiss einfach, was ich geschrieben habe.

Seither habe ich kaum schlafen können. Ich bin noch mal die Fotos von Tilda durchgegangen, sowohl diejenigen, die sie selbst ins Netz gestellt hat, als auch weitere, die sie gelikt hat. Ich scrollte zurück durch August, Juli und Juni. Ab Ende Mai war Simon auf fast jedem Bild zu sehen. Die beiden sahen immer verliebter aus, je weiter ich zeitlich zurückging. Irgendwann kam der Winter mit dem Valentinstag, der Silvesterparty, Weihnachten zu Hause bei Caroline und Klas und einer gemeinsamen Schlittenpartie im ersten Schnee mit Amanda und ihrem Freund. An Halloween hatte sich die ganze Clique als Harry-Potter-Charaktere verkleidet. Schließlich blieb ich an einem Foto vom vergangenen September hängen. Tilda und Simon waren gerade zusammengekommen. Tilda schaut geradewegs in die Kamera und hält auch das Handy. Simon im Profil, seine Haut wirkt neben ihrer blassen ziemlich dunkel, und die beiden haben ihre Lippen sanft aufeinandergepresst. Er hat die Augen geschlossen. Das Foto kenne ich. Tilda hat es mir bei einem ihrer letzten Besuche im Krankenhaus gezeigt.

Sie schienen glücklich miteinander gewesen zu sein. Aber schließlich teilen wir auch nur die Fotos, die wir zeigen wollen.

Ich las jede RIP-Nachricht, klickte mich durch alle Profile, von denen sie angeschrieben wurde, und suchte darin nach Gerüchten über eine weitere mögliche Person. Ich wühlte mich sogar durch den Sumpf des Internets mit seinen anonymen Kommentaren. Ich fand zwar nicht viel, doch das wenige war widerlich. Jemand behauptete, dass Simon ein Muslim sei, den man in sein »Heimatland« zurückschicken sollte. Ein anderer, der über Simons zwei Mütter Bescheid wusste, schreibt, dass ihn seine Erziehung zu einem Frauenhasser gemacht habe. Wie immer treten all diese Idioten sehr selbstsicher auf. Doch selbst wenn die Gerüchte auf abscheulichen Annahmen beruhen, bedeutet es noch lange nicht, dass Simon sie nicht getötet hat.

Wenn ich herausbekommen will, wer Tildas Mörder war, muss ich mit ihm anfangen. Ich habe Simon geschrieben, dass ich mich gern mit ihm treffen und über sie reden würde. Ich muss ihm in die Augen schauen. Es ist zwar ziemlich naiv zu glauben, dass ich die Wahrheit in seinem Blick erkennen kann. Schließlich kenne ich ihn ja kaum. Aber ich muss es wenigstens versuchen.

Hast du vielleicht irgendeinen genialen Trick auf Lager, um einen Lügner zu entlarven? Vielleicht kannst du ja Gedanken lesen. Oder einen Tentakel benutzen, mit dem du direkt ins Hirn eines potenziellen Mörders vordringst. Ich besitze leider keine solchen Fähigkeiten.

Simon hat umgehend geantwortet und vorgeschlagen, sich wieder unten am See zu treffen.

Ich werde das Gespräch aufzeichnen. Nur für den Fall der Fälle.

SIMON

Ich bin gerade eine Runde um den See gejoggt und schwitze heftig. Als ich zum Steg komme, surren die Mücken gierig um mich herum. Die Dämmerung hat schon eingesetzt. Während ich übers

Wasser schaue, gehen die Laternen an der Laufstrecke an. Ihre Lichter wirken wie Leuchtkugeln, die entlang des Wassers zwischen den Bäumen schweben und ein gelbliches Band bilden. Doch heute Abend sind keine Jogger unterwegs und ich bin allein am See. Außer dem Plätschern des Wassers gegen den Steg ist es vollkommen still.

Ich habe in meinem Newsfeed nach Hinweisen gesucht, was Tilda an ihrem letzten Abend gemacht haben könnte, bin aber nicht fündig geworden.

Morgen findet ihre Beerdigung statt, doch ich werde nicht hingehen.

Sie ist tot. Für immer weg. Man sagt zwar, dass wir in der Erinnerung anderer Menschen weiterleben, aber schon in weniger als drei Wochen wird es niemanden mehr geben, der sich an sie erinnern kann. Der Tod ist endgültiger, als er es jemals gewesen ist.

Auch an mich wird sich niemand erinnern. Oder an meine Mütter oder an Emma.

Ich leere die Wasserflasche, die ich mitgenommen habe. Vorhin kamen wieder zwei anonyme Nachrichten von verschiedenen Nummern. Ich habe mein Handy bewusst zu Hause gelassen, um mir nicht noch mehr ansehen zu müssen. Doch Lucinda ist spät dran und falls ihr etwas dazwischengekommen sein sollte, kann sie mich jetzt nicht erreichen.

Sie schrieb, dass sie mit mir über Tilda reden will. Ich habe dasselbe Bedürfnis. Ich will mich gemeinsam mit jemandem an sie erinnern und nicht länger mit all meinen Gedanken allein sein.

Als ich mich umdrehe, sehe ich jemanden die Böschung zum Ufer hinunterkommen. Doch in der Dunkelheit kann ich nur eine Silhouette erkennen.

Ich bekomme es mit der Angst zu tun.

Wenn mir nun jemand gefolgt ist, um Tilda zu rächen.

Ich hatte Lucinda diesen Treffpunkt vorgeschlagen, um sicherzugehen, dass wir ungestört reden können. Doch plötzlich wird mir bewusst, dass ich ganz allein hier bin, ohne Zeugen und ohne Handy.

Meine Nerven sind angespannt wie Drahtseile. Doch als die Person den Lichtkegel einer Laterne am Ufer erreicht, sehe ich erleichtert, dass sie es ist.

»Ich hatte ganz vergessen, dass es so früh dunkel wird«, ist das Erste, was Lucinda sagt, als sie den Steg betritt.

Klingt sie nervös? Ich kenne sie nicht gut genug, um es beurteilen zu können.

Weiß sie, welche Gerüchte über mich kursieren? Und wenn ja, würde sie sich tatsächlich hier mit mir treffen?

Ich überlege, ob ich sie umarmen soll, doch ich denke nicht, dass Lucinda der Typ dafür ist. Und wie ich vermutet habe, setzt sie sich so weit entfernt von mir hin, dass mindestens zwei Personen Platz zwischen uns fänden.

»Danke, dass du dich mit mir treffen wolltest«, sagt sie und rückt ihre Mütze zurecht.

»Ich hab mich gefreut, als du dich gemeldet hast. Wir haben schließlich Tilda am besten gekannt.«

»Ich kannte sie zuletzt nicht mehr.«

»Aber du kanntest sie viel länger als ich.«

Es gibt so viel, was ich über Tilda wissen und was ich Lucinda fragen will, doch ich habe keine Ahnung, wie ich anfangen soll.

»Eigentlich merkwürdig, dass wir zwei uns kaum begegnet sind«, sage ich.

Ich bereue meine Worte sofort, denn es ist alles andere als merkwürdig und wir wissen beide, warum. Ich komme mir steif und unbeholfen vor. Genauso, wie es mir bis zur Oberstufe immer erging, als ich mich kaum traute, jemanden anzusprechen. Ein Teil von mir analysierte immer alles. Und jetzt war es wieder so.

»Ich habe heute Nacht von ihr geträumt«, sage ich. »Sie stand plötzlich in meinem Zimmer und klagte ... *Was ist eigentlich mit euch los? Habt ihr wirklich geglaubt, dass die mich gefunden haben? Ihr seid ja völlig krank. Ich hab doch gesagt, dass ich nur 'ne kleine Auszeit nehme.*«

Lucinda nickt.

»Ich träume auch andauernd von ihr. Falls ich überhaupt schlafen kann.«

Eine Mücke setzt sich auf meinen Hals und ich schlage nach ihr. Lucinda zuckt zusammen, versucht jedoch zu lächeln. Jetzt weiß ich, dass sie Angst hat.

Angst vor mir.

»Einige glauben, dass ich sie getötet habe«, sage ich. »Wusstest du das?«

Sie antwortet nicht. Doch das reicht als Antwort aus.

»Glaubst du das auch?«, frage ich weiter.

»Ich weiß nicht, was ich glauben soll.«

Ich bin so enttäuscht, dass das Blut in meinem Kopf zu rauschen beginnt.

»Ich hab es nicht getan. Aber es bringt wohl kaum was, es zu beteuern. Denn genau das würde doch ein Mörder tun, oder?«

Lucinda schaut weg. Ihr kantiges Gesicht ist voller Schatten.

Ich muss unvermittelt an einen der ersten Abende denken, an denen Caroline und Klas mich bei Tilda übernachten ließen. In ihrem Zimmer war es dunkel und wir hatten die Bettdecke auf dem Fußboden ausgebreitet. Sie lag in meinen Armen und sprach so leise, dass ich sie kaum hören konnte. *Ich hab so verfluchte Angst davor, dass sie sterben wird, aber wir können nicht drüber reden. Wir können überhaupt nicht mehr reden. Ich kann mit ihr nicht über Negatives sprechen, weil meine Probleme im Vergleich zu ihren ein Witz sind, und auch nicht über Gutes, weil es ... es so ist, als würde ich sie an alles erinnern, was sie ... was sie vielleicht nie mehr erleben wird.* Es war das erste Mal, dass Tilda in meiner Gegenwart weinte. *Du kannst aber mit mir reden,* sagte ich. Sie strich mir über den Unterarm. *Ich weiß, aber sie ist meine beste Freundin. Und über dich würde ich mit ihr am liebsten reden.*

»Sorry«, sagt Lucinda unvermittelt und steht abrupt auf. »Ich hätte nicht …«

Dabei rutscht ihr Handy aus der Jackentasche und ich fange es spontan auf, bevor es ins Wasser fällt. Auf dem Display erkenne ich das Mikrofonsymbol und die tickenden Sekunden werden mit großen Ziffern angezeigt.

Sie nimmt unser Gespräch also auf.

Als ich ihr das Handy reiche, würdige ich sie keines Blickes.

»Jetzt zufrieden?«, sage ich. »Oder soll ich noch was hinzufügen?«

Lucinda antwortet nicht.

»Wenn du wirklich glaubst, dass ich Tilda getötet habe, ist es ziemlich dumm, mich hier allein zu treffen.«

»Mein Vater kommt jeden Moment und holt mich ab«, entgegnet sie rasch.

Ihre Stimme zittert und ihre Kehle hört sich wie ausgetrocknet an. Ich bin mir sicher, dass sie lügt, und muss an das Mumin-Buch in Emmas Zimmer denken.

Man ist bestimmt sehr einsam, wenn alle vor einem Angst haben.

»Dann solltest du dich wohl beeilen«, sage ich und würdige sie noch immer keines Blickes.

Der Steg vibriert unter ihren Schritten und das Wasser unter uns plätschert etwas lauter. Doch plötzlich bleibt sie stehen.

»Wie ging es Tilda eigentlich zuletzt?«

Ich drehe mich um. Lucinda hat die Hände in die Taschen ihres Hoodies gesteckt und schaut mich vom anderen Ende des Stegs aus an.

»Wie es ihr ging?«

»Ja.«

Das sind doch alles voll die Heuchler.

»Vielleicht hättest du ihr zu Lebzeiten zeigen sollen, dass dir was an ihr gelegen ist«, sage ich.

Ich sehe, wie sie erstarrt, und ich spüre Genugtuung. Genau das hat sie verdient. Dass sie das Krebs-Mädchen ist, bedeutet noch lange nicht, eine Heilige zu sein.

»Du weißt ja nicht, wie es war«, entgegnet sie leise. »Ich war krank. Ich konnte nicht.«

»Für Tilda war's auch nicht gerade leicht. Ihre beste Freundin war kurz davor, an Krebs zu sterben, und wollte sie nicht mal mehr sehen.«

Wir starren einander an. Weiter weg fährt ein Auto die Bundesstraße entlang.

»Warum hast du eigentlich geglaubt, dass sie in der Nacht unterwegs zu mir war?«, fragt Lucinda. »Was hat sie denn gesagt?«

»Ach, scheiß drauf. Ich hab mich getäuscht. Bestimmt wollte sie bei irgend 'nem Dealer mehr von dem Zeug auftreiben, das sie nahm.«

Lucinda schaut hinunter auf ihre Schuhe.

»Hat denn keiner versucht, sie davon abzubringen?«, fragt sie.

»Natürlich hab ich's versucht!«

Plötzlich spüre ich einen Kloß im Hals. Ich will keinesfalls vor ihr losheulen. Diesen Triumph gönne ich ihr nicht.

»Sie wollte meine Hilfe nicht«, fahre ich fort. »Ich hab's versucht, aber ich hätte mehr tun müssen. Hätte mit Klas und Caroline reden müssen, aber ich hatte Angst, dass sie es mir nie verzeihen würde. Ich dachte, dass ich ihr helfen könnte, wenn ich sie nur zurückgewinnen würde. Und dass sie dann wieder so wäre wie immer. Ich würde sie *mit meiner Liebe heilen* und dann würden wir bis ans Ende unserer Tage glücklich sein. Oder den wenigen, die uns noch blieben.«

Lucinda steht reglos da, während alles, was ich mich noch nicht mal getraut habe zu denken, aus mir herausbricht. Es ist, als würden die Worte aus mir nur so herauspurzeln.

»Verdammt, ich wollte ihr verfluchter Ritter sein«, sage ich. »Doch ich war nur 'n verdammter Egoist.«

Ich stehe auf und gehe auf Lucinda zu. In der festen Überzeugung, dass sie zurückweicht. Aber sie bleibt stehen. Und als ich näher komme, sehe ich, dass sie weint.

»Ach glaub doch, was du willst. Ist ja eh egal«, sage ich. »Ich hab sie im Stich gelassen, aber du und die anderen auch.«

»Meinst du, dass ich das nicht wüsste?«, fragt sie flüsternd. »Glaubst du etwa, dass ich nicht andauernd daran denken muss?«

Ich schüttele den Kopf. Dann laufe ich los. Über den Ufersaum und dann die Böschung hinauf. Das Blut rauscht in meinen Ohren und ich renne in seinem Rhythmus.

NAME: LUCINDA
TELLUS# 0 392 811 002
POST 0022

Simon hat mich sofort durchschaut. Falls er unschuldig ist, hasst er mich jetzt bestimmt.

Mir fällt es ziemlich schwer zu glauben, dass er es war. Doch *falls* er Tilda getötet hat, ist er vielleicht ein Psychopath, und Psychopathen können gut lügen. Nur eins ist sicher: Er hatte recht. Wie dämlich von mir, ihn ganz allein am See zu treffen.

Mein Vater erwartete mich schon, als ich nach Hause kam. Es war später, als ich angenommen hatte, und er war sauer. »Verstehst du denn nicht, dass ich mir Sorgen mache, wenn du nichts von dir hören lässt?«, sagte er. Mir fiel auf, dass er zum ersten Mal wie ein Teenagervater klang. Er war nicht besonders originell, aber ich hatte mich zum ersten Mal wie ein typischer Teenager benommen und war länger weg gewesen, als ich durfte.

Morgen findet Tildas Beerdigung statt. Da werde ich alle wiedersehen. Ich habe aus meinem Kleiderschrank eine schwarze Jeans und eine lange dunkelgraue Strickjacke gekramt, die einzigen Klamotten, die mir noch einigermaßen passen. Muss ich extra erwähnen, dass ich eine Höllenangst habe? Mein Vater hat mir allen Ernstes vorgeschlagen, eine dieser Achtsamkeitsübungen auszuprobieren, die im Sommer vom schwedischen Staat auf YouTube veröffentlicht wurden. Manchmal habe ich den Eindruck, dass er mich überhaupt nicht kennt.

Während ich diese Zeilen schreibe, knallt Miranda die Tür und schreit, dass sie ihn hasst. Sie will unbedingt zur Beerdigung mitkommen und ich glaube, sie wird sich durchsetzen. Vielleicht ist dies ja ein kleiner Vorgeschmack auf diejenige, die sie nach der Pubertät geworden wäre.

PS: Eine Übung in Achtsamkeit, die sie mir im Krankenhaus nahegelegt haben: Ich soll mir vorstellen, dass ich alle Gedanken, die mich beunruhigen, auf ein kleines Blatt lege und es auf die Wasseroberfläche eines plätschernden Baches setze, um schließlich zuzusehen, wie es von mir wegtreibt.

NAME: LUCINDA
TELLUS# 0 392 811 002
POST 0023

Während der gesamten Fahrt zur Waldkapelle musste ich denken *das hier passiert wirklich, das hier passiert wirklich. Gleich werde ich alle wiedersehen.* Mein Vater fragte mich mehrfach, ob ich es auch wirklich schaffen würde, was mich noch nervöser machte. Danke, Papa. Ich hatte ihn schon beinahe gebeten umzukehren und hätte es vielleicht auch getan, wenn Miranda nicht dabei gewesen wäre. Vor ihr konnte ich nicht einfach schlappmachen oder mich drücken. (Ich wusste es übrigens, sie hat sich gestern durchgesetzt.)

Als wir die Kapelle erreichten, sah ich, dass alle anderen viel schicker angezogen waren als ich. Die Frauen trugen schwarze Kleider und elegante Schuhe und waren akkurat frisiert. Sie schlenderten über den Parkplatz und hielten Small Talk wie auf einer Party. Vielleicht waren sie nicht nur gekommen, um sich von Tilda zu verabschieden, sondern auch voneinander.

Wir blieben im Auto sitzen und warteten, bis sich die Menschentraube auflöste. Um Punkt eins läuteten die Glocken im kleinen Turm und wir konnten nicht länger warten.

Tildas gesamte Familie hatte sich im Vorraum versammelt, um die Trauergäste zu empfangen. Der Pastor stand ebenfalls dort und als ich ihn wiedererkannte, war ich schockiert. Er hatte auch die Beerdigung meiner Mutter geleitet.

Caroline umarmte uns und bedankte sich, dass wir gekommen waren. Tildas Großeltern flankierten ihre Tochter, bereit sie aufzufangen, falls sie zusammenbrechen würde. Klas stand ein Stück entfernt bei seinem Bruder und dessen Familie. Ich umarmte Klas ebenfalls und sah, dass um seinen Hals ein silbernes Kreuz an einer Kette hing. Ansonsten wirkte er so wie sonst auch.

Tildas Cousine Molly trat wie immer im Partnerlook mit ihrer Mutter Erika auf. Sie trugen das gleiche schwarze Kleid mit einem weißen Kragen. (Ich fragte mich, wie es ihnen gelungen war, gleich zweimal dasselbe Modell zu erstehen.) Neulich schrieb ich, dass Molly mir auf jüngsten Fotos schon so frühreif vorkam, doch jetzt bemerkte ich, dass sie noch genauso altklug und kindlich war wie früher. Es erinnerte mich daran, wie kribbelig Molly mich immer macht. Eigentlich tut sie mir leid, denn sie ist immer so bemüht und übereifrig. Außerdem lacht sie zu viel und zu unterwürfig. Sie hat Tilda vergöttert und ist ihr jedes Mal, wenn sie zu Besuch war, wie ein Hündchen nachgelaufen. Wir beide haben immer versucht, ihr aus dem Weg zu gehen.

Mein Vater, Miranda und ich betraten die Kapelle. Von draußen schien die Sonne durchs Laub der Bäume herein und Schatten der Blätter bildeten Muster auf der gegenüberliegenden Wand. Eine ältere Frau spielte Orgel. Tildas Sarg war unter derselben Katafalkdecke verborgen, wie ich sie von der Beerdigung meiner Mutter in Erinnerung habe. Obenauf lagen Blumen aus Carolines Garten. Rosen, Astern und andere Sorten, deren Namen ich nicht mehr weiß. Davor stand das Foto von Tilda. Ihr Siegerlächeln, festgefroren im Augenblick.

Im Stimmengewirr vernahm ich Tommys Stimme. Ich bin nach den unzähligen Malen, als er mir vom Beckenrand aus Anweisungen zurief, noch immer auf sie getrimmt. Im dunklen Anzug sah er gut aus, auch wenn er sich darin sichtlich unwohl fühlte. Amanda, Elin und die anderen waren ebenfalls gekommen wie auch ein paar weitere Schwimmer, denen ich bislang nur bei Wettkämpfen begegnet bin. Ich erkannte sie kaum wieder, insbesondere die Jungs, die ich fast ausschließlich in Badehose und mit Badekappe gesehen hatte. Stühle knarrten, während sich die Leute nach mir umdrehten, und ich vernahm leises Flüstern. Wir setzten uns in die letzte Reihe und ich konzentrierte mich ganz auf Miranda, um den Blicken der anderen zu entgehen. Ich tat so, als benötige sie meine Hilfe, obwohl eigentlich ich die Hilfsbedürftige war.

Als der Pastor endlich vortrat und sich alle ihm zuwandten, überkam mich Erleichterung.

Ich konzentrierte mich auf Tildas Foto und versuchte zu begreifen, dass sie es war, die dort im Sarg lag. Ich fragte mich, wie sie wohl aussah. Hatte ihr jemand die Arme über der Brust verschränkt? Und wie war ihr Körper? Schließlich hatte sie mehrere Tage im Freien gelegen. Gab es im Industriegebiet womöglich herumstreunende Tiere, die an ihrer Leiche genagt hatten? Stank sie?

Ich hasste mein Gehirn unendlich.

Der Pastor sprach über Tilda, als hätte er sie gut gekannt. Die über alles geliebte Tochter, das allseits beliebte Mädchen mit den großen Zukunftshoffnungen, die Einser-Schülerin und zielstrebige Sportlerin. Offenbar hatte Caroline ihm einiges über sie erzählt. Ihr Schluchzen hallte in der Kapelle wider. Ich betrachtete von hinten ihre Haare, die im Licht von den Fenstern her golden schimmerten, und hätte auch gern geweint. Sehnte mich nach dem befreienden Gefühl. Doch mein Gehirn unterdrückte jegliche Gefühle.

Der Pastor erzählte, wie Tildas Eltern sie als kleines Mädchen in der Schwimmschule angemeldet hatten. »Sie war zwar kein Naturtalent, aber schon damals recht zielstrebig. Sie wollte unbedingt alle Abzeichen machen.« Ich hörte Mollys gekünsteltes Lachen. Es klang wie das Gurren einer Taube. Der Pastor endete damit, dass Tilda wusste, was das Wichtigste im Leben sei, nämlich sein Bestes zu geben. »Ein Beispiel, dem wir in dieser letzten Zeit alle folgen sollten.«

Er stellte Tilda als perfekten Menschen hin.

Plötzlich fiel mir ein, was sie einmal kurz nach einem Wettkampf gesagt hatte. Sie hatte eine Zeit hingelegt, von der die meisten von uns nur träumen konnten, sie jedoch nicht. Sie trieb sich selbst (und ehrlich gesagt auch mich) in den Wahnsinn, indem sie darüber nachgrübelte, was schiefgelaufen war. Mehrere Stunden später, als ich annahm, dass sie es endlich abgehakt hatte, schaute sie mich an und meinte: »Die Leute sagen immer, man soll sein Bestes geben. Solange man sein Bestes gibt, kann man zufrieden sein. Aber woher *weiß* man eigentlich, dass man sein Bestes gegeben hat?« Ich hatte keine Antwort parat. In dem Moment tat sie mir einfach nur leid.

Daran hatte ich schon mehrere Jahre nicht mehr gedacht.

Während der Lieder schaute ich mich um und scannte die Gesichter der Trauergäste. Was hoffte ich zu entdecken? Jemanden mit einem Ausdruck von Schuld? Gequält von Gewissensbissen? Wenn es doch nur so einfach gewesen wäre.

Einer der Liedtexte richtete sich direkt an die Tote. Er enthielt Zeilen wie »er erwartet dich heute Abend«, »aus der Ewigkeit wird er dich empfangen« und »es gibt einen dunklen Hafen, du kannst ihn noch nicht sehen, doch du wirst dorthin gelangen«. Ich musste immerzu daran denken, dass jemand im Dunkeln auf Tilda gewartet hatte. Mit wem hatte sie sich bloß verabredet?

Später gab es Kaffee im Lindgård. Mein Vater fragte mich, ob ich nicht lieber heimfahren wollte. »Alle würden es verstehen«, sagte er. Es klang, als würde er am liebsten selbst drum herumkommen.

Nur der Gedanke daran, dass ich einen Auftrag hatte, brachte mich dazu, das Gemeindehaus zu betreten. Ich tat es Tilda zuliebe.

Und letztlich war es gar nicht so schlimm. Im Gegenteil. Ich sah Amanda und Elin wieder und wir unterhielten uns über Tilda, als sie noch lebte. Jene Tilda, die sie vor dem Sommer gewesen war. Ich fand es unerwartet schön, sich so an sie zu erinnern. Und daran, wie wir damals waren. Wie wir uns beim Schwimmunterricht in der Schule heimlich über unsere Klassenkameraden und ihre ungelenken Schwimmzüge lustig gemacht hatten. Wir hatten längst ein anderes Niveau erreicht und uns in Geschöpfe verwandelt, die praktisch im Wasser lebten.

Ich traf auch ein paar von ihren Freunden. Die meisten von ihnen kannte ich aus den sozialen Medien. Meine Vermutungen über sie bestätigten sich meist. Elin ist offenbar verliebt in einen Jungen namens Ali, der wiederum nur Augen für eine gewisse Moa hat. Und Hampus war genauso anstrengend, wie ich ihn mir vorgestellt hatte. Er machte andauernd blöde Witze. Er hatte sich gerade die Haare blau gefärbt und die Fingernägel schwarz lackiert und strahlte etwas aus wie *sieh her, was für ein Rebell ich bin, was ich mich traue, jetzt wo die Welt bald untergeht.*

Tommy hielt sich erstaunlicherweise ziemlich im Hintergrund. Mir fiel auf, dass Caroline ihn kaum eines Blickes würdigte, und ich fragte mich, warum. Eigentlich hätte ich mich gern mit ihm unterhalten, doch es ergab sich nicht. Mir bot sich einfach keine Gelegenheit.

Als mich die vielen Eindrücke schließlich ermüdeten, setzte ich mich zu meinem Vater. Doch man ließ uns kaum in Ruhe. Alle wollten sich wegen irgendwelcher Wehwehchen irgendeinen Rat einholen. Obwohl sie dabei neugierig zu mir rüberlinsten, tat ich so, als würde ich es nicht bemerken. Miranda war gemeinsam mit Molly nach draußen gegangen, sodass ich mich leider nicht ihr zuwenden konnte.

Ich war dankbar, als der Pastor anfing, Nachrichten von Verwandten und Freunden der Familie vorzulesen, die nicht zur Beerdigung kommen konnten. Es dauerte eine Weile. Kaum jemand war von außerhalb angereist. (Inzwischen fahren nur noch wenige Züge und wenn man umsteigen muss, kann es sogar mehrere Tage dauern, bis man ankommt. Außerdem schaffen es nur die wenigsten, ihre Benzinrationen für längere Strecken aufzusparen.)

Als die letzte Nachricht vorgelesen war, stand Klas auf und schlug mit einem Löffel gegen seine Kaffeetasse, um sich Gehör zu verschaffen. Zum Glück war Miranda gerade draußen.

Ich muss jetzt eine Pause einlegen. Manchmal hilft es zwar, sich die Dinge von der Seele zu schreiben, aber im Augenblick kommt es mir eher vor, als würde ich alles, was dann geschah, ein zweites Mal durchleben.

SIMON

Meine Mütter streiten sich im Schlafzimmer. Ich kann durch die Wand zwar kein Wort verstehen, aber Stinas aufgebrachte Stimme hören und die Pausen, in denen Judette entweder leise spricht oder gar nichts sagt. Ich liege reglos auf dem Bett, während mich die Angst wie eine Flutwelle erfasst. Ich weiß zwar nicht genau, worüber die beiden streiten, aber ich weiß, dass es um mich geht. Ich bin mir schon den ganzen Tag vorgekommen wie in einem brodelnden Schnellkochtopf. Maria hatte frühmorgens bei Judette angerufen und ihr geraten, dass ich besser in der Wohnung bleiben sollte, weil heute Tildas Beerdigung stattfinde. Irgendwelche Typen, die glauben, dass ich sie getötet habe, könnten auf die Idee kommen, sich an mir zu rächen.

Stinas Stimme auf der anderen Seite der Wand wird immer schriller. Ich stehe auf und gehe im Dunkeln zum Fenster. Über den Lichtern der Stadt ist der Himmel pechschwarz. Nicht einmal der Mond ist zu sehen. Draußen nieselt es. Die Tropfen sind so winzig, dass sie an der Scheibe hängen bleiben und im Schein der Straßenlaternen glitzern. Genauso war es in der Nacht, als Tilda verschwand.

Vor genau einer Woche habe ich erfahren, dass sie tot ist. Im einen Augenblick kommt es mir vor, als wäre es schon viel länger her, und im nächsten, als wäre es gerade erst passiert. Die Zeit ist ein merkwürdiges Phänomen. Ich weiß, dass es mit dem Schock zu tun hat, aber irgendwie kommt es mir vor, als würde der Komet auch Einfluss auf unser Zeitempfinden nehmen.

Wird die Zeit überhaupt weiterexistieren, wenn wir nicht mehr da sind, um sie zu messen?

Die Fensterscheibe beschlägt von meinem Atem. Ich wische mit dem Pulliärmel über den feuchten Fleck und schaue hinunter auf den glänzenden Asphalt der Straße. Vor einem Hauseingang auf der anderen Straßenseite parkt ein weißes Auto. Auf dem Fahrersitz tippt eine Frau auf ihrem Handy herum.

Klas hat heute Morgen ein Foto von Tilda und mir ins Netz gestellt. Ich kenne das Bild zwar nicht, weiß aber genau, wann er es aufgenommen hatte. Es war am Heiligabend und wir waren glücklich. Das Zitat unter dem Bild stammt offenbar aus der Bibel. Aus dem Alten Testament, das Stina nie in ihren Predigten verwendet. *Der Herr ist geduldig und von großer Barmherzigkeit und vergibt Missetat und Übertretung, aber er lässt niemand ungestraft.* Klas' Bruder Anders teilte den Eintrag. Der Kommentarverlauf wuchs und Nachrichten strömten herein. Schließlich schaltete ich mein Handy aus und bat Emma, es zu verstecken. Ich hatte keine Kraft mehr für diesen Masochismus, schaffte es aber auch nicht, es selbst wegzulegen. Ich kann meine Gedanken hingegen nicht einfach ausschalten und jemand anderen bitten, sie zu verstecken.

Wie konnte es nur so weit kommen? Ich erinnere mich noch an meine etwas steife Umarmung mit Klas an dem Morgen, als wir vom Kometen erfahren hatten. Und daran, dass er mich an Weihnachten seinen »Schwiegersohn« nannte.

Heuchler

Ich mochte ihn lieber als Caroline. Aber jetzt wünsche ich mir fast, dass Klas und sein Bruder etwas mit Tildas Tod zu tun haben. In ihren Profilen habe ich jedoch gesehen, dass sie an jenem Abend bis spät in der Nacht beim Gottesdienst der Wahrhaftigen Kirche waren.

Die Fahrertür des weißen Autos wird geöffnet und die Frau spannt einen roten Schirm mit weißen Punkten auf. Ich kann zwei Beine in dunklen Strumpfhosen erkennen.

Ich wische erneut meinen Atem von der Fensterscheibe, doch als ein Gesicht unterm Schirm hervorlugt, hält meine Hand inne.

Erika. Anders' Ehefrau.

Die Kälte der Fensterscheibe kriecht meinen Arm hinauf und breitet sich im ganzen Körper aus.

Erikas Blick sucht die Fenster unserer Wohnung ab. Das Display ihres Handys leuchtet noch immer. Ich weiche zurück, obwohl ich nicht glaube, dass sie mich im dunklen Zimmer erkennen kann.

Wie in einem Anflug von Klaustrophobie kommen die Wände immer näher auf mich zu. Im Auto saß, soweit ich sehen konnte, keine weitere Person.

Aber vielleicht wartet sie nur auf Anders und Klas, vielleicht haben die beiden irgendwelche Einbrecher mobilisiert, was wollen sie bloß von mir oder meinen Müttern, die Wahrhaftige Kirche hasst doch Homosexuelle, sie könnten womöglich Emma und dem Kind was antun ...

Mir rauschen die wildesten Gedanken durch den Kopf.

Sie dürfen auf keinen Fall zu uns hochkommen. Wenn sie etwas von mir wollen, werde ich sie allein treffen.

Ich gehe in den Flur. Durch die geschlossene Schlafzimmertür höre ich Stina weinen. Ich öffne einen der Schränke und erblicke in einem Werkzeugkasten im untersten Regal ein Teppichmesser, das ich in meine Jeanstasche schiebe.

Nur für den Fall, dass ...

Selbstverteidigung

Ich nehme die Hundeleine vom Haken und höre, wie Bumbums Krallen über den Wohnzimmerboden schaben. Seine Schwanzspitze ragt wie ein Periskop hinterm Sofa hervor. Er kommt eifrig kläffend in den Flur hinaus und stößt hektisch mit dem Kopf gegen die Leine, während ich versuche, ihm das Halsband überzustreifen.

Im Schlafzimmer ist es still geworden.

»Ruhig jetzt«, zische ich Bumbum zu.

Er springt ein paarmal um die eigene Achse. Ich überlege kurz, ohne ihn zu gehen, aber zugleich könnte ich ihn meinen Müttern gegenüber auch als Grund vorschieben. *Er musste dringend Gassi gehen.* Und außerdem besteht vielleicht die geringe Chance, dass Bumbum mich verteidigen würde, falls mich jemand angreift. Besitzt er überhaupt diese Instinkte oder kann ich bestenfalls darauf hoffen, dass er Angreifer liebevoll zu Tode lecken wird?

Ich befehle ihm, Platz zu machen, und kann ihm endlich die Leine über den Kopf streifen. Dann öffne ich leise die Wohnungstür und schließe sie genauso vorsichtig. Während wir die Treppen hinunterlaufen, horche ich angespannt, kann aber außer dem Schnaufen des Hundes nichts hören. Meine Mütter scheinen nicht gemerkt zu haben, dass wir rausgegangen sind.

Durch die Glasscheibe in der Haustür sehe ich, dass Erika noch immer zu unserer Wohnung hochschaut. Als ich die Tür aufstoße, sehe ich, dass sie zusammenzuckt. Ich überquere die Straße und Bumbum springt fröhlich hinter mir her.

Erika beäugt mich nervös und lässt das Handy in ihre Manteltasche gleiten.

»Hallo«, begrüßt sie mich und streicht sich die Haare aus dem Gesicht. Sie sieht müde und erschöpft aus, als hätte sie den ganzen Sommer nicht geschlafen. Auf ihrer Stirn zeichnen sich zwei tiefe Falten ab und unter ihren Augen haben sich dunkle Ringe gebildet.

Bumbum zerrt an der Leine, um an ihren Schuhen schnuppern zu können. Er wedelt mit dem Schwanz.

»Was machen Sie denn hier?«, frage ich.

»Ich wollte mit dir reden, aber du bist nicht ans Handy gegangen, und dann …«

»Ich hab es ausgeschaltet. Sie können Klas und Anders grüßen und sich für die Kommentare bedanken.«

Erika wirkt bekümmert. Der Hund leckt ihr die Hand und sie tätschelt ihm den Kopf.

»Ich glaube, er erinnert sich an mich«, sagt sie. »Es war so lustig an Weihnachten, als du ihn mit zu Klas und Caroline gebracht hattest.«

Ich warte schweigend, wie Judette es in solchen Situationen immer tut. Lausche dem kaum hörbaren Tröpfeln des Regens auf ihrem Schirm. Erika blickt zu mir auf, bevor sie rasch wieder wegschaut.

»Meine Familie weiß nicht, dass ich hier bin«, sagt sie.

»Und warum?«

»Ich glaube nicht, dass du ... es warst. Das wollte ich dir nur sagen.«

Ich starre sie an. Falls Erika es ernst meint, muss es für sie ein enormer Schritt gewesen sein. Tilda sagte immer, sie habe noch nie in ihrem ganzen Leben einen selbstständigen Gedanken formuliert.

Bumbum folgt einer Duftspur entlang des Gehwegs und zieht an der Leine. Sein feuchtes Fell riecht schon.

»Wenn es nach mir gegangen wäre, hätte ich dich selbstverständlich zur Beerdigung eingeladen«, fährt Erika fort. »Aber nimm es ihnen bitte nicht übel, sie meinen es nicht böse. Alle sind angespannt. Du hast ja vielleicht schon gehört, was im Lindgård passiert ist?«

»Nein.«

Erika schaut sich um, als würde sie Unterstützung von irgendwem erwarten, der nicht da ist. Vielleicht macht sie es auch nur aus reiner Gewohnheit. Ich bin ihr noch nie allein begegnet. Sie ist immer Molly fast zwanghaft hinterhergelaufen und hat sie ermahnt, sich nicht schmutzig zu machen, vorsichtig zu sein oder sich die Hände zu waschen. Oder sie hat Anders ihre volle Aufmerksamkeit gewidmet und nur auf seine Äußerungen reagiert. Ich weiß gar nicht, wer Erika ohne die beiden ist. Und sie scheint es selbst auch nicht zu wissen.

»Klas geht es nicht gut«, sagt sie. »Nach all dem, was passiert ist, erscheint es mir nur natürlich.«

Bumbum hat mittlerweile innerhalb des Radius seiner Leine alles ausgiebig beschnuppert und schaut mich auffordernd an.

»Und warum glauben Sie, dass ich es nicht war?«, frage ich.

»Wir wissen gar nichts. Es kann jemand gewesen sein, der Tilda nicht mal kannte.« Sie zögert. »Und ihr beide wart schon ein besonderes Paar. Ich habe ja gemerkt, dass du sie liebst.«

Ich sehe Erika an, dass sie es ernst meint. In ihrem matten Blick liegt eine kindliche Naivität.

Eigentlich müsste sie es besser wissen. Meine Liebe zu Tilda ist schließlich kein Beweis dafür, dass ich sie nicht getötet habe. Trotzdem tut es mir gut, jemanden zu treffen, der an das Unfassbare nicht glaubt. Ich nehme das gerne an, auch wenn es nur von Erika kommt.

»Wollen wir eine Runde im Park drehen?«, frage ich.

»Gerne.«

Erika bietet mir an, den Schirm über uns beide zu halten, aber ich lehne ab. Ihre Absätze klappern geräuschvoll auf dem Asphalt. Als wir an der Bibliothek vorbeikommen, werfe ich einen Blick durch die Glasfassade. Bevor sie geschlossen wurde, wurden dort alle möglichen Bücher verschenkt. Die übrig gebliebenen liegen jetzt in Stapeln auf dem Boden und in den Regalen.

»Wie gesagt, Klas geht es nicht gut«, wiederholt Erika. »Wusstest du, dass er jetzt bei uns wohnt?«

»Ja.«

»Er und mein Mann sind innerhalb kürzester Zeit sehr gläubig geworden.«

»Und Sie?«

Wir kommen in den Park, wo es nach feuchtem Gras, Baumrinde und Asphalt riecht. Ein Kaninchen springt erschrocken auf, als es Bumbum erblickt.

»Ich kann es nicht«, antwortet Erika. »Ich habe es versucht, doch ich komme hauptsächlich mit zum Gottesdienst, um bei meinem Mann zu sein und ... und weil ich nicht weiß, was ich sonst tun soll.«

Wenn Tilda das gehört hätte, würde sie hinter Erikas Rücken bestimmt die Augen verdrehen.

»Ich kann nur hoffen, dass es so schnell wieder vorbeigeht, wie es gekommen ist«, fährt Erika fort. »Ehrlich gesagt habe ich mich noch nie für derartig große Lebensfragen interessiert. Wozu sollte es auch gut sein, wenn wir sowieso keine Antworten darauf bekommen? In wenigen Wochen erfahren wir es eh. Aber bis dahin habe ich genug damit zu tun, unser Leben hier am Laufen zu halten.«

Jetzt redet sie so schnell, dass sie fast über ihre eigenen Worte stolpert. Sie muss sich danach gesehnt haben, es endlich mal loszuwerden. Und ich kann sie gut verstehen.

»Wissen die beiden, dass Sie nicht gläubig sind?«, frage ich.

Erika betrachtet mich von der Seite und schüttelt schweigend den Kopf.

Als Bumbum etwas auf der Wiese entdeckt, das seine volle Aufmerksamkeit erregt, bleiben wir stehen. Das Licht einer Straßenlaterne, das durch den Stoff ihres Schirms dringt, lässt Erikas Gesicht rot erscheinen.

»Die beiden meinen, du seist der Letzte gewesen, der mit Tilda zusammen war«, sagt sie.

»Nicht der Allerletzte.«

Erika schaut mich fragend an.

»Wer war es dann?«

»Ihr Mörder.«

Erika weicht einen Schritt zurück und ich bereue meine Antwort sofort.

»Aber auch ich habe Tilda an dem Abend getroffen«, erkläre ich. »Zuvor. In der Stadt.«

Wir gehen weiter. Ich ziehe fest an der Leine und Bumbum folgt mir widerwillig.

»Und worüber habt ihr gesprochen?«, fragt Erika.

»Sie wollte sich mit jemandem treffen.«

»Und du weißt nicht, mit wem?«

»Nein.«

»Sicher?«

»Natürlich bin ich mir sicher«, sage ich. »Ich denke die ganze Zeit über nichts anderes nach.«

»Ja … natürlich.«

In der Luft liegt ein leichter Verwesungsgeruch. Wir nähern uns dem Brunnen in der Mitte des Parks. Das Wasser ist abgelassen. Um die Papierkörbe herum liegt jede Menge Müll: weggewehte Plastiktüten und Essensreste, die von den Vögeln angepickt wurden. Bumbum zerrt an der Leine, um dort hinzugelangen, doch ich halte ihn zurück.

»Ich frage mich, wer es gewesen sein könnte«, sagt Erika. »Wie gesagt, sie kann unterwegs natürlich irgendeiner x-beliebigen Person begegnet sein. In der Nacht herrschte ja das reinste Chaos. Wir waren zwar bei der Wahrhaftigen Kirche, konnten aber die Sirenen auch dort hören. Ich hatte ganz vergessen, dass sie unten in der Stadt das Fußballspiel zeigen.«

»Vergessen? In den Nachrichten hatten sie doch über nichts anderes geredet.«

Erika lächelt steif.

»Wir schauen keine Nachrichten mehr.«

Wir haben die Runde fast beendet. Ich werfe einen Blick in unsere Straße. Hinter den Fenstern unserer Wohnung ist niemand zu sehen.

»Ich habe darüber nachgedacht, ob ihr Trainer vielleicht etwas mit der Sache zu tun hat«, sagt Erika. »Sie war ziemlich wütend auf ihn, als ich sie zuletzt traf.«

»Tommy? Warum das denn?«

Erika schüttelt den Kopf.

»Ich weiß nicht. Sie wollte es mir nicht sagen.«

Noch eine Sache über Tilda, die ich nie erfahren werde.

»Es kann aber auch mit den Drogen zu tun haben«, fährt Erika fort. »Klas hat die Gerüchte lange nicht wahrhaben wollen, aber manchmal sah man ihr regelrecht an, dass sie high war.«

Ich weiß nicht, was ich darauf antworten soll. Ich schaue wieder hoch zu unserer Wohnung und erblicke jetzt Judette. Sie macht mir ein Zeichen, reinzukommen.

»Das, was Tilda zugestoßen ist, ist furchtbar tragisch«, sagt Erika.

Ich schaue erneut zum Fenster hoch und kann erkennen, dass Judette sauer auf mich ist.

»Ich muss gehen.«

»Ja klar«, sagt Erika rasch. »Ich fahre auch lieber wieder nach Hause, bevor noch jemand fragt, wo ich so lange war.«

Wir verabschieden uns an ihrem Auto. Obwohl meine beiden Mütter jetzt am Fenster stehen und warten, bleibe ich noch einen Moment draußen und schaue den roten Rücklichtern nach, bis sie hinter einer Ecke verschwinden.

Erika tut mir leid. Sie opfert so viel von der uns noch verbleibenden Zeit, nur um die Harmonie in ihrer Familie zu wahren.

Aber wer bin ich, das infrage zu stellen? Ich hätte schließlich auch fast alles in Kauf genommen, um weiter mit Tilda zusammen sein zu können.

NAME: LUCINDA
TELLUS# 0 392 811 002
POST 0024

Wir sagen oft, dass jemand »verrückt geworden« ist, auch wenn er nur wütend oder verzweifelt ist. Und wir bezeichnen Personen, die spontan und völlig ausgelassen sind, als »leicht durchgeknallt«, und meinen es positiv (wenn es einem gefällt).

Doch das ist etwas völlig anderes, als wenn jemand wirklich verrückt geworden ist. Nichts macht einem mehr Angst als das. Man wird daran erinnert, dass auch in einem selbst jeden Moment etwas kaputtgehen kann.

Klas schlug also mit einem Löffel gegen seine Kaffeetasse und dankte uns allen für unser Kommen. Dann forderte er alle Anwesenden auf, für Tildas Seele zu beten, auch wenn Tilda nie an Gott geglaubt hatte. Wir sollten Gott preisen, weil die Stunde der Erlösung bald gekommen wäre.

»Gott wird ein Fischernetz über unsere Seelen auswerfen«, predigte er. »Nur die wahren Gläubigen werden im Netz hängen bleiben und in den Himmel hinaufgezogen.«

Die Verfaulten und Verdorbenen würden verurteilt werden. Im Unterschied zu Tilda könnten wir noch immer gerettet werden.

Wenn in einem Menschen etwas kaputtgegangen ist, sieht man es in seinen Augen. Man erkennt es zum Beispiel an einem Grinsen, das immer breiter wird, bis es kaum noch menschliche Züge trägt.

Caroline sprang so rasch von ihrem Stuhl auf, dass er umkippte. Sie bat Klas aufzuhören und meinte, dass jetzt nicht der richtige Zeitpunkt für Bekehrungen wäre. Er antwortete mit einem Bibelzitat. Ich habe es im Internet gefunden.

Und die Sterne werden vom Himmel fallen, und die Kräfte der Himmel werden erschüttert werden. Und dann wird das Zeichen des Sohnes des Menschen am Himmel erscheinen; und dann werden wehklagen alle Stämme des Landes, und sie werden den Sohn des Menschen kommen sehen auf den Wolken des Himmels mit großer Macht und Herrlichkeit.

Als Caroline ihm einen Arm um die Schultern legte und ihn drängte, sich wieder hinzusetzen, stieß er sie von sich. Ich bemerkte die Panik hinter seinem manischen Lächeln. Er rief aus, Caroline hätte gerade bestätigt, dass die Wahrheit bereits in der Bibel geschrieben steht.

In den letzten Tagen werden Spötter mit Spötterei kommen, die nach ihren eigenen Begierden wandeln und sagen: Wo ist die Verheißung seiner Ankunft?

Und schließlich gab er Caroline die Schuld daran, dass Tilda nicht zu Gott kommen durfte.

Tildas Opa und noch ein paar weitere Männer versuchten Klas aus dem Raum zu zerren. Dabei fiel er über einen der Tische, sodass Kaffeetassen und Kuchenteller auf dem Steinboden landeten und zu Bruch gingen. Caroline schrie, dass er alles kaputtmachen würde.

Ich hatte den Eindruck, dass damit eine Reaktion in Gang gesetzt worden war, die sich womöglich nicht mehr stoppen ließ. Der gesamte Saal vibrierte. Klas erinnerte uns daran, dass wir alle bald sterben müssen. Alle haben entsetzliche Angst. Und Angst schlägt wahnsinnig schnell in Hass um.

Vielleicht sorgt der Komet dafür, dass die meisten von uns verrückt werden. Doch an Klas wurde es besonders deutlich.

Schließlich brachte sein Bruder Anders ihn nach draußen. Erika folgte den beiden natürlich. Wir alle im Saal hörten Klas' Geschrei noch, bis die Eingangstüren zuschlugen.

Caroline musste von ihren Eltern und dem Pastor getröstet werden. Ich lief hinaus, um nach Miranda zu suchen.

Sie saß zusammen mit Molly auf einer Parkbank hinterm Gebäude. Ich war so stolz auf meine Schwester, als ich sie erblickte. Sie tröstete Molly in derselben Art und Weise, wie Tilda mich manchmal getröstet hatte, als wir kleiner waren, und strich ihr mit einer Selbstverständlichkeit über den Rücken, die ich nie besessen hatte.

Die beiden hatten Klas' Schreie und das Geschirrpoltern mitbekommen. »Muss ich jetzt nach Hause?«, fragte Molly. »Ich glaube schon«, antwortete ich, obwohl es mir fast das Herz brach, als ich mir vorstellte, wie ihr Leben wohl inzwischen aussah. Daraufhin schaute Molly mich mit bis zu den Ohren hochgezogenen Schultern an und meinte, dass sie die Wahrhaftige Kirche hasste und Klas auch. »Die sind fast jeden Abend in der Kirche beim Gottesdienst und morgens lesen sie zu Hause immer mehrere Stunden in der Bibel. Nur Mama ist noch normal, aber sie tut so wie die anderen, nur damit es keinen Streit gibt.« Ich fragte Molly, ob sie auch so tun müsste, woraufhin sie mir einen trotzigen Blick zuwarf, der mich ein wenig hoffen ließ. Dann sagte sie, dass sie zwar in der Wahrhaftigen Kirche getauft worden war, aber »weil die wissen, dass ich nicht an Gott glaube, muss ich nicht mehr hingehen. Die meinen auch, dass Gott sieht, dass ich eine Betrügerin bin, und beten deshalb für mich mit.« Kurz darauf kam Anders hochrot im Gesicht angelaufen. »Komm jetzt, Molly«, forderte er sie auf. »Wir müssen nach Hause. Klas fühlt sich nicht gut.« Und Mollys Schultern rutschten noch ein Stück höher, bevor sie von der Bank aufstand.

Hinterher erzählte Miranda, dass sie Molly gefragt hätte, ob sie nicht mal zu uns kommen wollte. Doch Molly darf sich nicht mehr mit Freunden treffen, die keine Mitglieder der Wahrhaftigen Kirche sind. Aber die beiden haben zumindest ihre Handynummern ausgetauscht und ich hoffe, dass sie wenigstens heimlich telefonieren können. Molly braucht dringend eine Freundin wie meine Schwester.

Schließlich kam mein Vater und holte uns. Miranda bombardierte ihn regelrecht mit Fragen, bis er irgendwann völlig genervt war. Er ist der klassische Naturwissenschaftler, der alles hasst, was mit Religion zu tun hat. Und plötzlich war ich diejenige, die sich gezwungen fühlte, die Religion zu verteidigen und Miranda zu erklären, dass nicht alle Christen so sind wie die Anhänger der Wahrhaftigen Kirche.

Unterwegs fuhren wir am Friedwald vorbei, wo die Asche meiner Mutter liegt und wo auch Tildas Asche bald liegen wird. In weniger als drei Wochen werden mein Vater, Miranda und ich ebenfalls zu Asche werden. Kleine Partikel von uns werden sich mit kleinen Partikeln von ihnen vermischen. »Zum Glück kommt der Komet bald, dann muss ich deine Beerdigung nicht auch noch planen«, sagte mein Vater, als Miranda außer Hörweite war. Es war einer unserer

Viel-zu-derben-Witze, und ich lachte. Doch ich vermute, dass mehr Wahrheit darin lag, als wir vor uns selbst zugeben wollten. Ich glaube, dass ihm entsetzlich davor graute, eines Tages dasselbe durchmachen zu müssen, was Caroline gerade durchgemacht hat: das eigene Kind zu beerdigen.

NOCH ZWEI WOCHEN UND VIER TAGE

SIMON

Ich wusste nicht, dass wir 'ne Arbeit schreiben, sage ich und starre auf das Papier vor mir, das vollgeschrieben ist mit Zahlen und Zeichen, die ich noch nie zuvor gesehen habe. Ich schaue mich im Klassenzimmer um. Die Sonne scheint durch die Fenster herein und die Zweige der Birken wiegen sich sachte im Wind. Sie sind voller Blätter, es ist Frühling. Johannes schaut auf und wirft mir einen mitleidigen Blick zu, bevor er weiterschreibt. Im ganzen Klassenzimmer kratzen Bleistifte über Papier. Hampus ist schon fertig. Er grinst mich an, bevor er sich mit dem Oberkörper auf den Tisch legt und die Kappe über die Augen schiebt, um eine Runde zu schlafen. Neben ihm sitzt Ali, auf seinem Taschenrechner herumtippend. Als jemand mit der Hand auf meinen Tisch klopft, zucke ich zusammen. Ich drehe mich auf meinem Stuhl um. Unser Mathelehrer Rolf schaut mich fragend an. *Brauchst du Hilfe?*, fragt er. *Ich hab nicht gelernt,* gestehe ich. *Ich dachte nicht, dass noch Unterricht ist.* Jemand kichert. Rolf beugt sich zu mir herunter. *Dir ist schon klar, dass du nicht versetzt wirst, wenn du die Klausur nicht bestehst?* Und auf einmal stelle ich fest, dass ich alles nur geträumt habe. Es gibt gar keinen Kometen. Die Welt hat sich in gewohnter Weise ohne mich weitergedreht, während ich meine gesamte Zukunft verspiele. Als ich die Prüfungsaufgaben erneut betrachte, befällt mich das Gefühl, total versagt zu haben. Es ist, als lägen kalte Gesteinsbrocken in meinem Magen. Jetzt sind die Seiten leer. Aber wenn es den Kometen gar nicht gibt ... und alles so ist wie immer ... bedeutet es doch, dass Tilda noch lebt. Ich stehe von meinem Stuhl auf, verlasse den Klassenraum und betrete schließlich ihr Zimmer. Sie steht am Fenster. Die Sonne lässt ihr dunkles Haar in Kupfertönen schimmern. *Hallo,* begrüße ich sie. Tilda entgegnet nichts, dreht sich aber zu mir um. Auf ihrem Auge krabbelt eine Fliege herum. Tilda versucht sie wegzublinzeln, aber die Fliege bleibt. *Eigentlich sollten wir besser nicht hier sein,* sagt sie. *Heute Abend wird hundertpro irgendwas Schlimmes passieren.* Jetzt stehen wir hinter der Glasfabrik. Aus ihrem Mund krabbeln weitere Fliegen. Ich bin zu spät gekommen.

Ich wache auf und mein Herz pocht so heftig, als würde es jeden Moment aus meinem Brustkorb herausspringen.

Judette steht mit ihrem Laptop in der Hand im Türrahmen. Hat sie angeklopft? Ich suche auf dem Fußboden nach meinem Handy, doch dann fällt mir ein, dass ich es gestern Emma gegeben habe.

»Wie spät ist es?«, frage ich.

»Fast halb zwei.«

Ich habe den halben Tag verschlafen. Mich schlafend dem Ende genähert.

»Simon«, sagt Judette, und jetzt merke ich, dass sie mich befremdlich anschaut. »Maria hat gerade angerufen. Auf YouTube gibt es einen Clip über dich.«

Meine Haut spannt am ganzen Körper.

»Was für'n Clip?«, frage ich.

Judette betritt das Zimmer und setzt sich auf meine Bettkante. Sie wirkt zögerlich.

»Ein Mädchen behauptet, Sex mit dir gehabt zu haben. An dem Abend, als Tilda starb.«

Die Blondierte. Deren Namen ich nicht mal mehr weiß. Ich starre auf den Laptop.

»Zeig mal her«, fordere ich sie auf.

Judette klappt ihn auf. Das YouTube-Fenster ist geöffnet. Zwei aufgerissene Augen starren geradewegs in die Kamera. Ihr Gesicht ist ungeschminkt und gleichmäßig beleuchtet, als würde sie vor einem Fenster sitzen. *Ich hatte Sex mit einem Mörder,* lautet der Titel des Clips. Bislang 238 Klicks.

Ich schüttele den Kopf. Sie klappt den Laptop wieder zu.

»Und was sagt sie?«, frage ich.

»Sie behauptet nicht, dass der Sex nicht freiwillig gewesen wäre, oder so«, antwortet Judette rasch. »Das nicht. Sie lässt sich nur lang und breit darüber aus, dass es genauso gut sie hätte treffen können und dass es ihr vorkam, als wärst du mit den Gedanken ganz woanders ... dass du den Mord da schon geplant hast.«

Ich lache auf.

»Wir haben Anzeige erstattet«, fährt Judette fort. »Aber du weißt ja ...«

Sie braucht den Satz nicht zu beenden. Wir glauben beide nicht daran, dass der Clip aus dem Netz genommen und auch nur irgendein Polizist die Anzeige lesen wird.

»Falls du ihn dir anschauen willst, verzichte lieber darauf, die Kommentare zu lesen«, rät Judette.

Ich nicke. Plötzlich brandet heftige Wut in mir auf. Ich hasse Tilda, leidenschaftlich und abgrundtief, weil sie mich in diese Situation gebracht hat.

Heißen Dank auch, Tilda. Danke, dass mein Leben jetzt die reinste Scheiße ist.

»Es tut mir so leid, dass dieser verdammte Mist einfach kein Ende hat«, sagt Judette.

»Mir auch«, entgegne ich und stehe auf.

Emma hat mein Handy auf den Küchentisch gelegt. Judette schaltet den Fernseher ein und ich höre den Ton mit, während ich Teewasser aufsetze. In mehreren europäischen Ländern sind inzwischen Suizidkliniken eingerichtet worden, denn die vielen Toten, manchmal sind es sogar ganze Familien, stellen in bevölkerungsstarken Gebieten eine Gesundheitsgefährdung dar. Ich gieße das heiße Wasser in den Becher und schmiere mir ein Brot.

Stina wurde heute Nacht wegen eines weiteren Selbstmordes gerufen. Ein Mann hatte seine Ehefrau tot in der Badewanne aufgefunden. Waren es Tabletten? Oder eine Rasierklinge?

Würde ich so was über mich bringen?

Ich überlege und mein Herz schlägt schneller. Würde ich es tun können?

Nein. Aber vielleicht werde ich diese Frage eines Tages mit Ja beantworten.

Und wenn ich es dann doch nicht schaffe?

Plötzlich erscheinen mir zweieinhalb Wochen viel zu lang. Ich setze mich an den Tisch. Unvermittelt spüre ich eisige Nadelstiche auf der Stirn und an den Schläfen. Ich werfe einen Blick auf mein Handy und ziehe es zu mir heran. Schalte es ein.

Ich gehe ins Internet und die Nachrichten strömen nur so herein. Insgesamt zwölf. Fast alle von unbekannten Nummern.

Ich stehe vom Tisch auf. Will nur noch weg. Doch ich kann nirgendshin. Dann fängt mein Handy auf der Tischplatte an zu brummen. Auf dem Display lese ich Lucinda. Als ich danach greife, setzt sich das Vibrieren im ganzen Körper fort. Ich melde mich nur, um es zu beenden.

»Was willst du?«, frage ich.

»Es tut mir leid. Und das meine ich auch so. Es tut mir wirklich leid.« Sie klingt atemlos. Vielleicht ist sie aber auch nur nervös. »Können wir uns treffen?«

»Und warum?«

Emma kommt in die Küche und schaut mich fragend an.

»Ich kann gut verstehen, dass du das fragst«, antwortet Lucinda. »Aber wir müssen reden.«

Ich schaue aus dem Fenster. Dicke weiße Wolken rasen über einen farblosen Himmel. Wie ein Film im Zeitraffer.

»Es geht um Tilda«, fährt Lucinda fort. »Sie hat mir einen Brief geschrieben.«

NAME: LUCINDA
TELLUS# 0 392 811 002
POST 0025

Caroline hat mich heute Morgen mit einem Anruf geweckt. Sie wollte mir etwas zeigen und bat mich zu ihr zu kommen. Diesmal vernahm ich nicht den gespenstischen Geruch nach Chlor im Haus. Ich hörte auch keine Geräusche aus dem Obergeschoss. Doch ich spürte Tildas Anwesenheit mehr denn je.

Die Polizei hatte morgens ihren Laptop zurückgebracht und Caroline fand darauf einen Brief an mich. Sie ließ mich im Wohnzimmer allein, damit ich ihn in Ruhe lesen konnte. Ein großer Vertrauensbeweis, den ich missbraucht habe.

Aber zuerst öffnete ich das Dokument. Es war einen Tag vor Tildas Tod erstellt worden. Beim Lesen musste ich mir immer wieder klarmachen, dass es kein Abschiedsbrief war. Im Gegenteil. Tilda konnte nicht wissen, dass sie schon tot wäre, wenn ich ihn lesen würde.

Ich mailte mir den Brief zu und habe ihn hier unten angefügt. In der TellUs-App geht es so oft um Tilda, dass ich es nur gerecht finde, wenn sie jetzt ihre Sicht der Dinge mit eigenen Worten schildern kann.

Ich wünschte, du könntest beim Lesen ihre Stimme hören. Ich kann es so deutlich, als würde Tilda neben mir sitzen. Der Inhalt ist ziemlich nichtssagend und wirr und sie redet schneller als sonst, aber immerhin sind es ihre Worte.

Lucinda. Ich weiß nicht, wie ich anfangen soll. Ich hab Dir so viel zu erzählen und will Dir so viel sagen, dass mein Kopf auf einmal ganz leer ist. Ich vermisse Dich so wahnsinnig, aber ich bin zu feige, um wieder mit Dir in Kontakt zu kommen. Ich hab so große Angst, dass Du enttäuscht bist, wenn Du mich siehst, aber ich will es trotzdem versuchen, ich hab lange drüber nachgedacht (hast Du auch an mich gedacht? Ich hoffe es). Meine Mutter hat letztens Deinen Vater in der Stadt getroffen und er sagte, dass Du mit der Chemo aufgehört hast und dass DIE ALTE LUCINDA ALLMÄHLICH WIEDER ZUM VORSCHEIN KOMMT. Sie hat es beim Abendessen erzählt und danach habe ich beschlossen, diesen Brief zu schreiben. Ich weiß noch nicht, ob ich ihn abschicke. Im Augenblick kann ich nämlich keinen klaren Gedanken fassen, aber ich will auch nicht die Nächte (oder die Tage) verschlafen, jetzt, wo wir nur noch so wenige vor uns haben und es immer weniger werden. Ich will noch so viel wie möglich erleben, es gibt so viel, was ich ausprobieren will, haben wir doch immer alles aufgeschoben, weil wir so brave kleine Mädchen waren, die alles taten, was von uns erwartet wurde, wir haben trainiert und gebüffelt und unser Bestes gegeben und sind abends immer pünktlich nach Hause gekommen. Ist Dir auch aufgefallen, dass unser ganzes Leben darauf hinauslief, auf die Zukunft zu setzen? Und jetzt gibt es plötzlich keine Zukunft mehr, was für'n SCHEISS! Haha. Das Wort ist so schrecklich, aber MAN MUSS ÜBER DIESE SCHEISSE DOCH WENIGSTENS LACHEN KÖNNEN. Ich vermisse es, gemeinsam mit Dir zu lachen. Wenn wir uns wiedersehen, erzähle ich Dir mehr darüber, dass ich gar nicht so vernünftig war, wie alle glaubten, Dich und Simon eingeschlossen, aber Ihr wart trotzdem diejenigen, die mich am allerbesten kannten. Ich hab rumgetrickst und geschummelt und es gibt auch einen Grund dafür, warum ich so geworden bin. Ich weiß genau, was die anderen hinter meinem Rücken tuscheln, und Du wirst es vielleicht auch irgendwann mitkriegen, wenn Du es nicht schon weißt. Aber ich will es auf meine Weise erzählen. Nicht, um die Schuld von mir zu schieben, sondern weil ich will, dass Du es verstehst. DU BIST DIE EINZIGE, DIE ES VERSTEHEN WIRD. Neulich haben wir in der Schwimmhalle Party gemacht und es war meine Idee. Ich wollte Tommy ans Bein pissen, weil er so viel kaputtgemacht hat, aber nun werde ich ihn nicht wieder los. Ich schaffe es ja nicht mal, darüber zu schreiben, aber ich erkläre Dir alles, wenn wir uns treffen. Ich dachte eigentlich, dass es meine kleine Rache sein könnte, wenn sich die Leute besaufen und ficken und alles zumüllen, aber, Lucinda, Lucinda, Lucinda, jetzt bereue ich es, denn die Schwimmhalle

war doch DEIN UND MEIN Zuhause, der einzige Ort, an dem ich immer wusste, wer ich war, und jetzt hab ich ihn zerstört. KACKE.
Simon war auch da. Er glaubt, mich noch immer zu lieben, und ich musste mich zwingen, gemein zu ihm zu sein, damit er endlich aufgibt. Er soll nicht noch mehr Zeit mit mir vergeuden. Früher oder später wäre sowieso Schluss mit uns gewesen, aber jetzt erinnert er sich nur an das Gute, weil er Angst vorm Alleinsein hat und glaubt, dass ich die Lösung für sein Problem wäre. Er hat eine Frau verdient, die ihm geben kann, was er braucht, doch das bin nicht ich. Ich will für niemanden mehr verantwortlich sein, außer für mich selbst. Dennoch tut es weh, weil ich ihn noch immer mag und er einer der besten Menschen ist, die ich kenne, aber jetzt muss ich einen glatten Schnitt machen, damit er nicht glaubt, dass wir noch eine Chance haben. Es ist besser für uns beide, wenn er das kapiert.
Jetzt habe ich weder Dich noch ihn. Aber ich erkenne mich selbst ja nicht mal mehr wieder. Ich weiß nicht mehr, wer ich in dieser Welt eigentlich bin.
Das Schreiben tut mir gut und irgendwie kommt es mir vor, als würde ich schon jetzt mit Dir reden. Das Problem ist nur, dass Du nicht antworten kannst, aber ich brauche Deine Hilfe, glaube ich.
Meine Angst ist so groß, deshalb kann ich auch keine Sekunde stillstehen. Letztens hab ich mit Stina gesprochen, Simons Mutter. Sie ist Pastorin, wusstest Du das? Hab sie gefragt, was passieren wird, wenn wir alle tot sind. Papa ist nämlich der Wahrhaftigen Kirche beigetreten und voll der Überzeugung, dass ich in die Hölle komme, wenn ich mich nicht bei ihnen taufen lasse. Krass, oder? Mein geliebter, feiger, dämlicher Papa ist in null Komma nichts zu 'nem durchgeknallten Prediger geworden, es ist wie in einem Horrorfilm. Aber das Gespräch mit Stina war gut. Ich mag sie. Und sie hat mich in gewisser Weise beruhigt. Am Ende unseres Gesprächs wünschte sie sich, ich würde an Gott glauben, und als ich wissen wollte, ob sie es nur täte, damit ich in den Himmel komme, lachte sie bloß und meinte, dass ich sowieso in den Himmel komme, aber es würde hier leichter sein, wenn ich mich an ihn wenden könnte. Das leuchtete mir ein. Ich würde mich gern an jemanden wenden, an den ich glauben kann. Doch ehrlich gesagt kommt mir der Himmel fast genauso be-

drohlich vor wie die Hölle, denn ich kann nicht an die EWIGKEIT denken, ohne vor lauter Panik kotzen zu müssen. Ich hoffe nur, dass alles ganz plötzlich zu Ende geht und es dunkel wird und man nichts mehr weiß und nie mehr nachdenken muss.

Ich glaube, jetzt kapiere ich, warum Du Dich nicht mehr mit mir treffen wolltest, als Du krank wurdest. Damals hab ich es nicht begriffen, ich war nur traurig und verletzt und hab versucht, Dich zu hassen, aber jetzt weiß ich, wie es ist, wenn man ein Todesurteil bekommt. Ich würde auch nicht wollen, dass mich jemand anstarrt und versucht, mich zu retten.

Aber irgendwie denke ich schon, dass ich gerettet werden muss. Ich hab so lange versucht, vor mir selbst zu fliehen, dass ich nicht mehr allein zurückfinde, bevor es zu spät ist. Aber was wird passieren, wenn ich versuche damit aufzuhören? Ich mache es nämlich schon viel länger, als alle wissen.

Es ist nicht so schlimm, solange ich nicht darüber nachdenke, und außerdem versuche ich, niemanden näher an mich ranzulassen. Ich tue zwar so, als wäre ich immer noch mit Elin und Amanda und den anderen befreundet, aber ich bin es nicht wirklich. Jedenfalls ist es nicht so wie mit Dir.

Es gibt nur einen Menschen, bei dem ich wirklich ich selbst sein kann. Er bringt mich zum Lachen, manchmal sogar, ohne es zu wollen. Andere finden bestimmt, dass er mir nicht guttut, doch er hört mir zu, ohne mich zu verurteilen, und ich weiß, dass er nie irgendwas ausplaudern würde. Ich schreibe diesen Brief übrigens bei ihm zu Hause, und FALLS ER VERSUCHEN SOLLTE, MIR ÜBER DIE SCHULTER ZU SCHAUEN, MUSS ER SOFORT DAMIT AUFHÖREN. Er ist ein bisschen (okay, ZIEMLICH) besessen vom Weltall, war es aber schon, bevor wir vom Kometen erfahren haben, und er besitzt ein Teleskop. Ihm zufolge werden wir ihn schon bald kommen sehen. Er hat mir auch erzählt, dass man vor einigen Jahren ein Planetensystem um einen Zwergstern namens Trappist-1 entdeckt hat, das mehrere offenbar bewohnbare Planeten umfasst. Sie sind 40 Lichtjahre von der Erde entfernt, was natürlich unfassbar weit weg ist, aber irgendwie auch ziemlich nah, wenn man bedenkt, dass das Weltall UNENDLICH ist (muss gleich wieder kotzen, das Wort ist genauso schlimm wie EWIGKEIT). Die NASA hat anhand ihrer Teleskope versucht rauszufinden, wie es dort aussieht. Ich musste sofort dran denken, wie es wohl wäre, wenn jemand von dort ZURÜCKSCHAUT???!!?, dann sieht er die Erde so, wie sie vor 40 Jahren aussah. Also das Licht, das jetzt von hier zu ihnen rüberscheint. Vielleicht würden sie ja unsere Eltern sehen, aber eben als Kinder, und wir sind noch gar nicht geboren. Wir gehören der ZUKUNFT an. Irgendwie ein abartiger Gedanke, aber trotzdem schön, finde ich. Als bekämen wir eine zweite Chance.

Ich muss jetzt aufhören. Vielleicht doch mal 'ne Runde schlafen. Werde den Brief noch mal lesen, bevor ich ihn abschicke, bin nämlich gerade 100 % fucked up. Klingt bestimmt alles völlig gestört. Aber Du hast mich immer verstanden, auch wenn ich 'n bisschen gaga war. TAKES ONE TO KNOW ONE. Haha.

Umarmung. Liebe. Und all das.

Tilda

Als ich ins Carolines Wohnzimmer den Brief las, weinte ich nicht. Mein Gehirn übernahm sozusagen. Ich wusste, dass dies meine einzige Chance war, um mehr herauszufinden, und ich konnte nicht darüber nachdenken, ob es richtig oder falsch war. Also wartete ich, bis ich sicher war, dass Caroline in der Küche beschäftigt war. Tilda hatte sich nicht aus den sozialen Medien ausgeloggt und ihr Laptop war ans Netz angeschlossen. Ich konnte also einfach reingehen und mir ihre Nachrichten anschauen. Vermutlich hat die Polizei dasselbe getan, auf der Jagd nach denselben Informationen wie ich – offenkundige Morddrohungen oder irgendwelche Verabredungen in Norra. Aber da war nichts. Doch es gab etwas anderes. Sowohl vor als auch nach ihrem Tod. Jemand hatte offenbar ihr Handy in seinen Besitz gebracht und sich als Tilda ausgegeben, damit keiner ernsthaft nach ihr suchen würde. Ich entdeckte auch meine eigene Nachricht, auf die ich nie eine Antwort bekommen hatte. Doch am Tag darauf wurde Tildas Leiche gefunden und es gab keinen Anlass mehr, so zu tun, als ob.

Ich habe einfach alles abfotografiert, worüber ich weiter nachdenken wollte. Oder was ich überprüfen wollte. Anschließend habe ich mich von Caroline verabschiedet und dafür bedankt, den Brief lesen zu dürfen. Ich umarmte sie und auch als sie weinte, spürte ich noch immer nichts. Ich konnte sie sogar wegen des Vorfalls gestern im Lindgård trösten. Meine eigenen Tränen kamen erst, als ich wieder zu Hause war.

Ich kann mich nicht erinnern, je so heftig geweint zu haben. Ich wusste nicht einmal, dass ich dazu fähig war. Hinterher war ich völlig am Ende, wie nach einem Marathon.

Kannst du auch weinen oder hast du andere Ventile, wenn der Druck von innen zu stark wird?

Ich habe vorhin mit Simon gesprochen. Er kommt gleich zu mir. Ich finde, dass er erfahren sollte, was Tilda über ihn geschrieben und wie viel er ihr bedeutet hat.

Vielleicht können wir einander helfen. Ich brauche ihn. Und er braucht mich.

Er hat Tilda nicht getötet. Das weiß ich jetzt.

Jetzt klingelt es an der Tür. Ich schreibe später weiter.

SIMON

Ein kleines Mädchen im Grundschulalter öffnet die Haustür. Sie ähnelt Lucinda auf Tildas alten Fotos.

»Hallo, ich wollte zu Lucinda«, sage ich und versuche, nicht in jene künstliche Erwachsenensprache zu verfallen, die ich in diesem Alter selbst hasste.

»Und wer bist du?« Sie schaut mich skeptisch an. »Kommst du von der Wahrhaftigen Kirche?«

»Nein. Ich bin ein Freund.«

Sie wirkt nicht überzeugt. Mir fällt ein, dass Lucinda im Lauf dieses Jahres bestimmt nicht oft Besuch bekommen hat.

»Ich heiße Simon«, füge ich hinzu und merke, dass sie neugierig geworden ist.

»Bist du Tildas Ex?«

Langsam werde ich ungeduldig.

»Lucinda hat mich gebeten zu kommen«, sage ich. »Kannst du sie vielleicht holen?«

»Warte hier.«

Sie knallt die Haustür wieder zu und ich höre sie drinnen nach Lucinda rufen. Ich werfe einen Blick in den Garten, wo schon jede Menge kleine Früchte an den Apfelbäumen hängen. Im Sonnenuntergang ist das Abendlicht golden. Über die Ränder eines Beets quillt Kapuzinerkresse mit roten, gelben und orange geflammten Blüten, als sei ihr bewusst, dass sie zum allerletzten Mal blüht, und sie ihr Bestes geben wolle.

Ich schaue zu Tildas Haus hinüber, das hinterm Blattwerk verborgen ist.

Bald ist alles weg.

Tilda hatte es schon begriffen, bevor ich es mir selbst eingestanden habe. Sie hatte nicht die Augen davor verschlossen, was passieren wird. Woran dachte sie nur, als wir zusammen auf dem Fußboden in ihrem Zimmer lagen? Sie war so still, dass ich glaubte, sie würde schlafen, doch stattdessen verfolgte sie ihre Nachrichten. Sie konnte ihren Blick nicht vom Bildschirm lösen. Hatte sie da schon beschlossen, Schluss zu machen, während ich sie in den Armen hielt und ihr sagte, dass ich sie liebe?

Hinter mir wird die Türklinke heruntergedrückt.

»Komm rein«, fordert mich Lucinda auf.

Sie hat sich eine Strickjacke übergeworfen und trägt auch im Haus eine Mütze. Sie wirkt müde und scheint gerade geweint zu haben. Ich folge ihr in den Flur und ziehe mir die Schuhe aus. Im Haus riecht es gut. Sauber. Kühl. Frisch gelüftet. Die Wand gegenüber der Garderobe ist voll mit Fotografien von Familienmitgliedern unterschiedlicher Generationen. Rahmen an Rahmen. In der Mitte ist ein Brautpaar an einem Strand zu erkennen. Der Mann ist blond und hat einen leichten Sonnenbrand. Er trägt eine Brille mit einem schmalen Metallgestell, das kaum auffällt. Die Frau ist etwas größer als er und hochschwanger. Sie trägt ein schlichtes weißes Kleid. Im Hintergrund erahne ich eine Gruppe festlich gekleideter Gäste und einen Mann, der der Standesbeamte sein könnte.

Lucindas Eltern wirken auf ihrem Hochzeitsfoto glücklich. Es war augenscheinlich ein Tag voller Zukunftshoffnungen und sie hatten keine Ahnung, was sie erwarten würde. Und der Strand, wo auch immer er liegt, wird bald für immer verschwunden sein.

Ich schiebe den Gedanken beiseite. Lucinda fragt, ob ich etwas trinken möchte, doch ich lehne ab. Ich will nicht länger warten als nötig, um zu erfahren, was in dem Brief steht.

Wir betreten eine Küche mit knarrenden Holzdielen, die kaum merklich unter den Füßen nachgeben. Die Wände sind halbhoch mit weiß gestrichenem Holzpaneel verkleidet und die Fenster haben Sprossen. Lucinda betritt vor mir einen Flur, von dem ein Esszimmer abgeht, und wir kommen an mehreren eingebauten Anrichten vorbei. Das Haus hat offenkundig eine Geschichte. In früheren Zeiten lief hier vielleicht Personal mit weiß gestärkten Schürzen herum. Dienstmädchen, die Knickse machten und sich hin und wieder einen Klaps auf den Hintern gefallen lassen mussten. Dieses Wohngebiet gehört zu jenen der Stadt, in denen sich die Wohlhabenden niederließen. Auf einmal wird mir bewusst, dass die Familie, die einst in diesem Haus lebte, niemals mit Bewohnern aus meinem Viertel Umgang gepflegt hätte.

»Wir gehen am besten in mein Zimmer«, sagt Lucinda.

Im oberen Stockwerk erblicke ich ein großes Zimmer mit mehreren Sitzmöbeln und Lampen, die ziemlich teuer aussehen. Offenbar das Werk eines Einrichtungsprofis. Lucinda folgt der Treppe bis zu einem Absatz mit zwei weiß gestrichenen Türen und öffnet eine davon. Als wir das Zimmer betreten, ist sie leicht außer Atem.

Ich schaue mich um. An einer Wand steht ein Schreibtisch, vollgepackt mit Zetteln und Stiften sowie einem Stapel alter Bücher, die an Tagebücher erinnern. Mitten im Raum bilden ein schmales Sofa und zwei kleine Sessel eine Sitzgruppe. Das Bett ist nachlässig gemacht. Auf der Decke liegt ein zugeklappter Laptop, der ein leises Summen von sich gibt. Die Lüftung. Ich frage mich, ob Lucinda in TellUs geschrieben hat, bevor ich kam.

Tilda ist bestimmt ziemlich oft hier gewesen, auch über Nacht. Ich gehe zu einem der kleinen Fenster. Durch die Zweige der Bäume kann ich ihr Haus erahnen. Ich frage mich, wie es Caroline wohl geht und ob sie gerade daheim ist.

Als ich mich umdrehe, schaue ich auf die Regale an der gesamten Wand um die Zimmertür herum. Die sind voller Bücher, die aneinandergepresst oder gestapelt sind. Hat Lucinda sie etwa alle gelesen?

Sie setzt sich auf einen der Sessel und ich sinke ins Sofa gegenüber. Es ist erstaunlich weich gepolstert.

»Ich hoffe, dass es für Tilda okay gewesen wäre, dir den Brief zu zeigen«, sagt Lucinda und stellt ihren Laptop auf den runden Tisch zwischen uns.

Am liebsten hätte ich ihn sofort an mich gerissen. Doch ich gedulde mich, bis Lucinda mir den Bildschirm zudreht.

Meine Augen scannen den Text automatisch nach meinem Namen.

Simon war auch da. Er glaubt, mich noch immer zu lieben.

Letztens hab ich mit Stina gesprochen, Simons Mutter.

Ich hole tief Luft und fange an, den Brief von vorn zu lesen. Ich lese ihn wieder und wieder, bis die Zeilen ineinanderfließen.

jetzt muss ich einen glatten Schnitt machen

er einer der besten Menschen ist, die ich kenne

Als ich mich auf dem Sofa zurücklehne, betrachtet Lucinda mich forschend.

»Bist du okay?«

»Ich weiß nicht«, antworte ich.

Wie sollte ich okay sein können?

Wie soll ich es je wieder werden, selbst wenn ich noch ein ganzes Leben vor mir gehabt hätte?

Ich schnaube auf und es hört sich an wie ein Schluchzen, bis ich merke, dass ich lache. Es ist, als wenn man seinen Finger in eiskaltes Wasser taucht und glaubt, sich zu verbrennen. Ich habe keine Ahnung, was ich empfinde.

Bin ich froh darüber, was Tilda über mich schreibt? Oder macht es alles nur noch schlimmer?

Ich lache weiter, ich lache so lange, bis ich weinen muss und nicht mehr aufhören kann. Lucinda schaut mich nervös an und ich bekomme es selbst mit der Angst zu tun. Dieses Lachen ist nicht mein eigenes. Es kommt eher von einem Geschöpf, das sich in meinen Körper geschlichen und das Kommando übernommen hat.

Doch dann verstummt es abrupt und lässt eine dröhnende Leere zurück.

»Ich glaub, ich werde langsam verrückt«, sage ich.

»Da bist du nicht der Einzige.«

Als ich mir die Tränen abwische, brennt es in meinen Augen, als würde das Salz meine Haut zerfressen.

»Tilda meinte übrigens, dass irgendwas Schlimmes passieren würde. Es klingt, als hätte sie es da schon gewusst.«

Lucinda wirft mir einen entschlossenen Blick zu.

»So dürfen wir nicht denken. Sie wusste es nicht. Und *du* konntest es auch nicht wissen.«

»Ich wusste aber, dass sie Hilfe brauchte.«

Lucinda hat ihr Handy aus der Jackentasche geholt.

»Deshalb will ich ihr jetzt helfen«, sagt sie. »Ich will herausfinden, was passiert ist. Und dafür brauche ich dich.«

Ich schüttele langsam den Kopf.

»Letztens glaubtest du noch, ich hätte sie getötet. Hast du's dir etwa anders überlegt?«

»Ich hab Tildas Nachrichten auf dem Laptop gelesen.«

Lucinda wartet auf eine Reaktion meinerseits. Und ich warte darauf, dass sie weiterredet.

»Sie hat fast alles von ihrem Handy übertragen«, sagt sie.

Ich werfe einen Blick zum Fenster und muss wieder daran denken, wie Tilda am Boden in meinen Armen lag, während auf ihrem Laptop eine Nachricht nach der anderen aufpoppte.

»Du erinnerst dich doch an unsere erste Begegnung auf dem Steg«, sagt Lucinda. »Da hattest du gerade eine Nachricht von Tildas Handy bekommen, weißt du noch?«

»Ja.«

Alles okay. Du brauchst dir keine Sorgen um mich zu machen.

»Doch sie war bereits tot«, sagt Lucinda. »Derjenige, der ihr Handy hatte, muss sie auch getötet haben. Und da ich bei dir war, als du die Nachricht bekamst ... daher weiß ich, dass du es nicht gewesen sein kannst.«

Es dauert ein wenig, bis ihre Worte bei mir ankommen und ich sie begreife. Erleichterung erfasst mich, mir treten erneut Tränen in die Augen. Ich hatte schon fast die Hoffnung aufgegeben, doch jetzt gibt es so etwas wie einen Beweis dafür, dass ich unschuldig bin.

»Danke«, flüstere ich.

Lucinda tippt erneut auf ihrem Handy herum.

»Ich habe einige Nachrichten abfotografiert«, sagt sie. »Wenn wir uns zusammentun, finden wir vielleicht etwas, das die Polizei übersehen hat.«

Ich schaue sie an. Möchte nichts lieber als zustimmen. Doch zuerst muss ich ihr noch eine Frage stellen.

»Warum willst du das tun?«

»Wie meinst du das?«

»Wir werden schon bald sterben. Was macht es also noch für einen Sinn?«

»Es macht Sinn. Das muss es machen.« Lucinda schaut weg. »Wenn *nichts* mehr Sinn macht, ist ja letztlich *alles* umsonst.«

Sie räuspert sich, bemüht, ihre Tränen runterzuschlucken.

»Du hattest recht«, sagt sie dann. »Ich hab es ja gelesen. Tilda hätte mich gebraucht, als sie noch lebte. Ich bin es ihr schuldig.«

»Und dann? Was sollen wir damit anfangen, wenn wir wissen, was passiert ist?«

Lucinda schaut mich erneut an. Es dauert einen Moment, bis ich den angespannten Zug um ihren Mund deuten kann, der offenbar für unterdrückte Wut steht.

»Ich will dem Täter in die Augen schauen und sagen: *Ich weiß, dass du es warst. Und alle, die dir wichtig sind, sollen es auch wissen.* Die einzige Strafe, die jetzt noch möglich ist, oder? Keiner will am Ende allein und ausgestoßen sein.«

Wenn einer weiß, wie beschissen sich das anfühlt, dann ich. Ich frage mich, ob Lucinda es nur sagt, um mich zu manipulieren. Das brauchte es nicht.

»Und überhaupt, was wäre die Alternative?«, fragt sie weiter. »Dasitzen und Däumchen drehend auf den Untergang warten?«

Ich schaue abwechselnd zu Lucinda und auf ihr Handy.

Der Versuch, Tildas Mörder zu finden, würde wenigstens den letzten zwei Wochen und vier Tagen unseres Lebens einen Sinn geben.

»Zeig her«, sage ich.

NAME: LUCINDA
TELLUS# 0 392 811 002
POST 0026

Mein Vater ist gerade von der Arbeit nach Hause gekommen und Miranda hat ihm völlig achtlos erzählt, dass Simon hier war. Ich hatte ganz vergessen, ihr zu sagen, dass es geheim bleiben soll.

Er kennt natürlich auch die Gerüchte über Simon. Wir haben uns erneut gestritten. Als ich ihm von dem Gegenbeweis erzählte, merkte ich selbst, wie vage alles klingt. Eine Erklärung, die geradezu dazu einlädt, widerlegt zu werden. Mein Vater mutmaßte, dass Simon einen Helfer gehabt habe. Ich entgegnete, dass Simon ja gar nicht wusste, dass wir uns treffen würden. Wir wären uns gar nicht begegnet, wenn sein Hund mir nicht das Gesicht abgeleckt hätte. Dennoch musste ich meinem Vater versprechen, Simon nie wieder zu treffen.

Ich habe nicht gerade viel Übung darin, ihn anzulügen. Ich muss jetzt darin besser werden. Morgen wollen Simon und ich uns in Norra treffen, um uns den Ort näher anzusehen, wo Tilda gefunden wurde. Im Internet habe ich gesehen, dass Leute dorthin Blumen und Karten mit Abschiedsgrüßen gebracht haben. Man sagt, dass ein Mörder immer zum Tatort zurückkehrt. Vielleicht finden wir ja irgendwas.

Außerdem sind wir Tildas Nachrichten gemeinsam durchgegangen. Ich werde dir mehr darüber berichten, sobald ich wieder klar denken kann. Doch zunächst versuche ich, die Leute von Simons Unschuld zu überzeugen. Seine Mutter Judette will ihre befreundete Polizistin bitten, mich noch heute Abend anzurufen. Übrigens habe ich zum ersten Mal, seit ich krank bin, wieder etwas in den sozialen Medien gepostet und eine Nachricht an Caroline und Klas geschickt. Ich kann nur hoffen, dass es weiterhilft.

Tilda hätte ganz sicher auch nicht gewollt, dass man Simon für ihren Mörder hält.

PS: Ich frage mich, ob es meinen Vater womöglich nervös macht, dass ich wieder stark genug bin, um selbst initiativ zu sein. Ich meine damit nicht, dass er es bevorzugen würde, wenn ich krank wäre, aber vorher wusste er zumindest immer, wo ich war.

Er würde es nie zugeben, nicht einmal vor sich selbst. Aber ich glaube schon, dass da etwas dran ist.

SIMON

Ich sitze am Küchentisch und lese Lucindas Post. Sie hat es öffentlich gemacht und immer mehr Leute teilen ihn. Die Kommentare rauschen nur so herein. Unter den Absendern sind aber auch viele, die sich nicht überzeugen lassen. *Wo Rauch ist, ist auch Feuer,* schreibt einer von Tildas ehemaligen Lehrern. Ich weiß, dass er noch immer jeden Tag in die Schule geht und den Unterricht vorbereitet, an dem keiner mehr teilnimmt. Doch am meisten ärgere ich mich über diejenigen, die sich bei Lucinda bedanken und schreiben, dass sie eigentlich schon die ganze Zeit von meiner Unschuld überzeugt waren. Und wo waren sie, als ich sie am meisten brauchte? Auch Ali hat geschrieben und sich entschuldigt. Doch als ich ihn fragte, ob wir uns treffen wollen, antwortete er, dass es keine so gute Idee wäre. Feiges Arschloch.

Ich versuche mich an die Tatsache zu klammern, dass ich jetzt nicht mehr allein bin. Lucinda ist auf meiner Seite. Und wir haben einen Plan.

Judette telefoniert gerade im Schlafzimmer mit Maria. Emma hat sich ins Bett gelegt. Stina und ich sind allein in der Küche. Sie wirft gerade mehrere Konservendosen in den Müll und lächelt, als sich unsere Blicke treffen.

»Ach«, sagt sie, »mir widerstrebt es immer noch, den Müll nicht mehr zu sortieren.«

Ich nicke. Vor ein paar Wochen habe ich zum ersten Mal in meinem Leben Batterien weggeworfen. Früher habe ich auf solche Dinge immer peinlich genau geachtet. Ich fühlte mich verpflichtet, alles in meiner Macht Stehende zu tun, um die Welt zu retten.

Ich schaue Stina an und sehe, wie erleichtert sie ist. Hatte sie etwa tief in ihrem Inneren befürchtet, dass ich es doch getan habe?

Sie ist Pastorin, wusstest du das?

In Tildas Brief steht so viel, was ich noch nicht mal ansatzweise verarbeitet habe.

»Warum hast du mir nicht gesagt, dass du mit Tilda Kontakt hattest?«, frage ich.

Stina nimmt den Müllbeutel hoch und knotet ihn umständlich zu.

»Wovon sprichst du?«

»Du weißt genau, was ich meine. Im Sommer.«

Stina bleibt mit dem Müllbeutel in der Hand stehen. Er tropft, doch sie merkt es nicht.

»Tilda wollte mich als Pastorin sprechen und nicht als deine Mutter«, entgegnet sie. »Aber ich darf nicht ...«

»Was zum Teufel spielt die Schweigepflicht denn jetzt noch für 'ne Rolle?«

»Für Tilda spielte sie eine Rolle«, sagt Stina und ihre Stimme bekommt einen strengen Unterton. »Woher weißt du eigentlich, dass wir uns getroffen haben?«

»Hat sie denn nichts gesagt, was ihren Tod erklären könnte?«

»Nein.«

»Kannst du vielleicht mal darüber nachdenken, bevor du antwortest?«

Aufs Stinas Wangen breiten sich rote Flecken aus. Aus dem Müllbeutel tropft es noch immer und es bilden sich kleine Pfützen auf dem Fußboden.

»Habt ihr auch über mich gesprochen?«, frage ich.

Stinas Augen verengen sich zu schmalen Schlitzen. Jetzt ist ihr Gesicht fast purpurfarben.

»Die Welt geht bald unter, Simon. Tilda hatte andere Sorgen. Und vielleicht ist es an der Zeit, dass du auch mal an was anderes denkst.«

»Vielleicht wäre es leichter, an andere Dinge zu denken, wenn nicht alle glauben würden, dass ich sie ermordet hätte. Aber dir ist deine Schweigepflicht ja offenbar wichtiger als ich.«

»Glaubst du nicht, dass ich dir helfen würde, wenn ich könnte?«, schreit Stina. »Glaubst du, es macht mir Spaß, mir andauernd Sorgen um dich zu machen?«

Bumbum kommt in die Küche getrottet, schaut uns mit großen Augen an und schnuppert.

»Warum bin ich wohl heute Abend zu Hause?«, fragt Stina mit zitternder Stimme.

»Du hast frei, hast du gesagt.«

»Ja, habe ich auch! Weil eine der Gesprächsgruppen um einen anderen Pastor gebeten hat! Sie wollen keine Seelsorgerin, die *einen Mörder großgezogen hat*!«

Mir bleibt buchstäblich die Luft weg. Bumbum schaut zwischen uns hin und her und winselt unruhig.

»Jetzt verstehst du vielleicht, dass es nicht nur um dich geht!«, fährt Stina fort. »Ich würde liebend gern öfter zu Hause bleiben, wenn du wenigstens ein einziges Mal mit mir reden würdest, ohne gleich so zu tun, als wäre es die Aufopferung schlechthin. Oder als wäre ich nicht mehr ganz bei Trost. Aber das ist ja wohl zu viel verlangt!«

Sie fuchtelt mit den Armen, sodass sie den ganzen Fußboden vollspritzt.

»Was ist denn hier los?«, fragt Judette, aus dem Schlafzimmer kommend.

Stina schüttelt den Kopf.

»Hast du Maria erreicht?«, fragt sie betont ruhig.

»Ja, sie ruft gleich bei Lucinda an.«

»Und dann? Was wird Maria tun, damit die Bewohner dieser verfluchten Stadt endlich begreifen, dass unser Sohn unschuldig ist?«

»Ich weiß es nicht«, sagt Judette. »Wir müssen eins nach dem anderen angehen.«

»Ich will es aber nicht! Ich will, dass sie einen Plan hat!«

Bumbum schnuppert vorsichtig an den Pfützen. Erneut schreit Stina auf, aber ohne ein Wort zu sagen.

Ich stehe auf, nehme ihr den Müllbeutel aus der Hand und stelle ihn ab. Stina holt tief Luft und atmet langsam durch den Mund wieder aus.

»Entschuldige«, sagt sie. »Ich fühle mich nur so verdammt machtlos.«

»Ich weiß«, entgegne ich und lege die Arme um sie.

NAME: LUCINDA
TELLUS# 0 392 811 002
POST 0027

Die Polizistin klang freundlich und aufmerksam. Ich erkannte an ihrem Tonfall, dass sie mir glaubte. Auch für sie muss es eine Erleichterung gewesen sein, da sie Judette persönlich kennt. Sie versprach darüber nachzudenken, wie sie die Information verwenden könnte, um Simon vor der Allgemeinheit zu entlasten. Es sei ja nicht immer leicht zu wissen, was das Beste ist. Außerhalb des engeren Kreises würden die meisten schon beginnen, Tilda zu vergessen.

Und wenn man diese Leute jetzt wieder an Simon erinnerte, würde man es für ihn vielleicht nur noch schlimmer machen.

Ich glaube allerdings nicht, dass die Polizei überhaupt noch irgendwas bewirken kann. Niemand hält sich mehr an die Regeln und es werden einfach zu viele Straftaten verübt. Heute Nacht haben mehrere Mädchen in Mirandas Alter alle Pferde aus einem Stall herausgelassen, damit sie frei herumlaufen können, wenn die Welt untergeht. Jetzt galoppieren die in Panik geratenen Tiere durch die Innenstadt, und auf der Bundesstraße haben sich schon mehrere Verkehrsunfälle ereignet.

Es hängt an Simon und mir, Tildas Mörder zu finden. Und wenn ich mir die Kommentare zu meinem Post angucke, scheint es die einzige Möglichkeit zu sein, um Simon zu entlasten.

Ich habe keine Kraft mehr weiterzuschreiben. Bin völlig am Ende.

NOCH ZWEI WOCHEN UND DREI TAGE

SIMON

Am nächsten Morgen wache ich auf, schon bevor der Wecker klingelt, und merke sofort, dass sich etwas in meinem Körper verändert hat. Er fühlt sich viel leichter an, ein Gefühl, das ich schon fast nicht mehr kannte. Ich greife nach meinem Handy am Fußboden. In gut einer Stunde bin ich mit Lucinda an der Glasfabrik verabredet. Sie hat mir noch heute Nacht eine Nachricht geschickt.

Caroline hat geantwortet. Sie glaubt nicht mehr, dass du es warst.

Ich lächle und schreibe zurück, dass wir uns ja gleich sehen, und danke ihr noch mal.

Außerdem hat auch Johannes auf meine gestrige Nachricht reagiert.

Scheiße, bin ich froh. Komm her, dann feiern wir!!!

Ich schreibe zurück, dass ich mir das auch wünschte. Dann stehe ich auf und ziehe Jeans und T-Shirt vom Vortag an, die über dem Schreibtischstuhl hängen.

Ich habe mehr Energie als im ganzen Sommer. Nicht diese nervöse Art von Energie, die sich völlig konfus im ganzen Körper ausbreitet, sondern eine, die sich nutzen lässt.

So fühlt es sich an, ein Ziel zu haben. Dank Lucinda.

Als ich in die Küche komme, sitzt Emma am Tisch und rührt mit einem Löffel in ihrem Tee.

»Mann, ich hab geschlafen wie 'n Stein«, sage ich. »Bin schon um elf eingepennt.«

»Vielleicht hast du's gebraucht.«

»Glaub ich auch.«

Meine Schwester nimmt den Löffel aus dem Becher. Er ist voll mit Käse, den sie im heißen Tee geschmolzen hat. Sie schiebt ihn sich in den Mund und hat den Käse noch nicht mal runtergeschluckt, als sie eine weitere Scheibe abhobelt, die sie auf dem Löffel zu einem Viereck zusammenfaltet und im Becher versenkt. Ich beuge mich über den Tisch. Der milchige Tee riecht blumig und süß. Auf der Oberfläche haben sich Fettaugen gebildet.

»Das sieht ja eklig aus«, stelle ich fest.

»Probier mal.«

»Nein danke.«

»Das ist geschmolzener Käse«, sagt Emma, als wäre es ein schlagendes Argument.

Ich koche mir auch einen Tee, schmiere ein paar Brote und setze mich zu ihr.

»Ich hab gehört, dass du dich gestern Abend mit Stina ausgesprochen hast«, sagt Emma.

»Sind die beiden zu Hause?«, frage ich und deute mit einem Nicken zur Schlafzimmertür.

»Mama ist gerade zur Arbeit gegangen. Aber ich glaube, Judette schläft noch.« Emma wendet sich mir zu. »Übrigens hast du heute Morgen den dritten Weltkrieg verpasst.«

Ich blase in meinen Becher, um den Tee abzukühlen.

»Worüber haben sie sich denn jetzt schon wieder gezofft?«

Emma schiebt den Löffel in den Mund und klopft damit gegen ihre Schneidezähne.

»Hast du schon gesehen, was Maria heute Morgen über dich auf dem Facebook-Account der Polizei gepostet hat?«

»Nein«, sage ich und ziehe mein Handy aus der Tasche.

»Stina findet, dass sich Maria mehr für dich hätte einsetzen können«, sagt Emma leise, während ich Marias Kommentar suche.

Die Polizei möchte noch einmal daran erinnern, dass es im Fall der Siebzehnjährigen, die tot in Norra Porten aufgefunden wurde, weder irgendwelche Tatverdächtigen noch stichhaltige Beweise für eine Straftat gibt. Die Verbreitung von Gerüchten kann sowohl bei der Familie des Opfers als auch bei zu Unrecht Beschuldigten großen Schaden anrichten und erschwert zudem die Ermittlungen.

Ich überfliege den unpersönlich gehaltenen Text. Er hat mehr als vierzig Kommentare bekommen.

»Alles klar, Simon? Hast du eigentlich jemanden, mit dem du darüber reden kannst?«

Beim Versuch, den heißen Tee zu trinken, verbrenne ich mir prompt die Zunge und fluche.

»Du weißt doch, dass du immer zu mir kommen kannst, oder?«, fährt Emma fort.

»Natürlich.«

»Wenn du es nicht rauslässt, wirst du irgendwann verrückt.«

Ich puste erneut in die Teetasse. Ausgerechnet meine Schwester, der es auf unerklärliche Weise gelungen ist zu verdrängen, dass der Weltuntergang auch das Kind in ihrem Bauch betreffen wird, befürchtet also, dass *ich* verrückt werde.

Ich trinke einen Schluck und lese die ersten Kommentare. Ein paar Leute scheinen tatsächlich hinter mir zu stehen.

»Nicht ganz leicht für Mama, von Maria abhängig zu sein«, flüstert Emma. »Ich glaub, sie fühlt sich noch immer hintergangen.«

Ich will gerade nachfragen, was sie damit meint, als mein Blick an einem der letzten Kommentare hängen bleibt.

Klar, dass die Polizei das sagt. Schon praktisch,
die lesbische Freundin der Mutter im Team zu haben.

Zu diesem Kommentar gibt es noch einen weiteren Kommentar.

Also ich hätte nichts dagegen, wenn die beiden
mir Handschellen anlegen würden ☺

Ich schaue von meinem Handy auf.

»Ich meine natürlich nicht, dass Judette was falsch gemacht hat«, flüstert Emma und schaut zur Schlafzimmertür. »Sie sind ja schließlich geschieden. Aber …«

»Waren Judette und Maria etwa zusammen?«, frage ich.

Emma reibt sich fest die Augen.

»Fuuuuck. Ich dachte, du weißt es.«

»Jetzt weiß es jedenfalls die ganze Stadt«, sage ich und lege mein Handy vor sie auf den Tisch.

Emma lässt die Hände sinken. Ihre Augen sind rot wie die eines Kaninchens.

Während sie die Kommentare liest, kommen mir gleich mehrere Dinge in den Sinn, die mir im vergangenen Frühling in Judettes Wohnung aufgefallen waren. Shampoo für blonde Haare, ein viel zu heller Concealer und die Spuren eines unbekannten Parfüms in der Wohnung. Judette hatte behauptet, eine Freundin habe bei ihr übernachtet. Doch es gab noch andere Anzeichen, beispielsweise dass Judette andauernd auf ihr Handy schaute. Oder dass sie manchmal, wenn wir einen Film guckten, an den völlig falschen Stellen unvermittelt lächelte. Und sie hörte wieder Musik.

Es war so offensichtlich und ich hatte es dennoch nicht kapiert.

Emma schiebt mein Handy angewidert weg.

»Und seit wann ist Schluss?«, frage ich und muss wieder an Judettes geheimnisvolles Lächeln denken.

Die beiden hatten bestimmt eine schöne Zeit miteinander.

»Seit Juni«, antwortet Emma leise. »Das war Mamas Bedingung, damit Judette wieder einziehen durfte.«

Judette hat also nur meinetwegen Schluss gemacht. Sie ist wieder eingezogen, um mehr Zeit für mich zu haben. Und ich habe alles getan, um nicht zu Hause sein zu müssen.

Mein schlechtes Gewissen schnürt mir die Kehle zu.

»Wie konnte Stina ihr das nur antun?«, frage ich.

»Ist doch wohl klar«, sagt Emma.

Wir schauen einander an. Manchmal vergesse ich, dass Judette für meine Schwester nur eine Ersatzmutter ist. Gemeinsam über Stina zu lachen, ist eine Sache, aber wenn sich die Mütter streiten, ergreift sie fast immer Stinas Partei. Weshalb ich wiederum Judette verteidigen muss.

»Mama bemüht sich jedenfalls«, sagt Emma.

»Erpressung ist ja auch megaromantisch.«

»Das ist keine Erpressung! Sie konnte nicht mit Judette zusammenwohnen, solange sie 'ne andere hatte. Kein Wunder, oder?«

Emma und ich könnten uns jetzt streiten, wie früher. Denn immer, wenn Stina und Judette Probleme hatten, kamen nicht nur deren schlechteste Eigenschaften zum Vorschein, sondern auch unsere eigenen.

Aber ich will mich nicht streiten. Dummerweise fällt mir gerade kein anderes Thema ein. Also stehe ich vom Stuhl auf, stelle den Becher in die Spüle und lasse meine Brote unangerührt auf dem Küchentisch liegen.

NAME: LUCINDA
TELLUS# 0 392 811 002
POST 0028

Ich konnte mir nicht alle Nachrichten auf Tildas Laptop anschauen, sondern habe mich nur auf die vom letzten Monat konzentriert. Die von Elin und Amanda natürlich und dem Rest ihrer losen Clique. Irgendwie kommt es mir falsch vor, ihre Nachrichten zu lesen. Massenweise kleine Dramen, doch nichts, was irgendetwas mit Tildas Tod zu tun haben könnte. Außerdem waren alle beim Nachglühen. Sie können es nicht getan haben.

Ich sah auch einen Verlauf mit Molly, die hauptsächlich Emojis verschickte. Tildas Oma hingegen schien ein Uralthandy zu benutzen, da sie in Großbuchstaben schrieb. Außerdem fand ich mehrere Abschiedsworte von anderen Verwandten im ganzen Land.

Carolines Nachrichten zu lesen war fast unerträglich, besonders die der letzten Tage, in denen sie Tilda verzweifelt darum bat, sich bei ihr zu melden. Genauso wie die von der Person, die sich als Tilda ausgab. Die wusste, dass ihre Leiche längst hinter einer stillgelegten Fabrik lag und verweste, und dennoch immer wieder antwortete.

Ich liebe dich auch. Du bist die beste Mama der Welt.

Tilda hatte nicht übertrieben, als sie von Klas' Bekehrungsversuchen schrieb. Fast täglich schickte er ihr Links zu Artikeln, die von der Wiederkehr Jesu handelten, sowie Listen von Ereignissen, die angeblich schon in der Bibel vorausgesehen worden waren (drei Supervollmonde hintereinander, das Zika-Virus, der Zweite Weltkrieg). Während ich all das lese, läuft mir ein Schauer über den Rücken und ich bekomme selbst fast den Eindruck, dass unser Untergang vorherbestimmt ist. Klas schickte ihr auch Bibelzitate, die mir von seinem Ausbruch im Lindgård bekannt sind. Weitere Beispiele:

Und es werden Zeichen geschehen an Sonne und Mond und Sternen, und auf Erden wird den Völkern bange sein, und sie werden verzagen vor dem Brausen und Wogen des Meeres, und die Menschen werden vergehen vor Furcht und in Erwartung der Dinge, die kommen sollen über die ganze Erde; denn die Kräfte der Himmel werden ins Wanken kommen. Und alsdann werden sie sehen den Menschensohn kommen in einer Wolke mit großer Kraft und Herrlichkeit. Wenn aber dieses anfängt zu geschehen, dann seht auf und erhebt eure Häupter, weil sich eure Erlösung naht.

Klas bat sie immer wieder, zum Gottesdienst der Wahrhaftigen Kirche mitzukommen und sich bekehren zu lassen, bevor es zu spät sei. Vielleicht war sein Ausraster gar nicht weiter verwunderlich. Es war womöglich nur eine ganz natürliche Reaktion auf seine Angst, dass seine Tochter in der Hölle schmoren würde, für immer und ewig, während er selbst in gehörigem Abstand im Himmel säße. Für immer voneinander getrennt. Diese Vorstellung muss entsetzlich sein.

Doch Tilda widerstand und antwortete fast nie auf seine Nachrichten, die er bis zu jenem Tag schickte, an dem man ihre Leiche fand. Klas kann es also auch nicht getan haben, selbst wenn Tilda ihn mit einem Pfaffen aus einem Horrorfilm verglich. Es gibt Fotos vom Gottesdienst der Wahrhaftigen Kirche in der Todesnacht, die ihn gemeinsam mit Anders und Erika zeigen.

Schließlich fand ich noch mehrere Nachrichten von Typen, mit denen Tilda im Sommer Sex gehabt hatte. Die habe ich Simon lieber nicht gezeigt. Selbst mir fiel es schon schwer, sie anzuschauen. Ich kenne Tildas Körper eigentlich ziemlich gut. Wir hatten einander tausendmal nackt in der Umkleide gesehen und uns in der Sauna gegenseitig massiert, wenn Krämpfe kamen. Und wenn wir irgendwo gemeinsam übernachteten, versteckten wir uns nach dem Duschen nie hinter Handtüchern. Wir empfanden unsere Nacktheit als ganz natürlich. Doch Tilda auf den Fotos zu sehen, die sie diesen Typen schickte, war etwas ganz anderes. Ich habe mir ihre

Profile angeschaut, solange sie nicht gesperrt waren. Ein paar von ihnen hatten das Match zu Hause mit Freunden gesehen, während andere in dieser Nacht nicht mal in der Stadt gewesen waren. Mehrere von ihnen hatten sich jedoch auf dem Marktplatz aufgehalten. Vielleicht macht es Sinn, sie sich vorzuknöpfen, wenn ich auch eher nicht glaube, dass es einer von ihnen war. Von Simon weiß ich, dass Tilda am betreffenden Abend zu jemandem wollte, den sie gut kannte. Entweder zu mir, um sich auszusprechen, oder zu einem dieser »Heuchler«, um ihn zur Rede zu stellen. Unabhängig davon schien es jemand zu sein, der ihr viel bedeutete. Tildas Nachrichten an diese Typen hingegen enthielten keinerlei Gefühlsbekundungen. Sie schien sie kaum zu kennen.

Eigentlich gibt es nur zwei oder vielleicht drei Personen, mit denen wir reden müssen.

TOMMY: Tildas letzte Nachricht an ihn ging mehrere Tage vor ihrem Verschwinden raus. Es scheint sich um einen Kommentar zu einem vorausgegangenen Gespräch zu handeln und sie wollte noch etwas hinzufügen: *Wenn das, was ich mache, falsch ist, dann ist es DEINE SCHULD.* Die Nachrichten davor waren von Ende Mai, doch darin stehen nur allgemeine Infos zu Trainingszeiten und Wettkämpfen. Was ist also im Lauf des Sommers passiert? Offenbar etwas Einschneidendes, das Tilda veranlasste, Tommy *ans Bein pissen* zu wollen, wie sie sich in ihrem Brief ausdrückte. Erika behauptete ja auch, dass etwas zwischen ihnen vorgefallen sein musste, ohne genauer zu wissen, was. Von Amanda weiß ich, dass Tilda offenbar sauer auf Tommy gewesen sei. Verdammt, Tilda, warum warst du nur so geheimnisvoll?

Weiß Caroline vielleicht mehr? Ich habe schließlich bemerkt, dass sie Tommy bei der Beerdigung ausgewichen ist.

Tommy war während des gesamten Sommers gar nicht aktiv

in den sozialen Medien. Und wir wissen auch nicht, was er am Abend des Fußballspiels gemacht hat.

DER NEUE FREUND: Weder Simon noch ich wissen, bei wem Tilda den Brief an mich geschrieben hat. Amanda kannte auch niemanden, der vom Weltall besessen ist. Ich konnte keine Nachrichten an ihn finden, es sei denn, er ist identisch mit ihrem Dealer.

TILDAS DEALER: Keine Ahnung, wer es ist, aber jetzt haben wir zumindest eine Telefonnummer. Ich habe einen Verlauf mit jemandem seit Anfang Juni entdeckt, der nicht in Tildas Kontaktliste steht. Die Nachrichten sind kurz. Oft schickte Tilda nur eine Uhrzeit und bekam ein *Okay* oder *Geht nicht* zur Antwort. Sie haben nie einen Treffpunkt ausgemacht, was bedeuten könnte, dass sie sich immer am selben Ort trafen.
Es gibt nur wenige längere Nachrichten. Der Dealer befürchtete irgendwann, dass Tilda etwas ausplaudern könnte. Doch sie versprach, es niemals zu tun. *Ich werde ja wohl kaum riskieren, dich zu verlieren.*
Am letzten Nachmittag ihres Lebens hatten sie eine Uhrzeit ausgemacht, was kaum verdächtiger sein könnte.
Wir werden ihn näher in Augenschein nehmen. Doch was fragt man eine kriminelle und offenbar paranoide Person? *Sorry, aber hast du bei einem eurer miesen Deals möglicherweise meine beste Freundin umgebracht?*

Ich gebe zu, dass Simon und ich nicht viel in der Hand haben. Gestern Abend fiel es uns noch weitaus leichter, darüber zu fantasieren. Doch jetzt muss ich los, um es rechtzeitig zur Glasfabrik zu schaffen. Am liebsten würde ich ihn anrufen und absagen. Was zum Teufel wissen wir denn schon darüber, wie man einen Mörder jagt?

SIMON

Zum ersten Mal sehe ich die Glasfabrik aus nächster Nähe. Ich parke Judettes Auto vor dem türkisfarbenen Wellblechgebäude. Vier schlichte Schilder mit je einem Buchstaben darauf bilden das Wort GLAS. Lucinda ist nirgends zu sehen, aber ich bin auch früh dran.

Ich ziehe den Schlüssel aus dem Zündschloss. Beuge mich auf dem Fahrersitz vor und sehe die Grablichter aus Plastik, Blumen in unterschiedlichen Stadien des Verfalls, Zettel und jede Menge Müll, der im Gitterzaun dahinter hängen geblieben ist. Ich umklammere das Lenkrad und lausche meinen eigenen Atemzügen sowie dem säuselnden Wind, der durch die kaputte Türleiste ins Wageninnere dringt.

Früher oder später wäre sowieso Schluss gewesen, aber jetzt erinnert er sich nur an das Gute.

Stimmt das?

Als Tilda und ich noch zusammen waren, hatte ich manchmal das Gefühl, dass sie mir nicht alles erzählte. Man sah es an ihrem Blick und hörte es an ihren unvollendeten Halbsätzen.

Sie war diejenige, die mich am besten von allen kannte. Aber in ihrem Brief schrieb sie, dass sie Lucinda und mir schon lange vor Foxworth gewisse Dinge verheimlicht hatte.

Ich habe Angst vor dem, was wir womöglich herausfinden, wenn wir erst anfangen zu suchen.

Stellt sich vielleicht unsere gesamte Beziehung in einem völlig anderen Licht dar, falls wir etwas entdecken, das selbst die schönen Erinnerungen zerstört?

Diejenige, mit der du zusammen warst ... gibt es nicht mehr. Vielleicht gab es sie überhaupt nie.

Warum habe ich Tildas Worte nicht ernst genommen? Ich war

doch bereit, alles zu tun, um sie zurückzugewinnen. Alles, außer mir anzuhören, was sie zu sagen hatte.

Mir kommt es vor, als richte Foxworth seinen Lichtstrahl auf all unsere Bestrebungen, die Liebe zu überleben. Ich habe kein Recht darauf, sauer auf Stina zu sein, nur weil sie Judette ein Ultimatum stellte. Sie musste es tun, um nicht unterzugehen.

Eine weitere Windbö heult in der Türleiste und Papier wird über den Asphalt geweht.

Auf dem Areal sind keine Straßenlaternen. Kam Tilda zu Fuß, um sich mit jemandem zu treffen? Oder war sie schon tot, als man sie herbrachte?

Falls sie versucht hatte, um Hilfe zu rufen, hätte sie hier draußen niemand gehört. Außerdem haben in dieser Nacht alle möglichen Leute geschrien.

Würde ich sie jetzt hören können? Wenn ich mich wirklich anstrenge?

Als ich Stina neulich zur Arbeit fuhr, ermutigte sie mich, mit Tilda zu sprechen.

Allein schon der Gedanke daran lässt mein Herz heftiger schlagen.

»Tilda«, versuche ich es.

Ihr Name fühlt sich irgendwie fremd an. Als hätte ihr Tod ihn in etwas anderes verwandelt.

Ich erschaudere und schließe die Augen.

»Tilda, wenn du mich hörst, möchte ich dir sagen, dass ich an dich denke. Und dich vermisse. So sehr.«

Keine Antwort. Ich komme mir blöd vor, zwinge mich jedoch weiterzureden.

»Lucinda und ich wollen herausfinden, wer dich hier zurückgelassen hat. Auch sie vermisst dich. Wenn du uns in irgendeiner Form weiterhelfen kannst, dann tu es bitte.«

Plötzlich klopft jemand gegen die Seitenscheibe und ich zucke zusammen. Lucinda steht neben dem Auto und mimt ein *Sorry*. Sie trägt blonde Haare mit einem Pony, genau wie auf den Fotos in Tildas Zimmer. Es dauert einen Moment, bis ich begreife, dass es eine Perücke ist.

Hat sie mich etwa Selbstgespräche führen sehen? Ich steige aus dem Auto und setze meine Kapuze auf.

»Entschuldige, falls ich dich erschreckt habe«, sagt Lucinda.

In den Gläsern ihrer Sonnenbrille spiegeln sich meine Silhouette und der Himmel. Heute würde ich sie gerne zur Begrüßung umarmen, aber diesmal ist es an ihr, die Initiative zu ergreifen. Doch sie tut es nicht.

»Danke, dass du gestern mit Maria gesprochen hast«, sage ich.

»Du brauchst dich nicht noch mal zu bedanken. Ist doch selbstverständlich.«

»Nein, ist es nicht.«

Sie lächelt. Aber ich merke, dass etwas nicht stimmt.

»Alles okay?«, frage ich.

»Keine Ahnung. Ist es nicht lächerlich zu glauben, dass wir irgendetwas erreichen? Ich meine, selbst wenn wir den Täter finden, warum sollte er den Mord gestehen?«

Ich zögere damit, sie überreden zu wollen. Will nicht, dass sie mitmacht, wenn sie nicht wirklich davon überzeugt ist.

Aber ich will, dass sie es ist.

»Ich weiß nicht, ob es lächerlich ist«, sage ich. »Ich weiß nur, dass ich es versuchen muss. Und vielleicht will der Täter ja reden.«

Lucinda streicht sich eine Strähne aus dem Gesicht. Sie wirkt nicht überzeugt, hört mir aber zu.

»Stina sagt, dass alle Leute, die jetzt in die Kirche kommen, sich aussprechen wollen«, fahre ich fort. »Sie meint, dass Todgeweihte eher ihre Geheimnisse preisgeben.«

»Ich wollte das nicht. Ich wollte mit niemandem reden.«

Dazu fällt mir nichts ein. Sie schweigt ebenfalls lange.

»Wir können nur hoffen, dass derjenige, den wir suchen, nicht so denkt wie ich«, sagt sie dann und wirft einen Blick auf die Blumensträuße und Abschiedsgrüße. »Hast du auch was für sie dabei?«

»Ich habe gar nicht dran gedacht. Hätten wir was mitbringen sollen?«

Sie schüttelt entschieden den Kopf.

»Tildas Leiche hat einige Tage hier gelegen. Das ist der letzte Ort, an dem ich Blumen niederlegen würde.«

Ich folge ihrem Blick und denke daran, wie kalt und feucht der Asphalt gewesen sein musste. Lucinda hat recht.

»Okay«, seufzt sie. »Dann legen wir mal los.«

Wir überqueren gemeinsam den Parkplatz. Ich hebe einen Zettel auf, doch die Kugelschreibertinte ist vom Regen aufgelöst und zu Gewitterwölkchen geworden, um danach wieder zu trocknen. Ich schnipse den Zettel weg und der Wind fängt ihn auf, während wir weitergehen. Das Sonnenlicht glitzert in Glasscherben und schimmert in leeren Flaschen. Überall liegen Kippen herum, als hätte hier eine Party stattgefunden. Als erneut Wind aufkommt, rascheln die vertrockneten Blätter der Blumen leise.

Lucinda nimmt ihre Sonnenbrille ab. Die Ringe unter ihren Augen sind so dunkel wie blaue Flecken. Wir betrachten die Teddys und Stofftiere. Einige sind auf die Seite gekippt, sie ähneln im Suff gestürzten Alkoholikern und schauen uns mit leeren Augen an. Zwei zottelige kleine Bären halten je ein herzförmiges Kissen mit einem aufgedruckten Spruch vor sich: *Ich vermisse dich!* und *Du bist die Beste!* Ich gehe in die Hocke und betrachte sie näher.

»Die haben sie im Krankenhaus auch verkauft«, sagt Lucinda, ohne eine Miene zu verziehen. »Ich habe damals fünf davon geschenkt bekommen.«

Ich fotografiere die Bären mit der Handykamera. Lucinda hebt einen Blumenstrauß an, die völlig vertrockneten Blätter zerbröseln, als sie die Karte herauszieht, die daran befestigt wurde.

»Von Elin und Amanda«, liest sie. »*Wir lieben Dich. Ruhe in Frieden.*«

Dann nimmt sie ein weißes Stoffkaninchen hoch, das von Dreck und vom Regen ganz graufleckig ist. Ihre Handykamera klickt. Ich nehme ein Grablicht hoch, mit dem ein kariertes Blatt Papier beschwert wurde. Die Schrift darauf scheint von einer älteren Person zu stammen, die mit zitternden Händen versucht hat, so schön wie möglich zu schreiben.

Sag nicht, dass nichts mehr bleibt
vom allerschönsten Schmetterling.
Sag nicht, dass seine Flügel verblassen
und sich im Wind auflösen wie Asche, wie Asche.
Wenn der Schmetterling
begraben werden muss,
bleibt dennoch sein schwindelerregendes Flattern!

Das Gedicht ist unterschrieben mit dem Namen Gill. Ich blicke zu Lucinda auf, die mir über die Schulter geschaut hat. Sie rückt ihre Sonnenbrille gerade.

»Was für'n Bullshit«, sagt sie und macht ein Foto.

Es liegen dort noch mehr Zettel mit Gedichten, Songtexten und Collagen mit Fotos von Tilda.

»Schau mal hier«, sagt Lucinda und hält ein laminiertes Blatt Papier hoch.

Ich erkenne den Text, der in Schönschrift ausgedruckt ist, sofort wieder. Es ist der Anfang eines Gedichts, das zu Beginn des Sommers überall auftauchte. Lord Byron war einer der Lieblingsdichter von Emma, als sie in meinem Alter war.

I had a dream, which was not all a dream
The bright sun was extinguish'd, and the stars
Did wander darkling in the eternal space
Rayless, and pathless, and the icy earth
Swung blind and blackening in the moonless air

»Derjenige, von dem es kommt, wusste bestimmt nicht mal, wer Tilda war«, sagt Lucinda.

Ich fotografiere es pflichtbewusst, glaube aber, dass sie recht hat. Das Gedicht hat nichts mit Tilda zu tun. Es handelt eher von uns allen und ist ein Versuch, den Tod als etwas Wildromantisches und Schönes zu verklären.

Wir entdecken mehrere Abschiedsgrüße von ehemaligen Klassenkameraden, die ich schon ewig nicht mehr gesehen habe, und auch einem Lehrer, der den Satz »Wo Rauch ist, ist auch Feuer« beigesteuert hat. Unter einem selbst gepflückten Blumenstrauß mit unterschiedlich langen Stängeln schimmert etwas Metallenes. Jemand hat aus einem Beet Steppensalbei und Rote Spornblumen gepflückt. Die eigentlich lila- und rosafarbenen Blüten sind verblasst und braun. Darunter liegt ein Bündel Medaillen mit Bändern in unterschiedlichen Farben.

»Die sind von den Schwimmstaffeln, an denen Tilda beteiligt war«, sagt Lucinda und reicht sie mir.

Das Metall fühlt sich kalt an. Ich lese die Namen darauf und versuche mich zu erinnern, ob ich bei den Wettkämpfen zugeschaut hatte, doch im Nachhinein ist das schwer für mich zu sagen.

Nur in den Staffeln waren die Schwimmer ein Team. Ich sehe Tilda vor mir, wie sie durchs Wasser pflügt. Ihren geöffneten Mund, der die Luft einsaugt, bevor sie wieder unter der Oberfläche verschwindet.

»Kein Gruß«, sage ich.

»Ist auch nicht nötig. Sie sind von Tommy. Aber ich finde es absolut richtig, dass er sie Tilda vermacht hat. Schließlich war es ihr Verdienst, dass wir so viele Staffeln gewannen.«

Die Medaillen klirren leicht gegeneinander, als ich sie wieder zurücklege.

»Hast du es gemocht?«, frage ich.

»Was denn?«

»Das Schwimmen.«

Sie schweigt kurz.

»Ja. Es war das Beste überhaupt.«

Dann steht sie auf.

»Darf ich dich etwas zu deiner Krankheit fragen?«, frage ich.

»Ja klar.«

Ich folge ihr zum Gitterzaun. Erst jetzt sehe ich, dass dort gar kein Müll hängen geblieben ist, sondern dass es sich um Papierblumen handelt, die mit Pfeifenreinigern befestigt wurden. Das dünne Seidenpapier ist von der Witterung ganz zerfetzt.

»Konntest du dich irgendwann an den Gedanken gewöhnen, dass du sterben musst?«, frage ich.

»Ja.«

Lucinda löst eine hellgelbe Papierblume vom Zaun, fotografiert sie und befestigt sie dann wieder.

»Man kann sich also daran gewöhnen«, sage ich.

»Aber es ist ein Unterschied. Ich war so krank, dass es mir irgendwann egal war.«

»Und glaubst du, dass du jetzt einen Vorsprung hast? Verglichen mit uns anderen?«

Lucinda dreht sich zu mir um.

»Ich hab so viel verpasst, dass ich gar nicht weiß, wer von uns überhaupt einen *Vorsprung* hat.«

»Sorry. Ich meinte nicht, dass …«

»Ich weiß. Aber es war so, wie Tilda geschrieben hat. Wir waren beide brave kleine Mädchen, die alles taten, was von uns erwartet wurde. Wir glaubten, irgendwann alles nachholen zu können. Aber sieh uns doch jetzt an.«

Lucinda wischt sich Tränen unter ihrer Sonnenbrille weg. Sie atmet schwer.

»Tut mir leid«, sage ich erneut.

»Du musst dich nicht entschuldigen. Aber ich hab keine Lebensweisheiten von meiner Zeit als Krebspatientin parat, die dir helfen könnten.«

Sie nimmt weitere Stofftiere hoch, während ich nach einer heruntergebrannten Grabkerze greife. Daran klebt ein Zettel mit einem Herzen. Sait hat mit krakeligen Buchstaben seinen Namen daraufgeschrieben. Doch er war auch beim Nachglühen, als ich dort hinkam.

»Den hier kenne ich«, sagt Lucinda unvermittelt.

Sie hält ein Tigerbaby mit großen Tatzen, langen Schnurrhaaren und überdimensionalen blauen Glasaugen in der Hand. Ich hingegen habe es noch nie gesehen. Als Lucinda das Stofftier fotografiert, scheint es mit seinem halb offenen Maul in die Kamera zu lächeln.

Wir sind fast fertig und ich fröstele, als eine Windböe unter meinen Hoodie fährt. Lucinda richtet sich auf und schaut mich an.

»Shit«, sagt sie und fasst sich mit der Hand an die Stirn.

Ich kann sie gerade noch auffangen, bevor sie zusammenklappt.

NAME: LUCINDA
TELLUS# 0 392 811 002
POST 0029

Ich bin ohnmächtig geworden. Wahrscheinlich ist mir nur der Blutdruck weggesackt. Ich bin einfach zu schnell aufgestanden und hatte zu wenig geschlafen.

Simon hat mich nach Hause gefahren und einen Häuserblock entfernt abgesetzt, damit mein Vater uns nicht zusammen sieht. Da ging es mir schon wieder besser, abgesehen davon, dass es mir ziemlich peinlich war.

Als ich unser Haus betrat, hörte ich Weihnachtsmusik. All die Lieder, die den ganzen Dezember lang in allen Kaufhäusern rauf- und runtergedudelt werden und einen fragen lassen, wie die Angestellten das nur aushalten. Auf der Kommode im Flur waren mehrere hässliche Weihnachtsmänner aus Wolle drapiert, die ich als Erstklässlerin gebastelt hatte. Ich ging in die Küche, wo mein Vater und Miranda saßen und Kinderpunsch tranken. Dort standen weitere Weihnachtsmänner herum und ein Lichterbogen leuchtete. Ich weiß nicht, wie ich dir erklären soll und wie eigenartig es mir vorkam, einen Weihnachtsstern im Fenster hängen zu sehen, während draußen im Garten alles blühte.

Miranda war unten im Keller gewesen und hatte die Kartons mit den Weihnachtssachen raufgeholt. Den Punsch hatte sie in der Speisekammer gefunden. Ich fragte mich, wie lange sie es schon geplant hatte.

»Ich will unbedingt noch mal Weihnachten feiern«, sagte sie und ich traute mich nicht, meinen Vater anzuschauen, weil ich wusste, dass einer von uns gleich losheulen würde, vermutlich ich. Meine kleine Schwester liebt Weihnachten. Das tun zwar die meisten Kinder, doch sie liebt es wirklich über alles. Nicht nur die Geschenke, sondern auch das Essen, die kitschige Dekoration und die fröhlichen Lieder.

Mein Vater fand noch eine Dose Sardellen im Kühlschrank und bereitete daraufhin *Janssons frestelse* zu, einen Auflauf mit Kartoffeln, während Miranda und ich den Kunststoff-Tannenbaum schmückten. Ich kam tatsächlich in Weihnachtsstimmung, insbesondere als es draußen dunkel wurde. Beim Essen schauten wir uns auf YouTube einen Weihnachtsfilm von Walt Disney an und mein Vater sagte wie jedes Mal, dass dieser Film für ihn als Kind immer das Allerwichtigste an Weihnachten gewesen sei, denn »damals wurden im Fernsehen fast keine Zeichentrickfilme gezeigt, und wir hatten nur zwei Programme und natürlich noch kein Internet. Ihr hättet es nicht einen Tag ausgehalten.« Auch diese Worte waren zu einer eigenen Festtagstradition geworden. Und heute sollten wir sie zum letzten Mal erleben. Anschließend guckten wir einen Film mit dem Titel *Kevin allein zu Haus*, den ich Miranda zuliebe bis zum Ende anschaute. Sie musste so lachen, dass sie sich jedes Mal, wenn sich die Einbrecher verletzten, fast übergeben musste.

Ich schreibe viel zu wenig über meine Schwester. Glaub bitte nicht, dass sie mir nicht wichtig ist. Im Gegenteil, ich fände es übrigens richtig toll, wenn sie auch für TellUs schreiben würde, damit du sie kennenlernst. Aber vielleicht tut sie es ja schon. Es wäre jedenfalls typisch für sie, weder meinen Vater noch mich einzuweihen. Schau mal, ob du irgendwas von ihr findest.

Miranda und ich sind total verschieden. Sie ist schon immer eine Grüblerin gewesen, was sie allerdings nicht daran gehindert hat, massenhaft Freunde zu finden. Ich frage mich, was wohl aus ihr werden würde, wenn sie die Oberstufe besucht hätte. Ein Alter, in dem damals bei uns alles unfassbar schnell ging. Die Klassen wurden neu zusammengesetzt und manche Schüler nahmen auf einmal ganz andere Rollen ein, es war völlig unvorhersehbar. Vereinbarungen und Loyalitäten wurden von einem Tag auf den anderen über den Haufen geworfen und aus Freunden wurden über Nacht Feinde. Nichts war mehr verlässlich. Nicht einmal der eigene Körper blieb derselbe. Oft war ich ziemlich froh darüber, das Schwimmen als Ausgleich zu haben. Denn wir Schwimmer waren zum Glück nicht in die unsichtbaren Machtkämpfe im Schulkorridor verwickelt. Wir lebten in unserer eigenen Welt, die den meisten weniger interessant erschien. Doch Miranda wird diesen Ausweg nicht haben.

Simon und ich haben in Norra nichts gefunden, aber wir wollen weitersuchen. Als ich ihn traf, lösten sich meine Zweifel in Luft auf. Merkwürdig, wie viel mutiger man zu zweit ist.

Ich frage mich, inwiefern die lange Zeit der Einsamkeit mich verändert hat. Bin ich feige geworden? Schwer zu sagen für jemanden wie dich. Du kennst mich ja noch nicht so lange und in meinen Posts siehst du auch nur einen kleinen Teil von mir. Außerdem lernt man einen Menschen nie ganz kennen. Nicht einmal, wenn ich jeden einzelnen meiner Gedanken niederschreiben würde oder wir uns treffen würden. Selbst wenn du ein Mensch wärest.

Morgen Vormittag wird Simon Caroline besuchen. Vielleicht erfährt er etwas Neues über Tilda oder bekommt eine Antwort auf die Frage, warum Caroline sauer auf Tommy war.

Am Nachmittag, wenn wir diese Informationen haben, treffe ich mich dann mit Tommy in der Stadt. Ich habe Simon versprochen, einen öffentlichen Ort auszusuchen. Zur Sicherheit. Paradox, oder? So lange habe ich die Innenstadt nun schon gemieden und jetzt muss ich dorthin, um möglichst gesehen zu werden.

Wenn uns die Gespräche mit Caroline und Tommy nicht weiterführen, nehmen wir Kontakt zu Tildas Dealer auf. Mir ist inzwischen eingefallen, wie ich ein Gespräch mit ihr oder ihm anfangen könnte. Aber ich hoffe noch immer, dass es nicht dazu kommt.

Jetzt versuche ich erst mal zu schlafen. Nach dem Film bin ich zwar kurz eingenickt, aber nur für eine halbe Stunde oder so, und als ich aufwachte, war ich völlig durchgeschwitzt. Das kann natürlich jedem passieren und es muss nicht unbedingt etwas zu bedeuten haben. Eigentlich hat es gar nichts zu bedeuten. Aber genau das habe ich mir auch eingeredet, als ich krank wurde und mich weigerte einzusehen, dass irgendwas mit mir absolut nicht in Ordnung war.

PS: Simons Mutter Stina hat gesagt, dass sich die Leute möglichst alles von der Seele reden wollen, bevor sie sterben. Ich glaube nicht, dass es mir so ging. Aber gebe ich nicht vielleicht über das Schreiben all meine Geheimnisse preis, bevor ich sterbe? Auch wenn ich an jemanden schreibe, den es womöglich gar nicht gibt?

PPS: Unser sogenanntes Weihnachtsfest ließ mich den Winter vermissen. Ausgerechnet ich, die Dunkelheit und Kälte hasst. Jetzt sehne ich mich nach Schnee, der alles einhüllt und die Landschaft strahlend schön macht. Ich sehne mich danach, ihn unter meinen Sohlen knirschen zu hören.

NOCH ZWEI WOCHEN UND ZWEI TAGE

NAME: LUCINDA
TELLUS# 0 392 811 002
POST 0030

Der Plan war, dass ich mich 1.) mit Tommy an einem Ort treffen wollte, an dem wir nicht allein wären, und 2.) *nachdem* Simon mit Caroline gesprochen hatte. Doch Tommy rief morgens an und sagte für den Nachmittag ab. Er meinte aber, dass er zufällig gerade »in der Nähe« sei und mit dem Auto vorbeikommen und mich »abholen« könne.

Ich bilde mir ein, dass ich mich hier bei TellUs einigermaßen intelligent und vernünftig ausdrücke, doch wenn ich überrumpelt werde, ist es so, als würde mein Gehirn mit einer gewissen Verzögerung reagieren. Im besten Fall. Manchmal blockiert es auch völlig. Zum Beispiel im Fall von Tommy. Mir fiel spontan keine Ausrede ein und ich sagte zu. *Natürlich. Ich hab Zeit. Wie nett. Aber bring mich bitte nicht um.*

Ich beschloss, unser Gespräch aufzuzeichnen, auch wenn das mit Simon am Steg ja danebenging. (Ich hab's dir nie erzählt, aber mein Handy ist mir direkt vor seiner Nase aus der Jackentasche gerutscht. Wenn er der Mörder gewesen wäre, hätte das vielleicht schon ausgereicht, um auch mich umzubringen.)

Aber da ich diese Zeilen schreibe, ist dir höchstwahrscheinlich klar, dass ich nicht ermordet wurde. Trotzdem bekam ich unversehens Todesangst, als Tommy mit dem Auto vorfuhr. Albtraumhafte Szenen gingen mir durch den Kopf: Wie ich ihm die falsche Frage stellte. Und Tommy in Panik geriet. Wie er mir einen harten Schlag auf den Kopf versetzte. Und ich ohnmächtig wurde. Wie er mit seinem Auto ins Industriegebiet Norra abbog und vor der Glasfabrik anhielt.

Tatsächlich setzte ich mich auf den Beifahrersitz und Tommy löste seinen Gurt, um mich zur Begrüßung fest zu umarmen. Er sagte: »Ich bin ja so froh, dass du dich gemeldet hast« und »Ich hatte gehofft, dass wir uns bei der Beerdigung ein wenig hätten unterhalten können, aber dann brach ja plötzlich das Chaos aus«. Während er in Richtung Innenstadt fuhr, erzählte er mir, dass er seit dem Sommer an einer Gruppentherapie teilnehme, bei der er über seine Kometenangst (so drückte er es aus) reden könne. Und dass er eine Frau getroffen habe, die ihm offenbar viel bedeute. Derartige Gefühle habe er noch nie empfunden.

Ich habe ihn noch nie so viel von sich selbst preisgeben hören, insbesondere darüber, was man als Schwächen auslegen könnte. Damals hätte es wohl seine Autorität untergraben oder dergleichen. Jedenfalls war ich dankbar dafür, dass Foxworth ihn in eine offene und redselige Person verwandelt zu haben schien, denn nun brauchte ich nicht mehr viel zu sagen. Mir fiel auf, dass er ab und an verstohlen zu mir hinsah. Als wäre die Feststellung unangemessen, wie schmal ich geworden war und dass ich eine Perücke trug. Es ist unglaublich anstrengend zu wissen, dass sich andere in deiner Gegenwart unwohl fühlen, doch nun kam es mir beinahe wie ein Schutz vor. Tommy würde sich nicht trauen, mich eingehender zu betrachten, und somit auch nicht merken, wie angespannt ich war. Und falls doch, würde er es höchstwahrscheinlich auf meine Krankheit schieben.

Als er den Wagen im Zentrum parkte, fing er unvermittelt an zu weinen. »Es tut mir so leid, Lucinda, es tut mir so leid, was passiert ist«, sagte er. Es dauerte eine Weile, bis ich begriff, dass er mir nicht gerade einen Mord gestanden hatte, sondern dass sein Gefühlsausbruch vielmehr alles bedeutete: den Krebs, Tildas Tod, den Weltuntergang.

In der Stadt lag noch immer jede Menge Müll herum. Ich betrachtete die Werbung an der Bushaltestelle und in den Schaufenstern der leeren Boutiquen. Sie hatte etwas Makabres und erinnerte an eine Zukunft, die niemals kommen wird. Denn wir haben keinen Nutzen mehr von Fahrstunden, Schlankheitsprodukten, Jahresabos, Antifaltencremes oder Rentenversicherungen. Wir werden auch keine Reisen mehr über die Weihnachtstage buchen und die Filme auf den Plakaten werden nie im Kino laufen.

Wir überquerten den Marktplatz und setzten uns in den Park. Überall auf den Grasflächen saßen Leute. Sie hatten die Freisprechfunktion in ihren Handys aktiviert und versuchten einander zu übertönen. Ein einsamer Mann musste seine gesamte Brotration verwendet haben, um Tauben und Möwen zu füttern, die flügelschlagend und eifrig pickend umherflatterten. Eine alte Frau verteilte Handzettel mit der Überschrift DER FOXWORTH-BLUFF. »Das sind die Kommunisten«, erklärte sie. »Sie haben es gleich nach dem Mauerfall eingefädelt.«

Je länger ich mich mit ihm unterhielt, desto mehr wurde mir bewusst, wie sehr ich ihn mag. Es war, als würde ich dem Menschen Tommy zum ersten Mal begegnen, obwohl er so viele Jahre lang ein wichtiger Teil meines Lebens gewesen war.

Er erzählte auch, dass er jetzt jeden Tag schwimme, öfter, als er es je als Trainer getan habe. Und dann erwähnte er die Party in der Schwimmhalle. Ich sah meine Chance gekommen, mich dem Thema Tilda zu nähern. Doch es ging verdammt schief.

Den letzten Teil der Aufnahme habe ich in der TellUs-App hochgeladen. Du kannst es im nächsten Post lesen. Obwohl ich den Text ein ums andere Mal lese (weil ich mir die Aufnahme auf keinen Fall anhören will), finde ich keinerlei Antworten.

Scheiße auch. Wenn ich ihn nicht mögen würde, wäre es weitaus leichter gewesen.

NAME: LUCINDA
TELLUS# 0 392 811 002
POST 0031

Tommy: Es hat mehrere Tage gedauert, den ganzen Dreck wegzumachen, den sie hinterlassen haben.

Lucinda: Verstehe.

(Pause)

Lucinda: Ich vermisse das Schwimmen wirklich.

Tommy: Du warst eine der Besten.

Lucinda: Mhm. Aber nie so gut wie Tilda.

Tommy: Nein. Das war keine. (Lachen)

Lucinda: Nein.

Tommy: Ich glaube, sie hat die Party organisiert.

(Pause)

Tommy: Ich kann es nicht fassen, dass sie weg ist. Es darf einfach nicht wahr sein.

Lucinda: Ja, das finde ich auch.

(Pause)

Lucinda: Wann hast du es eigentlich erfahren?

Tommy: Ich glaube, am Morgen nachdem man sie gefunden hat. Die Nachricht hat sich ja ziemlich schnell rumgesprochen. Und du?

Lucinda: Mein Vater hat es mir erzählt. Er war im Krankenhaus, als sie sie hinbrachten.

Tommy: Oh mein Gott. Musste er sie identifizieren?

Lucinda: Ja, aber er hat sie nicht untersucht.

Tommy: Nein … mein Gott. Nein, das ist klar. Aber er kannte sie ja von klein auf.

Lucinda: Mhm.

Tommy: Aber dann hast du es zumindest von deinem Vater erfahren. Besser als übers Internet oder so.

Lucinda: Ja. Das stimmt.

Tommy: Ich hoffe wirklich, dass sie den Täter finden, obwohl ich nicht weiß, wie viel Leute sie jetzt noch für die Ermittlungen einsetzen.

(Pause)

Tommy: Was ist mit dir? Alles in Ordnung?

Lucinda: Äh was? Ja.

Tommy: Du siehst so erschöpft aus. Ich dachte, falls du lieber ...

Lucinda: Nein. Ich meine, ich ... mir fällt es nur schwer, darüber zu reden.

Tommy: Das verstehe ich. Vielleicht sollten wir lieber das Thema wechseln.

Lucinda: Nein, ich rede gerne über Tilda. Ich hab gesehen, dass du ihr die Medaillen in Norra hingelegt hast.

Tommy: Ja. Eigentlich waren es ja ihre.

Lucinda: Mhm.

(Pause)

Lucinda: Wann bist du ihr eigentlich zuletzt begegnet?

Tommy: Weiß ich gar nicht.

Lucinda: Du erinnerst dich nicht?

(Pause)

Tommy: Nein.

Lucinda: Aber du hast sie doch noch gesehen, nachdem der Verein dichtgemacht hat, oder?

Tommy: Ja, ein paarmal.

Lucinda: Ich hab gehört, dass ihr euch gestritten habt.

Tommy: (unverständlich)

Lucinda: Und dass sie sauer auf dich war.

Tommy: Wer hat das gesagt?

Lucinda: Ist doch egal.

Tommy: Mir ist es aber nicht egal.

Lucinda: Ich hab es von Erika gehört, Tildas Tante.

(Pause)

Lucinda: Stimmt das? Habt ihr euch gestritten?

Tommy: Darüber möchte ich nicht mit dir reden. Nicht jetzt.

Lucinda: Aber …

Tommy: Das war eine Sache zwischen uns beiden. Würdest du es etwa gut finden, wenn ich dich darüber ausfragen würde, warum ihr beide nicht länger befreundet wart?

Lucinda: Wenn du mich fragst, würde ich antworten.

(Pause)

Tommy: Ich weiß, dass ich manchmal ziemlich streng sein konnte. Besonders zu euch, den Besten.

Lucinda: Und Tilda war die Allerbeste. Deshalb warst du ihr gegenüber auch am strengsten.

Tommy: Das kann man so sagen.

Lucinda: Mhm.

Tommy: Tilda hat ziemlich die Orientierung verloren, als … als sie das Schwimmen nicht mehr hatte. Ich glaube, dass sie … (unverständlich)

Lucinda: Was hast du gesagt?

Tommy: Ich glaube, dass sie sich darüber geärgert hatte, so viel fürs Schwimmen opfern zu müssen. Und da lag es natürlich irgendwie nahe, mich zu beschuldigen. Ich wurde sozusagen … zum Symbol für alles, was sie verpasst hatte.

(Pause)

Lucinda: Ging es nur darum?

(Pause)

Lucinda: Empfindet Caroline das auch so?

Tommy: Caroline?

Lucinda: Ihr scheint auf der Beerdigung gar nicht miteinander geredet zu haben. Hast du dich auch mit ihr gestritten?

(Pause)

Tommy: Nein. Mit Caroline hab ich mich nicht gestritten.

(Pause)

Lucinda: Hast du gesehen, wie viel Müll noch immer auf dem Marktplatz rumliegt?

(Pause)

Lucinda: Warst du eigentlich dort und hast dir das Fußballspiel angeguckt?

Tommy: Nein, ich … Wieso?

Lucinda: Ich war jedenfalls zu Hause. Aber das bin ich ja fast immer.

Tommy: Worauf willst du eigentlich hinaus?

(Pause)

Tommy: Du verhältst dich irgendwie so merkwürdig.

Lucinda: Wieso merkwürdig?

Tommy: Du wirkst so nervös.

Lucinda: Wahrscheinlich bin ich es nur nicht mehr gewohnt, unter Leuten zu sein.

(Pause)

Tommy: Glaubst du etwa, dass ich es getan habe?

(Pause)

Tommy: Dass du überhaupt auf die Idee kommst …

Lucinda: Dann sag mir, was du am Fußballabend gemacht hast.

Tommy: Tut mir leid, aber das geht dich nichts an.

(Pause)

Tommy: Wolltest du dich deshalb mit mir treffen? Sitzen wir deswegen hier?

Lucinda: Nicht nur.

Tommy: Nicht?

(Pause)

Tommy: Lucinda, ich verstehe ja, dass dich Tildas Tod traurig macht. Das geht uns allen so. Aber du darfst nicht herumschnüffeln.

Lucinda: Ich will nur wissen, was passiert ist.

Tommy: Das, was du da machst, ist gefährlich.

Lucinda: Ich weiß.

Tommy: Ganz zu schweigen davon, dass du die Leute damit verletzen kannst.

Lucinda: Ich weiß!

Tommy: Wirklich?

(Pause)

Tommy: Ich glaube, wir sollten uns langsam wieder aufmachen. Möchtest du, dass ich dich nach Hause fahre?

Lucinda: Nein, ich gehe lieber.

(Pause)

Tommy: Verdammt, Lucinda. Wir sehen uns heute vielleicht zum allerletzten Mal. Es muss doch nicht so enden.

NAME: LUCINDA
TELLUS# 0 392 811 002
POST 0032

Ich habe die Aufzeichnung von Tommys und meinem Gespräch so oft gelesen, dass ich wahrscheinlich abgestumpft bin und sich die Scham allmählich legt. Kann es nicht sein, dass er mir etwas verheimlicht? Irgendwas muss zwischen ihm und Tilda vorgefallen sein. Klingt seine Erklärung nicht wie zurechtgelegt? Und als ich ihn fragte, wann sie sich zuletzt gesehen hatten, war er irgendwie auf der Hut.

Tommy ist fast fünfzig. Er sieht ziemlich gut aus, wenn auch eher etwas nichtssagend, wie die älteren Models in der *Dressmann*-Werbung. Und er ist natürlich durchtrainiert. Amanda bezeichnete ihn einmal als »scharfen alten Knacker«.

Hatte sich Tilda womöglich in ihn verliebt? Vielleicht hatten die beiden ja ein Verhältnis.

Oder war er gewalttätig zu ihr?

Wie du weißt, male ich mir immer gleich das Schlimmste aus. Inzwischen hat sich dieser Gedanke in meinem Kopf festgesetzt und geht mir einfach nicht mehr aus dem Sinn.

Simon ist gerade bei Caroline. Er wird anschließend herkommen (mein Vater ist bei der Arbeit und Miranda bei einer Freundin). Während ich diese Zeilen schreibe, schaue ich hinüber zu ihrem Haus. Obwohl die beiden so nah sind, kann ich natürlich nicht wissen, was sie gerade reden. Mir bleibt nichts anderes übrig, als zu warten. Wird Caroline ihm erzählen, warum sie Tommy bei der Beerdigung ausgewichen ist? Und wenn nicht, was soll ich dann tun? Soll ich Simon gegenüber meinen Verdacht äußern? Will ich wirklich, dass sich das auch in seinem Kopf festsetzt?

SIMON

Ich war stinksauer auf Tilda, weil sie nicht nach Hause kam«, sagt Caroline. »Ich habe immer wieder bei ihr angerufen, aber sie hat nur per SMS geantwortet.«

Wir sitzen auf der Terrasse hinterm Haus. Caroline schaut mich an und irgendwie auch nicht. Sie ist mit den Gedanken woanders. Auf ihrer Stirn pocht eine Ader. Als sie den Kragen ihrer blau-weiß gestreiften Bluse zurechtrückt, zittert ihre Hand leicht. Über ihre Wangen rinnen Tränen.

»Ich habe mir Sorgen um sie gemacht. Aber ich hab nie daran gezweifelt, dass die SMS von Tilda kamen.« Sie blinzelt und richtet den Blick auf mich. »Wie konnte ich denn nicht kapieren, dass es gar nicht meine eigene Tochter war? Kannst du mir das erklären?«

»Nein«, antworte ich. »Ich hab es ja auch nicht begriffen.«

Eine Wespe krabbelt über den Tisch. Ich beobachte ihren glänzenden Körper und folge ihren langsamen, schwerfälligen Bewegungen.

»Ich warte die ganze Zeit darauf, dass sie wieder nach Hause kommt«, sagt Caroline. »Und manchmal meine ich sogar, sie irgendwo im Haus zu hören.«

Mich fröstelt, obwohl mir die Sonne den Rücken wärmt.

Die Wespe hat einen kleinen feuchten Fleck entdeckt, der Reste von verschüttetem Rotwein sein könnte. Ihr Hinterleib schwingt leicht auf und ab und ich weiß aus dem Biologieunterricht, dass dort ihr Herz schlägt.

Caroline wischt das Insekt von der Tischplatte.

»Ich war so froh, als Lucinda mir es erzählte«, sagt sie. »Ich konnte einfach nicht glauben, dass du der Täter warst.«

Mein Blickfeld verschwimmt und ich blinzele die Tränen weg. Ich muss mich zusammenreißen, mich auf das konzentrieren, weswegen ich hier bin.

»Tilda erwähnte, dass sie mit jemandem verabredet war«, sage ich.

Caroline nickt. Sie wirkt nicht überrascht. Natürlich hat die Polizei es ihr gesagt.

»Du weißt nicht zufällig, wer es gewesen sein könnte?«, frage ich.

Caroline lacht auf, doch es klingt eher wie ein verbittertes Schnauben.

»Nein. Ich hatte offenbar überhaupt keine Ahnung davon, was Tilda so getrieben hat.«

Die Wespe surrt träge um meinen Kopf herum. Ich scheuche sie mit der Hand weg und sie fliegt weiter in den Garten.

»Wusstest du, dass sie begonnen hatte Drogen zu nehmen?«, fragt sie.

Selbst jetzt fällt es mir noch immer schwer, es vor Caroline zuzugeben.

»Ich hätte etwas sagen sollen«, entgegne ich.

»Ja, das hättest du vielleicht.« Sie beugt sich vor und ergreift meine Hand. »Wir alle hätten bestimmte Dinge anders machen sollen.«

Im Haus klingelt das Telefon. Ein viel zu fröhlicher Klingelton für diesen Augenblick. Doch Caroline reagiert nicht.

»Manchmal frage ich mich, ob es meine Schuld ist.«

Sie lässt meine Hand los und verschränkt die Arme vor der Brust. Das Telefon hört endlich auf zu klingeln.

»Ich hab sie zu hart gepusht, genau wie meine Mutter mich beim Eiskunstlaufen. Aber sie hatte mir beigebracht, dass man sein Talent nicht einfach vergeuden darf.«

Caroline lässt ihren Blick über den Garten schweifen. Die meisten Blumen sind verblüht, doch einige leuchten noch immer in den Beeten wie Farbkleckse.

»Ich dachte, dass Tilda es auch wollte«, fährt Caroline fort. »Sie war ja kaum aus der Schwimmhalle rauszukriegen. Und hat beim Training immer noch eins draufgesetzt, oder nicht?«

»Ja«, antworte ich, doch sie scheint mich kaum wahrzunehmen.

»Es hat ihr einen Riesenspaß gemacht.«

Ich betrachte weiter die Blumen und erblicke mehrere abgeknipste Stängel, wo jemand sie gepflückt hat.

»War es meine Schuld, dass es so gekommen ist? Glaubst du das?«, fragt Caroline.

Sie betrachtet mich mit großen, wissbegierigen Augen.

»Nein«, antworte ich. »Es war bestimmt nicht deine Schuld.«

Ich tue mein Bestes, um überzeugt zu klingen. Überzeugend. Doch ich weiß nicht mehr, was ich denke. Ich will nur noch weg von hier.

»Bist du sicher? Hielt sie mich für eine gute Mutter?«

»Ja, das tat sie.«

Caroline lächelt matt und schüttelt den Kopf.

»Entschuldigung. Ich hätte dich damit nicht belasten sollen. Mir geht nur so viel durch den Kopf, jetzt, wo sie nicht mehr da ist.«

Sie nimmt ein zerknülltes Papiertaschentuch zur Hand und trocknet sich Nase und Wangen.

Ich schaue zum Dach von Lucindas Haus hinüber, das hinter den Bäumen hervorlugt, und erblicke den oberen Teil eines Fensters, das ihres sein muss. Dort wartet sie auf mich. Von Tommy hat sie keine klaren Aussagen bekommen. Jetzt liegt es an mir.

»Wenn jemand sie gepusht hat, dann wohl eher Tommy«, sage ich. »Ich meine, als Trainer war es ja sein Job, aber ...«

Caroline schnieft und steckt das Taschentuch wieder zurück in die Hosentasche.

»Wie meinst du das?«, fragt sie.

»Findest du nicht, dass er es manchmal übertrieben hat? Er war nie zufrieden.«

Caroline schaut mich stumm an. Jetzt ist ihr Blick klarer. Etwas hat sich zwischen uns verändert, aber ich weiß nicht, was.

»Weißt du, warum Tilda und er sich gestritten haben?«, frage ich.

»Wer hat gesagt, dass sie sich gestritten haben?«

Ich merke, dass sie misstrauisch geworden ist. Weiß nur nicht, warum.

»Das sagen alle.«

Caroline lacht auf. Mir wird noch unwohler.

»Glaubst du etwa, dass Tommy es getan hat? Hast du deswegen gefragt?«

Ich bringe kein Wort heraus. Und Caroline lässt mich nicht aus den Augen.

»Gibt es Gerüchte darüber?«

Ich schüttele den Kopf und versuche zu lächeln.

»Nicht, dass ich wüsste. Alle scheinen sich ja ziemlich einig zu sein, dass ich es war.«

Caroline lächelt nicht. Ich betrachte erneut eine der Blumen und dabei fällt mir der Strauß ein, der auf den Medaillen lag.

Plötzlich nehme ich eine Bewegung im Augenwinkel wahr. Als ich hinschaue, fällt die Terrassentür zu. Im Haus herrscht offenbar

Durchzug. Kurz darauf höre ich die Haustür zuschlagen und Caroline springt rasch von ihrem Stuhl auf.

»Bleib hier sitzen«, sagt sie.

Sie huscht über den hölzernen Terrassenboden und hat die Glastür fast erreicht, als sie vom Wind wieder aufweht.

»Liebling? Bist du da?«

Ich erkenne seine Stimme wieder, kann sie aber nicht einordnen.

»Warte!«, ruft Caroline.

Doch er hat die Terrasse schon erreicht und unsere Blicke sind sich bereits begegnet.

Tommy trägt einen Trainingsanzug. Sein Haar ist noch feucht und ich rieche den Chlorgeruch aus seiner Schwimmtasche. Der Geruch nach Tilda. Selbst an der frischen Luft ist er so stark, dass es mir vorkommt, als wäre sie hier.

»Simon«, sagt er und ordnet seine Gesichtszüge. »Schön, dich zu sehen. Ich hoffe, ich störe nicht. Ich bin nur gekommen, um mit Caroline etwas abzustimmen ...«

Doch Caroline macht keine Anstalten mitzuspielen. Sie bleibt zwischen uns stehen.

»Ich wollte gerade gehen«, sage ich und stehe auf.

»Nein. Bleib nur«, entgegnet Caroline.

Sie geht auf Tommy zu und nickt schwach.

»Es spielt doch keine Rolle mehr. Wir haben nichts zu verbergen.«

NAME: LUCINDA
TELLUS# 0 392 811 002
POST 0033

Jetzt weiß ich, warum Tommy mir nicht verraten hat, was er in jener Nacht gemacht hat. Und auch, warum es bei Caroline im Haus nach Chlor roch und ich dort einen Knall hörte. Und warum Tommy heute Morgen rein zufällig »in der Nähe« war.

Er war bei Caroline. Und er war auch bei ihr, als Tilda starb.

Er kann es also nicht gewesen sein.

Jetzt ist mir klar, warum sie sich bei der Beerdigung aus dem Weg gegangen sind. Aus lauter Angst, Verdacht zu erregen, haben sie es mit der Zurückhaltung übertrieben. Die beiden haben den ganzen Sommer über ihr Verhältnis geheim gehalten, damit Klas nichts mitbekommen sollte.

Tommy hatte im Auto also von Caroline gesprochen. Irgendwie erscheint es mir merkwürdig, sich die beiden als Paar vorzustellen, aber eigentlich ist es viel merkwürdiger, dass sie nicht schon früher zusammengekommen sind. Ich muss an all die Trainingslager zurückdenken, zu denen Caroline mitgefahren ist, an die Hotelrestaurants, in denen wir nach den Wettkämpfen gefeiert haben, und an die vielen Stunden im Bus, wo Caroline immer ganz vorne neben ihm gesessen hat.

Sie hatten schließlich viele gemeinsame Interessen: Tildas Erfolge, ihren Körper, ihre Zehntelsekunden.

Sie erklärten Simon, dass Tilda von ihrem Verhältnis wusste und es nicht gut fand. Und dass sie deshalb sauer auf Tommy war.

Klingt logisch, aber nicht unbedingt nach Tilda. Hätte es ihr wirklich so viel ausgemacht? Ich kann nicht aufhören mich zu fragen, ob der wahre Grund nicht doch ein anderer war. Einer, von dem Caroline womöglich gar nichts weiß.

Während ich diese Zeilen schreibe, hat Tommy mir eine Nachricht geschickt. *Simon und du, ihr müsst aufhören, Detektivbüro LasseMaja zu spielen. Das hier ist kein Spiel. Ich mache mir Sorgen um dich und überlege ernsthaft, deinem Vater davon zu erzählen.*

Vielleicht ist er zu Recht besorgt. Heute war in den Nachrichten, dass die Mitglieder einer Sekte in den USA kollektiv Selbstmord begangen haben, indem sie in einer langen Reihe Hand in Hand in den Grand Canyon gesprungen sind. In Australien haben bewaffnete Kometenleugner ein großes Areal besetzt und eine eigene Republik ausgerufen. Doch ansonsten habe ich kaum etwas mitbekommen. Ich muss immerzu an Tilda denken.

NOCH ZWEI WOCHEN UND EIN TAG

NAME: LUCINDA
TELLUS# 0 392 811 002
POST 0034

Es ist schon eine Weile her, dass mein Vater Miranda und mich so überstürzt geweckt hat. Wir hatten schon lange keine Termine mehr. Keine Schule, keine Arztbesuche. Doch heute Morgen kam er in mein Zimmer und hat mich wach gerüttelt. »Wir müssen zu Opa«, sagte er.

Meine Schwester zog mir die Bettdecke weg und rollte sich darin ein. Dann schob sie mich gegen die Wand und klemmte meinen Körper mit einem Bein ein. Als es mir endlich gelang, mich aus ihrer Umklammerung zu befreien und sie aus dem Bett zu holen, hatte mein Vater schon Frühstück gemacht. Der Weihnachtsstern leuchtete im Küchenfenster. Draußen war es grau und regnerisch, einer dieser Morgen, an denen man unmöglich einschätzen kann, wie spät es ist.

Mein Opa hatte angerufen und gesagt, dass er meine Oma aus dem Altersheim geholt habe. Sie wohnte dort schon fast fünfzehn Jahre lang. Ich kann mich gar nicht mehr an die Person erinnern, die ich aus alten Fotoalben kenne. Aber ich weiß, dass man Fotoalben nicht ohne Weiteres trauen kann (das sind die sozialen Medien der Vergangenheit und schon damals legte man Wert darauf, dass es so aussah, als würden sich alle gut verstehen und die Sonne würde immer scheinen). Meine Oma wirkt auf den Bildern in der Tat immer fröhlich. Nicht nur, dass sie in die Kamera lächelt, sondern auch ihre Falten zeigen, dass sie oft gelacht hat. Doch jetzt lacht sie nicht mehr. Sie weint auch nicht. Ich weiß nicht mal, wie ihre Stimme klingt, denn sie kann nicht mehr sprechen. Sie kann nicht mal mehr allein zur Toilette gehen.

Mein Vater bat uns nur zu duschen, wenn es absolut nötig wäre. Uns würde nicht viel Zeit bleiben, um rechtzeitig bis zur Nachtschicht zurück zu sein. Er hatte die gesamte wöchentliche Benzinration genutzt, um das Auto vollzutanken. Bis zu Opas Haus sind es gut zweihundert Kilometer.

Auf der Autobahn waren kaum Fahrzeuge unterwegs, nur vereinzelte Lastwagen. Einmal überholte uns ein Krankenwagen mit Blaulicht, aber ohne Sirene. Während der letzten Kilometer auf der Landstraße kamen uns nur zwei Autos und ein Reisebus entgegen. Dafür sahen wir aber mehrere Pferdekutschen.

Unterwegs kauften wir in einem Supermarkt ein, hauptsächlich Konserven und Tiefgekühltes. Alle Kunden wirkten schweigsam und niemand schlenderte durch die Gänge, denn es gab nicht mehr viel zu sehen. Ich fand es fast unheimlich, sich durch einen riesigen Laden mit so vielen leeren Regalen zu bewegen. Früher waren sie einmal vollgestopft mit Waren gewesen, von denen die meisten eigentlich sowieso keiner brauchte.

Als wir ankamen, war es früher Nachmittag. Opa umarmte uns fester als sonst. Oma saß in ihrem Rollstuhl am Küchentisch und betrachtete uns schweigend. Mein Vater kochte Essen. Ich kümmerte mich um den Abwasch, der sich in der Spüle gestapelt hatte, und spülte diskret noch einmal das Geschirr, das bereits auf dem Abtropfständer stand. Opa kann kaum noch etwas sehen und so waren in den Bechern noch eingetrocknete Kaffeeringe und auf den Gläsern fettige Schlieren.

Miranda spielte irgendein geräuschvolles Spiel auf ihrem Handy, doch sie sah immer wieder zu Oma. »Weiß sie nichts vom Kometen?«, fragte sie. Opa tätschelte ihr den Kopf und antwortete: »Nein, meine Kleine. Die Glückliche.« Auf einmal musste Oma furzen, ein dunkles feuchtes Grollen, das Miranda und mich unweigerlich zum Kichern brachte.

Wir sprachen von den Pferden unterwegs, was Opa dazu veranlasste, von früher zu erzählen, als er noch jung gewesen war. Von alten Zeiten zu reden, scheint älteren Leuten am meisten zu gefallen, und normalerweise finde ich es nicht sonderlich interessant. Doch diesmal wollte ich es unbedingt hören. Unfassbar, wie sehr sich die Welt im Verlauf seines Lebens verändert hat. Er ist jetzt über achtzig. Zum Beispiel hat er nie gelernt, Internetbanking zu machen oder online eine Zugfahrkarte zu buchen oder auch nur beim Anruf in einem Callcenter die richtigen Knöpfe zu drücken.

Selbst mein Vater ist noch in einer anderen Welt aufgewachsen. Immer wieder fängt er davon an, dass wir heute lauter Dinge nutzen, die damals, als er in unserem Alter war, noch als Scifi galten. Wie zum Beispiel Videotelefonate, GPS, 3-D-Drucker und Google translate. Ich frage mich, wie die Welt wohl ausgesehen hätte, bis Miranda alt geworden wäre. Welche Scifi-Abenteuer wären dann alltäglich gewesen? Vielleicht hätten wir den Mars kolonisiert, nachdem wir die Erde unbewohnbar gemacht haben, und implantierte Computerchips als Upgrade erhalten.

Während des Essens versuchte mein Vater meinen Opa zu überreden, zu uns zu ziehen, doch der weigerte sich. Als er Opa fragte, ob er es auch wirklich schaffen würde, sich allein um Oma zu kümmern, entgegnete er »Es sind doch nur noch zwei Wochen«. Im Altersheim gibt es kaum noch Personal. Die Alten müssen tagelang in ihren vollgeschissenen Windeln sitzen und niemand kümmert sich um Essen und Trinken. »Seit sie wieder zu Hause ist, geht es ihr schon viel besser«, sagte Opa. Und dann schaute er sie an und man konnte sehen, dass er sie noch immer liebt. Ich glaube, dass er hinter ihrem leeren Blick und ihrem hilflosen Körper die Frau erkennen kann, der er vor mehr als sechzig Jahren begegnet ist.

Als wir hinterm Haus Kaffee tranken, sah ich, wie Oma ihr Gesicht der Sonne zuwandte. Sie wirkte vollkommen ruhig. Und ich fand, dass Opa recht hatte. Es war gut, dass sie bei ihm war.

Mein Vater hatte ein altes Handy mitgebracht und versuchte Opa zu zeigen, wie er Videotelefonate mit uns führen konnte. Keine Ahnung, ob es ihm gelang.

Wir verabschiedeten uns am Auto. Ich umarmte Opa, allerdings nicht lange genug. Wie verabschiedet man sich von jemandem für immer? Der Augenblick überwältigte mich zu sehr. Im Nachhinein bereue ich es. Ich hätte ihm sagen sollen, dass ich ihn liebe. Auch wenn ich mir nicht sicher bin, ob ich es tue, dafür kenne ich ihn nicht gut genug, aber ich hätte es ihm sagen sollen.

Mein Vater schwieg während der gesamten Rückfahrt. Miranda wurde unruhig und benahm sich wie eines dieser überdrehten Gören in den Kinderprogrammen. Bestimmt wollte sie ihn nur fröhlich stimmen. Genauso hatte sie sich auch aufgeführt, als ich krank wurde.

SIMON

Es ist fast Mitternacht und ich habe den Versuch aufgegeben einzuschlafen. Stattdessen habe ich mir ein Bad eingelassen, doch das Wasser ist so heiß, dass ich es kaum aushalte. Eigentlich wollte ich mich heute mit Lucinda treffen, doch sie hat mir morgens kurz nach dem Aufwachen geschrieben, dass sie erst morgen kann. Der ganze Tag kam mir wie vergeudet vor. Wir haben schließlich nur noch so wenige.

Morgen sind es noch zwei Wochen.

Ich sinke so tief ins Wasser, dass nur noch mein Gesicht herausguckt. Die Hitze lässt die Haut am ganzen Körper pochen und meine Gedanken träge werden. Sie betäubt meine Rastlosigkeit.

Vom Wohnzimmer her höre ich Publikum johlen. Emma schaut sich die Live-Übertragung vom Vierundzwanzig-Stunden-Konzert an, gerade aus Paris. Stina hat angefangen, ihre Predigt für den letzten Gottesdienst zu schreiben. Judette ist in Hortenses Friseursalon und lässt sich ein letztes Mal die Haare machen. Es dauert mehrere Stunden. Ich selbst benutze nicht mal mehr die Haarschneidemaschine, obwohl es nur wenige Minuten dauern würde.

Als das Wasser abgekühlt ist, lasse ich es ablaufen, bleibe aber noch so lange in der Wanne liegen, bis ich aufhöre nachzuschwitzen. Und als ich aufstehe, um mich abzuduschen, wird mir trotzdem schwindelig. Jetzt bin ich zumindest endlich müde.

Als ich ins Wohnzimmer komme, liegt Emma noch immer auf dem Sofa vorm Fernseher. Die Kamera schwenkt gerade über eine Menschenmenge, die sich bis zum Horizont erstreckt. Dann eine Nahaufnahme des Sängers, der wie ein gealterter Filmstar aussieht. Er hält das Mikrofon in Richtung Publikum. Nahaufnahme von Gesichtern, die den Refrain von *Angels* mitsingen.

»Wer ist das denn?«, frage ich.

»Keine Ahnung«, sagt Emma und gähnt. »Die nehmen bestimmt, wen sie kriegen können, um die vierundzwanzig Stunden zu füllen.«

»Als ich klein war, wollte ich ihn unbedingt heiraten«, ruft Stina aus der Küche.

Der Sänger nimmt das Mikrofon in beide Hände und singt unverkennbar die letzte Textzeile. Er zögert die Worte hinaus.

Als er seinen Blick übers Publikum schweifen lässt, bricht er in Tränen aus. Viele Fans weinen ebenfalls.

»Ich frag mich, wie es wohl ist, da oben auf der Bühne zu stehen und zu wissen, dass es das allerletzte Mal ist«, sagt Emma.

Dann werden Drumsticks gegeneinandergeschlagen und auf der Bühne entflammt ein Feuerwerk. Erneuter Jubel. Nahaufnahme von weiblichen Fans in Stinas Alter, die einander in den Armen liegen.

Nahaufnahme von einer laut schreienden Dragqueen. Luftbilder von den Publikumsmassen. Im flackernden Scheinwerferlicht auf der Bühne erahnt man den Schatten der filmenden Drohne. Der Sänger singt jetzt *Let me entertain you.*

»Stell dir vor, sie wären jetzt alle dort«, sage ich. »Und alle erleben das Gleiche, genau zur gleichen Zeit, und trotzdem empfinden sie es ganz unterschiedlich, weil sie unterschiedlich *sind.*«

»Bist du okay, Simon?«, fragt Emma und grinst.

Ich grinse zurück. Bei solchen Äußerungen hat auch Tilda immer die Augen verdreht. Ich starre wieder aufs Publikum, auf den Sänger und den Schlagzeuger. Alle haben ihre eigenen Erfahrungen, Erinnerungen, Hoffnungen, Ängste, Assoziationen. Stina würde es vielleicht als Seele bezeichnen. Ich würde eher sagen, dass jeder eine eigene Welt in sich trägt.

Wenn der Komet einschlägt, geht nicht nur *eine* Welt unter, sondern fast acht Milliarden Welten.

Tilda war auch eine Welt für sich.

Bald ist alles weg.

Ich löse meinen Blick vom Bildschirm und gehe in die Küche.

»Vorsicht, Bumbum!«, ruft Stina und ich kann gerade noch abbremsen, um nicht über ihn zu stolpern.

Der Hund liegt mitten auf dem Küchenfußboden und schläft. Er winselt leise und fuchtelt dabei mit den Pfoten in der Luft herum. Ich frage mich, was in seinem großen Kopf wohl gerade vor sich geht. Ob ihn irgendwer jagt oder er selbst gejagt wird? Tauche ich auch manchmal in seinen Träumen auf?

Ich setze mich auf den Boden und kraule ihn hinterm Ohr. Er schaut mich mit geröteten Augen an und gähnt mit weit aufgerissenem Maul. Ich beneide ihn darum, dass er nicht weiß, was uns erwartet.

»Und, wie läuft's?«, frage ich Stina.

»Ich suche gerade nach Liedern, die alle mitsingen können«, sagt sie, ohne von ihrem Laptop aufzuschauen. »Wie findest du *Von guten Mächten wunderbar geborgen*? Der Text passt zumindest.«

»Vielleicht etwas zu positiv«, sage ich. »Ich glaube, die Leute würden es eher ironisch auffassen.«

»Vielleicht hast du recht.«

Stina lächelt matt und klappt ihren Laptop zu. Dann geht sie zur Speisekammer und holt eine angebrochene Flasche Rotwein, die sie gegens Licht hält, um zu sehen, wie viel noch drin ist, dann zieht sie den Korken und schnuppert prüfend.

»Möchtest du ein Glas? Falls er nicht schon zu Essig geworden ist.«

Ich schaue überrascht auf.

»Okay, gern.«

Stina schenkt zwei Gläser ein, senkt die Nase tief ins Glas und probiert dann vorsichtig.

»Noch ganz annehmbar«, sagt sie und reicht mir das zweite Glas.

Dann lässt sie sich mir gegenüber auf den Boden sinken und lehnt sich an die Schranktüren unterhalb der Spüle. Gedankenverloren tätschelt sie Bumbums Hinterbein.

»Mama«, sage ich. »Worüber hast du mit Tilda im Sommer geredet?«

Ihre Hand hält inne.

»Ach Simon, ich habe keine Lust, mich schon wieder mit dir darüber zu streiten. Bitte.«

»Ich will mich ja gar nicht streiten. Aber hat sie wirklich nichts gesagt? Irgendwas, das vielleicht ein Hinweis sein könnte? Woran du vielleicht einfach nur nicht gedacht hast.«

Stina trinkt einen Schluck und legt den Kopf in den Nacken.

»Wir haben uns hauptsächlich über den Glauben unterhalten. Tilda wollte meine Meinung zur Wahrhaftigen Kirche hören. Sie hatte eine Liste mit Fragen vorbereitet.«

Das klingt definitiv nach Tilda. Ich sehe sie förmlich vor mir, wie sie bäuchlings auf ihrem Bett liegt, den Notizblock vor sich auf dem Kissen. Beim Nachdenken hat sie immer an der Mitte ihres Stifts herumgekaut.

»Und was hältst du davon?«, frage ich.

»Ich denke«, sagt Stina bedächtig und wirft einen Blick auf ihren Laptop, »die Wahrhaftige Kirche nutzt es aus, dass im Augenblick so viele Menschen nach einfachen Antworten suchen. Wenn ich hier sitze und versuche, die richtigen Worte zu finden, werde ich fast neidisch. Aber einfache Antworten sind der Gegensatz von Glauben. Wir können nicht alles verstehen.«

Sie nimmt einen weiteren Schluck.

»Insbesondere den überzeugten Anhängern würde ich am wenigsten vertrauen«, sagt sie. »So denke ich über die Wahrhaftige Kirche.«

»Aber die Bibel ist doch ziemlich überzeugend.«

»Die Bibel ist von Menschen geschrieben.«

Sie leert ihr Glas und massiert ihren Nacken.

Ich muss an Tildas Brief denken und zögere.

»Tilda hat euer Gespräch übrigens gefallen«, sage ich dann. »Es hat ihr geholfen.«

Stinas Miene hellt sich auf.

»Hat sie das wirklich gesagt?«

Ich nicke. Mir fällt auf, dass wir dank Tilda jetzt über den Glauben an Gott sprechen. Genau das, wozu mich Stina schon den ganzen Sommer lang bewegen wollte. Vielleicht sogar schon länger. Seit ich klein war, haben wir kaum mal über derlei Dinge gesprochen.

»Was, glaubst du, wird passieren?«, frage ich. »Nach dem Kometen?«

Beim ersten Schluck breitet sich ein herber Geschmack in meinem Mund aus. Ich habe Rotwein noch nie gemocht.

»Ich glaube, dass das Gute in unserer Welt überdauern wird«, antwortet Stina. »In irgendeiner Form. Und wir auch. Wir werden weiterleben.«

»Im Himmel? Daran glaubst du wirklich?«

Stina lässt ihr leeres Glas zwischen den Fingern kreisen. Ich schiebe meines zu ihr rüber und sie nimmt es dankbar lächelnd entgegen.

»Heute würden wir es vielleicht als andere Dimension bezeichnen, aber ich denke, es ist etwas, das außerhalb unserer Vorstellungskraft liegt. Ich brauche gar nicht erst zu versuchen, es zu verstehen. Ich vertraue auf Gott, weil ich weiß, dass er uns liebt.«

Plötzlich beginnt Bumbum zu kläffen und sein Schwanz schlägt ein paarmal auf den Boden. Kurz darauf hören wir, wie sich der Schlüssel im Schloss der Wohnungstür dreht.

Stina und ich schauen auf, als Judette mit neuen Cornrows in die Küche kommt. Sie duftet schwach nach Kokos, ein Geruch, der mich an meine Kindheit erinnert, als ich umgeben von anderen Dunkelhäutigen im Friseursalon Comics las und heimlich Judettes und Hortenses Tratsch lauschte.

»Hallo«, begrüßt Stina sie. »Schick siehst du aus.«

»Danke«, antwortet Judette und flucht, als sie fast über Bumbum stolpert. »Dass er immer genau da liegen muss, wo man hinwill.«

»Ja, aber er ist doch so ein lieber Wauwau«, entgegne ich und bekomme als Reaktion ein träges Schwanzwedeln.

»Wir hätten uns ebenso gut ein Bärenfell kaufen können.«

Jetzt merke ich, dass Judette schon einiges getrunken hat.

»Sie meint es nicht so«, sage ich und drücke Bumbum einen Kuss auf die Stirn.

»Und, wie war's?«, fragt Stina.

»Tja, wie war's?«, sagt Judette und öffnet die Kühlschranktür, sodass die Flaschen und Dosen darin gegeneinanderklirren.

Stina betrachtet sie sehnsuchtsvoll.

»Alles gut mit Hortense? Unglaublich, dass sie den Salon noch immer geöffnet hat.«

»Was soll sie denn sonst tun?«, fragt Judette schnippisch zurück.

»Nein, schon klar«, lenkt Stina rasch ein.

In diesem Moment geht etwas in meinem Herzen kaputt.

Judette schließt die Kühlschranktür und wendet sich uns zu. Ihre Augen sind feucht.

»Tut mir leid. Ich wollte nicht so grantig klingen. Aber das Abschiednehmen von all den Leuten macht mich ziemlich fertig.«

»Natürlich«, sagt Stina.

»Ich glaub, ich gehe zu Bett.«

Diesmal macht Judette einen großen Schritt über Bumbum hinweg und tätschelt ihm den Kopf. Als sie die Küche verlässt, höre ich ihr unterdrücktes Schluchzen. Vom Wohnzimmer her kommt erneutes Gejohle vom Pariser Publikum.

NOCH ZWEI WOCHEN

NAME: LUCINDA
TELLUS# 0 392 811 002
POST 0035

Gefällst du dir, wenn du in den Spiegel schaust? Ist es dir überhaupt wichtig? Mir schon. Trotz allem, was passiert ist und passieren wird, hat es für mich immer noch Bedeutung.

Bevor ich krank wurde, habe ich mein Aussehen gehasst. Das ist etwas, was die Welt uns lehrt, und ich war eine talentierte Schülerin. Ich fand überall Makel. Jetzt im Nachhinein finde ich mein Erscheinungsbild ehrlich gesagt ganz okay. Wenn auch verdammt gewöhnlich. Eigentlich hätte ich Bankräuber werden sollen, denn kein Mensch würde sich ausreichend an mein Aussehen erinnern, um eine angemessene Personenbeschreibung abgeben zu können.

Tilda hingegen war hübsch. Ihr Aussehen vergaß man nicht so schnell. Letztlich hat ihr Tod mich gezwungen, wieder am Leben im Netz teilzunehmen, wie ich es schon über ein Jahr nicht mehr getan habe.

Ich habe nach einem Weltraumfantasten mit einem Teleskop gesucht. Hab Freundschaftsanfragen an Leute geschickt, denen ich noch nie begegnet bin. Freunde von Tildas Freunden. Sobald sie sie angenommen haben, durchsuche ich ihre Profile. Tilda taucht auch immer wieder auf. Ich weiß immer gleich, welche Fotos sie hasste, noch bevor ich sehen kann, dass sie sie abgelehnt hat. Ich kann mit ihren Augen erkennen, auf welchen ihre Schultern zu breit, ihre Frisur zu aufgedonnert und ihre Nase bei bestimmten Lichtverhältnissen und aus einem gewissen Winkel etwas zu schief wirkte.

Jetzt sind es nur noch zwei Wochen. Alle sind verzweifelt auf der Suche nach Verabredungen für die Nacht zum sechzehnten September. Es ist wie die geballte Angst davor, an Weihnachten, Silvester und Mittsommer allein zu sein. Hoch tausend. Alle wollen von ihren Liebsten umgeben sein, aber wiederum nicht von deren Liebsten. Sprich, es ist ein Ding der Unmöglichkeit. Viele schreiben, dass sie vorhaben, zur Kirche zu gehen. Simons Mutter wird den letzten Gottesdienst abhalten.

Ich schaue mir die Statusaktualisierungen an und sehe Gruppen, die sich zusammenfinden. Manche nehmen kurzerhand alle Einladungen an, um ihre Entscheidung bis zur letzten Sekunde hinauszögern zu können. Aber ich sehe auch welche, die nirgendwo eingeladen sind. Die erzwungene Lockerheit in ihren Beiträgen ist am traurigsten. Hallo Freunde! Habt ihr noch 'nen Platz für mich beim Abschlussabend? Ich hab keine besonderen Vorlieben, egal ob ein gemütlicher Abend zu Hause oder 'ne wilde Party, hat beides was ☺

Alle sehnen sich nach Nähe, doch die ist nicht immer leicht zu finden. Ich habe gelesen, dass der Pornokonsum um einige Tausend Prozent gestiegen ist. Ein Porno ist ein Sexfilm und fremden Leuten beim Sex zuzuschauen ist genauso blöd, wie es klingt.

Wie pflanzt ihr euch eigentlich fort? Und in welchem Ausmaß wird euer Leben davon bestimmt? Manchmal kommt es mir vor, als würde sich bei uns letztlich alles nur um Sex drehen.

Mich würde wirklich interessieren, wie eure Entsprechung für Pornos aussieht. Vielleicht könnte es uns ja Aufschluss über eure Spezies geben.

Zum Glück muss ich jetzt aufhören, bevor dieser Post noch völlig aus dem Ruder läuft.

Ich muss gleich zu Simon. Wir wollen Kontakt zu Tildas Dealer aufnehmen. Vielleicht ist er ja sogar identisch mit dem Weltraumfantasten. Simon hat ein Handy besorgt, von dem aus wir ihm eine anonyme Nachricht schicken können.

SIMON

Ich werfe einen Blick auf die Küchenuhr. Gleich Viertel nach zwölf. Lucinda muss jeden Augenblick kommen.

»Unglaublich, dass du da mal reingepasst hast«, sagt Judette und hält mir eine winzige Lederjacke vor den Oberkörper.

»Mein Gott, die hatte ich schon fast vergessen«, sagt Emma und reißt sie an sich.

Als ich heute Morgen aufwachte, bekam ich den Auftrag, den Karton mit den Babyklamotten vom Dachboden runterzuholen. Natürlich stand er ganz hinten und es hat fast eine Stunde gedauert, um alles Gerümpel davor aus dem Weg zu räumen. Jetzt stapeln sich auf dem Küchentisch Kinderpullis, Babymützen und Strampelanzüge.

Die Lederjacke knarzt in Emmas Händen, während sie sie dreht und wendet, und auf den Schulterpartien blitzen im Licht von draußen kleine Metallknöpfchen auf.

»Wie alt war Simon, als er sie trug?«

»Er hatte gerade Laufen gelernt, also ungefähr ein Jahr?« Judette lächelt mich an. »Du warst unglaublich süß. Und ziemlich o-beinig.«

Emma lacht, während sie den Reißverschluss öffnet und wieder schließt.

»Das warst du wirklich«, sagt sie und faltet die Jacke wieder zusammen. »Ein Jahr ist ja perfekt, dann kann der Kleine sie im nächsten Herbst tragen.«

Warum spielen wir nur mit? Helfen wir Emma damit wirklich? Ich schaue verstohlen zu Judette. Sie scheint meine Gedanken zu lesen, denn sie schüttelt kaum merklich den Kopf.

»Super, dass ihr so viele Sachen aufgehoben habt«, sagt Emma.

»Das meiste haben wir dem Roten Kreuz gespendet. Aber manches kann man einfach nicht weggeben.«

Judette nimmt ein winziges Hawaiihemd aus dem Karton und lacht auf. Jetzt merke ich, dass sie fast genauso viel Spaß daran hat wie Emma. Heute Nacht bin ich vom Weinen im Schlafzimmer nebenan aufgewacht, doch jetzt ist in Judettes Gesicht keine Spur von Traurigkeit mehr zu erkennen.

Schließlich klingelt es an der Tür und Bumbum stürzt hinaus in den Flur.

Ich stelle mich ihm in den Weg, bevor ich öffne. Lucinda trägt heute wieder ihre Perücke. Sie betrachtet Bumbum, der mir den Kopf in die Kniekehlen rammt und versucht, sich an mir vorbeizudrängen.

»Schluss jetzt«, fauche ich und schiebe ihn zur Seite, damit Lucinda hereinkommen kann. »Sorry, manchmal ist er verdammt anstrengend.«

»Kein Problem«, entgegnet sie und zieht sich die Schuhe aus. »Aber hier drinnen wirkt er irgendwie noch größer.«

Sie betritt die Küche, bevor ich sie davon abhalten kann. Ich sehe, wie ihr Blick erst kurz an den Kinderklamotten hängen bleibt und dann zu Emmas Babybauch wandert.

»Das ist Lucinda«, stelle ich sie vor.

»Wahrscheinlich erinnern Sie sich nicht mehr an mich«, sagt sie zu Judette und streckt ihr die Hand entgegen. »Ich war einmal mit der Schulklasse bei Ihnen, als Simon und ich noch klein waren.«

Doch Judette ignoriert die ausgestreckte Hand und umarmt sie stattdessen herzlich.

»Lucinda! Wie schön, dich zu sehen!«

Lucinda erwidert die Umarmung nicht, lässt es aber geschehen.

»Und danke, dass du mit der Polizei über die Nachricht gesprochen hast«, sagt Judette.

»Ich weiß ja nicht, ob es wirklich geholfen hat.«

»Du hast es zumindest versucht. Ich wollte dir jedenfalls sagen, wie viel es uns bedeutet, und auch Simon.«

»Das reicht jetzt, Mama«, sage ich.

Als Judette sie endlich loslässt, fährt sich Lucinda mit der Hand an die Stirn, um zu prüfen, ob ihre Perücke noch richtig sitzt.

Sie wirkt peinlich berührt und wendet sich Emma zu, die ihre Hand schüttelt und sich vorstellt. Dann wedelt Emma mit einem Strampelanzug vor ihrem Gesicht herum, auf dem lauter niedliche kleine Lämmer herumspringen.

»Wie gefällt dir der?«

Lucinda wirkt etwas hilflos.

»Gut«, sagt sie und ich verdamme mich dafür, sie nicht vorgewarnt zu haben.

»Und, was habt ihr heute vor?«, fragt Emma grinsend.

»Nichts«, antworte ich.

Emmas Grinsen wird etwas breiter.

Ich schlage Lucinda vor, mit in mein Zimmer zu kommen, und sie wirkt erleichtert. Bumbum folgt uns hechelnd und schaut mich unendlich enttäuscht an, als ich ihm die Tür vor der Nase zuschlage.

Lucinda setzt sich auf mein Bett. Auf einmal wird mir bewusst, dass ich leicht nach Schweiß rieche und mein T-Shirt vom Staub auf dem Dachboden ganz schmutzig ist. Ich setze mich auf den Schreibtisch und stelle die Füße auf den Stuhl davor. Überlege, ob ich Emmas Verhalten kommentieren soll. Aber was gibt es da zu sagen?

»Dein Zimmer kommt mir irgendwie ziemlich bekannt vor«, sagt Lucinda und schaut sich um. »Du hattest schon damals jede Menge Star-Wars-Teile von Lego, oder?«

»Ja.«

Ich habe keine Lust, erneut über den Klassenausflug zu sprechen und gedanklich noch einmal zum unbeholfenen Siebenjährigen zu werden. Als wäre er die ganze Zeit hier gewesen und hätte nur darauf gewartet, wieder zum Vorschein zu kommen.

»Viele Grüße von Stina«, sage ich, um das Thema zu wechseln. »Sie hätte dich gern getroffen, musste aber zur Arbeit.«

Lucinda nickt.

»Geht ihr alle zusammen in die Kirche? In der letzten Nacht?«

»Ja. Und was macht ihr?«

»Weiß noch nicht. Wahrscheinlich bleiben wir zu Hause.«

Auf einmal lächelt sie. Ich nehme an, dass sie dasselbe denkt wie ich. Wir reden, als ginge es um unsere Wochenendpläne anstatt um das Ende in der Geschichte unseres Planeten, der Existenz der Menschheit, unseres Lebens.

»Ihr kommt also nicht zum Gottesdienst?«, frage ich.

»Eher nicht. Mein Vater ist überzeugter Atheist. Ärzte, du weißt schon.«

»Und du?«

Lucinda setzt sich in den Schneidersitz. Sie wirkt nachdenklich.

»Ich mag es nicht sonderlich, wenn die Leute so tun, als hätten sie auf alles eine Antwort«, sagt sie.

»Ich auch nicht. Aber Stina ist nicht so.«

»Mein Vater schon. Er glaubt, dass die Wissenschaft alles erklären kann. Doch ich denke, dass es ein Fehler ist, sich zu sicher zu sein, egal in welcher Hinsicht.« Sie fährt sich mit den Fingern durchs Perückenhaar. »Jedenfalls kann ich mit beiden Haltungen nicht viel anfangen. Ehrlich gesagt fällt es mir ziemlich schwer, einen Gott zu *lieben*, der uns einfach einen Kometen schickt, nur weil er keinen Bock mehr auf uns hat.«

Ich lache.

»Hast du schon mal was vom Theodizee-Problem gehört? Vom Bösen in der Welt?«

Lucinda schüttelt den Kopf, scheint aber interessiert.

»Mal sehn, ob ich's noch zusammenkriege«, sage ich. »Wenn Gott gut und allmächtig ist, wie kann er dann all das Leid in der Welt zulassen? Bedeutet das unweigerlich, dass Gott entweder nicht gut oder nicht allmächtig ist?«

Lucinda schweigt. Sie scheint auf eine Fortsetzung zu warten.

»Darauf gibt es keine endgültige Antwort«, erkläre ich. »Die Philosophen zerbrechen sich schon seit Jahrtausenden darüber die Köpfe.«

»Na super.«

Wir lächeln uns an. Mir kommt es vor, als würden wir einander gut kennen, obwohl das ja eigentlich nicht der Fall ist. Vielleicht kommt es daher, dass Tilda so viel über sie gesprochen hat.

Wenn Lucinda nicht krank geworden wäre, hätten wir uns dann auch zu dritt getroffen? Und was hätten wir gemeinsam unternommen? Ich weiß so wenig über sie. Welche Musik hört sie gern? Wohin wollte sie schon immer mal reisen? Was sind ihre Hobbys außer Schwimmen? Will sie noch immer Schriftstellerin werden? Schreibt sie deshalb in der TellUs-App?

Mir wird bewusst, dass ich sie immer noch anschaue. Ich beuge mich vor, öffne die Schreibtischschublade und nehme Judettes altes Firmenhandy heraus.

»Es hat 'ne SIM-Karte«, sage ich.

»Und du bist sicher, dass die Nummer nicht registriert ist?«

»Ich hab's getestet.«

Lucinda streckt ihre Hand nach dem Handy aus.

»Was sollen wir schreiben?«, frage ich und gebe es ihr.

Sie tippt darauf herum und schaut dann zu mir auf.

»Mir ist da übrigens noch was eingefallen. Er oder sie ist bestimmt total paranoid. Deshalb glaube ich, dass ich es besser allein machen sollte.«

»Nein«, entgegne ich. »Wenn es nur einer von uns macht, dann ich.«

»Und warum? Weil du 'n Mann bist?«

»Nein, natürlich nicht.«

Eher, weil sie krank ist. Doch das spreche ich nicht aus.

Jetzt, wo sie hier auf meinem Bett sitzt, kann man es leicht ausblenden, aber schließlich ist sie bei der Glasfabrik zusammengebrochen. Sie ermüdet relativ schnell und leidet unter Atemnot.

Aber Lucinda hat recht. Der Typ scheint in der Tat paranoid zu sein. Und solche Menschen können gefährlich sein. Ich weiß zwar nicht, wie gut ich mich verteidigen könnte, sollte mich jemand angreifen, aber ich weiß zumindest, dass ich schnell weglaufen kann.

»Jetzt ist es meine Sache, ein Risiko einzugehen«, sage ich stattdessen. »Du hast dich letztens allein mit Tommy getroffen.«

Lucinda schüttelt beharrlich den Kopf.

»Es ist besser, wenn ich es mache. Wenn einer mit Drogen dealt, macht er es doch nicht allein wegen des Geldes, oder? Es muss einen Grund geben, dass er mir hilft. Und ich kann die Krebskarte ausspielen.«

»Die Krebskarte?«

»Ich kann behaupten, dass ich Gras brauche, weil ich nicht mehr an schmerzstillende Medikamente rankomme.«

Ich bin perplex.

»Ist das denn so?«, frage ich.

»Nein. Mein Vater kann mir alles aus dem Krankenhaus mitbringen, was ich benötige.«

»Gut.« Ich versuche mich wieder zu fangen. »Und was meinst du damit? Etwa, dass wir auf einen Dealer mit 'nem Herzen aus Gold hoffen sollen?«

Lucinda schaut mich ungeduldig an.

»Hast du 'ne bessere Idee?«, fragt sie.

»Ja, dass wir es zusammen machen. Dann sind wir wenigstens zu zweit. Ich könnte ja so tun, als wäre ich dein besorgter Freund.«

Sie öffnet den Mund, um etwas zu sagen, schweigt jedoch. Stattdessen richtet sie ihren Blick wieder auf Judettes Handy und fängt an, eine Nachricht zu schreiben.

NOCH EINE WOCHE UND SECHS TAGE

NAME: LUCINDA
TELLUS# 0 392 811 002
POST 0036

Heute habe ich zufällig Mirandas *Bucket List* gefunden. Sie hat sie nicht in ihre App getippt, aber in sorgfältigen Druckbuchstaben auf Papier geschrieben.

Ich wollte nicht in ihren Sachen herumschnüffeln, sondern eigentlich nur Schmutzwäsche aus ihrem Zimmer holen. Der Zettel lag auf dem Schreibtisch. *Noch einmal Weihnachten feiern*, stand auf der Liste. Dahinter hatte sie mit einem andersfarbigen Kugelschreiber fein säuberlich einen Haken gemacht. Die anderen Punkte auf der Liste: *Eine Nacht durchmachen. In einer Höhle schlafen (zu Hause). Reiten. Eine Nacht in der Badewanne verbringen. Einmal den Zauberwürfel knacken. Einen Mini-Song schreiben. Sich verlieben. Ein Plakat entwerfen. Einen Igel aufstöbern. Ein Praktikum machen (Hundekindergarten?). Eine neue Frisur ausprobieren. Ein Drei-Gänge-Menü kochen.* Es war traurig, eine Liste mit so simplen, ganz gewöhnlichen Wünschen vorzufinden und zu wissen, dass Miranda nicht mehr viele davon realisieren kann. Auf dem Zettel stand nur noch ein weiterer Punkt mit einem Haken dran: *Gemeinsam mit Molly einen Tanz kreieren.*

Ich hatte keine Ahnung, dass sich Miranda nach der Beerdigung noch einmal mit Tildas Cousine getroffen hat. Als ich sie fragte (ohne dabei zu erwähnen, dass ich es auf ihrer Liste gesehen hatte), kam heraus, dass die Freundin, von der Miranda neulich gesprochen hatte, Molly war. Sie hatten sich in der Stadt getroffen, als Mollys Eltern beim Gottesdienst der Wahrhaftigen Kirche waren. Doch Erika hatte es mitbekommen und jetzt darf Molly nicht mal mehr ihr Handy benutzen.

Miranda war untröstlich. Ich bot ihr an, selbst hinzufahren, um zu sehen, wie es Molly geht. Doch Miranda redete es mir aus. Sie meinte, dass Molly dann zu Hause womöglich noch mehr Probleme bekommen würde.

Wie zum Teufel kann Erika ihre Tochter nur so isolieren? Sie glaubt ja nicht mal selbst an die Wahrhaftige Kirche. Oder tut sie es etwa doch?

(Die Leute glauben mittlerweile an so viel. *Ancient Aliens* nennt sich die neueste große Glaubensbewegung. Ihrer Theorie zufolge sind die Außerirdischen schon vor langer Zeit auf die Erde gekommen, wo sie uns halfen, die Pyramiden zu bauen, und uns dann zwecks Genmodifikation nachts heimlich entführten, damit wir zu besseren Menschen werden. Doch inzwischen haben sie eingesehen, dass wir ein hoffnungsloser Fall sind und es an der Zeit ist, das Experiment zu beenden. Foxworth ist sozusagen ihr roter Knopf. Wenn ich diese Theorie höre, kann ich es ihnen nicht verübeln.)

Gestern habe ich Tildas Dealer eine kurze Nachricht geschrieben. *Hab deine Nummer von einem gemeinsamen Freund. Brauche deine Hilfe.* Danach habe ich das Handy, von dem wir die Nachricht verschickten, in meinem Zimmer unter der Fensterbank versteckt. Jetzt warte ich auf die Antwort eines potenziellen Täters. Als wäre es das Normalste der Welt.

Simon will meinen »besorgten Freund« spielen. Als er es vorschlug, war ich kurz davor, etwas Verbittertes zu entgegnen. Frei nach dem Motto, dass es echt cool wäre, wenigstens einmal im Leben einen solchen zu haben, selbst wenn es nur als Scherz gemeint sein sollte. Vielleicht, weil ich in meinem vorangegangenen Post an dich so viel über Sex geschrieben habe. Doch als ich auf seinem Bett saß, wurde mir auf einmal bewusst, dass er und Tilda darin ziemlich oft Sex gehabt haben mussten. Und ich weiß, dass er gut war. Tilda hatte mir einiges erzählt und in diesem Moment fielen mir alle möglichen Details ein. Ich konnte ihm kaum mehr in die Augen schauen.

Judette und Simons Schwester Emma hatten gerade in der Küche Babykleidung sortiert. Emma hielt mir einen Strampelanzug hin und fragte mich, wie ich ihn fände. Ich bin mir nicht sicher, aber ich meinte, etwas Trotziges in ihren Augen aufblitzen zu sehen. *Versuch mir ja nicht auszureden, dass ich Mama werde.* Vielleicht wollte sie mich testen und ich widersprach ihr nicht, weil ich damit zu kämpfen hatte, nicht losheulen zu müssen.

Heute Morgen habe ich einen Blick in den Nachrichtenverlauf geworfen. Nichts Neues über Tilda. Auch nichts über Simon. Vielleicht hat das, was die Polizei geschrieben hat, ja doch Wirkung gezeigt. Oder die Leute haben inzwischen anderes zu tun, als an Tilda zu denken. Nur Simon und ich weigern uns noch, sie loszulassen.

SIMON

Ein Reporter geht den Las Vegas Strip entlang. Die Neonschilder sind erloschen und alle Kasinos geschlossen, doch viele Amerikaner pilgern noch immer in Scharen dorthin, um zu heiraten. Überwiegend junge Paare, die Sex haben wollen, ohne in Sünde leben zu müssen.

Ich beende den Clip und entdecke eine Nachricht, die besagt, dass sich die Menschen derzeit mehr Pornos angucken als je zuvor. »Wirklichkeitsflucht« gilt einer Umfrage zufolge als Hauptgrund. Ich hatte es nur einmal versucht, nachdem Tilda gestorben war. Doch ich konnte der Wirklichkeit nicht entfliehen. Im Gegenteil. Plötzlich sah ich nur noch Frauen mit schmerzverzerrten Mienen, die um mehr bettelten, und Nahaufnahmen von ihren Gesichtern mit herunterrinnendem Mascara. Ich hörte exzessive Schreie und heftiges Stöhnen, während sich Männerhände um ihren Hals schlossen, und immerzu musste ich an Tildas Leiche hinter der Glasfabrik denken.

Ich klicke weiter und entdecke Fotos von einer Gartenparty bei Hampus. Amanda liegt lachend im Gras. Moa und Ali tanzen. Sait grinst mit einem Eiswürfel im Mund geradewegs in die Kamera.

Eigentlich will ich sie gar nicht angucken, kann es aber nicht sein lassen. Alle sind da. Doch keiner von ihnen hat sich bei mir gemeldet.

Ich vermisse sie. Aber ich weiß nicht, ob ich ihnen verzeihen kann.

Glauben sie etwa immer noch, dass ich Tilda getötet habe? Oder bin ich inzwischen zu einer peinlichen Erinnerung verblasst? Eine, die sie am liebsten vergessen wollen?

In der Wohnung ist es still. Meine Mütter sind schon zu Bett gegangen. Zuvor hatten sie lange kichernd in der Küche zusammengesessen. Ehrlich gesagt beneidete ich sie darum. Die beiden haben viel mehr Lebenszeit gehabt als ich und daher einiges mehr erlebt.

Emma übernachtet bei einer alten Freundin. Ich habe versucht Johannes zu erreichen. Er ist fast fünfhundert Kilometer weit weg und wenn ich wenigstens seine Stimme hören könnte, würde ich mich gleich besser fühlen.

Meine Welt ist auf unsere Wohnung zusammengeschrumpft. Ich habe überhaupt keine Lust mehr rauszugehen. Wie hat Lucinda das Alleinsein nur ausgehalten? Ist sie irgendwann verrückt geworden, so wie ich allmählich durchzudrehen drohe? Das Einzige, was ich im Moment tun kann, ist, auf ihre Nachricht zu warten, dass der Dealer geantwortet hat. Und trotzdem bin ich mir nicht ganz sicher, ob ich wirklich darauf hoffe.

Ich klicke weiter, immer schneller, sehe plötzlich eine blonde junge Frau in einer Hollywoodschaukel, die sich mit Amanda unterhält. Ich zucke zusammen, als ich sie erkenne.

Lucinda.

Sie trägt ihre Perücke. Amanda lacht gerade. Keine der beiden merkt, dass sie fotografiert werden. Ali hat das Bild ins Netz gestellt.

Was hatte sie da zu suchen?

Ich schaue auf das Bild. Bin enttäuscht. Weil sie die anderen mir vorgezogen hat. Als wäre sie es mir schuldig, genauso einsam zu sein wie ich.

Doch dann bemerke ich, dass ich eigentlich Angst habe. Angst davor, dass die anderen sie dazu bringen, an mir zu zweifeln.

Plötzlich vibriert mein Handy und Lucindas Name taucht auf dem Bildschirm auf.

Ich räuspere mich, bevor ich rangehe.

Im Hintergrund höre ich Musik und Gelächter. Die Geräusche aus meinem früheren Leben. Ihre Atemzüge sind ganz nah. »Wusstest du eigentlich, dass dein Freund Hampus ein Idiot ist?«, ist das Erste, was sie sagt.

Ich höre mich selbst auflachen. Spürt sie, dass ich erleichtert bin?

»Ja«, antworte ich.

»Gut.«

Die Musik wird immer leiser. Schuhsohlen auf dem Asphalt. Sie ist also auf dem Heimweg.

»Er hat angerufen«, sagt Lucinda. »Tildas Dealer.«

Ich setze mich auf dem Sofa auf. Mein Herz legt einen Kavalierstart hin.

»Er hat morgen Zeit«, fährt sie fort. »Aber Simon ... er sagt, dass ich allein kommen soll. Sonst platzt das Treffen.«

Ich schaue mich um, weil ich sichergehen will, dass niemand in der Nähe ist.

»Das ist das Risiko nicht wert«, flüstere ich. »Nie im Leben. Sosehr uns auch daran gelegen ist, denjenigen zu finden, der das getan hat.«

Sie antwortet nicht.

»Entweder machen wir es zusammen oder gar nicht.«

Lucinda seufzt.

»Okay. Ich ruf dich morgen so gegen zwölf an und dann entscheiden wir, wo wir uns treffen.«

Ich verspüre ein Ziehen im unteren Rückenbereich.

Lucinda verabschiedet sich, bevor ich etwas entgegnen kann. Ich bleibe mit dem Handy in der Hand im Dunkeln sitzen.

NAME: LUCINDA
TELLUS# 0 392 811 002
POST 0037

Als ich am Vormittag meinen Post gerade zu Ende geschrieben hatte, rief mich Amanda an und fragte, ob ich Lust hätte, heute Abend zusammen mit ihr auf eine Party zu gehen. Ich wollte schon instinktiv absagen, doch zu diesem Zeitpunkt wusste ich noch nicht, ob mir Tildas Dealer antworten würde. Außerdem hatte ich den Versuch aufgegeben, im Internet nach Tildas neuem Freund, dem Weltraumfantasten, zu suchen. Es bestand nur die Chance, mehr herauszufinden, indem ich mich in die Wirklichkeit begab.

Mein Vater fuhr mich zu Amanda. Er war froh, dass ich »eine alte Freundin aus dem Schwimmverein« treffen wollte. Er glaubte, dass wir Tee trinken und plaudern würden, oder etwas in der Art. Zum Glück begleitete er mich nicht bis zum Haus, um sie zu begrüßen, denn Amanda empfing mich schon völlig betrunken und außerdem total verheult. Da ihre Mutter nicht zu Hause war, hatte sie offenbar einige ihrer Beruhigungstabletten genommen und sie mit Schnaps und Apfelsaft hinuntergespült.

Tilda schrieb in ihrem Brief, dass die Freundschaft mit Amanda und Elin ihr nicht viel bedeutete. Amanda hingegen schon. Ich konnte es in all ihren Nachrichten an Tilda lesen und es auch an ihrer Wortwahl heute Abend heraushören.

Sie ist noch viel einsamer, als ich angenommen habe. Ihr Ex hat sie sitzen lassen und sie versucht seither so zu tun, als wäre es ihr egal. Elin ist auch weggezogen. Sie ist zusammen mit ihrer Mutter in deren Heimatstadt zurückgekehrt. Moa ist jetzt mit Ali zusammen. (»Abends machen die beiden Party und ansonsten spielen sie den ganzen Tag nur *Skyrim*. Sie weigern sich, der Realität ins Auge zu sehen.«) Ich begriff, dass ich bei einem Casting gelandet war. Amanda testete mich für die Rolle als ihre neue Freundin. Ihre letzte beste Freundin. Doch die werde ich nicht sein. Je betrunkener sie wurde, desto mehr ähnelte sie einer Live-Version ihrer eigenen anbiedernden Posts, die sie geschrieben hatte, als ich im Krankenhaus lag. Ich war plötzlich wieder die *Starke* und *Mutige*. Kein Mensch mehr ohne ein Accessoire. Doch anfänglich tat sie mir leid.

Amanda wollte mir nicht sagen, warum Johannes Schluss gemacht hatte. Aber ich weiß es auch so. Am Tag des Fußballspiels schrieb sie Tilda, dass Johannes ihr gestanden habe, Gefühle für Simon zu hegen. *Bitte, können wir uns nicht sehen und reden?!?!*

Die vier erinnern mich an Dominosteine in einer Reihe, die alle nacheinander umfallen.

Amanda, die Johannes wollte, der Simon wollte, der Tilda wollte, die wiederum gar keinen wollte.

Auch wenn ich nervös war, was die Party betraf, war ich erleichtert, endlich Amandas Haus zu verlassen.

Wir machten uns auf den Weg zu Hampus, der nur ein paar Häuserblocks entfernt wohnt. Ich muss zugeben, dass mein zweiter Eindruck von ihm auch nicht viel besser war als der erste von der Beerdigung. Der Typ scheint immer noch nicht kapiert zu haben, was Sache ist. Er kommt aus einer reichen Familie und hat offenbar sein Leben lang zu hören bekommen, dass die Welt nur für Kerle wie ihn geschaffen wurde. Die Sache mit Foxworth muss ihn extrem *frustrieren* (um es mit Tildas Worten zu sagen).

Wie du weißt, fühle ich mich schon lange einsam. Doch so einsam wie heute Abend war ich auf einer Party noch nie. Mir kam es vor, als wäre ich gar nicht anwesend. Als würde ich alles nur auf einem Display verfolgen.

Jetzt, wo es keine neuen Klamotten mehr zu kaufen gibt, tragen immer mehr Leute das, was sie im Kleiderschrank ihrer Eltern finden. Je älter und hässlicher, desto besser.

Sie fingen mit dem sogenannten Eiswürfelspiel an. Ein Eiswürfel wandert durch Küssen von Mund zu Mund. Dabei tropft natürlich jede Menge Speichel und Schmelzwasser herunter. Zum Glück konnte ich die Krebskarte ausspielen. »Aber Krebs ist doch gar nicht ansteckend«, wandte Moa ein. Ich glaubte erst, sie würde einen Witz machen, denn ich wusste, dass sie aufs naturwissenschaftliche Gymnasium gegangen war. Doch wie sich herausstellte, war sie einfach nur dämlich. Ich musste schließlich erklären: »Nein, ihr seid diejenigen, die gefährlich für mich sind.«

Sait war auch da und es gelang mir einfach nicht, die Erinnerung an die intimen Fotos zu verdrängen, die er Tilda im Sommer geschickt hatte. Ich konnte noch nicht mal mit ihm reden, ohne zu stottern. Die Bilder gesehen zu haben, kam mir in vielerlei Hinsicht wie ein Fehler vor.

Es war ein merkwürdiges Gefühl, nüchtern auf der Party herumzulaufen. Vorher hatte ich mit dem Gedanken gespielt, mich ebenfalls volllaufen zu lassen. Zum ersten und letzten Mal. Es Tilda gleichzutun. Doch als ich schließlich dort war, reizte es mich nicht mehr die Bohne. In der Luft lag eine gewisse Mattheit. Eine Leere. Das ewige Feiern war irgendwie zu einer Endlosschleife geworden. Ich vermute allerdings, dass es den anderen gar nicht bewusst war. Wahrscheinlich glaubten sie daran, erst in Stimmung kommen zu müssen. Also tranken sie immer mehr und wurden lauter. Sie ereiferten sich wegen des Fußballspiels in zwei Tagen und diskutierten, wer das Finale auf welcher Party gucken würde. Amanda meinte, es sei wieder mal typisch, dass in diesem Sommer kein Mensch über Frauenfußball spreche, und Hampus konterte verächtlich, dass sie jetzt schon genauso klinge wie Elin.

Ich versuchte das Gespräch auf Tilda zu lenken, doch niemand konnte irgendwas Neues beisteuern. Schließlich zog mich Hampus zur Seite und meinte: »Was tut es denn jetzt noch zur Sache, wer Tilda getötet hat? Sie wäre doch sowieso bald hopsgegangen.« Woraufhin ich ihn fragte, ob wir vielleicht eher hätten zulassen sollen, dass Kranke wie ich einfach ermordet werden, bevor wir sowieso alle sterben müssten. Hampus bat mich, endlich die Klappe zu halten, da wir hier schließlich auf einer Party seien, wo keiner über Tilda oder über Krebsopfer reden wollte, und fügte »du hast nämlich längst keinen verfluchten Sonderstatus mehr« an.

Als ich die Party verließ, klingelte Judettes Handy (das ich zur Sicherheit mitgenommen hatte). Anonyme Nummer, doch ich wusste natürlich, wer es war.

Ich sprach mit dem Mann, von dem Tilda ihre Drogen bekommen hatte, und stellte mich als Sara vor. Mein zweiter Vorname. Der Name meiner Mutter. Ich erklärte ihm, dass ich krank sei und Hilfe benötigte.

Er nannte seinen Namen nicht. Er war genauso paranoid, wie ich angenommen hatte. Als er fragte, von wem ich seine Nummer habe, antwortete ich, von Tilda.

Ich ließ es einfach drauf ankommen. Die Verbindung zu Tilda hätte ihn natürlich abschrecken können, doch ich wusste auch, dass er sich mit einer ihm völlig unbekannten Person gar nicht erst treffen würde.

Er forderte mich auf, allein zu kommen, und ich versprach es. Wir verabredeten uns für den nächsten Tag.

Ich bin noch immer so nervös, dass sich mein ganzer Körper wie elektrisiert anfühlt. Heute Nacht werde ich bestimmt kein Auge zumachen.

Doch Hampus' Worte haben mich nur noch mehr überzeugt. Ich *muss* herausfinden, was Tilda zugestoßen ist.

NOCH EINE WOCHE UND FÜNF TAGE

SIMON

Ich starre verständnislos auf die Nachricht, die Lucinda mir geschickt hat.

Ringvägen 4. Magnusson

Irgendetwas stimmt nicht. Ganz und gar nicht.

Es ist fast zwölf Uhr. Ich habe den gesamten Vormittag auf ihren Anruf gewartet. Jetzt vibriert endlich das Handy in meiner Hand und ich schließe meine Zimmertür.

»Sei bitte nicht sauer«, sagt sie. »Oder von mir aus doch, aber hör mir erst mal zu. Ich stehe jetzt vor seinem Haus.«

Ich stelle mich ans Fenster. Der Ringväg liegt nur wenige Kilometer von hier entfernt am Rande des ehemaligen Arbeiterviertels.

»Und was hast du vor?«, frage ich.

»Das weißt du genau. Er wird mich nicht reinlassen, wenn ich nicht allein komme.«

Mein Kopf ist ganz leer. Lucinda hatte es offenbar schon während des Telefonats gestern beschlossen und wollte es mir nur nicht sagen.

»Du kannst das nicht allein durchziehen«, entgegne ich und höre selbst, wie meine Stimme eine Oktave höher geht.

»So ist es aber sicherer für uns beide. Du kannst ja das Gespräch mithören. Diesmal fällt mir das Handy nicht aus der Jackentasche.« Sie lacht auf, als wäre es wahnsinnig witzig. »Du kriegst ja mit, wenn irgendwas passiert. Du hast seine Adresse. Und außerdem kennst du eine Polizistin.«

»Und was nützt mir das, wenn er 'ne Knarre zückt oder so?«

»Und was nützt es mir dann, wenn du dabei bist?«

Darauf habe ich keine Antwort parat. Aber ich kann nicht einfach tatenlos hier sitzen und mir ihr Gespräch mit Tildas potenziellem Mörder anhören.

»Warte auf mich«, fordere ich sie auf.

»Nein.«

»Ich komme sofort.«

Ich stürze hinaus in den Flur und springe in meine alten Sneaker. Höre die Stimmen meiner Mütter in der Küche und das Zischen von Öl in einer Bratpfanne.

»Tu, was du nicht lassen kannst«, sagt Lucinda. »Aber komm bloß nicht auf die Idee zu klingeln. Dann kriegen wir womöglich beide Probleme.«

Sie hat recht und das hasse ich. Sie hat das Ganze gut durchdacht, auch wenn der Plan idiotisch ist.

»Lucinda«, flüstere ich, während ich in Stinas Handtasche nach den Autoschlüsseln suche. »Du sagst doch selbst, dass er paranoid ist. Glaubst du nicht, dass er merken wird, was du im Schilde führst? Was ist, wenn er dein Handy sehen will?«

»Das will er nicht.«

»Und woher weißt du das?«

Bumbum kommt angelaufen und hechelt eifrig. Hoffnungsfroh beäugt er die Leine.

»Ich muss jetzt reingehen«, sagt Lucinda. »Ich will nicht, dass er sieht, wie ich hier draußen stehe und telefoniere.«

Ich höre, wie eine Tür aufgedrückt wird. Dann das Rascheln ihres Handys, als sie es in ihre Tasche schiebt. Ein Reißverschluss wird geschlossen. Danach hallende Schritte durch ein Treppenhaus.

Als ich endlich Stinas Autoschlüssel finde, kommt Emma in den Flur und schaut mich neugierig an.

»Willst du weg?«

»Ich muss nur kurz was erledigen.«

Sie betrachtet die Schlüssel und ich werfe ihr einen flehenden Blick zu. Sie sagt zum Glück nichts und geht weiter in die Küche.

Ich schiebe Bumbum zur Seite. Er springt einmal um die eigene Achse und schnappt nach meiner Hand.

Über das Handy höre ich, wie sich Lucinda als Sara vorstellt.

»Mange«, sagt eine dunkle Männerstimme.

Bumbum legt den Kopf schräg und schaut zu mir auf, sodass in seinen Augen das Weiße unterhalb der Pupillen zu sehen ist.

»Simon?«, ruft Judette von der Küche her. »Willst du weg?«

»Was war denn das?«, fragt der Mann im Handy.

Fuck. Meine verschwitzten Finger gleiten übers Display.

»Ähm«, höre ich Lucinda sagen. »Auf dem Weg hierher hab ich nur 'nen Podcast gehört.«

»Simon?«, ruft Judette noch mal.

Ich drücke auf die Taste mit dem durchgestrichenen Mikrofon, sodass nichts mehr über mein Handy zu hören ist.

»Komme sofort«, sage ich und versuche möglichst normal zu klingen. »Muss nur kurz einer Freundin mit 'ner Sache helfen.«

»Und wem?«, ruft Stina.

»Lucinda! Bin gleich wieder zurück!«

Ich verlasse die Wohnung im Laufschritt und kann kaum hören, was im Ringväg 4 passiert. Ich presse das Handy gegens Ohr, als würde ich versuchen, es in meinen Schädel hineinzubohren. Der Mann namens Mange murmelt etwas Undeutliches, während ich die Haustür aufdrücke.

Doch dann schnappe ich plötzlich ein Wort auf. Er nannte sie Lucinda.

Er weiß also, wer sie ist.

Lucinda schweigt. Ich halte die Luft an, während ich loslaufe. Die Rücklichter von Stinas Wagen blinken auf, als ich ihn öffne.

»Ich dachte, ihr wart nicht mehr befreundet«, sagt Mange.

Ich springe auf den Fahrersitz und höre Lucinda antworten, verstehe aber nicht, was sie sagt.

»… das, was passiert ist«, sagt Mange.

Ich starte den Motor und schließe das Handy ans Autoradio an.

»Wir hätten es vielleicht wieder werden können«, sagt Lucinda.

Während ich auf die Straße einbiege, sagt Mange etwas. Ich drehe die Lautstärke höher.

»Aber der Grund dafür, dass ich dich brauche, ist nicht gelogen«, sagt Lucinda. »Ich meine, schau mich doch an.«

»Ich dachte, dein Vater arbeitet im Krankenhaus.«

Mein Herz überschlägt sich fast. *Was zum Teufel machst du denn, Lucinda? Wie konntest du nur so dumm sein, allein dort hinzugehen?*

»Woher weißt du das?«, fragt Lucinda.

»Tilda hat mir viel von dir erzählt«, antwortet Mange.

»Hat sie?«

»Sonst wäre ich nicht unbedingt draufgekommen, dass du es bist.«

Ich fluche laut, als die Ampel vor mir auf Rot springt. Vor der Motorhaube überquert ein Mann mit seiner Tochter die Straße. Ich erkenne sie sofort an ihrer schlechten Haltung. Molly dreht sich zu mir um und ich ringe nach Luft.

Tilda und Molly sehen sich überhaupt nicht ähnlich. Eigentlich. Doch für einen Augenblick kommt es mir vor, als würde Tilda in jung vor mir stehen.

»Im Krankenhaus bewachen sie alles mit Adleraugen«, sagt Lucinda.

Molly schaut rasch wieder weg, aber ich erkenne, wie ängstlich sie wirkt. Sie scheint immer noch zu glauben, dass ich ihre Cousine getötet habe.

Anders blinzelt gegen die Sonne. Er hat mich noch nicht entdeckt. Die Ampel springt auf Grün und ich trete das Gaspedal durch, sobald die beiden den Bürgersteig erreicht haben. Molly dreht sich dabei noch einmal zu mir um.

»Klar«, sagt der Mann im Ringväg und ich merke, dass ich etwas verpasst habe. »Wie viel willst du haben?«

Hat er Tilda auch immer diese Frage gestellt?

Und nie ein schlechtes Gewissen bekommen, als er sah, wie übel sie drauf war?

Hat er sich wenigstens mitschuldig gefühlt, als sie starb?

Fühlt er sich schuldig, weil er sie getötet hat?

Schweigen, als Lucinda zögert. Ich halte wieder die Luft an.

»Ich weiß nicht«, sagt sie schließlich. »Ich kenn mich überhaupt nicht aus. Was hast du denn?«

Jemand steht auf. Schritte. Eine Tür wird geöffnet.

»Weißt du, wie man es macht?«, fragt Mange.

»Keine Ahnung, aber ich kann es ja auf YouTube nachgucken.«

»Nein, nein. Ich zeig's dir.«

Wieder eine rote Ampel. Ich entscheide mich, darauf zu pfeifen. Auf den Straßen herrscht sowieso kaum Verkehr.

Ich habe gesehen, wie Tilda im Sommer Joints gedreht hat, und jetzt höre ich die Stimme des Mannes, der es ihr beigebracht hat. Während ich über eine weitere Kreuzung rase, höre ich das leise Rascheln von Papier, als er den Klebestreifen befeuchtet.

»Sollen wir ihn uns teilen? Auf unsere neue Freundschaft?«

»Gerne«, antwortet Lucinda.

Mange lacht. Erneutes Rascheln.

»Mensch, Mädel«, sagt er. »War doch nur 'n Scherz. Ich sehe dir doch an, dass du nicht hier bist, um was zu kaufen. Du willst wissen, ob ich es war, oder?«

Ich biege mit einem flauen Gefühl im Magen in den Ringväg ein.

Aus den Lautsprechern kommt kein Geräusch.

Sag was, Lucinda. Irgendetwas, damit ich weiß, dass du okay bist.

»Vor ein paar Tagen war übrigens so 'ne Bullenbraut hier«, sagt Mange, während ich die Nummern über den Haustüren absuche. »Sie ist Tildas Nachrichten durchgegangen.«

Backsteinhausfassaden werfen Schatten auf den Asphalt. Mehrere Kinder spielen mit ihren Springseilen auf dem Gehweg.

Ich passiere gerade die Hausnummer zwanzig, als ich aus den Lautsprechern ein Geräusch höre, das von einem Feuerzeug stammen könnte.

Achtzehn, sechzehn.

Zwölf. Zehn. Acht.

»Und, was hast du ihr gesagt?«, fragt Lucinda mit erstaunlich fester Stimme. »Und in der Nacht gemacht?«

Jetzt sehe ich die Nummer vier. Ich parke am Straßenrand, schaue an der Fassade hinauf und erblicke ein offen stehendes Fenster.

»Irgendwie aberwitzig«, sagt Mange. »Denn ich habe das beste Alibi der Welt.«

»Und das wäre?«

Die gesichtslose Stimme macht eine Kunstpause.

»Die Bullenbraut höchstpersönlich hat mich nach dem Spiel eingebuchtet. Bin auf dem Marktplatz in 'ne Schlägerei geraten und war die ganze Nacht auf'm Revier.«

Er lacht. Obgleich es helllichter Tag ist, fühle ich mich schlagartig in die Dunkelheit und den Nieselregen auf dem Marktplatz zurückversetzt. Sehe den Polizeibus etwas entfernt einbiegen. Wie kurz darauf ein Polizist nach dem anderen aus dem Bus steigt, es sind viel zu wenige. Unter ihnen ist Maria. Ist sie die »Bullenbraut«?

Auch falls Mange Tilda nicht getötet hat, kann er trotzdem gefährlich sein. Ich lasse das offene Fenster nicht aus dem Blick.

Geh, Lucinda. Es reicht jetzt. Du hast ja alles gehört, was wir wissen müssen.

»Tilda war unterwegs zu einer Verabredung«, sagt sie. »Weißt du etwas darüber?«

»Nein. Aber als sie am frühen Abend herkam, war sie total angepisst. Ich weiß, dass sie wegen irgend 'ner Sache sauer war.«

Seine Stimme bricht. Er scheint zu weinen.

»Wir haben erst bei mir was getrunken und danach sind wir gemeinsam in die Stadt«, fährt er fort. »Das erste Mal, dass wir zusammen unterwegs waren. Aber dort hat sie ihre Freunde getroffen und ich meine. Wir haben rumgewitzelt, dass wir beide wohl das gegensätzlichste Pärchen der Welt abgeben.«

So war es also. Tildas Dealer war zugleich ihr neuer Freund. *Andere finden bestimmt, dass er mir nicht guttut, aber er hört mir zu, ohne mich zu verurteilen.* Hinter diesem Fenster saß sie also, als sie ihren Brief schrieb.

»Wir hatten nicht gerade viel gemeinsam«, erklärt Mange.

»Aber wir«, sagt Lucinda langsam. »Wir haben alles zusammen gemacht und standen uns sehr nahe. Doch dann plötzlich nicht mehr und es war meine Schuld. Eigentlich sollte ich sterben, doch dann tat sie es, und ich … ich …«

Lucinda schluchzt.

»Ich weiß nicht, wie ich es aushalten soll«, flüstert sie. »Du musst mir helfen.«

Stille.

»Ich hab aber keine Ahnung, wer es war«, sagt Mange.

»Aber du hast sie im Sommer erlebt. Nicht ich. Du musst es mir erzählen.«

Jetzt muss ich auch weinen. Wir weinen alle gemeinsam um Tilda.

»Was willst du wissen?«, fragt Mange mit erstickter Stimme.

Pause. Lucinda scheint nachzudenken.

Zwei Kinder laufen mit ihren Springseilen am Auto vorbei.

»Wie habt ihr euch kennengelernt?«, fragt Lucinda.

Mange lacht auf. Diesmal sanfter.

»Reiner Zufall. Sie hatte in der City 'nen Kumpel von mir aufgerissen, doch es endete damit, dass sie und ich den ganzen Abend zusammensaßen und redeten. Mein Kumpel war stinksauer.«

Ich löse den Sicherheitsgurt. Er engt meine Brust ein, sodass ich kaum noch Luft bekomme.

»Wie hast du sie eigentlich dazu gebracht, damit anzufangen?«, fragt Lucinda.

»Anzufangen?«

»Mit den Drogen.«

Schweigen.

»Sie hatte schon lange welche genommen, als ich sie zum ersten Mal traf.«

Ich schlucke heftig. Wohl wissend, dass es bald kein Zurück mehr geben wird.

Wenn wir uns wiedersehen, erzähle ich Dir mehr darüber, dass ich gar nicht so vernünftig war, wie alle glaubten ...

»Dafür kannst du mir nicht die Schuld geben«, sagt Mange.

Schweigen.

»Aber wem sonst?«, fragt Lucinda.

NAME: LUCINDA
TELLUS# 0 392 811 002
POST 0038

Ich schreibe diese Zeilen auf meinem Handy. Ich zittere am ganzen Körper. Das restliche Adrenalin verschwindet allmählich. Ich habe Tildas Dealer aufgesucht. Allein.

Schon beim Betreten seiner Wohnung wurde mir klar, dass er auch ihr neuer Freund gewesen war. Vorm Wohnzimmerfenster stand ein Teleskop und über dem Sofa hing eine Mondkarte.

Ich hatte zuvor Angst vor ihm gehabt. Ich hasste ihn wegen der Drogen, die er Tilda besorgt hatte. Doch jetzt kann ich verstehen, warum Tilda ihn mochte. Und auch, warum sie sich ihm anvertrauen konnte, denn wer könnte zuverlässiger sein als jemand mit Wahnvorstellungen? Gerüchten zufolge bezahlte Tilda die Drogen mit Sex, aber ich glaube, dass die beiden nur Freunde waren. Und außerdem trauert er wirklich um sie.

Als sie ihn zu Beginn des Sommers kennenlernte, war sie schon abhängig. Vorm Weltuntergang konnte sie nirgendwohin, doch die Drogen halfen ihr, ihrer Angst zu entfliehen.

Im Sommerhalbjahr der neunten Klasse fing Tilda an, sich Sorgen darüber zu machen, dass sich ihre Schulnoten durch das Schwimmtraining verschlechtern könnten. Ihr Traum, Spitzensportlerin zu werden, wurde davon abgelöst, Ärztin zu werden.

Aber sie erwähnte es nicht und ich kann mich nur noch dunkel daran erinnern, wie sie darüber klagte, dass es ihr jetzt schwerer fiel, in der Schule mitzukommen. Ich hielt sie für verwöhnt, weil sie nie ernsthaft hatte lernen müssen. Doch ab der Neunten änderte sich das.

Deshalb weihte sie Tommy in ihre Pläne ein, die ehrgeizigen Ziele beim Schwimmen runterzufahren. Woraufhin er offenbar in Panik geriet. Tilda war sein Star. Sein Werk. Wenn aus ihr einmal eine berühmte Schwimmerin werden würde, wäre er ihr berühmter Trainer. Sie war seine Eintrittskarte in eine neue Karriere. Und nun drohte sie ihm aus den Händen zu gleiten.

Also bot Tommy ihr seine »Hilfe« an.

Ich kann mir gut vorstellen, dass es ein Leichtes gewesen sein musste, Tilda davon zu überzeugen, alles sei möglich. Dass sie all ihre Ziele erreichen könne, wenn sie sich ihm nur anvertraute. Er würde Tilda dabei helfen, ihre Konzentrationsfähigkeit und ihren Energielevel zu erhöhen.

Man sagt, dass Süchtige ihr Suchtverhalten ausschließlich selbst zu verantworten haben. Doch in diesem Fall war es Tommy, der sie dazu überredet hatte, Amphetamine zu nehmen, wenn auch nur in Form von ADHS-Medikamenten. Er kannte einen Arzt, der die richtige Diagnose stellen und Tilda Rezepte ausstellen konnte. Das Problematische an dieser »Medizin« waren allerdings die positiven Dopingtests. Doch auch dafür gab es eine Lösung: Man konnte beim Schwimmverband eine Ausnahmegenehmigung erwirken. Da Tilda jedoch nicht volljährig war, musste Caroline diese unterschreiben.

Sie wusste also davon.

Caroline, die immer betonte, dass man sein Talent nicht einfach vergeuden darf und immer sein Bestes geben muss. Wahrscheinlich glaubte sie daran, Tilda einen Dienst zu erweisen. Tilda musste allerdings versprechen, die Tabletten nur vor wichtigen Klausuren und bei anderen »Notfällen« einzunehmen.

Sie fand Gefallen an ihnen. Insbesondere als die Anforderungen auf dem Gymnasium größer wurden. Die Tabletten erleichterten alles und halfen ihr, die perfekte Schülerin, die perfekte Freundin, die perfekte Tochter und der perfekte Kumpel zu sein. Doch innerlich ging sie langsam, aber sicher zugrunde.

Tommy wusste genau, wie viele Tabletten Tilda einnahm. Er war schließlich derjenige, der sich um die Folgerezepte kümmerte. Aber wusste es auch Caroline? Hat sie sich deswegen bei Simon und mir rückversichert, dass sie eine gute, geliebte Mutter gewesen sei?

Oder begriff sie gar nicht, dass Tilda von den Tabletten abhängig wurde und sie daran mitgewirkt hatte? Und stellte sie auch keinen Zusammenhang her, als sie erfuhr, dass Tilda schon den ganzen Sommer Drogen genommen hatte? Wir Menschen sind unglaublich gut darin, die Augen davor zu verschließen, was wir nicht sehen wollen. Frag mich. Ich hatte die Augen vor Carolines Verhalten verschlossen, weil ich mir in meiner kindlichen Fantasie eine Mutter wie sie wünschte. Eine, die immer für mich da war und sich für mich einsetzte.

Kein Wunder, dass Tilda etwas gegen die Beziehung von Caroline und Tommy hatte. Kein Wunder, dass sie in ihrer Nachricht an Tommy schrieb: *Wenn das, was ich mache, falsch ist, dann ist es DEINE SCHULD.*

Am liebsten würde ich Caroline genau damit konfrontieren, selbst wenn sie alles leugnen würde. Ich würde ihr klarmachen, wie weit der Mann an ihrer Seite bereit gewesen war, ihre Tochter auszunutzen. Simon und ich haben lange darüber geredet und sind schließlich zu dem Ergebnis gekommen, nichts zu sagen. Caroline ist ja bereits ein Schatten ihrer selbst.

Nur noch zwölf Tage und sie wird für immer ganz allein sein. Aber vielleicht würde sie es gar nicht über sich bringen, mit Tommy Schluss zu machen, und sich selbst dafür umso mehr hassen.

Caroline steckt auch so schon tief genug in der Scheiße. Deshalb werden wir nichts sagen, was aber nicht bedeutet, dass wir den beiden verzeihen. Ich hätte jedenfalls nie gedacht, so viel Hass in mir zu tragen.

Tildas Dealer kann sie also nicht getötet haben. Simon ist gerade auf dem Polizeirevier, um sich bestätigen zu lassen, dass er festgenommen worden war, doch ich kenne die Antwort bereits. Ich würde ihn zwar vielleicht nicht gerade als »Dealer mit einem Herzen aus Gold« bezeichnen, aber paradoxerweise ist er der Einzige von allen, der Tilda nicht aus Egoismus ausgenutzt hat.

Ich weiß nicht, ob ich überhaupt noch weiterschreibe. Eigentlich ist nichts mehr hinzuzufügen.

SIMON

Maria und ich sind alleine auf dem Revier. Die gläsernen Schalter, an denen sonst immer jede Menge Leute Schlange standen, sind leer und dunkel. Der Automat mit den Nummernzetteln ist ausgeschaltet. Niemand wird hier mehr einen neuen Ausweis beantragen. Niemand wird mehr die Broschüren zum Thema »Gewalt in der Nachbarschaft« lesen.

Wir sitzen beim Eingang auf einer Bank. Maria trägt ihre Polizeiuniform und trinkt schwarzen Kaffee. *Anständigen Bullenkaffee.* Ich nehme den schwachen Duft ihres Parfüms wahr, es ist dasselbe, das ich vor einiger Zeit in Judettes Wohnung gerochen habe.

»Ich will gar nicht wissen, warum du fragst«, sagt sie, »aber es stimmt, er gehörte zu denen, die wir in Gewahrsam genommen haben.«

»Und er war die ganze Nacht hier?«

Ich brauche unbedingt ihre Bestätigung.

»Ja«, antwortet Maria. »Wir haben die Jungs ihren Rausch ausschlafen lassen und sie am nächsten Morgen wieder auf freien Fuß gesetzt.«

Sie beugt sich vor und stützt die Ellenbogen auf die Knie. Schüttelt leicht den Kopf.

»Es ist inzwischen meine Hauptaufgabe, Kindermädchen zu sein.«

Sie wirkt ebenso resigniert wie ich.

Jetzt haben wir keine weiteren Spuren mehr. Ich werde die Hintergründe nie erfahren. Beinahe schlimmer noch fühlt es sich an, offenbar alles missverstanden zu haben, als sie noch lebte. Ich vermutete, dass sie erst mit den Drogen anfing, nachdem wir von Foxworth erfahren hatten. Und dass sie daraufhin die letzte Zeit ihres Lebens in vollen Zügen genießen wollte. Doch stattdessen verbarg sie es nur nicht mehr, denn das Ende naht.

Tilda nahm Drogen, solange ich sie kannte. Und ich habe es nicht bemerkt.

All die Nächte, in denen sie nicht einschlafen konnte. All die Male, in denen ihr Herz heftig gegen meinen Brustkorb schlug. Und ich hatte einfach nur geglaubt, dass sie gestresst wäre.

Heuchler

Vielleicht hatte sie damit Caroline und Tommy gemeint. Doch die beiden waren in der Nacht zusammen. Sie sind in der Tat welche. Aber sie haben Tilda nicht umgebracht.

Ich kann nicht nach Hause. Ich halt es dort nicht mehr aus.

Jetzt weiß ich, was sie meinte.

Aber ich brauche Deine Hilfe, schrieb sie, glaube ich, in ihrem Brief an Lucinda.

Die war die Einzige, die es verstehen würde. Die wusste, wie es war, wenn man alles andere fürs Schwimmen opferte. Sie kannte Tommy und sie ist sozusagen bei Caroline aufgewachsen.

Wären die Dinge dann anders gelaufen, wenn die beiden miteinander geredet hätten?

Doch letztlich macht es keinen Sinn, darüber nachzugrübeln.

Tilda ist ganz allein ins Chaos gestürzt, sie *war* das Chaos, high, stinksauer und todtraurig. Vielleicht hatte sie irgendetwas gesehen, das sie nicht hätte sehen sollen, oder etwas Falsches gesagt, oder auch nur jemanden schief angeschaut. Jeder x-beliebige Mensch hätte sie umbringen können. Doch wir werden es nie erfahren. Allein schon unser Versuch, es herauszufinden, war lächerlich.

»Wie geht es eigentlich dir?«, fragt Maria.

Ich schaue auf und bin mit einem Mal hellwach.

»Weiß nicht«, antworte ich ehrlich.

Ich betrachte ihre stoppeligen Nackenhaare, ihre kurz geschnittenen Fingernägel und die sorgfältig polierten Stiefel. Ihre Uniform ist faltenfrei.

»Warum machen Sie das?«, will ich wissen. »Kindermädchen spielen, meine ich. Warum kommen Sie noch her?«

Sie lächelt.

»Das kann man sich wirklich fragen.«

Ich überlege, ob sie auch weiterhin zur Arbeit gegangen wäre, wenn sich Judette für sie entschieden hätte.

Ich überlege, ob ihr die Entscheidung schwergefallen ist.

»Danke, dass Sie versucht haben, mir zu helfen«, sage ich.

»Bedank dich bei deiner Freundin. Die hat mich letztlich überzeugt.«

»Sie haben tatsächlich geglaubt, dass ich es war, oder?«

Maria trinkt einen Schluck Kaffee.

»Ich habe gehofft, dass du es nicht warst.«

»Wegen Judette?«

Maria schaut mich an.

»Ja«, antwortet sie. »Auch.«

In ihrer Einsilbigkeit erinnert sie mich an Judette. Die beiden sind sich ähnlicher als meine Mütter.

»Und Sie haben keine weitere Spur?«, frage ich.

»Nein. Und du hoffentlich auch nicht.«

Ich schüttele den Kopf.

»Gut«, sagt Maria. Ich muss zugeben, dass ich sie mag.

»Was wäre eigentlich geschehen, wenn Sie den Täter gefunden hätten?«, frage ich.

Sie überlegt eine Weile.

»Keine Ahnung. Jetzt sind es ja nicht mal mehr zwei Wochen. Der oder die Schuldige ... hat ebenfalls Angehörige. Deren Leben wäre auch zerstört worden.« Sie seufzt tief. »Wir können nur hoffen, dass es ihm oder ihr richtig schlecht geht. Das ist vielleicht die noch einzig mögliche Strafe.«

Wir stehen gleichzeitig von der Bank auf. Sie streckt mir ihre Hand entgegen und ich schüttele sie. Dafür, dass wir viel gemeinsam haben, kommt es mir ziemlich formell vor.

Ohne den Kometen wäre sie vielleicht Teil meines Lebens geworden. Eine Ersatzmutter, die mit uns essen gegangen, in den Urlaub gefahren und mit Bumbum Gassi gegangen wäre.

»Pass auf dich auf, Simon«, sagt sie.

»Ja, Sie auch.«

»Und grüß Judette von mir.«

Ich verspreche es.

Als ich zum Auto zurückkomme, sehe ich, dass Lucinda auf dem Beifahrersitz eingeschlafen ist. Ich schließe vorsichtig die Fahrertür und starte den Motor. Lucinda runzelt die Stirn, wacht aber nicht auf. Sie hat ihr Handy noch in der Hand. Ich frage mich, ob sie zuvor in TellUs geschrieben hat.

Wenn man nicht ihre Augen betrachtet, wirkt sie um einiges jünger. Das warme Licht der Abendsonne glättet ihre Gesichtszüge.

Ich fahre so vorsichtig wie möglich zurück in ihr Viertel. Mache einen Umweg vorbei an Tildas Haus und erblicke Tommys Wagen in der Einfahrt. Ich biege in Lucindas Straße ein und halte ein Stück entfernt von ihrem Haus an, sodass ihr Vater uns nicht sehen kann, falls er da ist. Dann lege ich eine Hand auf Lucindas Schulter. Sie schaut verwirrt auf und blickt sich um.

»Oh, ich muss eingeschlafen sein«, sagt sie.

Unsere Blicke begegnen sich.

»Und, was hat sie gesagt? Ist Mange dort gewesen?«

»Ja.«

Sie lehnt ihren Kopf gegen die Nackenstütze.

»Und jetzt?«, fragt sie.

Doch sie erwartet keine Antwort. Wir wissen beide, dass es keine gibt.

Wird sie gleich, sobald sie aus dem Auto gestiegen ist, auch aus meinem Leben verschwinden?

Vielleicht hat uns ausschließlich Tilda zusammengehalten. Und das ist jetzt vorbei. Es bleibt nur noch das Warten aufs Ende.

Lucinda öffnet die Beifahrertür.

»Du ...«, beginne ich.

»Sorry«, unterbricht sie mich, »aber ich kann jetzt nicht mehr reden.«

NOCH EINE WOCHE UND VIER TAGE

SIMON

Das Finale der schwedischen Meisterschaften. Fünfzigtausend Menschen dicht gedrängt in der Stockholmer Friends Arena. Die Ministerpräsidentin hat eine Rede gehalten. Im Publikum befinden sich jede Menge VIPs. Selbst die Königin hat von einer Tribüne aus gewinkt. Immer wieder geraten die Kommentatoren ins Stocken. Bislang sind schon drei Flitzer über den Platz gerannt.

Obwohl Judette neben mir auf dem Sofa sitzt und Emma der Länge nach auf dem anderen liegt, fühle ich mich einsam. Gefangen in meinem eigenen Kopf. Wie betäubt, genau wie an jenem Morgen im Mai. Meine Familie spürt, dass etwas nicht in Ordnung ist, aber ich kann ihnen weder erzählen, dass wir nach Tildas Mörder gesucht haben, noch, dass wir letztlich aufgeben mussten.

Dann fällt ein Tor und lauter Jubel kommt vom Fernseher her. Auch aus den Wohnungen um uns herum und den Fenstern der Häuser gegenüber. Bumbum hebt den Kopf und winselt unruhig.

»Wenn das kein Opium fürs Volk ist«, sagt Stina von der Küchentür aus.

»Was?«, frage ich nach.

»Ach, nichts.«

Sie kehrt zurück an ihren Computer. Ich höre ihr ernüchtertes Stöhnen, bevor das Klappern der Tastatur erneut einsetzt.

Plötzlich ertönen draußen Sirenen. Ich frage mich, ob Lucinda sie auch hört. Und ob ihr Körper auch so angespannt ist wie meiner. Obwohl das Spiel nicht auf Großbildleinwänden übertragen wird, bricht heute Abend in der Innenstadt bestimmt wieder das Chaos aus. Wie viele Verletzte wird es diesmal geben? Und wie viele weitere Tildas?

Als ich in mein Zimmer gehe, schaut Bumbum auf und folgt mir mit dem Blick. Ich setze mich aufs Bett und schließe die Augen.

»Tilda?«, sage ich und horche gespannt.

Ich hätte Stina fragen sollen, *wie* ich am besten Kontakt zu Tilda aufnehmen kann. Und wie ich hören kann, wenn sie mir antwortet.

»Tilda?«, probiere ich es erneut. »Wir haben wirklich versucht, deinen Mörder zu finden. Aber es ist uns nicht gelungen.«

Betrunkenes Gelächter aus der Wohnung unter uns.

Ich zwinge mich, meinen Fokus auf Tilda zu richten und mir ihr Gesicht in Erinnerung zu rufen. Bei unserem ersten Date im Café in der Storgata. Nach dem Aufwachen hier in meinem Bett. Beim gemeinsamen Picknick mit Johannes und Amanda im Park.

Doch ihre Züge sind undeutlich und verschwommen. Als hätte ich sie schon vergessen.

»Die meisten haben geglaubt, dass ich es gewesen bin. Ich habe sie von meiner Unschuld überzeugen wollen ... wollte weiter dazugehören. Ich hatte so große Angst davor, allein zu sein. Wenn es einer versteht, dann du, oder? Doch jetzt ist es mir egal. Ich brauche sie nicht mehr.«

Die Bedeutung meiner Worte wird mir in dem Augenblick bewusst, als ich sie ausspreche. Erst jetzt denke ich den Gedanken zu Ende.

Ich brauche sie nicht.

Schon lange nicht mehr.

»Du hast gesagt, dass es die Tilda, mit der ich zusammen war, vielleicht nie gegeben hat. Aber Tilda, so war es nicht. Du hast dich getäuscht. Es gab zwar so manches an dir, was ich nicht wusste, aber ich wusste, wer du *warst.* Und ich habe dich geliebt. Ich habe dich wirklich geliebt.«

Gegröle hinter den Wänden. Es dringt geradewegs in mein Inneres und droht mich aufzulösen. Ich atme tief durch.

»Aber mit einer Sache hattest du recht. Sosehr ich dich auch geliebt habe … Ich konnte an nichts anderes denken, als dich zurückzugewinnen. Ich glaube, dass es mir leichter fiel, als ständig an den Weltuntergang zu denken. Zumindest war es etwas, worauf ich hoffen konnte … Genau wie ich darauf hoffen konnte, deinen Mörder zu finden.«

Für einen Augenblick sehe ich sie deutlich. Sie steht in ihrem Zimmer am Fenster. Die Sonne lässt ihr dunkles Haar in Kupfertönen schimmern.

»Jetzt sind es nur noch anderthalb Wochen«, sage ich. »Und ich hab noch immer keine Ahnung, wie ich damit umgehen soll.«

Sie dreht sich um und schaut mich mit Augen an, die sich farblich der Umgebung anpassen können. Genau wie Wasser.

»Wir waren uns in diesem Sommer trotz allem ziemlich ähnlich«, sage ich. »Du warst *meine* Droge, Tilda.«

NOCH EINE WOCHE UND DREI TAGE

SIMON

Emma und ich gehen den grasbewachsenen Abhang hinunter. Über dem See liegt dichter Nebel. Die Hügel am gegenüberliegenden Ufer sind in ein weißes Nichts gehüllt. Die Wasserrutschen sehen vor dem Himmel aus wie Tentakel und erinnern mich an Außerirdische.

Heute Morgen bin ich mit Atemnot aufgewacht. Meine Haut war ganz heiß und spannte sich überall. Mein eigener Körper verursachte mir Platzangst. Es war Emmas Idee, spazieren zu gehen. Und es war meine, hierherzufahren.

Auf dem Steg sitzt keine Lucinda. Ich frage mich, wie es ihr wohl geht und was sie gerade macht.

Sie hat nicht mehr auf meine Nachrichten geantwortet.

Bumbum zerrt ungeduldig an der Leine und ich nehme sie ihm ab, als wir ans Ufer kommen.

»Fühlst du dich jetzt besser?«, fragt Emma.

»Glaub schon«, antworte ich.

»Gut.«

Sie hebt einen Stock auf und schleudert ihn in hohem Bogen durch die Luft. Bumbum stürzt los, wobei sein breites Hinterteil heftig hin- und herschwingt. Emma lacht.

Ich weiß nicht, ob es stimmen kann, aber ihr Bauch scheint in den letzten Tagen sichtbar gewachsen zu sein.

Als Bumbum den Stock erreicht, legt er im Sand eine Vollbremsung hin. Er schnappt ihn sich und dreht sich Lob heischend zu uns um.

»Bring ihn her!«, ruft Emma.

Bumbum lässt den Stock fallen und schnüffelt daran. Dann folgt er im Sand unvermittelt einem anderen Geruch. Der Stock bleibt liegen, bereits vergessen.

»Zumindest hat er ihn gefunden«, sagt Emma.

Wir gehen langsam entlang meiner Laufstrecke. Emma bleibt in regelmäßigen Abständen stehen und stützt eine Hand in die Seite.

»Und, wie fühlst du dich?«, frage ich.

»Wie 'ne Achtzigjährige.«

Bei Emma ist eine *Symphysenlockerung* eingetreten, ein Wort, das ich neu gelernt habe. Ihr Körper bereitet sich auf die Geburt vor. Der Knorpel wird weicher und die Beckenknochen lösen sich etwas voneinander.

»Obwohl es bestimmt noch gar nichts ist gegen die Tatsache, dass ich bald einen ganzen Menschen herauspressen muss«, sagt sie.

Im Geäst der Bäume über uns krächzen mehrere Krähen. Die Straßen auf dem Weg hierher waren voller Müll. Überall lagen Scherben von zerbrochenen Flaschen und eingeschlagenen Fenstern herum. Außerdem begegneten uns Horden von Fans, die nach dem Spiel gestern Abend immer noch betrunken waren. Doch hier unten am See ist alles wie immer.

Ich frage mich, ob Lucindas Vater heute Nacht wieder in der Notaufnahme war. In den Nachrichten haben sie von Alkoholvergiftungen, Sachbeschädigungen, Mordfällen, Vergewaltigungen und Schlägereien berichtet. Die Bilder aus den Straßen Stockholms erinnerten an einen Film über eine Zombie-Apokalypse. Doch jetzt sind die Fußballspiele endgültig vorbei.

»Es ist schon verrückt, selbst Mutter zu werden«, sagt Emma. »Was kann ich einem anderen Menschen denn schon beibringen?«

Ich werde von einer weiteren Panikwelle erfasst und unter meinen Füßen droht sich ein Abgrund aufzutun. Ich stolpere. Doch Emma merkt nichts.

»Ich hab Mama gefragt, ob sie eigentlich bereit war für ein Kind, als sie mich erwartete«, sagt Emma. »Ich fühle mich jedenfalls nicht im Geringsten so.«

Ich schaue hinunter auf meine Füße und muss mich darauf konzentrieren, das Gleichgewicht zu halten.

»Daraufhin sagte sie, dass sie sich eigentlich immer noch nicht ganz erwachsen fühlt und manchmal glaubt, nur so zu tun.«

Ich öffne den Reißverschluss meiner Trainingsjacke und blicke über den See. Auf die Nebelschwaden, die übers Wasser hinwegziehen.

»Irgendwie beruhigend«, fährt Emma fort.

Hier am See ist die Luft unnatürlich warm und feucht. Als würde ihr der Sauerstoff fehlen. Sind das etwa schon die Einflüsse des Kometen?

Nein. Foxworth ist noch weit weg. Erst wenn er in die Erdatmosphäre eintritt, wird sich die Luft schlagartig erhitzen. Und dann bleiben uns nur noch ein paar Minuten. Aber noch ist es nicht so weit. Es dauert noch über eine Woche.

Atmen.

»Ich hab so verfluchte Angst davor, dass die Schmerzen höllisch werden. Und Micke kapiert gar nichts, wenn ich davon anfange. Er sagt immer nur, dass es bestimmt supergut laufen wird, aber er hat leicht reden. Schließlich muss er das Kind ja nicht zur Welt bringen.«

Mir kommt es vor, als würde ich immer wieder dieselbe völlig verbrauchte Luft einatmen.

»Ich weiß, dass ich wie 'n Jammerlappen klinge. Aber eigentlich freue ich mich drauf, Mutter zu werden. Nur wäre es um einiges leichter, wenn er endlich wieder nach Hause kommen und mich ein bisschen unterstützen würde.«

»Verstehe«, murmele ich.

Ich stolpere erneut. Emma bleibt stehen und wendet sich mir zu.

Ich muss hier weg. Ich muss von mir selbst weg. Aber ich weiß nicht, wohin.

Bumbum kommt angerannt und stoppt neben mir. Er lehnt sich gegen meine Beine. Möchte gestreichelt werden. Sein Fell ist ganz heiß.

»Simon, ich weiß, dass du immer für den Kleinen da sein wirst. Du wirst bestimmt ein total lieber Onkel. Und deshalb wollte ich fragen ...«

Emma schaut mich an und ich kapiere nicht, warum sie nicht bemerkt, dass ich jeden Moment sterbe. Am Rande meines Blickfelds tanzen lauter schwarze Punkte.

»Würdest du sein Patenonkel werden wollen?«, fragt sie.

Ich verliere endgültig die Balance. Versuche mich von Bumbums Gewicht zu befreien. Gleichzeitig ringe ich nach Luft, damit die schwarzen Punkte wieder verschwinden.

»Bist du okay?«, fragt Emma.

Jetzt halte ich es nicht mehr aus und scheiße darauf, was unsere Mütter sagen.

»Ob ich okay bin?«, frage ich. »Du weißt schon, dass der Komet in zehn Tagen einschlägt, oder?«

Emma schaut mich fragend an.

»Ja, und?«

»Du wirst nicht Mutter werden. Das muss dir doch klar sein, oder nicht? Und ich werde kein Patenonkel. Und Micke kein Vater.«

Emma starrt mich an, als wäre ich derjenige, der verrückt geworden ist.

»Du brauchst dir keine Sorgen über die Geburt zu machen«, fahre ich fort. »Sie wird nicht stattfinden, egal, was dein Körper dir gerade sagt. Und wenn du endlich aufhören würdest, dir etwas vorzumachen, dann würde Micke vielleicht auch nach Hause kommen. Ich hätte es jedenfalls auch nicht mit dir ausgehalten.«

Jetzt bekomme ich wieder etwas besser Luft.

Auch wenn es meiner Schwester zusetzt, mir ist zumindest leichter ums Herz.

Was mir allerdings ein wahnsinnig schlechtes Gewissen bereitet.

»Sorry«, sage ich. »Sorry, ich hab's nicht so gemeint.«

Bumbum leckt mir die Hand.

Emma kommt auf mich zu und umarmt mich.

»Ich kann doch nicht einfach aufhören zu planen, nur weil der Komet kommt«, sagt sie. »Das verstehst du doch, oder?«

»Nein, das tue ich nicht.«

»Wir können doch nicht einfach aufhören zu leben«, sagt sie. »Noch sind wir jedenfalls nicht weg.«

So bleiben wir stehen. Die Krähen über uns fangen wieder an zu krächzen.

NOCH EINE WOCHE UND ZWEI TAGE

SIMON

Die Neonröhren springen mit einem sirrenden Geräusch an, als ich die nach Weichspüler duftende Waschküche betrete. Ich werfe die knisternde blaue Ikea-Tüte auf eine der Arbeitsflächen und beginne die Wäsche zu sortieren. Und überlege, was ich sagen soll, wenn ich anrufe. *Falls* ich anrufe.

Die Decke ist niedrig und ich spüre das Gewicht des ganzen Hauses über mir. All die Stockwerke, die schon bald nur noch heiße Asche sind.

Ich habe mich entschieden. Muss all das, was passiert ist, noch einmal überdenken. Ich muss hier weg. Nicht nur aus diesem Haus, sondern auch aus der Stadt. Und ich muss Johannes noch einmal sehen. Der Abend, an dem er auf meiner Bettkante saß, darf nicht die letzte Begegnung mit meinem besten Freund gewesen sein.

Übermorgen geht ein Zug nach Stockholm. Und am Tag darauf kann ich wieder zurückfahren. Ich brauche nur einen Tag Freiheit. Allerdings habe ich nicht vor, meine Mütter um Erlaubnis zu bitten. Sie würden mich nie fahren lassen. Aber ich will auch nicht, dass sie sich unnötige Sorgen machen. Ich habe schon jetzt ein schlechtes Gewissen, was ich gestern zu Emma gesagt habe.

Ich belade zwei Maschinen und gebe Waschmittel hinzu. Mir wird bewusst, dass ich heute höchstwahrscheinlich zum letzten Mal wasche. Anschließend wird die Unterwäsche bis zum Ende reichen.

Nachdem ich die Maschinen angestellt habe, setze ich mich mit meinem Handy auf die Arbeitsplatte. Ich will nicht, dass meine

Schwester genauso einsam ist wie ich. Aber habe ich deshalb das Recht, diesen Anruf zu tätigen?

Ich scrolle bis zu seiner Nummer und klicke sie an. Er meldet sich nach dem ersten Klingeln.

»Hallo? Ist was mit Emma passiert?«, fragt Micke.

»Nein, alles in Ordnung. Aber ich rufe ihretwegen an.«

Meine Stimme hallt in der leeren Waschküche wider. »Du musst unbedingt kommen. Ich hab nachgeschaut, von Luleå aus geht noch ein Zug.«

Am anderen Ende herrscht absolute Stille. Ich nehme das Handy herunter und schaue aufs Display, auf dem die Sekunden weiterticken.

»Hallo?«, sage ich.

Die Trommeln der Waschmaschinen beginnen sich fast gleichzeitig zu drehen.

»Ich glaub, das verstehst du nicht«, sagt Micke.

»Was verstehe ich nicht?«

»Du bist noch jung, Simon. Du weißt nicht, wie es ist.«

In einer der Waschmaschinen beginnt es zu rauschen, als Wasser hineinläuft. Ich schalte mein Handy lauter.

»Schon klar«, entgegne ich. »Ich bin jünger als du. Aber wir haben beide noch gleich lange zu leben.«

»So meine ich es nicht. Als ich in deinem Alter war, glaubte ich auch, dass alles einfach ist. Aber die Dinge sind eben nicht nur schwarz oder weiß.«

»Manchmal vielleicht schon.«

»Es ist kompliziert. Du weißt ja gar nicht, wie lange ich um all das kämpfen musste, was wir uns aufgebaut haben. Wir waren gerade mit allem fertig … wir hatten einen *Lebensplan.* Und plötzlich war er einfach futsch.«

»Das geht allen anderen auch so.«

»Aber Emma … Wenn sie redet, als wäre alles noch genauso wie immer … ich kann das nicht. Ich halt es verflucht noch mal nicht mehr aus.«

Sein Dialekt ist während der Wochen dort oben breiter geworden.

»Es geht nicht, Simon. Ich verstehe ja, dass du sauer bist, aber es geht einfach nicht. Ich liebe Emma, aber es ist zu kompliziert.«

»Zu kompliziert? Tilda wurde ermordet und alle glaubten, ich wäre der Mörder. Das war auch ziemlich *kompliziert*.«

Micke räuspert sich.

»Die Welt ist völlig fucked up«, fahre ich fort. »Und ich weiß, dass ich alles dafür tun würde, um in den letzten Tagen jemanden bei mir zu haben, der mich liebt. Jemand, der mich braucht und den ich …«

»Ich kann nicht, okay?«

Er klingt wie ein Jammerlappen. Scheint sauer zu sein, weil ich so ungerecht bin und ihm nicht zugestehe, sich in Selbstmitleid zu suhlen. Er ekelt mich an.

Ich starre auf die Bullaugen der Waschmaschinen und sehe, wie unsere Klamotten im Schaumwasser herumgewirbelt werden.

»Emma hat was Besseres verdient. Eigentlich dachte ich sogar, ihr beide. Aber ich hab mich wohl getäuscht«, sage ich und beende das Gespräch.

NAME: LUCINDA
TELLUS# 0 392 811 002
POST 0039

Mein Körper ist abgestürzt. Ich bekam Fieber und Gliederschmerzen und hatte furchtbare Angst, wieder eingeliefert zu werden und meine allerletzte Woche in einem unterbesetzten Krankenhaus verbringen zu müssen. Aber die Angst ging nicht nur mich selbst an. Ich wollte auch nicht, dass mein Vater und Miranda mich dort besuchen kommen müssten.

Doch es ging vorbei und inzwischen fühle ich mich wieder besser. Mein Körper muss nur noch gut eine Woche durchhalten.

Ich habe es nicht geschafft zu schreiben, nicht mal auf Simons Nachrichten habe ich geantwortet. Worüber sollten wir auch reden? Über unseren gemeinsamen Misserfolg? Er schreibt, dass er übermorgen nach Stockholm fährt, um seinen besten Freund Johannes zu besuchen. So nutzt er die letzte Zeit wenigstens noch.

Wir werden akzeptieren müssen, dass wir nie erfahren, wer Tilda umgebracht hat, und dass alles vergebens war. Aber ich glaube nicht, dass ich es kann, selbst wenn ich es wollte. Mich lässt diese Frage einfach nicht los. Mein Gehirn sucht wie in einer Endlosschleife verzweifelt nach neuen Perspektiven und Anhaltspunkten.

NOCH EINE WOCHE UND EIN TAG

SIMON

Ich gehe am Bahnhof entlang und die Gamla Kvarngata hinauf. Erblicke den Stromkasten, an den sich Tilda bei unserer letzten Begegnung gelehnt hat.

Ich bleibe stehen und lege die Hand auf das kalte Metall.

Alle wollen mir sagen, was ich zu tun hab. Die kleine Tilda, die so waaahnsinnig vernünftig sein kann, wenn sie nur will.

Hier standen wir, als die anderen uns überreden wollten, zum Nachglühen bei Ali mitzukommen.

Ich war gerade bei ihm zu Hause. Moa und er saßen hinter heruntergezogenen Jalousien in seinem Zimmer und spielten *Skyrim*. Es war wie in einem Kokon voller Müll und schmutziger Teller. Die beiden waren blass und hohläugig wie Unterirdische, die sich an ein Leben in der Dunkelheit gewöhnt hatten. Alis Vater öffnete mir die Tür. Er bat mich, die beiden zu überreden, mal rauszugehen. Doch es klappte nicht. Aber deshalb war ich auch nicht gekommen.

Ich habe mich von Ali verabschiedet. Hab ihm gesagt, dass ich verstehe, warum er nicht mehr auf meiner Seite war. Er wollte so kurz vorm Weltuntergang nicht riskieren, seine Freunde zu verlieren. Klar, er war feige, aber in seiner Situation hätte ich mich vielleicht genauso verhalten.

Und ich habe ihn um einen letzten Gefallen gebeten.

Ich werde meinen Müttern sagen, dass ich morgen bei ihm bin. Auf einer kleinen Abschiedsparty mit der ganzen Clique. Ich glaube nicht, dass sie Einwände haben. Und sobald ich wieder zurück bin, werde ich zu Hause bleiben und gemeinsam mit ihnen aufs Ende warten.

Ich überquere die Storgata. Nicht ein einziges Schaufenster ist noch heil. Jemand hat *GOODBYE CRUEL WORLD* in flammenden Lettern auf den Gehweg gesprayt. Die Innenstadt ist menschenleer. Gruselig. Seit Alis Wohnung habe ich keinen einzigen Menschen mehr gesehen. Glaubt man den Nachrichten, scheint es im ganzen Land so zu sein. Nach der heftigen Entladung beim Fußballfinale haben sich die Leute zurückgezogen.

Auf dem Rückweg durch die Dämmerung sind immer mehr Fenster erleuchtet.

Als ich in den Park nahe unserem Haus komme, beginnt mein Handy zu vibrieren. Ich sehe Lucindas Namen auf dem Display und verspüre ein Kribbeln im Bauch. Ein Gefühl, das mich völlig überrumpelt. Ich wusste zwar, dass ich sie vermisst habe, doch erst in diesem Moment merke ich, wie sehr.

»Sorry, dass ich dir nicht geantwortet habe«, sagt sie.

»Wie geht's dir?«

»Scheiße. Aber schon wieder etwas besser.«

»Sicher?«

»Sicher.«

Ich schaue mich um, hier bin ich vor weniger als zwei Wochen mit Erika spazieren gegangen. Damals war ich so erleichtert darüber, dass mir jemand glaubte, auch wenn es nur Tildas Tante war. Johannes war gerade erst nach Stockholm abgehauen und ich glaubte, dass wir uns nie wiedersehen würden. Lucinda und ich hatten gerade unseren ersten Streit hinter uns. Noch dazu war ich nicht zu Tildas Beerdigung eingeladen worden. Ich fühlte mich furchtbar einsam. Und obwohl wir seither dem Ende erheblich näher gekommen sind, hat sich mein Leben zum Positiven verändert.

Jetzt liegt noch mehr Müll herum und das Gras ist höher gewachsen. Jemand hat zwei Fahrräder in den Brunnen geworfen. Ich setze mich auf den Betonrand und kicke mit der Schuhspitze eine zusammengeknüllte Zigarettenschachtel weg.

»Weißt du, woran ich letztens denken musste?«, fragt Lucinda.

»Nee, keine Ahnung.«

»Kannst du den Mond sehen?«

Ich schaue auf und suche den rosavioletten Himmel ab.

»Ja«, antworte ich.

Es war Vollmond, aber er war immer noch blass und durchsichtig. Ein Schatten seiner selbst.

Ich betrachte die weiße Scheibe mit den dunklen Flecken, von denen die Menschen früher annahmen, es seien Wassermassen.

Meer der Ruhe.

Ozean der Stürme.

Der Mond ist voller Krater, die von Meteoriten stammen. Ein stummer Zeuge der Gewalt, die es schon immer im Weltraum gab. Man sagt sogar, dass er aus den Resten der Erde entstanden ist, als diese mit einem anderen, größeren Planeten kollidierte.

»Wenn der Mond den Weltuntergang unbeschadet übersteht, werden da oben die menschlichen Fußspuren sichtbar bleiben«, erklärt Lucinda.

Mir fährt ein Schauer über den Rücken.

»Ja«, sage ich. »Die einzigen im ganzen Universum.«

»An solche Dinge muss ich momentan denken.«

»Vor Foxworth war der Himmel für mich immer nur der Himmel«, philosophiere ich. »Aber da oben ist das gesamte Weltall. Wir leben im *Weltall.*«

Lucinda lacht auf.

»Mir wird ganz schwindlig«, sagt sie.

»Mir auch.«

Wir schweigen.

Ich betrachte einige gelbe Blätter, die zu Boden gesegelt sind. Vorboten eines Herbstes, der nicht kommen wird.

»Du«, beginnt Lucinda.

»Ja?«

»Ich wollte dich was fragen. Aber du musst mir versprechen, Nein zu sagen, wenn du es nicht willst. Das ist völlig okay. Versprich es.«

»Versprochen.«

Sie holt tief Luft, als würde sie jeden Moment ins Wasser eintauchen.

»Kann ich mit dir nach Stockholm kommen?«

In meinem Bauch kribbelt es erneut.

»Schaffst du das denn?«

»Sonst würde ich ja nicht fragen.«

»Ja«, antworte ich, »klar kannst du mitkommen.«

»Sicher? Denkst du, dass es auch für Johannes okay ist? Er kennt mich schließlich gar nicht.«

»Ihr werdet euch mögen«, versichere ich ihr.

»Ich muss wirklich mal rauskommen.«

Jetzt klingt sie, als würde sie sich selbst erst dazu überreden müssen.

»Komm mit«, sage ich und pfeife darauf, dass ich übereifrig klinge.

»Ich hab schon nachgeschaut. Im Zug sind noch Plätze frei.«

»Dann reservier einen. Und was sagst du deinem Vater?«

»Ich wollte eigentlich Amanda bitten, mein Alibi zu sein. Irgendwie komme ich mir zwar mies dabei vor, weil ich ihr nicht sagen kann, dass ich Johannes treffe. Aber ich weiß leider keinen, den ich sonst fragen könnte.«

»Verstehe.«

»Aber sag bitte niemandem, dass ich mitkomme. Ich will auf keinen Fall, dass sie es erfährt.«

Ich muss lächeln.

»Wem sollte ich es denn sagen?«

Lucinda lacht erneut.

»Stimmt, wir haben wirklich wahnsinnig viele Freunde.«

NAME: LUCINDA
TELLUS# 0 392 811 002
POST 0040

Jetzt habe ich alles für die morgige Fahrt mit Simon nach Stockholm organisiert. Mein Vater ahnt nichts.

Ehrlich gesagt weiß ich selbst nicht, was mit mir los ist. Warum bleibe ich nicht einfach bei ihm und Miranda? Schließlich ist es ab morgen nur noch eine Woche.

Dann kam mir unvermittelt ein Gedanke, den ich nicht wieder loswurde. Selbst wenn die Chance, eine Antwort auf meine Frage zu finden, ziemlich gering ist, muss ich sie ergreifen.

Ich lüge mittlerweile ziemlich oft. Sogar Simon gegenüber. (*Besonders* ihm gegenüber.)

Heute fühle ich mich schon etwas besser. Es sollte also gut gehen.

NOCH EINE WOCHE

SIMON

Für September ist es noch ungewöhnlich warm. Die Sonne strahlt und vorm Zugfenster rauschen Wälder, Wohngebiete und wieder Wälder vorbei. In der Ferne glitzert die Oberfläche eines Sees. Womöglich sind die Gärten jetzt ungepflegter als früher, aber das kann ich von hier aus nicht beurteilen. Der Lokführer hat den Zug schon mehrfach angehalten, um eine Weiche manuell umzustellen, doch jetzt fahren wir schon seit über einer Stunde ohne Unterbrechung.

An Bord stinkt es. Die Müllbehälter sind proppenvoll. Alle Toiletten sind verstopft. Als ich auf meinem Sitz hin- und herrücke, bleibt meine Schuhsohle an eingetrockneter Limonade kleben. Außerdem wurde hier drinnen vor Kurzem geraucht.

Während der gesamten Fahrt ist uns noch kein Zug entgegengekommen. Und in unserem sitzen auch erstaunlich wenig Fahrgäste. Am anderen Ende des Wagens schreit ein Kleinkind ausdauernd, scheinbar ohne zwischendurch auch nur einmal Luft holen zu müssen. Als ich hinschaue, erwidern beide Eltern meinen Blick müde lächelnd und entschuldigend.

Lucinda sitzt mir direkt gegenüber und schreibt auf ihrem Handy in der TellUs-App. Ich habe versprochen, ihr zu sagen, falls ihre Haare unter der Perücke hervorlugen sollten, doch sie tastet sich selbst regelmäßig ihre Stirn ab. Ich betrachte ihr durchsichtiges Spiegelbild im Fenster.

Das Kind schreit ununterbrochen.

»Wenn man rausguckt, könnte man fast meinen, dass alles wie immer ist«, sage ich.

Im Fenster sehe ich, wie Lucinda aufschaut.

»Das ist es ja, was einen verrückt macht«, entgegnet sie. »Man begreift so einfach nicht, was passieren wird.«

Nun sehen wir gemeinsam raus. Hier wachsen die Fichten so dicht an den Gleisen, dass ich sie nur als verschwommene Striche wahrnehme. Nach einer Weile bemerke ich, wie Lucinda mich heimlich beobachtet. Sie fährt sich mit den Fingern durchs Perückenhaar und streicht es über die Schulter nach hinten.

»Früher war es genau dasselbe«, sage ich.

»Früher?«

»Mit der Umweltverschmutzung. Die war auch nicht zu sehen. Jedenfalls nicht bei uns. Ich meine, man hat zwar gelesen, dass sich die Wüsten immer weiter ausbreiten, und man kannte Bilder von Eisbären auf winzigen Eisschollen. Aber wir haben es nicht begriffen.«

»Die Leute *wollten* es nicht begreifen«, sagt Lucinda. »Darüber nachzudenken, war ihnen zu anstrengend.«

Wir schweigen eine Weile.

»Mich hat es jedenfalls ziemlich wütend gemacht«, sagt sie dann.

»Mich auch.«

»Ich hab nie kapiert, wie der Mensch so wahnsinnig klug und gleichzeitig so verdammt dämlich und kurzsichtig sein kann. Wir wussten doch genau, worauf es hinauslaufen würde.«

»Klar. Manchmal finde ich, dass die Älteren jetzt irgendwie ... zu leicht davonkommen. Keiner zieht sie mehr zur Rechenschaft für all das, was sie verbockt haben.«

»Stimmt. Aber am schlimmsten war es mit den Umweltflüchtlingen. Wohin sollten die eigentlich fliehen? All die Staaten, die die Welt zerstört haben, haben schließlich auch die höchsten Mauern gebaut.«

»Ich hab mir viele Gedanken über den Permafrost gemacht«, sage ich. »Und was passieren wird, wenn die Böden irgendwann tauen und jede Menge Treibhausgase entweichen.«

»Vielleicht hätte uns ja vorher noch ein Atomkrieg vernichtet«, sagt Lucinda grinsend.

»Der hätte zumindest das Problem mit der Überbevölkerung gelöst.«

»Wusstest du eigentlich, dass die Weltbevölkerung jeden vierten Tag um eine Million Einwohner zunimmt?«

»Shit«, rufe ich aus. »Dann sind es ja noch ... fast zwei Millionen mehr, bevor wir alle zusammen ins Gras beißen.«

Wir schauen uns an und lachen auf. Ich weiß auch nicht, warum.

»Ich frag mich, wie es letztlich geendet wäre«, sagt Lucinda. »Wenn wir so weitergemacht hätten.«

»Stephen Hawking hat mal behauptet, dass wir in hundert Jahren alle nicht mehr da seien.«

»A. I. vielleicht?«, sagt Lucinda. »Die Maschinen schlagen zurück. Sie hätten die Situation auf unserem Planeten wohl kaum schlimmer gemacht als wir selbst.«

»Oder irgendein Supervirus«, sage ich. »In Kombination mit Antibiotikaresistenz.«

»Supervulkane.«

»Das Sterben der Meere.«

»Luft, die man nicht mehr atmen kann.«

»Rechtsextremismus.«

»Flüchtlingskrisen, die zu noch mehr Rechtsextremismus führen.«

»Trinkwasserverschmutzung.«

»Versiegen des Golfstroms.«

»Schwermetalle im Essen.«

»Bienensterben.«

Lucindas Augen leuchten, während ich mir die nächste Katastrophe ausmale, der wir entgehen würden.

»Geoengineering«, sage ich schließlich.

»Was ist das eigentlich?«

Ich gebe zu, dass ich keine Ahnung habe.

»Vielleicht hat es etwas mit künstlichen schwarzen Löchern zu tun«, meint Lucinda. »Erinnerst du dich? Die Forscher hielten es für eine richtig gute Idee.«

Ich lache erneut auf. Während wir uns unterhalten, rauschen inzwischen Shoppingcenter mit riesigen Neonschildern, die nie mehr leuchten werden, am Fenster vorbei. Lauter Wohnsiedlungen, wie nach dem Zufallsprinzip in die Landschaft geworfen. Eine Autobahn, auf deren Mittelstreifen ein verlassener Pkw steht.

Ich versuche mir vorzustellen, wie die Landschaft wohl ausgesehen hat, als die ersten Menschen sie bevölkert haben. Noch bevor wir Berge gesprengt, Straßen gebaut und Wälder abgeholzt haben. Aber es klappt nicht.

»Im Nachhinein kapiere ich einfach nicht, warum wir nicht alles dafür getan haben, die Natur zu retten«, sagt Lucinda. »Warum haben wir uns stattdessen mit tausend anderen unwichtigen Dingen beschäftigt? Vielleicht wäre es uns gelungen, wenn wir es ernsthaft versucht hätten. Wir hätten uns gegen alle auflehnen sollen, die unseren Planeten nur wegen des Profits zerstört haben.«

Ich bemerke, dass das Kleinkind aufgehört hat zu schreien.

»Soll ich dir was ziemlich Verrücktes erzählen?«, frage ich.

»Gibt es jemanden, der diese Frage je mit Nein beantwortet hat?«

Ihre Augen leuchten erneut erwartungsvoll. Doch das, woran ich gerade denken muss, habe ich mir bislang nicht mal selbst eingestehen wollen.

»Ich finde, dass die Art und Weise, wie es zu Ende geht, auch was Positives hat«, sage ich. »Nicht, dass ich es gut finden würde … aber wenn schon alles den Bach runtergehen muss, ist es zumindest nicht unsere Schuld. Und wir können nichts dagegen tun.«

Lucinda betrachtet mich nachdenklich.

»Weißt du, was ich dachte, als ich von Foxworth erfahren habe?«, fragt sie. »Dass ich jetzt nicht mehr alles Mögliche verpassen würde. Sondern mitkriegen würde, wie es endet. Deshalb war ich fast ein bisschen … froh. Nicht richtig vielleicht, aber … eben nicht ganz so traurig. Für eine Weile. Manchmal.«

»Verstehe«, sage ich.

Die Welt draußen neigt sich plötzlich zur Seite, als der Zug durch eine Kurve fährt. Lucindas Wasserflasche rutscht quer über den Tisch und wir strecken beide reflexmäßig eine Hand aus, um sie aufzufangen. Dabei berühren sich unsere Finger. Sie schaut weg. Schraubt den Verschluss fester zu und legt die Flasche in die Stofftasche auf dem Sitz neben sich.

Ich würde sie gern noch einmal berühren.

Der Gedanke scheint wie aus dem Nichts zu kommen und dennoch erstaunt er mich nicht weiter. Es ist, als wäre er schon lange in meinem Kopf gewesen, mir aber erst jetzt bewusst geworden. Vielleicht, weil wir nicht mehr in unserer gewohnten Umgebung sind, sondern in diesem Niemandsland.

Oder auch, weil es so verdammt aufregend ist, mit Lucinda über den Weltuntergang zu philosophieren.

Sie schreibt weiter in der TellUs-App. Draußen vorm Fenster stehen mehrere längst verlassene, riesige Baukräne. Wir passieren einen kleinen Bahnhof und kurz darauf noch einen. Fahren durch die Vororte und kreuzen Autobahnen. Dann kommen die alten pittoresken Hausfassaden mit ihren gedeckten Farben. Rostrot. Moosgrün. Senfgelb.

»Liebe Fahrgäste, wir erreichen jetzt Stockholm Central. Nächste Station Stockholm Central. Endstation.«

Die Stimme im Lautsprecher klingt irgendwie gestelzt. Das Kleinkind fängt wieder an zu schreien, als die Eltern aufstehen, um ihre Koffer aus der Gepäckablage zu wuchten.

Lucinda schickt ihren TellUs-Text ins All und steckt ihr Handy in die Tasche.

Die Bremsen kreischen laut. Auf dem Bahnsteig sehe ich suchende Mienen. Als der Zug mit einem Ruck anhält, stolpern die Eltern des Kleinkindes übereinander. Das Kreischen verstummt abrupt und ich entdecke ihn.

Johannes winkt frenetisch.

Er ist ganz der Alte. Nur viel fröhlicher als früher.

NAME: LUCINDA
TELLUS# 0 392 811 002
POST 0041

Eins weiß ich sicher: Johannes war in Simon verliebt.

Aber Simon war noch immer in Tilda verliebt und hatte die ganze Zeit von ihr geredet. Was für Johannes bestimmt nicht leicht war. Er war ebenfalls in der Innenstadt beim Fußballspiel. Doch dann ging er früher und war der Einzige aus der Clique, der nicht zum Nachglühen kam.

In derselben Nacht starb Tilda.

Wenige Tage später zog Johannes fort und löschte all seine Accounts in den sozialen Medien.

Das sind die Fakten. Jetzt folgen die Spekulationen:

Was, wenn Johannes Tilda umgebracht hat?

Tilda wusste, was er für Simon empfand. Vielleicht wollte sie ja mit ihm darüber reden. Oder vielleicht hat er sie aufgesucht? Womöglich sind sie sich in all dem Chaos auch nur zufällig begegnet und gerieten in einen Streit, der ausartete.

Oder aber das Ganze war geplant. Johannes hoffte vielleicht, dass Simon Tilda vergessen würde, wenn sie verschwände. Womöglich hoffte er, ihn trösten zu können.

Doch Simon hatte Tilda nicht vergessen. Im Gegenteil. Und Johannes riskierte aufzufliegen. Also ist er nach Stockholm abgehauen.

Siehst du, wie oft ich »vielleicht« und »womöglich« benutzt habe?

Ich weiß selbst nicht, was ich glauben soll. Und schon gar nicht, was ich tun soll.

Johannes ist Simons bester Freund. Der Einzige, der auf seiner Seite stand, nachdem Tildas Leiche gefunden wurde.

Und wenn ich nun völlig falschliege?

Aber was, wenn richtig?

Jetzt sind wir da.

SIMON

Unterm gewölbten Dach des Central fliegen jede Menge Tauben umher. Die Geschäfte und Imbissbuden sind geschlossen. Im Bahnhofsgebäude sind nur wenige Leute unterwegs. Die meisten von ihnen schlafen oder sitzen auf Bänken und schauen auf ihre Handys.

Wir nehmen die Rolltreppe hinab zur U-Bahn. Weitere geschlossene Läden und Cafés. An den Wänden hängt noch immer die Werbung für ein Wohngebiet, das im Mälardal gebaut werden sollte. Lachende Menschen, die auf einem Holzsteg vorm Sonnenuntergang zu Abend essen. Im Hintergrund glitzerndes Wasser.

Zwei Frauen von den Zeugen Jehovas wollen uns Broschüren mit farbenfrohen Bildern von Jesus und Maria in die Hand drücken. Jesus, der Schafe streichelt, Jesus umgeben von Kindern. Doch wir lehnen ab. Ich muss daran denken, wie oft sie sich schon beim Weltuntergang getäuscht haben. Diesmal kennen sie das Datum im Voraus.

Die Schranken zur U-Bahn stehen offen. Wir passieren die leeren Schalterkabinen, in denen früher Fahrkartenverkäufer saßen, und nehmen eine Rolltreppe, die noch tiefer in die Unterwelt führt. Schließlich erreichen wir den Bahnsteig der Roten Linie in Richtung Süden.

»Ziemlich ungewiss, wann die nächste kommt«, erklärt Johannes und deutet mit einem Nicken auf die Informationstafeln, die außer Betrieb sind. »So ungefähr jede Stunde geht eine.«

»Wie wenig hier los ist«, sagt Lucinda und schaut sich um.

»Die meisten fahren nicht mehr in die Innenstadt, wenn sie nicht müssen. Hier gibt's ja auch nichts mehr zu tun.«

Die Schienen vor uns fangen unvermittelt an zu summen und aus dem Tunnel nähern sich Lichter.

»Mann, was für ein Glück«, sagt Johannes und führt uns zur Bahnsteigkante.

Auf den Gleisen wirbeln Zeitungspapier und Müll auf. Der einfahrende Zug ist ein älteres Modell. Ich erhasche einen Blick auf die Zugführerin, die Judette ähnelt, und frage mich, wie sie es nur aushält, ihre letzten Tage wie ein Maulwurf in den dunklen Tunneln zu verbringen. Oder ob es gerade ihr Job ist, der sie morgens überhaupt noch aufstehen lässt.

Was hätte ich getan, wenn Tilda nicht gestorben wäre? Hätte ich weiter gefeiert und alles darangesetzt, meinen Gedanken aus dem Weg zu gehen?

Die Türen vor uns öffnen sich und ich erblicke einen bekannten Politiker im Anzug. Er scheint völlig durchgeschwitzt. Womöglich ist er gerade unterwegs ins Reichstagsgebäude.

Wir steigen in der Mitte des Wagens ein und setzen uns an ein gekipptes Fenster. Als die U-Bahn losfährt, fragt Johannes nach Amanda. Lucinda antwortet, dass sie sich ein paarmal mit ihr getroffen hat.

»Vielleicht kannst du sie ja von mir grüßen«, sagt Johannes. »Sie will nämlich nicht mehr mit mir reden.«

»Das geht nicht«, entgegnet Lucinda. »Sie darf nicht wissen, dass ich hier bin.«

»Ach so. Dann natürlich nicht.«

Wir verlassen den Tunnel, kommen zur Station Gamla stan und dann hoch zur Brücke. Durchs offene Fenster weht frische Luft herein.

»Die Züge halten dort nicht mehr«, erklärt Johannes. »Die Schalterhalle im unteren Stockwerk ist überschwemmt. Die Pumpen sind so oft kaputtgegangen, dass sie irgendwann die gesamte Station dichtgemacht haben.«

Ich betrachte die prächtigen alten Hausfassaden am Ufer. Sie scheinen im Sonnenuntergang zu glühen. Einige Menschen sitzen in kleinen Grüppchen am Kai.

»Was für'n Glück, dass du gerade mit Simon zusammen warst, als er die Nachricht erhielt«, sagt Johannes zu Lucinda.

Ich betrachte die beiden schweigend, ohne genauer hinzuhören. Finde es toll, dass sich zwei meiner besten Freunde gerade kennenlernen.

Der Zug hält an der Station Slussen. Ein Mann mit langen Haaren und im Ledermantel spielt auf dem Bahnsteig direkt vor unserem Fenster Gitarre. *The End* von den Doors.

Fahrgäste steigen aus und ein, bevor der Zug weiterfährt. Niemand würdigt mich auch nur eines Blickes. Hier brauche ich mir keinen Kopf darüber zu machen, ob jemand in mir den Mörder meiner Ex sieht.

»Man kann nur hoffen, dass Tilda nicht von irgendwem umgebracht wurde, den wir kennen«, sagt Johannes.

»Stimmt«, sagt Lucinda. »Zumal es offenbar jemand ist, der auch Simon kennt und alle glauben lässt, dass er es war.«

Ich schaue zu ihr. So habe ich es noch gar nicht gesehen. Doch dann schiebe ich den Gedanken beiseite. Schließlich bin ich hier, um all das hinter mir zu lassen.

Auf Höhe von Hornstull erzählt Johannes, dass viele Bewohner seiner Kommune zum Buddhismus konvertiert sind und er ihre Beweggründe zum Teil sehr einleuchtend findet. Lucinda fragt ihn, wie das mit der Wiedergeburt funktionieren soll, wenn es nach Foxworth nicht mal mehr Leichen geben wird. Johannes schaut mich an und ich merke, dass er sie mag. Er sagt, dass diejenigen, mit denen er gesprochen hat, ziemlich offen sind für neue Dimensionen und Zeitachsen und sogar für Zivilisationen in anderen Sonnensystemen.

Die Zugführerin kündigt über Lautsprecher an, dass wir jetzt Liljeholmen erreichen. Endstation. Wir stehen auf und halten uns beim Bremsen an derselben Stange fest.

Meine Hand berührt erneut Lucindas. Diesmal lasse ich sie liegen.

Als wir aussteigen, ist die Luft heiß und trocken. Es riecht süßlich und leicht muffig aus den seit einiger Zeit überquellenden Mülleimern. Wir nehmen die Rolltreppe nach oben und erreichen einen leeren Platz mit einem großen Einkaufszentrum. Die großflächige Glasfassade ist fast überall gesprungen. Mehrere Saufkumpane haben sich um ein paar Sitzbänke herum versammelt.

Wir schlagen die entgegengesetzte Richtung ein, passieren eine Straßenbahnhaltestelle und folgen deren Gleisen auf dem Bürgersteig. Unterwegs kommen wir an mehreren modernen Gebäuden mit klaren Konturen aus Glas und Metall vorbei. An den Masten für die Oberleitung hängen Werbeplakate für eine Ballettvorstellung in der Oper. In einem Schaufenster erblicken wir von der Sonne ausgeblichene Plakate mit Studentenkappen. Die Straße macht eine leichte Kurve. An der nächsten Kreuzung biegen wir links ab und gelangen in ein ehemaliges Industriegebiet.

»Dort ist es«, sagt Johannes, zeigt auf ein heruntergekommenes Ziegelgebäude und erklärt uns, dass es Farbenkontor genannt wird. Das Haus stand kurz vorm Abriss und hatte bis vor Kurzem kostengünstig Künstler, Schriftsteller, Designer, Aktivisten, kleine Buchverlage, Karikaturisten, Poetry-Slammer beherbergt. Und auch einige IT-Millionäre, die sich schon lange vor der Nachricht über den Kometen aus der Branche verabschiedet hatten. Inzwischen sind immer mehr von ihnen dauerhaft eingezogen und haben weitere Leute eingeladen, dazuzukommen.

An der Fassade hängt eine riesige Regenbogenflagge. Schreibtische und Bürostühle stehen aufgereiht davor. Ein alter Computer liegt auf dem Asphalt, mit dem Bildschirm nach unten. Jemand scheint ihn aus dem Fenster geworfen zu haben.

Die Eingangstür wird von zwei hübschen altmodischen Lampen flankiert und stammt wohl nicht aus derselben Zeit wie das Gebäude. FIRMA WILH. BECKER ist über der mit Aufklebern und Post-its übersäten Tür in den Stein gemeißelt.

»Willkommen bei mir zu Hause«, sagt Johannes und tippt den Türcode ein.

NAME: LUCINDA
TELLUS# 0 392 811 002
POST 0042

Wir sind angekommen. Ich schreibe diese Zeilen in Johannes' winzigem Zimmer. Er teilt es sich mit zwei anderen Jungs, die ihre Matratzen auf dem Fußboden für heute Nacht Simon und mir überlassen. Draußen vorm Fenster steht ein Fabrikschornstein und gleich hinterm Industriegebiet liegt das Wasser. Von der Zimmerdecke hängt eine einsame rote Glühbirne herunter.

Ich glaube, dass allein in diesem Stockwerk bestimmt zweihundert Personen wohnen. Alle scheinen zeitweise schon mal in einem anderen Erdteil gelebt zu haben. Ich traue mich nicht, die Einrichtung zu kommentieren, weil ich nicht ahne, was Kunst ist und was nur Müll. In einem Raum hängen lauter Badeschwämme an der Decke, während in einem anderen mehrere Comic-Zeichner eine superschöne Wandbemalung kreiert haben, mit blauen Riesen und Robotern sowie einer Astronautin im Raumanzug. Ich wünschte, ich könnte dir Bilder schicken.

Ich liebe die Stimmung hier, auch wenn ich mir wie die unscheinbarste Person in der Geschichte der Menschheit vorkomme. Aber eigentlich ist es ganz angenehm. Zumindest starrt mich keiner an. Hier tragen viele Perücken, auch ohne Krebs.

Während ich diese Zeilen schreibe, trinke ich Löwenzahnwein direkt aus einer PET-Flasche. Er schmeckt so süß, dass es im Hals brennt. Mir war gar nicht bewusst, wie stark er ist, bis mich ein Mädchen dazu überredete, mich schminken zu dürfen, denn als ich die Augen schloss und sie den Lidschatten auftrug, drehte sich plötzlich alles. Sie und ihre Freundin leiten ein feministisches Queer-Theater und die morgige Vorstellung wird per Live-Stream nach Berlin übertragen. Keine Ahnung, worum es darin geht, doch als die beiden mir davon erzählten, klang es sehr authentisch.

Vielleicht ist es in meinem Zustand nicht gerade die beste Idee, Alkohol zu trinken, aber mir geht es fantastisch, sodass es nicht ganz gesundheitsschädigend sein kann. Mein Körper fühlt sich ganz entspannt und angenehm an und irgendwie kommt es mir vor, als würde alles gut werden.

Ich möchte dir etwas gestehen, denn sonst werde ich es nie tun (und ich habe dir ja versprochen, ehrlich zu sein). Ich glaube, dass ich mich in Simon verknallt habe. Schon vor einer ganzen Weile. Anfänglich wollte ich es mir nicht eingestehen. Es ist so peinlich. Ich glaube, dass ich es schon bei unserem ersten Treffen auf dem Steg gespürt habe. Oder sogar schon viel früher, als Tilda und ich ihn in den ersten Wochen auf dem Gymnasium im Schulkorridor sahen.

Es ist total verrückt, verliebt zu sein, während man das Ende vor Augen hat. Die vielen Gefühle lassen sich kaum unter einen Hut bringen und es kommt mir vor, als würde ich jeden Moment platzen. Manchmal habe ich den Eindruck, dass Simon auch etwas für mich empfindet, aber bestimmt bilde ich mir das nur ein. Er liebt Tilda noch immer und nun bin ich also auch zu einem dieser Dominosteine geworden, erinnerst du dich?

Findest du es merkwürdig, dass ich gar kein schlechtes Gewissen habe, weil er doch Tildas Freund war? Aber schließlich wollte sie ja, dass er eine Neue findet, die ihm das geben kann, was er braucht.

Egal. Zwischen uns wird sowieso nichts laufen.

Ich muss jetzt los, bevor sie sich noch fragen, was ich so lange mache. Und außerdem wird es langsam anstrengend, immer ein Auge zukneifen zu müssen, um überhaupt sehen zu können, was ich schreibe.

Ich mag Johannes. Und er scheint mich auch zu mögen. Das ist das Allerschlimmste.

Am besten wäre es, wenn ich herausfinden könnte, was er am betreffenden Abend gemacht hat, ohne ihn direkt fragen zu müssen. Simon würde mich hassen, wenn er wüsste, was ich vorhabe.

PS: Buddhisten glauben offenbar an Außerirdische. Vielleicht werde ich ja als dein Sohn oder dein Haustier wiedergeboren. Du solltest nach mir Ausschau halten.

NAME: LUCINDA
TELLUS# 0 392 811 002
POST 0043

Lucinda: Hallo, mein lieber Freund! Jetzt wirst du endlich Simon kennenlernen.

Simon: Hallo!

Lucinda: Und Johannes.

Johannes: Hallo.

Lucinda: Erzähl ihm, wo wir sind.

Johannes: Wir sind in der Bucht Vintervik.

Lucinda: Und ich bin zum ersten Mal in meinem Leben betrunken.

Johannes: Was? Zum ersten Mal?

Lucinda: Ja!

Simon: Prost!

Lucinda: Prost!

Johannes: Prost!

(Pause)

Johannes: Was sollen wir denn sagen?

Lucinda: Irgendwas.

Johannes: Glaubst du, dass uns jemand hört?

Lucinda: Keine Ahnung.

Simon: Wir hören es ja.

Johannes: Okay. Ich finde es super, dass ihr hier seid. Im Ernst.

Simon: Ich auch. Bin froh, mal rauszukommen.

Lucinda: Ich auch. Ich find's verdammt schön hier, Johannes.

(Pause)

Lucinda: Glaubst du, dass du auch nach Stockholm gezogen wärst, wenn Foxworth nicht wäre?

Johannes: Nee, ich hätte noch bis nach dem Abi gewartet. So war jedenfalls mein Plan.

(Pause)

Johannes: Und bestimmt wäre ich nicht hier gelandet. Wahrscheinlich hätte ich in Östermalm bei 'ner alten Schachtel zur Untermiete gewohnt, oder allein in irgendeiner Bude aus dritter Hand in 'nem Vorort. Aber ich selbst wäre ein anderer, wie alle um mich herum auch. Das macht doch was mit uns, oder nicht? Was meint ihr?

Simon: Mhm.

Johannes: Zumindest machen wir uns jetzt keine Sorgen mehr über irgendwelche belanglosen Dinge, die wahrscheinlich sowieso nie eintreten.

Simon: Ich mache mir schon noch Sorgen um gewisse Dinge.

Lucinda: Ich auch.

Johannes: Ich nicht. Wenn ich gewusst hätte, dass alles zu Ende geht, wäre mir egal gewesen, was sie denken.

Lucinda: Aber eigentlich haben wir es doch immer gewusst. Dass alles irgendwann ein Ende hat.

(Pause)

Lucinda: Alle sagen immer, dass wir nur einmal leben, aber sterben tun wir auch nur einmal.

Johannes: Stimmt. (Lachen) Was das betrifft, tut der Komet eigentlich gar nichts zur Sache.

(Pause)

Johannes: Obwohl ich echt gern noch etwas länger gelebt hätte.

Lucinda: Bleibst du eigentlich bis zum Ende hier?

Johannes: Ja, ich glaub schon. Die Leute hier sind irgendwie zu meiner Familie geworden.

Lucinda: Bist du mit jemandem von ihnen zusammen?

Johannes: Ich weiß nicht, ob man es so nennen kann. Wir alle sind …

Lucinda: Ihr seid so 'ne Inzestfamilie? (Lachen)

Johannes: So was in der Art. (Lachen)

Simon: Ich hatte Tilda 'n offenes Verhältnis vorgeschlagen. Aber ich glaub nicht, dass ich das gekonnt hätte.

Johannes: Ich weiß auch nicht, ob ich es in 'ner Beziehung könnte. Aber das hier ist was anderes. Keine Ahnung. Die Sache ist nun eine andere. Und hier leben wir nun mal so.

(Pause)

Johannes: Verrückt, dass mein Umzug hierher gerade mal ein paar Wochen her ist. Ich hab nie geglaubt, dass ich über gewisse Dinge hinwegkomme. Aber jetzt ist es, als würde die Zeit irgendwie anders ticken, oder? Und die Gefühle auch. Alles verdichtet sich sozusagen, weil es schon bald vorbei ist.

Simon: Ich glaub, ich weiß, was du meinst.

Johannes: Gut. (Lachen) Sonst hast du nämlich manchmal 'ne ziemlich lange Leitung.

(Pause)

Lucinda: Ich geh jetzt baden.

SIMON

Es ist himmlisch!«, ruft Lucinda. »Ihr müsst unbedingt auch reinkommen!«

Im Wasser ist sie auf einmal ein ganz anderer Mensch, genau wie Tilda es war. Sie lacht mehrmals laut auf. Taucht ab und kommt wieder an die Oberfläche. Ich lache auch.

Johannes und ich sitzen auf der Decke, die wir am Ende der Bucht im Gras ausgebreitet haben. Er raucht eine Zigarette und bei jedem Zug wird sein Gesicht im Dunkeln erhellt. Vom Farbenkontor bis nach Vinterviken war es zwar nur ein kurzer Spaziergang, doch unterwegs konnten wir die Vielfalt dieser Welt bestaunen, die schon bald nicht mehr da sein wird. Am gegenüberliegenden Ufer reckten sich auf einer bewaldeten Anhöhe mehrere Hochhäuser gen Himmel, während mehrere hübsche alte Holzhäuser versteckt unter hohen Autobahnpfeilern lagen. Eine ehemalige Dynamitfabrik war jetzt ein idyllisches Café, das jedoch leer stand. Es gab Tennisplätze neben einer Kleingartensiedlung.

Der letzte Vollmond leuchtet am Himmel über uns und lässt das Wasser glitzern. Wir haben die anderen am ersten Strandabschnitt zurückgelassen und sind allein hergekommen. Aus der Ferne kann man noch immer ihre Musik hören. Ich bin so froh, ausgerechnet jetzt hier zu sein, gemeinsam mit Johannes und Lucinda.

»Hast du schon mal daran gedacht, dass wir Fußspuren auf dem Mond hinterlassen, wenn wir weg sind?«, frage ich.

Johannes richtet den Blick gen Himmel.

»Nein, aber von jetzt an werde ich bestimmt jedes Mal dran denken, wenn ich ihn sehe.«

»Es kommt von Lucinda.«

Johannes nickt. Er schnickt die Asche seiner Zigarette ins Gras.

»Weißt du«, meint er, »ich mag sie wirklich. Aber irgendwie finde ich es merkwürdig, dass sie hier ist.«

»Und warum?«

Er nimmt einen weiteren Zug und schaut mich dann an.

»Ach, vergiss es.«

»Nein«, dränge ich ihn. »Was meinst du?«

»Ich hab ja zugestimmt, dass sie mitkommt. Ich wusste nur nicht, dass du in sie verknallt bist.«

Ich schaue ihn völlig entgeistert an.

»Was?«

»Ist schon okay«, sagt Johannes rasch. »Ich meine nur ... du weißt ja, was ich für dich empfinde. Und ich bin ja auch drüber hinweg. Es ist nur irgendwie komisch, euch hier zusammen zu sehen.«

»Wir sind nicht zusammen«, sage ich. »Also, ich bin nicht verknallt.«

Johannes lacht auf.

»Ich hab doch gesehen, wie ihr euch anschaut.«

Ich schüttele den Kopf und kann mich gerade noch beherrschen zu fragen *Wie denn? Schaut sie mich etwa auch an?*

»Wir sind nur Freunde«, sage ich.

»Das waren wir beide auch.« Johannes grinst. »Du hattest wirklich keinen blassen Schimmer, was ich fühle, oder?«

»Nein. Ich dachte, du weichst mir aus, weil ich dich genervt habe.«

»Und ich dachte, es sei völlig klar.«

Johannes' Grinsen wird breiter. Er nimmt einen letzten Zug und drückt die Zigarette aus. Ich beobachte Lucinda, wie sie durchs spiegelblanke Wasser schwimmt.

Warum ist sie eigentlich mitgekommen?

Und was empfindet sie?

Was empfinde ich?

Irgendetwas schon. Das weiß ich. Aber geht es mir nicht eher darum, die Leere nach Tilda auszufüllen? Ist es nicht nur meine alte Angst davor, allein zu sein?

»Lucinda hat so viel für mich getan«, sage ich. »Sie war die Einzige außer dir, die an mich geglaubt hat. Ich will jetzt nichts kaputtmachen.«

»Wir haben doch nur noch eine Woche.« Johannes zündet sich eine weitere Zigarette an. »Vielleicht machst du mehr kaputt, indem du nichts tust.«

Am anderen Ende des Strands grölen sie jetzt zur Musik. Sie spielen gerade einen alten Song von Britney Spears, *Till the World Ends*. Ich nehme einen Schluck Löwenzahnwein und reiche Johannes die Flasche.

»Ich hatte übrigens mit Tilda gesprochen«, sagt er. »Auf dem Marktplatz während des Spiels. Nachdem wir beide uns aus den Augen verloren hatten.«

Ich schlucke den letzten Rest Wein hinunter. Er schmeckt wie flüssiger Zucker.

»Amanda hatte ihr gesteckt, was ich für dich empfand«, fährt er fort. »Aber Tilda wusste es schon. Sie hatte es lange vor mir kapiert.«

Als er den nächsten Zug nimmt, sehe ich, dass er Tränen in den Augen hat.

»Ich dachte, sie wäre wegen Amanda sauer auf mich. Aber sie meinte, sie könnte nur allzu gut verstehen, warum man sich in dich verliebt. Und dann sagte sie noch …«

Er räuspert sich.

»Sie sagte, dass sie genau weiß, wie es ist, nicht mehr man selbst sein zu können. Dass sie immer versucht hat, perfekt zu sein, um es allen recht zu machen ... Aber wenn man zu gut darin ist, verliert man sich irgendwann selbst.«

Ich kann sie jetzt deutlich vor mir sehen und sogar ihre Stimme hören.

Johannes bläst mit einem langen Seufzer den letzten Rauch aus. Er quillt zwischen seinen Lippen hervor und steigt gen Himmel.

»Deswegen hab ich aufs Spiel gepfiffen und bin gleich nach Hause. In dieser Nacht beschloss ich, hierherzuziehen. Ich hatte allerdings schon vorher begonnen, mit 'n paar Typen von hier zu chatten.«

Er lacht auf und zeigt mir sein Handy.

»Schau her.«

Er fährt mit dem Finger übers Display und öffnet eine Nachricht nach der anderen. Sie haben sich die ganze Nacht lang geschrieben.

»Und dann hab ich gepackt«, sagt er. »Wenn du mich darum gebeten hättest, wäre ich geblieben, aber jetzt bin ich froh, hier zu sein. Dank Tilda. Ich wünschte, ich hätte es ihr noch sagen können.«

»Kommt ihr jetzt endlich?«, ruft Lucinda.

Johannes lächelt. Legt einen Arm um meine Schulter und drückt mir einen Kuss auf die Wange.

»Ich geh mal zu den anderen«, sagt er. »Kommt einfach dazu, wenn euch danach ist.«

Ich nehme seine Hand und drücke sie fest, bevor wir unsere Umarmung lösen. Dann lausche ich seinen Schritten, die in der Nacht verschwinden, und versuche zu verstehen, was er gerade gesagt hat. Über ihn und mich, über Tilda und Lucinda.

Doch es klappt nicht.

Ich stehe auf. Ziehe Schuhe und Strümpfe aus. Das Gras unter meinen Fußsohlen ist so kalt, dass ich es fast bereue, doch ich streife trotzdem alle Klamotten bis auf die Unterhose ab.

»Kommst du?«, ruft Lucinda.

»Ich versuche es zumindest!«

Ich klettere über die glitschigen Steine und tauche vorsichtig einen Fuß ins Wasser. Es ist kalt. Aber dann nehme ich meinen ganzen Mut zusammen und stürze mich hinein.

Die Kälte nimmt mir den Atem und lässt augenblicklich meinen Rausch verschwinden. Ich mache einige Schwimmzüge und schnaube auf.

Lucinda tritt im Wasser auf der Stelle, während sie auf mich wartet. Sie wirkt glücklich. Vor mir ist eine Lucinda aus einer anderen Zeit, in der es weder Krebs noch Kometen gibt.

Als ich sie erreiche, stoßen unsere Knie leicht aneinander. Das Wasser erinnert an schwarzes Öl und bewegt sich zwischen uns sanft wie Seide.

»Danke«, sage ich.

»Wofür?«

»Für alles.«

Sie wischt sich Wasser aus den Augen.

»Aber wir wissen noch immer nicht, wer es getan hat«, sagt sie.

»Wir haben's zumindest versucht.«

»Ja«, stimmt Lucinda zu. »Wir haben's versucht, aber leider nichts erreicht.«

»Etwas aber schon.«

Wenn sie jetzt fragt, was ich damit meine, werde ich ehrlich antworten.

Ihre Augen leuchten im Dunkeln. Der kurze weiche Haarflaum klebt an ihrem Schädel.

Unsere Körper berühren sich. Glatte Haut, verborgen unter der Wasseroberfläche.

»Ich bin froh, dass du mitgekommen bist«, sage ich.

»Ich auch.«

Ihre Lippen sind jetzt ganz dicht an meinen. Ich kann meinen Blick einfach nicht von ihnen lösen.

»Ich muss dir was gestehen«, sagt sie unvermittelt.

Ihre Miene hat sich verändert. Mir wird bewusst, dass ich zu weit gegangen bin, zu schnell war. Johannes hatte unrecht. Sie fühlt nicht dasselbe wie ich.

Ich beginne zu frösteln.

»Aber du darfst nicht sauer sein«, sagt sie.

Mir wird ganz flau im Magen. Ich trete etwas schneller auf der Stelle, um mich an der Oberfläche zu halten.

»Und das wäre?«, frage ich, obwohl ich es gar nicht wissen will.

»Also, ich mag Johannes wirklich.«

»Er mag dich auch.«

Lucinda sieht mich verzweifelt an. Und auf einmal weiß ich, worum es geht.

»Er war nicht beim Nachglühen«, sagt sie. »Und er war verliebt in dich. Wusstest du das?«

Ich mache ein paar Schwimmzüge rückwärts. Will plötzlich nicht mehr in ihrer Nähe sein.

»Wolltest du deshalb mitkommen?«, frage ich.

»Nein. Nicht nur.«

Ich drehe mich um und schwimme zurück zum Ufer. Doch jetzt fällt mir jede Bewegung schwer. Als wäre mein Körper aus Stein.

Sie holt mich natürlich sofort ein und ich komme mir ähnlich ungelenk vor wie Bumbum, während sie locker durchs Wasser gleitet.

»Ist es denn weiter hergeholt als unser Verdacht gegen Tommy? Oder Mange? Johannes hatte schließlich ein Motiv.«

Ich weigere mich nachzufragen, was sie damit meint. Unter meinen Füßen spüre ich jetzt den Grund und nach wenigen Schwimmzügen erreiche ich die Felsen.

»Er hat vielleicht gehofft, dass aus euch was werden würde, wenn Tilda verschwindet«, fährt Lucinda fort. »Doch als er merkte, dass seine Gefühle nicht erwidert werden …«

»Woher weißt du denn, dass sie nicht erwidert wurden?«, frage ich und drehe mich um.

Lucindas Augen weiten sich.

»Ich … ich hab es angenommen, weil …«

»Du weißt gar nichts über mich«, unterbreche ich sie. »Wir kennen uns doch gar nicht.«

Meine Stimme klingt jetzt eiskalt. Absichtlich. Ich halte mich an einem Ast fest, der übers Wasser hinausragt, und erreiche das Ufer.

»Entschuldige«, sagt sie. »Ich hab dir nichts davon gesagt, weil ich dachte, dass du mich dann nicht mitnimmst.«

Ich gehe zurück zu unserer Decke. Streife meine Jeans über die nasse Unterhose.

»Nur dass du's weißt. Johannes hat mir gerade erzählt, wo er in der Nacht war«, entgegne ich. »Und ich hab sogar die Beweise gesehen. Sein Alibi.«

Ich ziehe mein Shirt über und höre, wie Lucinda zähneklappernd aus dem Wasser kommt.

»Ich dachte nur …«

»Ich weiß, was du dachtest«, sage ich. »Du hättest wirklich nicht mitkommen sollen.«

Unsere Blicke begegnen sich. Ich schaue als Erster weg.

»Du hast recht«, sagt sie. »Wir kennen uns nicht.«

NOCH SECHS TAGE

NAME: LUCINDA
TELLUS# 0 392 811 002
POST 0044

Wir sitzen im Zug nach Hause und Simon redet nicht mehr mit mir. Er weigert sich sogar, in meine Richtung zu schauen. Jetzt weißt du, was ich für ihn empfinde. Danke, Alkohol. Danke dafür, dass ich wahnsinnige Kopfschmerzen habe und es sich anfühlt, als würde mir der Schädel platzen. Wir hätten beinahe den Zug verpasst, weil ich nicht in der Lage war zu rennen. Keine Ahnung, was wir gemacht hätten, wenn wir ihn verpasst hätten.

Vermutlich werde ich mir demnächst in die Hose pinkeln, während ich diese Zeilen schreibe, aber ich kann nicht auf die Toilette gehen, weil es der ekligste Ort ever ist und ich mich höchstwahrscheinlich schon auf dem Weg dorthin übergeben muss. Und außerdem schaukelt es wie verrückt.

Heute Nacht war alles perfekt.

Ich bin geschwommen. Ich fühlte mich wieder so wie früher und zugleich war ich endlich frei von mir selbst. Ich war eine andere Lucinda. Ein ganz gewöhnliches Mädchen. Und Simon kam zu mir ins Wasser. Wir hätten uns im Mondschein küssen können und alles wäre perfekt gewesen. Fast zu perfekt. Ich wusste, dass er es auch wollte. Doch dann gestand ich ihm den Grund, warum ich mitgekommen war.

Ich wollte ihn nicht küssen, ohne vorher ehrlich zu ihm gewesen zu sein. Ich hasse mich für meine Engstirnigkeit. Johannes kann Tilda nicht getötet haben. Er hatte die ganze Nacht mit verschiedenen

Jungs aus der Kommune gechattet. Hätte ich doch nur ein wenig gewartet, dann hätte ich es bestimmt erfahren.

Simon hat Johannes zum Glück nicht den Grund für unseren Streit genannt.

Ich würde am liebsten sterben. Dieser Wunsch wird schon in sechs Tagen erfüllt. (Wenn ich nicht schon vorher zugrunde gehe, weil ich meinen Körper mit Löwenzahnwein und einem Bad im kalten Wasser ruiniert habe. Wenn der Abend anders geendet hätte, wäre es das vielleicht wert gewesen. Doch jetzt habe ich nur noch Angst.)

PS: Mein Vater hat schon zweimal angerufen, aber ich traue mich nicht zu antworten. Er würde sofort hören, dass ich in einem Zug sitze.

PPS: Mein Vater weiß es schon. Er hat mir gerade eine Nachricht geschickt und erwartet mich am Bahnhof.

SIMON

Bumbum schlägt an, als ich den Schlüssel ins Schloss stecke. Er stürzt auf mich zu, als hätte er mich mehrere Jahre nicht gesehen. Ich gehe in die Hocke und kraule ihm das Fell. Er legt mir die Pfoten auf die Schultern und leckt mir die Wange.

»Ja, alter Knabe. Ist ja gut.«

Diese Symptome sind typisch für Stress und Angst, und in diesen Tagen sind viele von uns gestresst, höre ich einen Sprecher im Fernsehen sagen.

Ich weiß bereits, dass ich aufgeflogen bin. Lucindas Vater hat mit meinen Müttern gesprochen. Ich habe jedoch keine Ahnung, woher er wusste, dass wir nach Stockholm gefahren sind.

Es ist genau wie bei einer Elektrohypersensitivität. Eine weitere Stimme aus dem Fernsehen. *Nur, weil wir keine Erklärungsmodelle dafür parat haben, bedeutet das nicht, dass wir uns etwas einbilden.*

Ich setze gerade meinen Rucksack ab, als Emma in den Flur kommt und mich umarmt. Sie beugt ihren Oberkörper vor, damit ihr Bauch nicht eingeklemmt wird.

»Du bist hoffnungslos verloren«, flüstert sie, bevor sie mich wieder loslässt. »Viel Glück.«

Ich nicke, ziehe meine Schuhe aus und kicke sie weg. Hinter mir schließt Emma die Tür zu ihrem Zimmer. Meine Kopfhaut kribbelt wie von elektrischen Stromschlägen. Stina ruft vom Wohnzimmer aus nach mir. Besser, ich bringe es möglichst schnell hinter mich, um danach meine Ruhe zu haben.

Als ich ins Wohnzimmer komme, streckt sich Judette nach der Fernbedienung und schaltet den Ton aus.

KRANK DURCH DEN KOMETEN: WAHRHEIT ODER MYTHOS? steht auf einem Banner unterhalb der beiden Männer, die im Nachrichtenstudio miteinander diskutieren. Über den unteren Rand des Bildschirms gleitet eine Liste mit Symptomen: JUCKREIZ. KOPFSCHMERZ. SCHWINDEL. ZITTERN. UNERKLÄRLICHE HITZEWALLUNGEN. TAUBHEITSGEFÜHLE.

»Komm und setz dich«, sagt Stina.

Ich gehorche und sinke träge aufs Sofa. Sie schüttelt theatralisch den Kopf.

»Du stinkst ja wie 'ne ganze Brauerei.«

»Ach hör auf. Ich ertrag das nicht.«

»Dir wird aber nichts anderes übrig bleiben«, schnaubt Judette. »Was hast du in Stockholm gemacht?«

»Johannes besucht.«

»Und was hast du dir dabei gedacht?«, fragt Stina. »Begreifst du denn nicht, welchen Risiken du dich ausgesetzt hast? Wenn dir dort was zugestoßen oder kein Zug mehr zurückgefahren wäre. Wie hätten wir dich dann herholen sollen?«

Ich frage mich, wann sie endlich mal Luft holt. Ihr Gesicht wird immer röter.

Im Augenwinkel sehe ich die Männer im Fernsehen, wie sie debattieren.

»Es sind nur noch sechs Tage, Simon.« Judettes Unterlippe zittert. »*Sechs Tage.*«

»Ich wollte ihn unbedingt noch mal sehen. Er war der Einzige, der an mich geglaubt hat. Er und Lucinda.«

»Ja, Lucinda. Wie konntest du sie nur mitnehmen? Sie ist doch schwer krank!«

Das hat mir Lucindas Vater am Bahnhof auch vorgeworfen. Aber vergangene Nacht hatte ich keinen Gedanken daran verschwendet, dass Lucinda Krebs hat. Sie war einfach nur Lucinda.

Und jetzt will ich möglichst gar nicht mehr an sie denken. Ich will in der letzten Woche meines Lebens nicht unglücklich verliebt sein. Schließlich war ich in diesem Sommer lange genug unglücklich.

Außerdem bin ich wahnsinnig müde. Todmüde.

»Ihr habt ja recht. Kann ich jetzt gehen und mich hinlegen?«

»Nein«, antwortet Stina. »Erst, wenn wir zu Ende geredet haben.«

»Und was gibt es noch?«

Sie seufzt und schaut Judette an. Doch Judette lässt mich nicht aus den Augen.

»Nicht in diesem Ton.«

»Dann hört auf, mich wie ein Kind zu behandeln.«

»Nur wenn du endlich aufhörst, dich wie 'n Kindskopf zu benehmen.«

»Ich dachte eigentlich, wir wären schon mal weiter gewesen!«, sagt Stina. »Wir hatten es doch so gut miteinander. Und jetzt machst du wieder so einen Mist. Ich finde das ungeheuer respektlos!«

»Ich kann doch nicht einfach nur zu Hause rumsitzen und auf den Weltuntergang warten.«

»Und stattdessen willst du so tun, als wäre nichts?«, fragt Judette.

»*Nein.*« Ich halte inne. »Oder doch. Genau das. Ich wollte nicht … ans Sterben denken. Ich wollte spüren, dass ich Freunde habe, dass ich *jung* bin, dass ich *lebe.*«

»Sorry, dass wir dir nicht lebenslustig genug sind, Simon!«, erwidert Stina. »Aber wir bemühen uns zumindest. Wir tun alles, was wir können!«

Jetzt reicht es mir. Die beiden verlangen, dass ich ihnen zuhöre. Aber *sie* hören mir nicht zu.

»Das ist ja gerade der Punkt«, sage ich. »Vielleicht solltest du mal aufhören, dich so wahnsinnig zu bemühen.«

Ich stehe auf und schaue Judette an.

»Und du brauchst nicht meinetwegen zu bleiben. Ich weiß, dass Stina dich erpresst hat, um einen auf glückliche Familie zu machen, aber vorher ging's allen besser. Das musst du doch einsehen.«

Ich gehe hinaus in den Flur. Trete Bumbum aus Versehen auf den Schwanz, sodass er laut aufjault und mir einen vorwurfsvollen Blick zuwirft. *Blödes Hundevieh.*

»Glaubst du das wirklich?«, ruft Judette mir hinterher.

Ich drehe mich um. Sie ist ebenfalls aufgestanden.

»Ihr seid schließlich meine Familie!«, sagt sie. »Ich brauche euch. Ich brauche *dich*, Simon. Und Stina. Und Emma. Kapierst du das nicht? Du willst, dass wir mit dir reden wie mit 'nem Erwachsenen. Okay. Bitte sehr.«

Stina bleibt sitzen und ergreift Judettes Hand, als diese anfängt zu weinen.

»Ich habe auch Angst«, gesteht Judette. »Jeden Morgen, wenn ich aufwache, zähle ich die Stunden, die uns noch bleiben. Ich will nicht sterben. Und ich will auch nicht, dass du stirbst. Ich will überhaupt nichts von all dem, was gerade passiert.«

Stina schaut mit so viel Liebe im Blick zu ihr auf, dass ich es nicht mehr aushalte.

»Ich will so gern noch mal nach Dominica und meine Familie und meine alten Freunde sehen. Ich will, dass Stina und ich gemeinsam alt werden, und ich will Emmas Kind aufwachsen sehen.«

Judette zittert am ganzen Körper und nur Stinas Hand scheint sie noch zu halten.

»Und am allermeisten will ich, dass ihr, Emma und du, ein langes und glückliches Leben führt«, fährt sie fort. »Du bist mein Sohn, Simon. Und ich bin deine Mutter. Meine wichtigste Aufgabe ist es, meine Kinder zu beschützen, aber ... ich kann es nicht. Und ich weiß nicht, wie ich das aushalten soll.«

»Ich auch nicht«, sage ich.

Ihre Worte tun zu sehr weh. Und auf einmal begreife ich, warum ich meine Mütter auf Abstand gehalten habe. Nicht nur, weil sie mehr wollen, als ich ihnen geben kann, sondern weil ich sie liebe. Und je näher ich sie an mich heranlasse, desto mehr erinnern sie mich daran, dass ich sie bald verlieren werde. Dass ich bald alles verlieren werde. Und nichts mehr Sinn macht.

Wenn *nichts* mehr Sinn macht, ist ja letztlich *alles* für die Katz.

Lucindas Worte.

Ich umarme Judette. Sie weint an meinem Hals und ich halte sie fest, bis sie sich ein wenig beruhigt.

Stina legt ihre Arme um uns beide.

»Jetzt sind wir ja zusammen«, flüstert sie. »Und das ist das Einzige, was zählt.«

NAME: LUCINDA
TELLUS# 0 392 811 002
POST 0045

Ich frage mich, wie es Simon gerade geht und ob er an mich denkt. Woran er denkt. Eigentlich will ich es gar nicht wissen. Falls er je etwas für mich empfunden hat, dann jetzt definitiv nicht mehr.

Es war übrigens unsere Nachbarin Gill, die zufällig beobachtet hatte, wie wir in den Zug gestiegen sind. Mein Vater hat es heute Morgen erfahren und sich immer noch nicht wieder eingekriegt. Aber irgendwann wird er es schon tun.

Mir kommt es vor, als wäre ich aus einem bizarren Traum erwacht. Jetzt kann ich viel klarer auf die letzten Wochen zurückblicken.

Ich war besessen von Tildas Tod. Und hatte ein furchtbar schlechtes Gewissen, weil ich nicht für sie da gewesen war, als sie noch lebte. Ich versuchte es damit zu kompensieren, dass ich mich auf ihren Pfaden bewegte und nach Antworten auf die Fragen suchte, die ihr Tod hinterließ. Doch keine davon würde uns Tilda je wieder zurückbringen. Meine Besessenheit führte nur zu demselben Fehler. Ich habe einmal mehr die Lebenden vergessen. Meine Familie. Solange noch Zeit ist, muss ich mich auf sie konzentrieren. Morgen sind es nur noch fünf Tage. In der alten Zeitrechnung eine Schulwoche.

Einmal habe ich eine Dokumentation über einen Kriegsfotografen gesehen. Er behauptete, in Krisengebieten nie Angst zu haben, denn solange er durch seine Kameralinse schaute, käme es ihm vor, als wäre er gar nicht dort. Jetzt verstehe ich ihn. Einerseits betrachte ich die Wirklichkeit und versuche, sie dir zu beschreiben. Und andererseits wird sie dadurch so unwirklich, dass sie mich nichts mehr anzugehen scheint. Ich habe Macht darüber, was ich schreibe. Doch der Unterschied zwischen meinen Schilderungen und etwas frei Erfundenem ist, dass das Ende schon feststeht. Soviel ich auch schreibe, ich kann es nicht ändern.

Jetzt spielt es keine Rolle mehr, dass wir den Schuldigen nicht gefunden haben. Die Polizistin hatte recht: Auch Tildas Mörder hat Angehörige. Menschen, deren Leben ebenfalls zerstört worden wäre, wenn sie erfahren hätten, dass einer ihrer Lieben zu der Tat fähig war, ihre Leiche zu verstecken und ihr Handy an sich zu nehmen, um sich als Tilda auszugeben.

Ich höre jetzt auf.

Ich habe den Abend gemeinsam mit Miranda verbracht. Die einzige Beschäftigung, bei der es mir besser geht. Wir haben im Wohnzimmer eine Höhle gebaut, in der sie ab jetzt schlafen wird. Wir haben auch über Tilda gesprochen und uns Fotos von ihr angeschaut. Mein Vater hatte Miranda die sozialen Medien verboten und vor Foxworth durfte sie noch nicht mal ein Handy haben, sodass sie die meisten Fotos gar nicht kannte. Wir haben viel gelacht und auch geweint. Das ist die einzige Möglichkeit, um Tilda für eine kurze Zeit zurückzubekommen – und sie wieder lebendig zu machen, indem wir uns an sie erinnern, solange wir es noch können.

NOCH FÜNF TAGE

SIMON

Als ich aufwache, ist Judette gerade von ihrer letzten Schicht bei der Müllabfuhr zurückgekehrt. Sie ist dabei, die Topfpflanzen zu gießen, als ich ins Wohnzimmer komme. Ich bleibe im Türrahmen stehen und schaue zu, wie sie mit gewohnten Bewegungen die verwelkten Blüten vom Hibiskus abknipst.

»Warum machst du das eigentlich?«, frage ich. »Sind doch nur noch fünf Tage.«

»Weil es auch ohne verwelkte Blumen auf der Fensterbank deprimierend genug ist.«

»Fair enough.«

Judette lächelt mir zu, bevor sie zum nächsten Fenster übergeht.

Irgendetwas ist anders. Die Luft lässt sich leichter atmen.

»Sind wir allein?«

Judette nickt und erklärt, dass Emma heute mit Stina zur Kirche gefahren ist.

Ich steige über Bumbum hinweg und gehe ins Bad. Rasiere mir ein letztes Mal den Kopf. Entferne die Haare aus dem Waschbecken und spüle sie in der Toilette hinunter. Danach gehe ich duschen und sehe die restlichen Haare im Abfluss verschwinden.

Als ich zurückkomme, liegt Judette auf einem der Sofas. Sie hat den Fernseher eingeschaltet und nascht Mandarinenstückchen direkt aus der Dose.

»Möchtest du auch?«, fragt sie.

Ich fische eines heraus, es ist völlig durchweicht und zerfällt im Mund. Der süße Geschmack lässt mich frische Mandarinen vermissen und ich kann mich nicht mal mehr erinnern, wann ich zuletzt welche gegessen habe. Ich hätte es mir merken sollen.

Aber ich weiß noch, wann Judette diese Dose gekauft hat. Es war am Tag, als wir die Nachricht von Foxworth erhielten. Nachdem ich von Tilda zurückkam, fuhren wir einkaufen und stopften den Einkaufswagen voll mit Konserven und anderen unverderblichen Lebensmitteln. Im Supermarkt war es gespenstisch leer und an der Kasse bezahlten wir wie gewöhnlich mit Kreditkarte. Damals war es noch möglich. Zurück in Judettes Wohnung füllten wir mehrere Kanister mit Wasser, und danach tat sie es jeden dritten Tag. *Ich hab so was schon oft gemacht.* Dominica wurde regelmäßig von Orkanen, Vulkanausbrüchen und Erdbeben heimgesucht.

Diese Konservendose ist die letzte. In den nächsten Tagen werden wir immer mehr Dinge zum letzten Mal tun, sagen oder essen.

Ich setze mich neben sie und lehne meinen Rücken gegen die Armlehne. Im Fernsehen werden gerade Menschen gezeigt, die unterwegs zur Erzgrube in Kiruna sind, um sich in den unterirdischen Gängen in Sicherheit zu bringen. Sie werden dort unten verdampfen.

»Kannst du bitte ausschalten?«, frage ich sie. »Ich ertrag das nicht mehr.«

Judette nimmt die Fernbedienung vom Tisch und der Bildschirm wird schwarz.

»Hast du schon mit Lucinda gesprochen?«, fragt sie.

»Nein.«

»Hast du es vor?«

»Weiß nicht.«

»Was ist passiert?«

Ich überlege, was ich antworten soll. Fische ein weiteres Stück aus der Dose, um Zeit zu gewinnen.

Lucinda im Wasser, ihre leuchtenden Augen. Der glitzernde Mondschein.

»Ich hatte total missverstanden, warum sie mitkommen wollte«, sage ich.

»Wollte sie einfach nur mit dir befreundet sein?«

»Keine Ahnung, vielleicht nicht mal das.«

Judette summt nachdenklich vor sich hin. Sie fragt nicht weiter. Und genau deshalb will ich es ihr erzählen. Ich weiß nur nicht, wie.

»Im Augenblick scheint sie es jedenfalls ganz sicher nicht zu wollen«, sage ich. »Ich hab mich gestern nämlich wie 'n Megaidiot benommen.«

»So schlimm?«

»Yep.«

Ich habe noch nicht mal versucht, es zu verstehen. Lucinda hatte mich angelogen, was der wahre Grund war, aber sie konnte schließlich nicht wissen, worauf ich hoffte. Ich wusste es ja selbst nicht mal, bevor wir in die Bucht kamen.

Oder? Weiß ich es nicht schon länger?

»Es ist ziemlich kompliziert«, beginne ich.

»Und, muss es das sein?«

»Na ja, sie war schließlich Tildas beste Freundin.«

Judette zieht eine Augenbraue hoch.

»Stell dir vor, ich würde sie nur ersetzen wollen«, sage ich.

»Vielleicht solltest du dir selbst eine neue Chance geben.«

»Wahrscheinlich habe ich nur Angst, allein zu sein.«

Judette zuckt mit den Achseln.

»Und? Du hast es doch gerade selbst gesagt. Es sind nur noch fünf Tage.«

Aus Judettes Mund klingt es so einfach. Ist es wirklich so einfach?

»Warst du eigentlich in Maria verliebt?«, höre ich mich plötzlich fragen.

Judettes Körper auf der anderen Sofahälfte spannt sich an.

»Ich dachte, wir sprechen über dich«, sagt sie.

»Warst du's?«

Sie nimmt ein weiteres Stück Mandarine und zerkaut es langsam. Als mir auffällt, wie ähnlich wir uns sind, muss ich lächeln. Genau wie ich, versucht sie Zeit zu gewinnen.

»Ja«, antwortet sie.

»Wärt ihr zusammengekommen, wenn der Komet nicht gewesen wäre?«

»Ich glaub nicht, dass es so 'ne gute Idee ist, darüber nachzudenken.«

»Ich will nur nicht, dass du meinetwegen etwas aufgegeben hättest.«

Judette betrachtet mich lange mit ernstem Blick.

»Ich habe nichts aufgegeben. Ich hab mich entschieden. Und es fiel mir nicht mal schwer.«

»Du wirkst immer so sicher«, sage ich. »Zweifelst du eigentlich nie?«

Judette lacht unvermittelt laut auf, sodass Bumbum draußen im Flur den Kopf hebt.

»Natürlich zweifle ich«, antwortet sie.

»Und wie bemerkt man es dann?«

»Versuche einfach, es zu erspüren. Stina und du, ihr habt die Tendenz, mit dem *Verstand* erfassen zu wollen, was ihr *fühlt*, aber so geht es nicht ... Oder zumindest ist es ein ziemlich unnötiger Umweg.«

Sie lächelt amüsiert. Und auf einmal merke ich, dass ich die Antwort bereits kenne. Ich springe vom Sofa auf.

Ich werde die Welt auf keinen Fall untergehen lassen, ohne vorher meine Gefühle zu zeigen.

Ich habe keine Zeit mehr zu verlieren. Nicht eine einzige Sekunde.

NAME: LUCINDA
TELLUS# 0 392 811 002
POST 0046

Simon hat gerade angerufen und gesagt, dass er mit mir reden muss. Ich glaube, ich weiß, was er will, aber ich traue mich nicht zu hoffen. Was soll ich tun, falls ich ihn falsch verstanden habe? Und was, wenn nicht?

Alle, die es wahnsinnig toll finden, verliebt zu sein, müssen total gaga sein. Dieser Zustand stresst mich tausendmal mehr als eine Mörderjagd.

Ich wünschte, er hätte mich schon kennengelernt, bevor ich krank wurde. Dann hätte er vielleicht durch die Person, die ich jetzt bin, mein früheres Ich erkennen können, genau wie Opa es offenbar bei Oma konnte.

Mein Vater ist noch bei der Arbeit. Diesmal habe ich zumindest daran gedacht, Miranda einzuweihen, damit Simons Besuch unser Geheimnis bleibt. Ich konnte ihr ansehen, dass sie es spannend fand.

Verdammt. Er ist schon da.

SIMON

Wir sitzen auf einer altmodischen Parkbank hinterm Haus. Irgendwo aus der Nachbarschaft ertönt das rhythmische Schlagen eines Teppichklopfers. Lucinda bemerkt, dass ich aufschaue.

»Das ist die Frau, die uns am Bahnhof gesehen hat«, sagt sie. »Sie ist eine Kometenleugnerin.«

»Immer noch?«

»Ich glaub schon. Falls sie ihr Haus nicht gerade für die Apokalypse auf Vordermann bringt.«

In diesem Teil des Gartens ist es windstill. Die Sonne wärmt, obwohl es ein kühler Tag ist. An den Zweigen des Apfelbaums hängen reife Früchte.

Welchen Satz hatte Stina noch mal aus dem Mumin-Buch zitiert?

Wenn wir jetzt nicht tanzen, wann dann?

»Sorry, dass ich überreagiert habe«, sage ich.

»Sorry, ich wollte dich nicht belügen. Eigentlich habe ich nicht geglaubt, dass es Johannes war. Jedenfalls nicht, nachdem ich ihn kennengelernt hab.«

Im Garten zwitschern die Vögel. Unsere Hände liegen zwischen uns auf der Bank. Unmittelbar nebeneinander.

»Ich war nur so ...«, beginne ich.

Doch ich verliere den Faden. Ich hatte es so eilig herzukommen, dass ich völlig vergessen habe, was ich eigentlich sagen will.

»Ich dachte, dass du mitfahren wolltest, um mit mir zusammen zu sein«, fahre ich fort. »Deshalb hab ich mich so verdammt kindisch benommen. Denn eigentlich bin ich ... gern mit dir zusammen.«

»Ich auch«, sagt sie. »Also mit dir.«

Mein kleiner Finger berührt ihren.

Lucinda lächelt mich an. Jetzt weiß ich, dass Johannes recht hatte. In diesem Augenblick sind all unsere Gefühle da. Wir dürfen keine Zeit mehr vergeuden, dafür aber umso mehr unsere Gefühle, die wir sonst für ein ganzes Leben aufgespart hätten.

Unsere kleinen Finger verhaken sich.

»Ich hasse zwar den Grund für unser Kennenlernen«, sage ich, »aber jetzt bin ich glücklich, dass wir uns haben.«

Sie rückt etwas näher und lehnt sich bei mir an. Jetzt sind unsere Münder so nah beieinander, dass ich ihren Atem spüre. Die Vögel in den Bäumen zwitschern wie verrückt.

Ihre Lippen berühren meine.

Ich ziehe mich gegen meinen Willen zurück.

»Was ist?«, fragt sie.

»Ist das auch wirklich okay für dich? Ich meine, falls ich erkältet bin oder so?«

»Das Risiko nehme ich in Kauf«, sagt sie. »Halt jetzt die Klappe.«

Wir küssen uns. Behutsam. Zärtlich. Unsere Zungen berühren sich und ich schließe die Augen.

Die Sonne wärmt meinen Nacken. Der Wind liebkost meine Arme. Ihre Hand streicht sanft über mein Bein.

»Sollen wir in mein Zimmer hochgehen?«, fragt sie und ich bin zu nichts anderem imstande, als zu nicken.

Ich vermisse ihre Lippen bereits, als wir aufstehen. Wir gehen Hand in Hand den gepflasterten Weg entlang. Über den Baumkronen haben sich dunkle Wolken aufgetürmt, es wird jeden Moment anfangen zu regnen.

Miranda sitzt auf der Treppe vor der Haustür. Sie trägt eine Jeansjacke über ihrem dünnen Sommerkleid und ihre langen schmalen Finger spielen mit einem Zauberwürfel. Sie schaut uns an.

»Hallo«, sage ich.

»Hallo«, sagt sie zurück.

Lucinda geht ins Haus. Ich will ihr gerade folgen, als ich Mirandas fragenden Blick bemerke. Ich schaue sie an und erahne, dass sie all ihren Mut zusammennimmt.

»Alles in Ordnung?«, erkundige ich mich.

Miranda zuckt mit den Achseln.

»Kennst du Molly?«, fragt sie. »Tildas Cousine?«

»Ja«, sage ich. »Flüchtig.«

»Sie ist nicht so wie ihre Eltern.«

»Was meinst du damit?«

Miranda schaut weg. Plötzlich fallen dicke Regentropfen vom Himmel und prasseln auf das kleine Vordach über der Treppe.

»Sie weiß, dass du es nicht getan hast. Das mit Tilda.«

»Sicher?«, frage ich, ohne nachzudenken.

Ich sehe Molly vor mir. Ihr ängstlicher Blick auf dem Zebrastreifen. Wie sie sich noch einmal zu mir umdrehte, als ich vorbeifuhr.

»Hast du noch mal mit ihr geredet?«, fragt Lucinda, zurück auf der Vortreppe.

Miranda schaut auf ihren Zauberwürfel und scheint ganz darin versunken zu sein.

»Seit dem Tag, als wir Weihnachten gefeiert haben, nicht mehr.«

Weihnachten gefeiert? Ich schaue Lucinda fragend an, die den Kopf schüttelt. *Ich erklär's dir später.*

»Sie findet ihre Mutter blöd«, fügt Miranda hinzu. »Sie meint, dass sie Heuchler sind.«

Heuchler. Tildas Worte aus Mollys Mund. Und nun aus Mirandas. Lucinda und ich wechseln einen Blick.

»Ist in Mollys Familie irgendwas vorgefallen?«, will Lucinda wissen und geht vor ihrer Schwester in die Hocke.

»Ich darf es nicht weitersagen. Hab's ihr versprochen.«

Jetzt gießt es in Strömen und Lucindas Rücken wird ganz feucht. Der Geruch nach Gras und Erde steigt vom Boden auf.

»Es ist aber wichtig«, sagt Lucinda. »Bitte.«

Miranda kneift die Lippen zusammen. Doch ich sehe ihr an, dass sie etwas loswerden will. Sie hat es offenbar schon lange mit sich herumgetragen.

»Meintest du, dass Mollys Eltern Heuchler sind?«, frage ich.

Miranda schaut zu mir hoch.

»Nein, ihre Mutter und Klas. Die sind nämlich zusammen.«

NAME: LUCINDA
TELLUS# 0 392 811 002
POST 0047

Ich erinnere mich jetzt, dass ich das Stofftier hinter der Glasfabrik schon einmal gesehen habe. Das Tigerbaby mit den überdimensionalen Augen. Als Molly und Miranda klein waren. Die beiden spielten im Garten auf der Schaukel, während Tilda und ich in der Küche beschäftigt waren. Plötzlich hörten wir von draußen einen Aufschrei. Die Kids hatten gewettet, wer von ihnen von der Schaukel aus am weitesten springen könnte, doch Molly war unglücklich gelandet und hatte sich den Fuß verstaucht. Sie war untröstlich. Nur das Tigerbaby half.

Und später legte sie ausgerechnet dieses Stofftier an den Ort, wo man Tildas Leiche gefunden hatte. Ich frage mich, ob es etwas zu bedeuten hat.

Ich muss versuchen, meine Gedanken zu sortieren.

Molly weiß, dass Simon unschuldig ist.

Sie bezeichnet Erika und Klas als Heuchler. Und behauptet, dass sie zusammen sind.

Tildas Vater hat also eine Affäre mit seiner Schwägerin. Was natürlich gegen alle Regeln der Wahrhaftigen Kirche verstößt. Und dennoch hat sich Klas in seinen Nachrichten an Tilda als der Heiligste aller Heiligen dargestellt.

Tilda hatte die Nase voll von all den Heuchlern.

Es kann kein Zufall sein, dass Molly dasselbe Wort benutzt hat. Sie vergötterte Tilda und versuchte sie nachzuahmen.

War sie nach dem Fußballspiel womöglich auf dem Weg dorthin gewesen? Wollte sie Klas und Erika damit konfrontieren?

Doch die beiden waren nicht zu Hause, sondern gemeinsam mit Anders im Gottesdienst der Wahrhaftigen Kirche. Nur Molly war dort. Sie hat mir selbst gesagt, dass sie nicht mit zur Kirche muss. In meinem Post nach der Beerdigung zitierte ich sie sogar: »Die meinen auch, dass Gott sieht, dass ich eine Betrügerin bin, und beten deshalb für mich mit.«

Haben Molly und Tilda sich getroffen?

Molly kann Tildas Leiche keinesfalls hinter die Glasfabrik gebracht haben. Aber Molly weiß vielleicht, wie sie dort hingekommen ist.

Mir kommt es vor, als würden wir kurz vor einem Durchbruch stehen, doch das haben wir schon einmal geglaubt. Vielleicht stehen wir ja auch nur vor einer weiteren Sackgasse.

Ich habe vorhin einen Blick auf die Website der Wahrhaftigen Kirche geworfen. Morgen Abend findet dort ein Gottesdienst statt. Hoffentlich ist Molly dann allein zu Hause.

Ich muss jetzt aufhören zu schreiben. Simon ist noch bei mir. Uns bleiben gerade mal zwei Stunden, bis mein Vater nach Hause kommt.

NOCH VIER TAGE

NAME: LUCINDA
TELLUS# 0 392 811 002
POST 0048

Gestern verbrachten Simon und ich den gesamten Abend in meinem Zimmer und versteckten uns vor der Welt.

Wir küssten uns. Seine Lippen waren genauso weich, wie ich sie mir vorgestellt hatte. Jetzt, wo uns nur noch vier Tage bleiben, kann ich natürlich locker behaupten, dass ich niemals die Lust daran verlieren würde, ihn zu küssen, aber ich glaube, es stimmt tatsächlich.

Auf das, was danach geschah, werde ich nicht näher eingehen. Ich kann nur sagen, dass ich nervös war und mich fragte, was Simon eigentlich über meinen Körper dachte. Ob er mich mit Tilda verglich. Doch er brachte mich dazu, endlich meine Gedanken loszulassen. Und mein Körper, der so lange mein Feind gewesen war, schlug sich schließlich auf meine Seite.

Wir treffen uns gleich wieder, denn wir haben vor, mit Molly zu reden.

SIMON

Der Regen prasselt heftig aufs Autodach. Schwere Tropfen, die die Scheibenwischer kaum schaffen. Ich biege von der Bundesstraße ab und fahre in ein Wohngebiet voller ähnlicher Reihenhäuser mit Backsteinfassade. Die Straßennamen erinnern an die ehemaligen Industriebetriebe der Stadt. Wir suchen nach dem Cylinderväg 9, wo Tildas Onkel mit seiner Familie im Sommer hingezogen ist.

»Der nächste Parkplatz ist da vorne«, sagt Lucinda.

Sie schaut von ihrem Handy auf und deutet auf eine Reihe Garagentore, vor denen der Kleintransporter mit dem Logo *FIRST KLAS BYGG AB* steht.

Ich parke an einer Bushaltestelle, die nicht mehr angefahren wird, und ziehe den Zündschlüssel aus dem Schloss. Als das Motorengeräusch verstummt, wird das Prasseln noch lauter. Es klingt, als würde der Regen das Dach durchlöchern.

Der Gottesdienst in der Wahrhaftigen Kirche beginnt in einer halben Stunde, und um dort hinzukommen, dauert es mindestens ebenso lange.

Falls sie beschlossen haben, den Gottesdienst doch nicht zu besuchen, würden wir heute Abend keine Möglichkeit haben, mit Molly zu reden.

»Eigentlich müssten sie schon losgefahren sein«, sagt Lucinda.

»Vielleicht haben sie ja Anders' und Erikas Auto genommen. Aber lass uns ein wenig warten und schauen, ob sie noch auftauchen.«

Lucinda nickt. Das kalte Abendlicht wirft harte Schatten auf ihr Gesicht.

Ich betrachte die dicken Tropfen auf der Windschutzscheibe, bevor sie ineinanderfließen und am Glas hinunterrinnen. Die Welt draußen verschwindet nach und nach, als hätte jemand das Auto in ein graues Tuch gehüllt.

»Romantisches Date, oder?«, sagt Lucinda.

Ich lache und beuge mich zu ihr rüber, um einen Kuss zu erhaschen.

»Warte«, sagt sie mit einem Blick durch die Windschutzscheibe. »Da sind sie.«

Erika hat denselben roten Regenschirm mit weißen Punkten aufgespannt wie an dem Abend, als wir im Park waren. Sie hält ihn über

Anders' und ihren eigenen Kopf. Klas rennt vor ihnen zum Transporter und springt rasch auf den Fahrersitz.

Durch den Regenschleier sehe ich, wie Tildas Tante ihren Regenschirm zusammenklappt und sich auf den Rücksitz setzt. Ich frage mich, warum sie mich neulich Abend eigentlich treffen wollte und was sie wirklich dachte, als sie mir ihre Fragen stellte.

Weiß sie vielleicht mehr? Oder wollte sie in Erfahrung bringen, was ich wusste?

Versuchte sie mich auf eine andere Fährte zu locken, weg von ihrer Familie?

Ich habe überlegt, ob ihr Trainer vielleicht was mit der Sache zu tun hat. Sie war ziemlich wütend auf ihn.

Sie kann unterwegs natürlich irgendeiner x-beliebigen Person begegnet sein.

Es kann aber auch mit den Drogen zu tun haben.

Die Scheinwerfer des Transporters leuchten auf und Klas fährt aus der Parklücke.

»Gehen wir?«, fragt Lucinda, als der Wagen aus unserem Blickfeld verschwunden ist.

»Wir warten lieber noch ein bisschen. Falls sie irgendwas vergessen haben oder so.«

Wir lauschen schweigend dem Prasseln des Regens.

»Willst du es wirklich tun?«, fragt Lucinda.

Ich schaue sie an und mich überkommen kurz Zweifel. Molly ist schließlich noch ein Kind. Und unabhängig davon, was sie weiß, werden wir ihr Angst einjagen.

»Ja«, antworte ich. »Wir müssen.«

Lucinda nickt, schaltet ihr Handy auf Aufnahme und schiebt es in die Tasche. Dann beugt sie sich zu mir und gibt mir einen Kuss.

Wir steigen aus dem Auto. Draußen regnet und weht es stärker, als ich angenommen habe. Lucindas Regenschirm klappt nach oben um und sieht aus wie eine Parabolantenne.

Wir überqueren die Straße im Laufschritt, kommen am Parkplatz vorbei und erreichen schließlich einen Fußweg mit einer kurzen Unterführung. Die Vorderseite meiner Jeans ist schon klitschnass. Wir erreichen den Cylinderväg, folgen einer schnurgeraden Hecke, die identisch große Rasenflächen vor gleichen Haustüren einrahmt, bis wir bei der Nummer neun angelangt sind.

Durchs Fenster neben der Haustür erhasche ich einen Blick auf eine erleuchtete Arbeitsplatte. Auf dem Küchentisch steht benutztes Kaffeegeschirr. Ich strecke meine Hand nach der Türklingel aus und schaue Lucinda fragend an. Sie nickt kurz und ich drücke drauf.

Der Regen nimmt noch zu und wird vom heftigen Wind seitlich unters Vordach geblasen. Lucinda schüttelt sich, während ich höre, wie sich leichte Schritte nähern.

Die Haustür wird geöffnet und Molly schaut uns entgeistert an.

»Ich darf euch nicht reinlassen«, sagt sie gleich.

»Molly«, entgegnet Lucinda. »Aber du kennst uns doch.«

»Ich darf mit niemandem mehr sprechen.«

Als sie die Tür gerade wieder schließen will, schiebe ich meinen Schuh in den Spalt und bekomme sofort ein schlechtes Gewissen.

»Nur ganz kurz«, bitte ich sie. »Wir wollen doch nur wissen, wie es dir geht.«

»Miranda hat sich Sorgen um dich gemacht«, sagt Lucinda.

Molly zögert und schaut mich an.

»Bitte«, versuche ich es erneut.

Sie lässt die Türklinke los und tritt ein paar Schritte zurück. Lucinda lehnt ihren Regenschirm gegen die Hauswand und wir treten ein. Drinnen schlagen uns süßliche Düfte entgegen.

»Backst du gerade?«, fragt Lucinda und ihre Stimme klingt ganz natürlich.

Molly lächelt nervös, doch ich erkenne auch einen Anflug von Stolz in ihrem Blick.

»Wollt ihr vielleicht eine Zimtschnecke? Ihr könnt euch solange ins Wohnzimmer setzen.«

Lucinda nimmt dankend an, doch ich habe keine Ahnung, wie ich jetzt etwas runterkriegen soll. Wir hängen unsere Regensachen an die Garderobe und ziehen unsere Schuhe aus. Von meinem Mantel tropft Wasser auf die beigefarbenen Fliesen. Wir gehen an einer steilen Treppe mit Holzgeländer vorbei ins Wohnzimmer, das vollgestopft ist mit überdimensionalen Dingen. Ein ausladendes Ecksofa. Eine Essecke mit klobigen Stühlen. Ein riesiger Fernseher. Als ich mich aufs Sofa setze, bleibt die durchnässte Jeans an meinen Oberschenkeln kleben. Ich werfe einen Blick auf den Couchtisch und entdecke auf der Ablage darunter drei Bibeln.

Molly kommt mit einem runden Tablett herein. Darauf stehen drei große, bis zum Rand mit Milch gefüllte Gläser, die gegeneinanderklirren, und ein Teller mit Zimtschnecken. Beim Abstellen auf der Tischplatte geraten die Gläser unvermittelt ins Rutschen und Molly kann das Tablett gerade noch ausbalancieren, bevor sie umgekippt wären.

»Bitte, bedient euch«, fordert sie uns mit ihrer merkwürdig altklugen Stimme auf.

Sie setzt sich und schaut Lucinda an. Mich beachtet sie kaum. Ich zwinge mich, in die Zimtschnecke zu beißen. Sie ist noch ofenwarm und trieft vor Butter und Zucker.

»Mmh, lecker«, lobt Lucinda.

»Ja, wirklich«, stimme ich ihr zu.

Molly errötet und kichert, was wie ein Gurren klingt.

»Früher wollte ich mal Köchin werden. Ich liebe Backen und Kochen.«

Lucinda lächelt steif und scheint zu überlegen, wie sie weiter vorgehen soll. Wir müssen uns behutsam vorantasten, doch keiner von uns beiden hat vor, auch nur eine Sekunde länger hierzubleiben als nötig.

»Ist es nicht ziemlich einsam, wenn man sich mit niemandem treffen darf?«, fragt Lucinda.

»Och nö. Ich bin ja bei meiner Familie und wenn sie in der Kirche sind, helfe ich halt im Haushalt. Und backe zum Beispiel Zimtschnecken.«

Erneutes Kichern.

»Vermisst du denn deine Freunde gar nicht?«, frage ich.

Molly wirft flüchtig einen Blick in meine Richtung.

»Ich hab nicht so viele«, antwortet sie.

Ich versuche, möglichst nicht mitleidig zu gucken, denn ich weiß selbst, wie erniedrigend es in diesem Alter sein kann.

Als ich Molly auf dem Zebrastreifen sah, meinte ich, eine Ähnlichkeit mit Tilda auszumachen, doch jetzt ist keine Spur mehr davon zu sehen. Stattdessen erkenne ich eher mich selbst in ihr wieder. Doch während meine Schüchternheit und Unsicherheit damals dazu führten, dass ich lieber schwieg und mich zurückzog, versucht Molly alle auf ihre Seite zu ziehen. Sie ist leicht zu durchschauen.

»Ich hatte in deinem Alter auch nur wenige Freunde.«

»Echt?«

Jetzt traut sie sich, mich etwas länger zu fixieren.

»Ja. Aber es hat mir nicht viel ausgemacht. Ich wollte sowieso lieber lesen, Filme schauen und in Ruhe nachdenken.«

»Ich auch«, entgegnet Molly und lacht gekünstelt. »Die anderen in meinem Alter sind so furchtbar kindisch.«

Molly klingt jetzt mehr denn je wie ein Kind.

»Miranda vermisst dich aber«, sagt Lucinda.

»Dann grüß sie bitte von mir.«

»Werde ich machen.«

Lucinda und ich wechseln einen Blick.

»Aber manchmal ist es so allein zu Hause doch bestimmt unheimlich, oder?«, sagt Lucinda. »Wie zum Beispiel an dem Abend, als in der Stadt das Fußballspiel gezeigt wurde.«

Mollys Körper versteift sich zusehends und sie zieht ihre Schultern hoch. Doch Lucinda tut so, als würde sie es nicht merken.

»Ich selbst war mit Miranda allein zu Haus, weil unser Vater arbeiten musste«, fährt sie fort. »Und ich fand es echt unheimlich, als die Hooligans anfingen zu grölen und zu schreien.«

»Ja«, stimmt Molly ihr zu und kichert erneut. »Erst hab ich gar nicht kapiert, was los war. Es klang ja wie im Krieg.«

»Aber dann kam Tilda her«, sagt Lucinda.

Molly bekommt große Augen. Sie schüttelt den Kopf.

»Nein«, entgegnet sie.

»Doch«, sagt Lucinda ruhig.

Molly blickt zu mir. Ein plötzlicher Windstoß schleudert den Regen gegen die Fensterscheibe.

»Ach ja«, sagt sie dann. »Sie war kurz hier. Ich hatte es verwechselt.«

»Und warum kam sie her?«, frage ich vorsichtig.

Mollys Blick flackert zwischen uns hin und her. Ihre Mimik verändert sich rasch, während sie nachdenkt. Ich sehe ihr an, dass sie nach einem triftigen Grund sucht, aber keinen findet.

»Ich hab ihr geschrieben und sie gebeten zu kommen«, erklärt Molly. »Ich hatte solche Angst.«

»Molly«, sagt Lucinda sanft. »Du hast Tilda an diesem Abend nicht geschrieben.«

»Doch. Hab ich wohl«, sagt sie und beginnt zu weinen.

»Nein. Ich hab mir Tildas Nachrichten angeschaut. An diesem Abend kam keine von dir.«

Molly schüttelt den Kopf.

»Du willst mich ja nur reinlegen«, schluchzt sie. »Du kannst ihre Nachrichten gar nicht gelesen haben.«

»Weil du ihr Handy hattest?«

»Nein«, antwortet Molly. »Mama hatte es.«

NAME: LUCINDA
TELLUS# 0 392 811 002
POST 0049

Lucinda: Du wusstest nicht, dass Tilda zu euch unterwegs war, oder?

Molly: Nein.

Lucinda: Und was wollte sie?

Molly: Ich weiß nicht.

Lucinda: Doch, Molly. Ich sehe dir an, dass du's weißt. Und ich glaub, du willst es mir auch sagen.

Simon: Ist schon in Ordnung, Molly. Wir werden nicht böse auf dich sein.

(Pause)

Molly: Sie wollte zu Klas.

Simon: Aber der war doch beim Gottesdienst von der Wahrhaftigen Kirche.

Molly: Ja. Sie wollte warten, bis er zurückkommt.

Simon: Und warum wollte sie zu ihm?

(Pause)

Simon: Sie fand, dass er ein Heuchler war, oder?

(Pause)

Molly: Ja. Als Tilda am Abend vorher zum Essen hier war, haben sie sich total gestritten.

Lucinda: Und worüber?

Molly: Sie hatte gekifft. Und Klas hatte mitbekommen, dass sie mit allen möglichen Jungs rummachte. Er meinte, dass sie in die Hölle kommen würde, wenn sie sich nicht taufen lässt.

(Pause)

Molly: Vorher hatte Klas den Gerüchten nicht geglaubt, dass Tilda Drogen nimmt. Er sagte, dass sie viel zu clever dafür wäre. Aber ich glaube, dass es nichts damit zu tun hat, ob man clever ist, oder?

Lucinda: Nein.

Molly: Beim Abendessen merkte man es jedenfalls total. Und als sie nach dem Spiel herkam, hatte sie auch gekifft, obwohl ich dabei war. Aber das war ihr egal.

Simon: Und warum hielt sie Klas für einen Heuchler?

(Pause)

Lucinda: Weil er was mit deiner Mutter hat?

Molly: Woher wisst ihr das?

(Pause)

Molly: Hat Miranda etwa gepetzt?

(Pause)

Molly: Ihr dürft es auf keinen Fall weitersagen.

Lucinda: Versprochen.

Molly: Ich hab's Tilda gesagt. Sonst wusste es keiner.

(Pause)

Molly: Eigentlich war es ungerecht von Klas, als er sagte, Tilda würde in die Hölle kommen. Es steht doch sogar in den Zehn Geboten, dass man die Frau eines anderen nicht begehren soll. Und das weiß auch er.

(Pause)

Molly: Als ich es Tilda sagte, hatte sie Mitleid mit mir. Sie meinte, dass man Kinder nicht in die Probleme der Erwachsenen reinziehen dürfte.

Lucinda: Damit hatte sie auch recht.

Molly: Sie war nett zu mir.

Lucinda: Ich weiß.

Molly: Aber am Fußballabend war sie plötzlich ganz anders.

(Pause)

Molly: Sie war stinksauer. Wollte Klas zur Rede stellen, obwohl sie mir eigentlich versprochen hatte, nichts zu sagen.

(Pause)

Molly: Ich wollte einfach nur, dass sie so schnell wie möglich wieder geht, damit mein Vater nichts davon erfährt. Tilda hätte nämlich alles kaputtgemacht. Wir hatten doch nur noch einen Monat.

Lucinda: Verstehe.

(Pause)

Molly: Es war keine Absicht.

Simon: Natürlich nicht.

(Pause)

Molly: Wir haben uns gestritten, weil ich wollte, dass sie geht. Und dann ist sie die Treppe runtergestürzt. Gleich hier.

(Pause)

Molly: Ihr dürft nichts sagen. Es war keine Absicht.

(Pause)

Molly: Glaubt ihr, dass ich jetzt in die Hölle komme?

Simon: Nein. Du kommst nicht in die Hölle. Es gibt doch gar keine.

Molly: Das hat Tilda auch immer gesagt. Sie meinte, dass alles gut werden würde.

NAME: LUCINDA
TELLUS# 0 392 811 002
POST 0050

Ich bin wieder zu Hause. Wir haben jetzt endlich Gewissheit. Tildas Tod war ein Unfall.

Was aber noch lange nicht bedeutet, dass es keine Schuldigen in dieser Sache gibt.

Tilda hatte vor, ihren Vater zur Rede zu stellen. Damit hätte sie Mollys Familie zerstören können. Und das gerade mal einen Monat vorm Weltuntergang. Aus Mollys kindlicher Perspektive wäre dies die schlimmste aller Katastrophen gewesen. Ein Untergang im Untergang.

Die Familie ist alles, was Molly noch hat, auch wenn diese bereits im Sommer auseinandergefallen ist.

Molly und Tilda hatten sich gestritten und dabei stürzte Tilda eine steile Treppe hinunter und schlug unten mit dem Kopf auf dem Steinfußboden auf.

Molly rief sofort ihre Mutter an und sagte ihr, was passiert war. Daraufhin hatte Erika offenbar Panik ergriffen. Ich versuche mir vorzustellen, was in ihrem Kopf vorgegangen war. Vielleicht hatte sie auch nur aus dem Affekt heraus gehandelt. Alles ging so schnell. Sie gab Anders und Klas Bescheid, dass sie wegen der Ausschreitungen in der Stadt unbedingt nach Hause müsste, um nach Molly zu sehen.

Mir fällt es verdammt schwer, darüber zu schreiben. Letztlich ist alles nur wegen eines banalen Seitensprungs geschehen und ich muss immerzu daran denken, wie erbärmlich das Ganze doch ist.

Hätte Erika die Polizei gerufen, hätten die Beamten die Tatsache, dass es ein Unfall war, womöglich gar nicht infrage gestellt.

Doch Erika hatte offenbar Angst davor, dass die Polizei Molly Fragen gestellt hätte und was die Folge gewesen wäre. Sie befürchtete wohl, dass ihre Tochter verraten könnte, warum Tilda so wütend auf ihren Vater gewesen war.

Molly, das kleine Nervenbündel, das nirgends richtig dazugehört, sosehr sie sich auch bemüht. Wie hat sie es nur geschafft, fast einen ganzen Monat lang mit dem Geheimnis zu leben?

Die Fahrt von der Kirche zu ihrem Zuhause dauert höchstens eine halbe Stunde. Unter normalen Umständen. Aber in dieser Nacht waren die Straßen voller Betrunkener. Ich stelle mir vor, wie lange Molly wohl allein mit Tildas Leiche gewesen sein muss, während draußen die Welt aus den Fugen geriet.

Erika hatte offenbar ebenso große Angst wie Molly davor, dass ihre kleine Familie auseinanderbrechen könnte. Sie kam also nach Hause und wischte Tildas Blut auf. Fuhr dann das Auto hinters Haus und Molly musste helfen, Tildas Leiche dort hinzuschleppen. Auf dem Rückweg zur Kirche fuhr Erika in Norra vorbei und legte sie hinter der stillgelegten Glasfabrik ab.

»Mama hat mir eingeschärft, niemals darüber zu sprechen«, sagte Molly. »Nicht mal mit ihr darf ich drüber reden.«

Wir blieben noch ziemlich lange und hörten ihr zu. Als Molly erst einmal angefangen hatte, war sie kaum zu stoppen. Sie hatte offenbar das Bedürfnis, ihr Gewissen zu erleichtern und Vergebung zu erlangen. Jetzt verstehe ich auch, warum Erika ihr verboten hatte, sich mit meiner Schwester zu treffen.

Wenn es einen Schuldigen gibt, dann Erika. Sie hat Klas die Wahrheit, was seiner Tochter zugestoßen war, vorenthalten. Sie ließ auch Caroline mehrere Tage im Unklaren, bevor man Tildas Leiche fand. Und sie hat zu verantworten, dass Molly ganz allein ein dunkles Geheimnis mit sich herumtrug und dabei unter Ängsten und Schuldgefühlen litt. Und nicht zuletzt sorgte sie dafür, dass Simon unschuldig angeklagt wurde, während sie ihm gegenüber Anteilnahme vortäuschte. Sie hat also die ganze Zeit gelogen.

Molly möchte weiterhin nichts lieber, als ihre Familie zu schützen. Ihr Leben. Es sind sowieso nur noch wenige Tage und die können wir ihr jetzt nicht auch noch kaputtmachen.

Besser kann ich einem Außenstehenden die Wahrheit nicht erklären. Simon ist und war unschuldig. Und wenn jemand etwas anderes behaupten sollte, hat er keine Ahnung.

NOCH DREI TAGE

SIMON

Jetzt kennen Lucinda und ich die Wahrheit«, sage ich. »Wir wissen, was passiert ist.«

Ich stehe vorm Fenster und rede noch einmal mit Tilda. Die Morgensonne strahlt über den Park, in dem ich zusammen mit Erika im Regen spazieren gegangen bin.

Ihr beide wart ja ein besonderes Paar. Ich habe doch gemerkt, dass du sie liebst.

Damals klang es ziemlich naiv. Aber vielleicht war es das Einzige, was sie mir geben konnte. Hatte sie ein schlechtes Gewissen? Ich glaube schon.

Trotzdem kann ich Erika nicht verzeihen. Schließlich hatte sie nicht zwangsläufig so handeln müssen. Auf dem Weg nach Norra hätte sie es sich noch anders überlegen und sich fragen können, was sie da eigentlich tut. Und nicht zuletzt, als sie tagelang Tildas Handy benutzte, um allen etwas vorzugaukeln, die sich Sorgen um Tilda machten.

Der Koalabär kam also von ihr.

»Wir werden niemandem erzählen, dass es Molly war«, fahre ich fort.

Unterhalb meines Fensters laufen mehrere Kinder laut schreiend über den Gehweg. Sie spielen Fangen und wirken glücklich.

»Ich hoffe, dass du es verstehst. Wenn du Molly gesehen hättest ... Sie würde es nicht überstehen.«

Ich habe noch nie jemanden so heftig weinen hören wie Molly gestern Abend in Lucindas Armen. Auf dem Sofa direkt neben der

Treppe, die Tilda hinuntergestürzt war. Es war ein Weinen wie von einem Tier.

Hatte sie Schmerzen? Angst?

Aus der Tür des Hauses gegenüber tritt eine Frau und ruft ihre Kinder zum Essen herein.

»Wir lassen sie die letzten drei Tage mit ihren Lügen leben«, sage ich, »und können nur hoffen, dass Erika heftig darunter leidet.«

... alle sagen immer, dass sie nur mein Bestes wollen ... und glauben, dass sie so verdammt viel besser sind als ich ... und dabei sind sie die Schlimmsten von allen.

»Ich habe es meinen Müttern erzählt«, sage ich weiter. »Stina ist gerade unterwegs zu Caroline und Klas, um es ihnen mitzuteilen. Sie wird behaupten, dass jemand zu ihr in die Kirche gekommen sei und ein Geständnis darüber abgelegt habe, wie du starbst. Dass es ein Unfall war. Und dass dieser Jemand Panik bekommen und dich in Norra abgelegt habe. Ich hoffe, dass es ihre Trauer ein wenig erträglicher macht.«

Ich muss tief Luft holen, bevor ich weiterreden kann.

»Ich weiß nicht, ob wir das Richtige tun. Ich weiß nur, dass ich es ohne Lucinda nie geschafft hätte.«

Als ich ihren Namen ausspreche, laufen mir Tränen über die Wangen.

»Ich glaube, dass ich sie liebe.«

Und für einen kurzen Augenblick, nur für einen Atemzug, kommt es mir vor, als wäre Tilda hier. Es ist keine Berührung, sondern eher ein sanfter Lufthauch, der über meinen Rücken streicht. Kaum mehr als das Gefühl, beobachtet zu werden.

Es ist Tilda. Ich will es glauben. Doch dann ist sie auch schon wieder weg. Ich warte und hoffe, sie erneut zu spüren, doch ich weiß bereits, dass sie nicht wiederkommen wird. Ich drehe mich um, aber dort ist niemand. Sie hat sich verabschiedet.

NAME: LUCINDA
TELLUS# 0 392 811 002
POST 0051

Ich habe die ganze Nacht von Tilda geträumt. Der letzte Traum glich eher einer Erinnerung. Tilda und ich waren in Mollys und Mirandas Alter. Wir hatten uns gerade einen Film angeschaut, in dem zwei Kinder jeweils einen ihrer Elternteile dazu brachten, sich ineinander zu verlieben, und planten daraufhin, dasselbe zu tun. Wenn Tildas Mutter und mein Vater heirateten, würden wir beide Geschwister sein.

Damals ahnten wir schon, dass sich Klas und Caroline nicht mehr liebten.

Nach dem Aufwachen fragte ich mich, was wohl geschehen wäre, wenn sie sich schon früher getrennt hätten. Wenn keiner der Erwachsenen irgendwelche Geheimnisse hätte haben müssen.

Mir macht es ziemlich zu schaffen, dass wir es nicht einfach allen erklären können. Am liebsten würde ich alle zum Schweigen bringen, die über Tilda gelästert haben – eine Kifferin und eine, die auf die schiefe Bahn geraten war. Doch niemand hat so etwas verdient. Niemand. Und außerdem war Tilda gar nicht das böse Mädchen, das für seine Sünden bestraft wurde. Sie war trotz ihrer Geheimnisse zumindest ehrlich.

Ich habe meinem Vater übrigens die Aufnahme unseres Gesprächs mit Molly vorgespielt. Er glaubt auch, dass es das Beste ist, nichts zu sagen. Zumindest weiß er jetzt mit hundertprozentiger Sicherheit, dass Simon unschuldig ist. Und ich habe ihm von Tildas ADHS-Medikamenten erzählt und er hat so eine Ahnung, welcher Arzt seine Finger im Spiel gehabt haben könnte.

An viel mehr kann ich mich aus meinen nächtlichen Träumen nicht erinnern. Es sind nur Bruchstücke.

Tilda bei den letzten Vorbereitungen für einen Wettkampf. Wie sie mit den Händen Wasser aus einem Eimer hinterm Startblock schöpft und ihren Körper und Badeanzug nass macht, um die Reibung zu mindern. Wie sie die Gläser ihrer Schwimmbrille mit Spucke einreibt. Ihre Muskeln ausschüttelt. Mehrmals tief durchatmet.

Tilda, die beim Einschwimmen immer einen Schluck Wasser aus dem Becken trinkt, wenn sie glaubt, dass es niemand sieht. Sie hat es vor jedem Wettkampf gemacht. Aber wir waren alle abergläubisch. Ich bin zum Beispiel immer nur von rechts auf den Startblock gestiegen.

Tilda, die immer perfekt sein wollte.

Aber sie war nicht perfekt. Sondern besser als das. Sie war menschlich.

Wenn du immer versuchen würdest, perfekt zu sein, wie sollte man dich dann lieben, so wie du bist? Das passt einfach nicht zusammen.

Heute hat mich Tildas letzter Freund angerufen. Er wollte wissen, wie es mir geht, und wir haben lange geredet. Er sagte, dass er Foxworth jetzt mit seinem Teleskop sehen kann. Wir redeten übers Weltall und wie hoch die Chancen stehen, dass irgendwer da draußen erfahren wird, dass es uns gab. Er glaubt daran, auch wenn zufällig gerade niemand TellUs hören sollte. Denn wir sind (waren) eine laute Spezies. Außerdem sind unsere Telefonate und Fernseh- und Radioprogramme schon seit über hundert Jahren unterwegs ins All, sodass die ersten schon in den äußeren Sphären unserer Galaxie angekommen sein dürften. Falls jemand sie dort aufschnappen sollte, könnte man anhand der vorbeiströmenden Wellen durch unsere Geschichte reisen. Dann würde man zuerst die Berichte über den Ersten und danach über den Zweiten Weltkrieg hören. Diskussionen und Debatten. Komik und Dramatik. Große und kleine Ereignisse. Bis in die Gegenwart hinein. »Unser Planet ist wie ein Bus voller lärmender Kindergartenkinder«, sagte er.

Und das stimmt. Man wird eine Kakofonie von Stimmen hören, die alles Mögliche darüber behaupten, wie die Welt aussah und wie wir Menschen funktionierten. Voller Gegensätze waren. Aber genau so ist es vermutlich. Vielleicht bildet dieses Chaos die Menschheit am wahrhaftigsten ab. Wir sind nun einmal wahnsinnig anstrengend.

Jetzt ist Simon da.

Er bittet mich, mit dem Schreiben aufzuhören.

Oh ja, das werde ich tun.

SIMON

Lucinda lächelt mich an, während ihr Tränen über die Wangen rinnen. Ich setze mich neben sie auf die Bettkante und gebe ihr einen Kuss.

Sie wirkt müde. Ich selbst habe heute Nacht auch nicht gerade viel geschlafen. Als ich endlich eingedöst war, wachte ich auf einmal von Geräuschen aus dem Schlafzimmer nebenan auf. Meine Mütter hatten die letzte Weinflasche geleert und zunächst dachte ich, dass sie weinten. Doch dann begriff ich.

Ich versuche den Gedanken abzuschütteln. Will mir nicht vorstellen, dass Stina und Judette Sex miteinander haben. Schließlich ist ja nicht mal meine Existenz ein Beweis dafür, dass es jemals geschehen ist.

Heute Morgen haben sie ihre Eheringe wieder angesteckt.

»Hast du den Außerirdischen jetzt alles geschrieben?«, frage ich Lucinda mit einem Nicken in Richtung ihres Laptops.

Sie lacht auf und klappt ihn zu.

»*Alles* geht gar nicht. Aber ich hab mein Bestes gegeben.«

Sie streicht mit den Fingern über den Deckel und über einen Aufkleber, der sich an den Rändern etwas gelöst hat.

»Hat Stina schon mit Caroline und Klas gesprochen?«, fragt sie.

Ich nicke und schaue zum Fenster. Die Sonne blendet mich.

»Es ist offenbar gut gelaufen. Aber ich weiß nicht, was sie gesagt haben. Stina hält sich bis zum Ende an ihre Schweigepflicht.«

Ich wende mich wieder Lucinda zu.

»Das ist doch eigentlich alles, was wir wissen müssen«, sagt sie.

»Ja.«

Erst jetzt geht mir die Bedeutung ihrer Worte auf. Keine weiteren Geheimnisse. Keinerlei neue Hinweise. Nichts, was wir noch herausfinden müssten.

Sie denkt bestimmt dasselbe. Es ist schon Nachmittag. Noch zweieinhalb Tage. Zwei Sonnenaufgänge.

Ich lege mich neben sie und nehme einen schwachen Waschmittelduft von ihrem Kopfkissen wahr.

»Übrigens hab ich heute Morgen den Wetterbericht gesehen«, sagt Lucinda. »Die Vorhersage ging bis übermorgen. Und danach … nichts.«

Ich rutsche dichter zu ihr heran und spüre ihre Körperwärme. Hoffe, dass die Panikwelle, die in mir aufzusteigen droht, wieder abebbt.

»Eigentlich hätten sie ja auch das Wetter für Donnerstag vorhersagen können«, fügt sie hinzu.

»Nur damit wir erfahren, was wir verpassen?«

»Ja. Ich würde es gern wissen. Normalerweise ist mir das egal, aber dann hätten wir zumindest *etwas* über den Tag erfahren, der nie kommen wird.« Sie hält inne. »Findest du das gaga?«

»Keine Ahnung.«

Der Tag, der nie kommen wird. Die Welt, die es nicht mehr geben wird.

»Jedenfalls wird das Wetter bis zum Ende schön sein, falls es dich interessiert«, sagt Lucinda und küsst mich.

NOCH ZWEI TAGE

SIMON

Hast du die Predigt immer noch nicht fertig?«, frage ich, als ich in die Küche komme.

Ich füge rasch ein »Sorry« hinzu, als Stina von ihrem Laptop aufschaut und ich in ihre rot geränderten, müden Augen sehe.

»Eigentlich fehlt nur noch der Feinschliff. Aber am liebsten würde ich alles wieder löschen.« Stina reibt sich die Augen. »Was sollte ausgerechnet ich den Menschen in diesen letzten Stunden denn predigen? Wer sollte überhaupt dazu in der Lage sein?«

Ich erkenne Stina nicht wieder. Ich habe sie noch nie zuvor so resigniert erlebt.

»Es wird schon gut gehen«, sage ich, aber meine Worte klingen so platt, dass ich sie sofort bereue.

»Ich weiß nicht. Ich weiß gar nichts mehr.«

Ich stelle mich hinter sie und umarme sie. Sie schluchzt auf. Unsere Wangen berühren sich und sie legt ihre Hände auf meine Arme. Mir kommt es vor wie ein Rollentausch. Als wäre sie mein Kind und ich müsste sie trösten.

Ich halte sie fest, bis sie aufhört zu weinen. Dann setze ich mich ihr gegenüber an den Tisch.

»Teste es doch einfach an mir«, fordere ich sie auf. »Wir tun so, als wäre ich jemand, den du nicht kennst. Ich komme also in die Kirche. Was würdest du mir sagen?«

Stina lächelt und trocknet sich mit dem Ärmel die Tränen.

»Ach, das geht nicht.«

»Klar geht das.«

Sie stößt einen zittrigen Seufzer aus.

»Das Schwierigste ist, allen ein Gefühl der Geborgenheit zu vermitteln«, sagt sie. »Sowohl den Gläubigen als auch den Ungläubigen.«

»Pfeif einfach mal auf die anderen. Was denkst *du*, was *ich* erfahren sollte? Also ich als jemand anderes.«

Stina wirkt peinlich berührt und lugt zu ihrem Bildschirm hinüber.

»Ich möchte, dass du Hoffnung schöpfst.«

»Gut. Das möchte ich auch. Aber wie?«

»Indem du aufhörst, Angst zu haben. Wir können zwar nichts dagegen tun, was passieren wird, aber wir können versuchen darauf zu vertrauen, dass Gott uns bei sich aufnimmt. Ich glaube, das will ich vermitteln. Dass das Ende nicht unbedingt ein Ende sein muss.«

»Und wenn ich nicht daran glauben kann? Was soll ich dann tun?«

»Dann möchte ich erreichen, dass du dich zumindest nicht einsam fühlst. Wir kommen an dieser schweren Stunde nicht vorbei und müssen sie erleben. Aber wir tun es wenigstens gemeinsam.«

»Siehst du«, sage ich, »ist doch gar nicht so schwer.«

Stina lächelt mich an und trocknet erneut ihre Tränen.

»Danke.«

»Ich hab es aber nicht dir zuliebe gemacht, sondern meinetwegen. Lucinda und ihre Familie werden nämlich auch da sein und du darfst mich nicht blamieren.«

»Ich werde mein Bestes geben.«

Judette kommt in die Küche. Ihr Timing ist so perfekt, als hätte sie im Wohnzimmer gestanden und heimlich mitgehört. Sie setzt sich neben mich.

»Emma würde heute gern einen gemeinsamen Spieleabend machen«, sagt sie. »Was denkt ihr?«

»Ich wollte mich eigentlich mit Lucinda treffen«, sage ich.

Stina öffnet den Mund, um zu protestieren, schließt ihn aber wieder.

»Morgen bleibe ich dafür den ganzen Tag zu Hause, versprochen«, füge ich rasch hinzu. »Aber ich möchte unbedingt noch ein letztes Mal allein mit ihr sein.«

Judette nickt Stina rasch zu, legt einen Arm um mich und drückt mich fest.

NAME: LUCINDA
TELLUS# 0 392 811 002
POST 0052

Mein Vater kam gestern spätabends von seiner letzten Schicht zurück. Im Krankenhaus brauchen sie jetzt kaum noch Ärzte. Die Patienten werden von ehrenamtlichen Helfern betreut, die ihnen auch Medizin und Essen bringen sowie einen Blick auf sie haben.

Wie du siehst, gibt es auch gute Menschen.

Mein Vater und ich haben lange zusammengesessen und geredet. Wir hatten alle Lichter gelöscht, nur der Weihnachtsstern im Küchenfenster leuchtete.

Und dann ist etwas passiert. Es war, als hätten wir zum ersten Mal unsere Rollen abgelegt, die wir schon mein ganzes Leben lang innehatten, und einander wirklich gesehen. Jetzt waren wir Jens und Lucinda, nicht Vater und Tochter. Ich weiß nicht, ob du den Unterschied verstehst, aber für mich ist er enorm. Lichtjahre.

Ich fragte ihn, ob er seit dem Tod meiner Mutter je eine andere Frau gehabt habe. Er antwortete, dass er zwar mehrere kurze Beziehungen hatte, aber keine ihm wichtig genug gewesen sei, um mich und Miranda einzuweihen. Keine Ahnung, wie er es angestellt hatte, ohne dass ich etwas davon mitbekam. Aber offenbar trafen sie sich tagsüber, während Miranda und ich in der Schule waren.

Wir redeten auch über Mama. Ich wusste, wie sich meine Eltern kennengelernt hatten – auf einer Silvesterparty zur Jahrtausendwende bei gemeinsamen Bekannten –, doch jetzt beschrieb er mir genau, wie sie tanzte, was sie trug und dass er sich auf der Stelle in sie verliebt hatte.

Er erzählte mir noch mehr von ihr. Zum Beispiel, dass es ihr spielend gelang, die Aufmerksamkeit aller auf sich zu ziehen, sobald sie einen Raum betrat, sie sich aber auch ebenso gut unsichtbar machen konnte, wenn ihr danach war. Sie hasste den Winter und Lakritz, genau wie ich.

Und wie es für ihn war, ihre Beerdigung planen zu müssen, während er zugleich höllische Angst davor hatte, seinen beiden Kindern nicht zu genügen.

Ich versicherte ihm, dass es ihm sehr wohl gelungen war.

Und ich las ihm vor, was ich dir in meinem Post 0009 in TellUs geschrieben hatte. Nun erfuhr er endlich, was ich wirklich empfand, als ich krank wurde.

Zum ersten Mal seit meiner Diagnose konnte ich ihm gegenüber weinen.

Ich habe ihm auch von Simon erzählt und wie glücklich ich bin. Im Hinblick darauf, dass ich nur noch ungefähr sechsunddreißig Stunden zu leben habe, mag es zwar seltsam klingen, aber es stimmt.

Ich liebe ihn.

Und ich liebe meinen Vater und Miranda über alles.

Und ich liebe Tilda. Jetzt, da wir ihr Schicksal kennen und ich mir nicht länger darüber den Kopf zerbrechen muss, ist mehr Raum für Gefühle.

Gleich werde ich Simon treffen. Wir haben uns dort verabredet, wo alles angefangen hat.

Heute Nacht kann man Foxworth schon mit bloßem Auge sehen.

PS: Mein Vater und ich haben uns entschieden, auch zum Gottesdienst in die Kirche zu gehen. Ich kann dort mit meiner Familie und mit Simon zusammen sein.

Ich glaube, es wird mir guttun, unter Leute zu kommen.

Schon merkwürdig, dass ausgerechnet ich das sage.

SIMON

Wir haben Decken und Kissen dabei. Lucinda hat ihren Kopf auf meinem Arm abgelegt. Wir liegen nebeneinander auf dem Steg und schauen in den Himmel.

Wenn es bewölkt gewesen wäre, hätten wir ihn nicht gesehen. Doch jetzt funkelt er auf der anderen Seite des Sees oberhalb der Baumwipfel.

Foxworth. Unser Tod.

Ich ziehe Lucinda etwas näher zu mir heran und schließe die Augen. Lausche dem Gluckern des Wassers unterm Steg. Dem schwachen Rauschen des Windes in den Baumkronen. Lucindas Atemzügen.

»Ich frag mich, welchen Stern Tilda in ihrem Brief wohl meinte«, sagt sie. »Der vierzig Lichtjahre von uns entfernt sein soll.«

Ich öffne die Augen und mein Blick richtet sich automatisch auf Foxworth. Bilde ich es mir nur ein oder leuchtet er jetzt stärker als kurz zuvor?

»In vierzig Jahren sehen sie uns vielleicht hier liegen«, sagt Lucinda.

Ich hebe die Hand und winke unserem Publikum im anderen Sonnensystem zu. Lucinda lacht auf und winkt ebenfalls.

»Vielleicht können sie auch sehen, wie wir uns zum ersten Mal hier getroffen haben«, sage ich.

Lucinda stützt sich auf den Unterarm und schaut mich an. Ihre Augen blitzen im Dunkeln auf.

»Wenn Bumbum nicht gewesen wäre, hättest du mich ignoriert, oder?«

»Ja«, gebe ich zu. »Ich wusste nicht, was ich sagen sollte.«

»Und ich wollte einfach nur, dass du abhaust.« Sie legt ihren Kopf auf meinen Brustkorb. »Ich dachte, du bist bestimmt so einer, der nur aus Höflichkeit mit mir redet.«

Meine Finger streichen über ihre Wange. Sie zieht die Decke bis zum Kinn.

»Wenn Bumbum nicht gewesen wäre, wären wir also jetzt nicht hier«, sagt sie.

»Und wenn ich an dem Tag nicht zufällig gelaufen wäre, obwohl ich 'nen mordsmäßigen Kater hatte.«

»Und ich nicht hergekommen wäre, obwohl ich mich eigentlich viel zu schlapp fühlte.«

Irgendwo draußen auf dem See höre ich das Platschen eines Fisches. Ansonsten ist alles still. Spüren die Vögel schon etwas? Sie, die über den gesamten Erdball fliegen und dabei den Sternen, der Sonne und Magnetfeldern folgen, um ihre Heimat zu finden. Eigentlich müssten sie doch den neuen Stern wahrnehmen, der heller leuchtet als alle anderen. Sie müssten merken, dass etwas nicht stimmt.

»Und wenn wir einander nun verpasst hätten?«, sagt Lucinda.

»Jetzt sind wir ja zusammen«, sage ich und übernehme Stinas Worte. »Und das ist das Einzige, was zählt.«

Lucinda hebt den Kopf und küsst mich zart auf den Mund.

»Wenn Tilda nicht gewesen wäre, würde ich mich wahrscheinlich noch immer zu Hause verstecken«, sagt sie. »Sie hat mich zurück ins Leben gezwungen.«

Ich nicke. Lucinda legt ihren Kopf wieder auf meiner Brust ab.

Eine Mücke schwirrt um mein Ohr, angezogen von unserer Körperwärme. Ich schlage sie weg. Es ist die einzige heute Abend. Es ist schon Herbst geworden.

»Ich glaub übrigens, dass es übermorgen geregnet hätte«, sage ich. »Das perfekte Wetter, um einen Film zu gucken.«

Ich spüre, wie sich ihre Wange bewegt, als sie lächelt.

»Ist das dein persönlicher Wetterbericht?«

»Ja.«

»Und welchen Film würden wir gucken?«

Ich überlege.

»Irgendwas Mittelmäßiges. Einen, der nicht nervt, aber auch nicht mitreißt. Halt 'nen typischen Film, den man guckt, wenn man alle Zeit der Welt hat.«

»Und es nichts macht, wenn wir dabei rumknutschen und die Hälfte verpassen.«

»Genau.«

»Und danach?«

»Sex.«

»Und dann?«

»Ich wollte schon immer mal nach Südamerika.«

»Ich auch.«

»Okay. Wir nehmen ein Sabbatjahr und machen 'ne Rundreise durch Brasilien, Chile, Peru ...«

»Boah, das Essen ist dort bestimmt echt lecker.«

»Stimmt. Und wir verbringen den ganzen Tag am Strand und können ohne Ende baden gehen.«

»Und abends betrinken wir uns sinnlos. Und stoßen darauf an, dass ich wieder gesund bin.«

Sie streicht zärtlich über meine Brust.

»Ich würde eigentlich auch gern mal Dominica sehen«, sage ich. »Ist es okay, wenn wir da auf dem Rückweg vorbeifahren?«

»Klar. Aber danach müssen wir unser Leben in die Hand nehmen. Ich bin ja gerade erst in die Oberstufe gekommen.«

»Machst du dann mit dem Schwimmen weiter?«

»Ja, aber nicht im Verein. Und in der Schule werde ich einen anderen Schwerpunkt wählen. Vielleicht Ästhetik. Ich schwimme nur, wenn ich Lust habe. Und danach werde ich ein Buch schreiben.«

Ich nehme ihre Hand und bedecke den Handrücken mit Küssen. Taste mich mit den Lippen bis zu den Fingerspitzen vor und wieder zurück zum Handgelenk.

»Und du?«, fragt sie. »Was machst du, wenn wir zurückkommen?«

»Zuerst besuche ich Emma und mein kleines Patenkind. Und dann mache ich mein Abi.«

»Du wirst ein Jahr vor mir fertig.«

»Ja. Aber ich hab noch keine Ahnung, was ich mal werden will.«

»Du hast ja auch noch 'n bisschen Zeit, um es dir zu überlegen. Vielleicht fällt dir ja was ein, wenn wir nachts betrunken an 'nem chilenischen Strand baden.«

»Ja, genau.«

»Mir gefällt unsere Zukunft«, sagt Lucinda.

»Mir auch.«

Unsere Münder suchen sich im Dunkeln. Ich schiebe eine Hand in ihren Nacken und spüre ihre kurzen Härchen. Sie legt sich auf mich und breitet die Decke über uns aus, während Foxworth über uns am Himmel funkelt.

DER LETZTE TAG

SIMON

Draußen ist es immer noch halbdunkel, als ich von einem Winseln wach werde. Ich schaue auf. Bumbum sitzt neben meinem Bett und leckt sich das Maul.

»Hey Alter«, begrüße ich ihn.

Er schlägt ein paarmal leicht mit dem Schwanz gegen den Fußboden, winselt aber weiter. Fixiert mich mit seinen großen braunen Augen. Und plötzlich fällt es mir wieder ein. Ich greife nach meinem Handy.

Es ist sechs Uhr morgens. Ich habe nur ein paar Stunden geschlafen. Jetzt bleibt uns nicht mal mehr ein ganzer Tag.

Ich werde von Panik erfasst. Meine Rückenmuskeln spannen sich an und lassen meine Haut schrumpfen.

»Was ist? Willst du *Gassi gehen*? Musst du mal *Pipi*?«

Bumbum reagiert kaum auf die magischen Worte.

Ich tätschele ihm den Kopf. Versuche Ruhe auszustrahlen. Er leckt sich erneut das Maul.

»Komm«, fordere ich ihn auf.

Er trottet hinter mir her aus dem Zimmer. Emma und meine Mütter sitzen vorm Fernseher. Judette in ihrem Morgenmantel, Emma und Stina in ihren Schlafshirts.

Im Fernsehen wird gerade eine katholische Messe übertragen. Der riesige Dom mit seinen üppigen goldenen Verzierungen ist ganz in Weiß und Rot geschmückt und voller Menschen. Ein sicher über hundertköpfiger Kinderchor singt so schön, dass es mir fast das Herz bricht.

»Sechzigtausend Leute sind dort«, erklärt Judette. »Und noch mal mindestens genauso viele stehen draußen auf dem Petersplatz.«

Die Kamera schweift über die Kuppel des Petersdoms. Der blasse Himmel ist wolkenlos und am Horizont hellgelb gefärbt.

Foxworth ist jetzt deutlich zu sehen und schon wesentlich größer als gestern. Mir fährt ein Schauer über den Rücken und in meinen Fingerspitzen beginnt es zu kribbeln.

»Ist schon jemand mit Bumbum draußen gewesen?«, frage ich.

»Wir haben gerade eben einen Spaziergang gemacht«, sagt Stina. »Er ist unruhig.«

»Das geht schon die ganze Nacht so«, sagt Judette. »Gegen drei hat er angefangen, an unserer Tür zu kratzen.«

Bumbum legt den Kopf schräg und versucht anscheinend zu verstehen, worüber wir reden.

Ich setze mich auf den Fußboden und ziehe ihn zu mir heran. Er legt sich schwer seufzend auf die Seite und den Kopf auf meinen Schoß. Sein eines Auge ist so weit aufgerissen, dass das Weiß um die Pupille herum hervorsticht.

Der Chor singt weiter, während ich nach Luft ringe.

Wenn Foxworth doch nur eine etwas andere Bahn eingeschlagen hätte. Oder ein paar Minuten später dran gewesen und die Erde schon weiter durchs All gerauscht wäre.

Plötzlich gerät der Boden unter mir ins Wanken und in meinem Schädel beginnt es zu knistern. Er fühlt sich völlig überhitzt an, als würden die Synapsen darin brennen.

»Alles in Ordnung?«, fragt Emma.

Ich schaue zu ihr auf. Schaffe es jedoch nicht, mich zu verstellen.

»Ich glaub, ich hab 'ne Panikattacke.«

Emma rutscht vom Sofa herunter und kniet sich neben mich.

»Nicht dagegen ankämpfen«, sagt sie. »Dann wird es nur noch schlimmer. Keine Angst, es ist nicht gefährlich.«

»Es fühlt sich aber an, als würde ich gleich explodieren.«

»Das wirst du nicht. Versprochen.«

»Und woher weißt du das?«

»Ich weiß es einfach. Immer schön Luft holen.«

Sie lässt mich nicht aus den Augen. Allein die Tatsache, dass sie überhaupt nicht nervös wirkt, beruhigt mich etwas. Ich klammere mich an ihren Blick und zwinge mich dazu, einzuatmen. Emma nickt mir aufmunternd zu und ich hole erneut Luft.

Auf einmal wird mir klar, welch eine gute Mutter sie geworden wäre.

Sie legt die Arme um mich. Ich bekomme wie durch einen Schleier mit, dass sich Judette und Stina auch zu uns setzen und uns beide umarmen.

Ich höre mich sagen, dass ich sie liebe. Und wie froh ich darüber bin, dass sie meine Familie sind. Ich gestehe ihnen, wie leid es mir tut, dass wir uns zuletzt so oft gestritten haben, und Judette entgegnet, dass es wohl damit zu tun hat, dass wir uns so wichtig sind.

NAME: LUCINDA
TELLUS# 0 392 811 002
POST 0053

Es gibt einen Spruch, den ich schon immer gehasst habe: *Heute ist der erste Tag deines restlichen Lebens!*
Das bedeutet, dass man ein anderer Mensch werden, seine Lebensgewohnheiten ändern und eine neue und bessere Wahl treffen kann. Zum Beispiel, zu einem gesünderen und fröhlicheren Menschen zu werden. Als würde man mit reiner Willenskraft einfach alles auslöschen können, was vorher war. Ich habe den Spruch während meiner Krankheit einige Male zu hören bekommen. Oftmals von Leuten, die keine Ahnung hatten.

Aber heute werde ich es ihnen zeigen.

Denn heute endet der Rest meines Lebens. Punkt. Aus.

Und dieser Post wird mein letzter sein.

Ich war den ganzen Tag mit meinem Vater und Miranda zusammen.

Mein Vater hat Opa offensichtlich beigebracht, wie man ein Videotelefonat führt, sodass wir einander sehen konnten, während wir mit ihm und Oma sprachen. (Nicht, dass Oma etwas gesagt hätte. Sie saß eigentlich nur da und döste vor sich hin.)

In ein paar Stunden werde ich zum letzten Mal duschen. Dann werden wir unser letztes Abendessen einnehmen (ein Drei-Gänge-Menü, wie es auf Mirandas *Bucket List* steht – allerdings haben mein Vater und ich bei den Vorbereitungen geholfen) und anschließend zur Kirche fahren. Aber zuvor wollen wir uns im Garten gemeinsam den letzten Sonnenuntergang anschauen und uns von unserem Haus verabschieden.

Ich frage mich, was in unserer Nachbarin Gill wohl vorgeht, während sie im Fernsehen die Livesendungen aus aller Welt sieht. Auf einer der Kanarischen Inseln stehen schon nackte Hippies bereit, um den Kometen zu empfangen. In Stockholm haben sich Zehntausende auf den Wiesen von Gärdet versammelt. In Kairo hat eine Gruppe eine Pyramide besetzt, um den Kometen mittels Gedanken abzulenken.

Befürchtet sie jetzt womöglich doch, dass sie und die anderen Kometenleugner falschliegen?

Noch gut neun Stunden, dann ist alles vorbei.

Ich habe Glück. Ich werde gemeinsam mit meiner Familie und meinem Freund in der Kirche sein. Meine Mutter und Tilda liegen im Friedwald. Wenn Foxworth einschlägt, wird sich deren Asche mit unserer vermengen.

Sag es bitte nicht weiter, aber im Augenblick fühlt es sich gar nicht so an, als würde alles ein Ende haben. Ich will mir nicht anmaßen, es göttliche Fügung oder dergleichen zu nennen, aber vielleicht gibt es ja irgendeine Entsprechung zu den Radiowellen, die das All erreichen. Jedenfalls kommt es mir absurd vor, dass fast acht Milliarden Leben innerhalb von Sekunden erlöschen sollen, ohne irgendwelche Spuren zu hinterlassen. Wir werden in irgendeiner Form bleiben.

Aber von dir muss ich mich jetzt verabschieden. Es war mir eine Hilfe, dir zu schreiben. Und wenn ich näher darüber nachdenke, sind wir vielleicht doch gar nicht so verschieden. Wo immer du und *was* immer du bist, so sind wir doch beide als Folge des großen Urknalls entstanden, aus dem unser Universum hervorgegangen ist. Wir kamen beide sozusagen aus dem Nichts, das letztlich zu unserem Ein und Alles wurde.

Vielleicht erfüllt sich ja meine Hoffnung, dass du ein wenig mehr verstehst, wer ich gewesen bin.

Und eines Tages landen wir vielleicht wieder am selben Ort.

Bis dahin, danke für alles.

L

SIMON

Die Besucher des Gottesdienstes sitzen dicht gedrängt in den Bankreihen, auf Klappstühlen und in den Gängen sowie auf der Empore vor der großen Orgel. Stina steht vorn im Kirchenschiff. Aufrecht und selbstsicher führt sie uns durch ein kirchliches Lied mit dem Text: *Schönster Herr Jesu, Herrscher aller Herren, Gottes und Marien Sohn, dich will ich lieben, dich will ich ehren, meiner Seele Freud und Kron. Schön sind die Blumen, schöner sind die Menschen in der frischen Jugendzeit; sie müssen sterben, müssen verderben: Jesus bleibt in Ewigkeit.* Bald ist es so weit. Uns bleiben nur noch knapp zwei Stunden.

Ich umschließe fest Lucindas Hand. Judette sitzt auf meiner anderen Seite. Irgendwann fällt mir auf, dass Lucinda nur ihre Lippen bewegt. Aber sie ist nicht die Einzige, die die Melodie nicht kennt. Meist ältere Gottesdienstbesucher kennen sie. Aber ich bin damit aufgewachsen und es erinnert mich an meine Kindheit. *Schön sind die Wälder, schöner sind die Felder.*

Draußen vor den Fenstern ist es fast taghell. Eine Welt ganz ohne Farben. Vom schwarzen Himmel leuchtet Foxworth wie ein weißer Scheinwerfer, hundert Mal stärker als das Mondlicht.

Das Lied endet. Stina lässt ihren Blick über die Gemeinde schweifen. In diesem Moment der Stille ertönt von draußen Hundegebell. Ich versuche auszumachen, ob eines von Bumbum stammt.

Wir kommen ja bald, denke ich.

Stina hat lange darüber nachgedacht, was mit den Haustieren passieren soll. Doch als massenweise Leute in die Kirche strömten, war klar, dass in der Kirche überhaupt kein Platz für alle Hunde, Katzen, Kaninchen und Meerschweinchen sein würde.

Stina predigt von der ewigen Hoffnung und dem ewigen Leben. Von Gottes Ewigkeit.

Emma streicht über ihren Bauch.

Lucindas Vater bittet Miranda, nicht andauernd mit den Füßen gegen die Bank vor uns zu treten.

Über der Kirche liegt eine gewisse Ruhe. Eigentlich hatte ich erwartet, dass die Leute weinen oder hysterisch sein würden, und ich frage mich, ob außer mir auch andere die Gegenwart einer größeren Macht spüren. Ich weiß nicht, ob es Gott ist. Vielleicht sind es auch schlicht und ergreifend all die Menschen hier und die Tatsache, dass wir diesen Augenblick miteinander teilen.

Wir sind eins. Keiner ist hier alleine.

Ich frage mich, was Johannes gerade macht. Wir haben noch mal lange telefoniert. Sie wollen in Stockholm eine Party steigen lassen. *Till the world ends*. Ich hoffe, dass sie wieder in der Bucht Vintervik feiern, denn dort kann ich ihn mir genau vorstellen.

Ich frage mich, ob Caroline und Tommy jetzt zusammen sind. Ob Ali und Moa ein letztes Mal in ihrem dunklen Kokon sitzen und gamen. Und ich frage mich, wie der Gottesdienst der Wahrhaftigen Kirche abläuft und ob Erika und Molly daran teilnehmen. Wahrscheinlich. Ich denke an meine Verwandtschaft in Dominica. Und ich muss auch an Micke denken. Wir haben kurz miteinander gesprochen, als Emma heute Nachmittag zum letzten Mal mit ihm telefonierte. Jetzt kann ich ihn ein wenig besser verstehen. Er hat sich nicht einfach gegen Emma entschieden, sondern für seine Familie.

Ich bin so froh, dass ich mich nicht zwischen meiner Familie und Lucinda entscheiden musste.

»Denn ich bin gewiss, dass weder Tod noch Leben, weder Engel noch Mächte noch Gewalten, weder Gegenwärtiges noch Zukünftiges, weder Hohes noch Tiefes noch irgendeine andere Kreatur uns scheiden kann von der Liebe Gottes, die in Christus Jesus ist, unserm Herrn.«

Stina bittet uns, das nächste Lied aufzuschlagen. Die Gesangbücher reichen nicht für alle aus. Ich halte meins so, dass Lucinda und ihre Familie den Text lesen können. Ich kann es sowieso auswendig. Als Kind hat mir dieses Lied immer am besten gefallen.

Hab keine Angst, er wird dir ein Zeichen geben, einen Namen nennen und dich auf deinem Weg beschützen.

Lucinda schluchzt auf und ihre Augen füllen sich mit Tränen.

Deine Einsamkeit führt dich am Ufer entlang ins Licht. Hab keine Angst, die Spuren im Sand weisen dir den Weg.

»Was ist denn?«, frage ich im Flüsterton.

»Dieses Lied«, antwortet sie, »haben wir auch auf Tildas Beerdigung gesungen.«

Er liebt dich und erwartet dich heute Abend.

»Aber jetzt gefällt es mir viel besser«, flüstert sie.

Ich umschließe ihre Hand fester und wir weinen gemeinsam.

Aus der Ewigkeit wird er dich empfangen.

Unser Weinen löst den letzten Widerstand in mir und öffnet meine Seele.

Du bist unterwegs. Eines Tages wird die Nacht weiß werden. Eines Tages werden Sterne aus seinem Leib wachsen. Hab keine Angst, es gibt einen dunklen Hafen. Du kannst ihn noch nicht sehen, doch er wird dich dort hinführen.

Das Lied klingt aus und das Abendmahl steht bevor. Stina spricht die Einsetzungsworte. Wir beten gemeinsam das Vaterunser und sie bricht das Brot. Dann lädt sie alle ein, nach vorne zu kommen. Lucinda und ihre Familie bleiben auf der Bank sitzen.

Als wir uns an ihnen vorbeischieben, stoße ich aus Versehen gegen das Knie eines Banknachbarn. Ein zahnloses Baby schaut uns mit großen Augen an. Meine Mutter, meine Schwester und ich gehen auf meine andere Mutter zu. Wir stellen uns gemeinsam mit den anderen vor den halbkreisförmigen Altar, der all diejenigen symbolisieren soll, die vor uns gestorben sind. Die auf der anderen Seite auf uns warten und den Kreis schließen.

Es dauert eine Weile, bis Stina das Brot und den Wein verteilt hat. Als wir an der Reihe sind, schaut sie uns tief in die Augen und lächelt nahezu unmerklich. Ich glaube, sie weiß, wie stolz ich auf sie bin.

Und plötzlich sind es nur noch zwanzig Minuten. Jetzt ist Eile geboten und Stina improvisiert. Sie spricht ein Dankgebet und segnet alle Anwesenden.

Dann setzt der Chor ein. *Von allen Seiten umgibst du mich und hältst deine Hand über mir.* Es werden alle Strophen gesungen. Stina begleitet den Chor durch den Mittelgang und fordert uns auf, ihnen zu folgen. Der Gottesdienst geht zu Ende.

Lucindas Familie wartet bereits auf uns. Ihr Vater ist vor Miranda in die Hocke gegangen. Er umarmt sie und küsst sie immer wieder. Ich ergreife Lucindas Hand und wir folgen dem Menschenstrom.

In der Menge erblicke ich Amanda und ihre Mutter. Wir nicken einander zu und ich habe den Eindruck, dass es mehr bedeutet, als wir mit Worten ausdrücken könnten. Alles ist verziehen.

Judette und Emma sind direkt hinter mir. Vor uns öffnet Stina die hohen hölzernen Türen des Kirchenportals.

Draußen ist es extrem hell und ich fühle mich irgendwie an die Abschlussgottesdienste mit meiner Schulklasse erinnert. Als wir damals aus der Kirche kamen, erwarteten uns scheinbar endlose Sommerferien.

»Du brauchst keine Angst zu haben, Miranda«, höre ich Lucinda sagen.

Jetzt spüre ich die kühle frische Nachtluft, und während wir weitergehen, atme ich sie tief ein.

DANK DES AUTORS

Alle Bücher haben ihre Herausforderungen, doch dieses war das schwierigste, das ich bislang geschrieben habe. Ohne die Hilfe von Ylva Blomqvist, der Star-Verlegerin, die an meinem Firmament heller strahlt als irgendein Komet, hätte ich es ganz sicher nicht geschafft. Ein großes Dankeschön auch an meine Lektorin Sofia Hannar, die alle sprachlichen Unstimmigkeiten und stilistischen Fehler bis zur letzten Zeile ausgemerzt hat.

Danke auch an Lena Stjernström und das gesamte Team der Grand Agency, die mir Halt gaben, als ich schon davon überzeugt war, dass dieses Buch meinen Untergang besiegeln würde.

Danke an Anders Timrén für das so passende Cover.

Zum Schreiben dieses Buches hätte mir ohne die Hilfe zahlreicher Testleser und deren kritische Hinweise sowie nützliche Tipps das Selbstvertrauen gefehlt. Danke an: Anna Andersson, Åsa Avdic, Sara Bergmark Elfgren, Helena Dahlgren, Daniel Di Grado, Moe Duke Bergman, Petra Flaum, Karl Johnsson, Jenny Jägerfeld, Judith Kiros, Sara Linderholm, Elin Lucassi, Hampus Nessvold, Mattias Skoglund, Erika Stark, Marcus Stenberg, Matilda Tudor, Rebecka Tudor, Carolina Wallin und Pär Åhlander.

Ein großes Dankeschön auch an alle Freunde, Kollegen, Bekannten und deren Bekannte, die mir halfen, die richtigen Fragen zu stellen und die richtigen Antworten darauf zu finden. Sämtliche Irrtümer, unbeabsichtigte oder beabsichtigte, sind meine eigenen. Vielen lieben Dank, dass ihr mir so großzügig eure Zeit, euer Wissen, eure

Kontakte und eure Inspiration gegeben habt: Astrid Avdic, Karin Bojs, Alexis Brandeker, Evan Matthew Cobb, Torsten Dahlén, Johanna Gustafsson, Stefan Hultgren, Torun Jämtsved Millberg, Sam Lang, Jens Lapidus, Christina Larsson, Åsa Larsson, Patrik Lundberg, Jerry Määttä, Elisabeth Nordlander, Patrik Olsson, Vicktor Olsson, Hans Rickman, Amanda Ringqvist, Sara Rörbecker, Alexander Rönnberg, Johanna Strandberg, Lone Theils, Anna Thunman Sköld, Maria Wahlberg, Katarina Wennstam und Misse Wester. Ein besonders großes Dankeschön auch an Emma Hanfot, die mir in medizinischen Fragen weitergeholfen hat, sowie an Gitte Ekdahl und Måns Elenius, die mir von Satelliten über Gleisweichen bis hin zu Schimmelsporen alles erklärt und meinen Text in mehreren Versionen gelesen haben.

Dieses Buch ist Johan gewidmet. Mit dir möchte ich zusammen sein, wenn der Himmel weiß wird.

Zitatnachweise

»Komet im Mumintal« von Tove Jansson, aus dem Schwedischen von Birgitta Kicherer, Arena Verlag, Würzburg 2012

»Till fjärilens minne« von Bo Setterlind (»Sag nicht, dass nichts mehr bleibt«, ins Deutsche übersetzt von Antje Rieck-Blankenburg)

Der Abdruck erfolgt mit freundlicher Genehmigung der jeweiligen Rechteinhaber. Leider konnten trotz aller Bemühungen nicht alle Rechteinhaber erreicht werden. Der Verlag verpflichtet sich, rechtmäßige Ansprüche jederzeit in angemessener Form abzugelten.

»Schönster Herr Jesu«, aus: Evangelisches Gesangbuch, Lied 403

»Darkness« von Lord Byron

Sämtliche Bibelzitate entstammen der Lutherbibel, revidiert 2017, © 2016 Deutsche Bibelgesellschaft, Stuttgart.

Alle übrigen Zitate wurden von Antje Rieck-Blankenburg übersetzt.

Mats Strandberg, geboren 1976, wurde mit der ENGELFORS-Trilogie (Co-Autorin Sara B. Elfgren) international bekannt. Die Reihe wurde in insgesamt 25 Länder verkauft und Band 1 *Der Zirkel* zudem verfilmt. Seither hat er u. a. zwei Horrorromane für Erwachsene veröffentlicht, *Die Überfahrt* stand auf der *Spiegel*-Bestsellerliste. Strandberg lebt und arbeitet in Stockholm.

Antje Rieck-Blankenburg, geboren 1962, übersetzt aus dem Schwedischen und hat u. a. Arne Dahl, Jens Lapidus, Elias Palm und Jenny Rogneby ins Deutsche übertragen. Sie lebt in Bühl und Frankfurt am Main.